KB075730

Franz Kafka

Die Verwandlung · Ein Hungerkünstler

•

변신·단식 광대

창비세계문학

78

변신·단식 광대

프란츠 카프카

편영수·임홍배 옮김

창비

차례

•

일러두기

1. 이 책은 *Die Erzählungen und andere ausgewählte Prosa*(Fischer Verlag 2011, 4. Auflage 2018)를 번역저본으로 삼았다.
2. 본문 중의 각주는 옮긴이의 것이다.
3. 「변신」「학술원에 보내는 보고서」는 임홍배, 그외 작품은 편영수의 번역이며, 여러 차례 교차검토 과정을 거쳤다.
4. 외국어는 되도록 현지 발음에 가깝게 표기하되, 우리말 표기가 굳어진 것은 관용을 따랐다.

변신

1

그레고르 잠자는 어느날 아침 불안한 꿈에서 깨어났을 때 자신이 흉측한 벌레로 변해 침대에 누워 있는 것을 발견했다. 그는 갑옷처럼 딱딱한 등을 대고 누워 있었는데, 머리를 조금 들자 각질의 아치형 마디들로 나뉜 둥그렇게 솟은 갈색 배가 보였고, 배 위에 겨우 살짝 걸쳐져 있는 이불은 금방이라도 홀라당 흘러내릴 것 같았다. 눈앞에서는 몸통에 비해 딱하리만치 가냘픈 수많은 다리가 어쩔 줄 모르고 버둥거렸다.

'내게 무슨 일이 일어난 거지?' 잠자는 생각했다. 꿈은 아니었다. 조금 작긴 해도 사람이 살기에 손색이 없는 그의 방은 친숙한 네 벽 사이에 고즈넉이 자리 잡고 있었다. 잠자는 출장외판원이었는데, 옷감견본 모음을 펼쳐놓은 책상 위의 벽에는 얼마 전 화보잡지에서 오려내어 예쁜 금칠액자에 넣은 사진이 걸려 있었다. 그 사진은 모피모자를 쓰고 모피목도리를 두른 한 숙녀가 반듯이 앉아서 팔목을 완전히 감싼 두툼한 모피토시를 사진 감상자를 향해 치켜든 모습을 담고 있었다.

다음으로 그레고르는 창문으로 시선을 돌렸는데, 창문 발코니의 함석판에 빗방울 치는 소리가 들릴 정도로 찌푸린 날씨에 기분이 아주 울적해졌다. 그는 '잠을 좀더 자서 이 말도 안되는 상황을 모두 잊어버리면 어떨까' 하는 생각이 들었다. 하지만 전혀 실현 가망이 없었다. 그는 오른쪽으로 누워 자는 습관이 있는데, 지금 상태로는 그런 자세를 취할 수 없었기 때문이다. 몸을 아무리 힘껏 오른쪽으로 굴려도 매번 시소처럼 흔들거리다가 뒤로 누운 자세로 다시 돌아오고 말았다. 그는 버둥거리는 다리를 보지 않으려고 눈을 질끈 감고 족히 백번은 그런 시도를 해보았다. 그러다가 옆구리에서 일찍이 느껴보지 못한 가볍고 먹먹한 통증이 느껴지기 시작하자 그제야 그만두었다.

그는 생각했다. '맙소사, 내가 어쩌다가 이렇게 힘든 직업을 택했을까! 날이면 날마다 출장이라니. 이런 출장 업무는 사무실에서 고유 업무만 하는 것보다 훨씬 더 신경이 쓰여. 게다가 여행의 고역도 감당해야지. 열차편 연결도 걱정해야지, 식사도 불규칙하고 형편없지, 인간관계도 계속 바뀌니 도무지 지속성이 없고 마음을 터놓지 못해. 제기랄, 이 모든 짓거리를 당장 팽개치고 싶어!' 그는 배 위쪽이 조금 근질거리는 것이 느껴졌다. 등을 밀어서 침대의 손잡이 기둥으로 천천히 다가가 머리를 조금 높이 들었다. 그러자 근질거리는 부위가 보였는데, 깨알처럼 작은 하얀 점들이 온통 뒤덮여 있었다. 어째서 생겼는지 영문을 알 수 없었다. 다리 하나를 들어 그곳을 만져보려다 얼른 내리고 말았다. 다리가 닿자마자 싸늘한 전율이 온몸을 훑었기 때문이다.

그는 다시 원래 위치로 미끄러져갔다. 그리고 생각했다. '이렇게 너무 일찍 일어나니 제정신이 아닌 거야. 사람은 잠을 충분히 자야 해. 다른 외판원들은 이슬람교도의 규방 부인처럼 지내는데. 예를 들어 접수한 주문을 옮겨 쓰려고 오전 중에 여관으로 돌아오면 그 양반들은 그제야 아침식사를 하지. 나도 사장한테 대놓고 그렇게 해볼까. 하지만 그랬다가는 그 자리에서 모가지가 날아가겠지. 그게 차라리 나한테 좋을지 알 게 뭐람. 부모님을 생각해서 꾹 참지 않았다면 진작 사표를 냈을 거야. 사장 앞에 당당히 나서서 가슴 깊이 묻어둔 생각을 말했을 거라고. 그러면 사장이 책상에서 굴러 떨어지겠지! 사장은 책상에 걸터앉아 높은 데서 내려다보며 직원과 얘기하니 버릇도 참 이상하지. 더구나 사장은 귀가 어두워서 직원이 가까이 다가가야 하는데 말이야. 어떻든 내가 희망을 완전히 포기한 것은 아니야. 언젠가 부모님이 사장한테 진 빚을 갚을 만큼 돈을 모으면 ─ 대여섯해는 더 걸리겠지만 ─ 무조건 매듭을 지어야지. 그러면 내 인생의 일대 전환점이 되겠지. 그건 그렇고 지금은 일어나는 게 급선무야. 기차가 5시에 출발하니까.'

그는 서랍장 위에서 째깍거리는 자명종을 바라보았다. '하느님 맙소사!' 낭패였다. 6시 반이었다. 그러고도 시곗바늘이 조용히 앞으로 가서 30분을 지나 어느새 45분에 가까워지고 있었다. 자명종이 울리지 않았단 말인가? 침대에서 봐도 4시에 자명종이 제대로 맞춰져 있었다. 틀림없이 종이 울렸을 것이다. 그런데 가구가 울릴 정도로 요란한 자명종 소리도 듣지 못하고 편안히 잠을 잔다는 게 도대체 가능할까? 하긴 편안히 자지는 못했지만, 어쩌면 그래서 더 깊이 곯아떨어졌는지도 몰랐다. 그런데 지금 어떻게 해야 할까? 다음 기차는 7시에 있다. 그 기차를 타려면 부리나케 서둘러야 하는데, 아직 옷감견본도 챙겨 넣지 못했고, 몸 상태가 썩 가뿐히 움직일 것 같지도 않았다. 설령 7시 기차를 탄다 해도 사장의 날벼락을 피할 수는 없을 것이다. 사환이 5시 기차를 기다렸을 테고, 그레고르가 기차를 놓쳤다는 것을 이미 보고했을 터였다. 사환은 사장의 심복으로, 줏대도 이해심도 없었다. 아프다고 하면 어떨까? 그러나 그것도 아주 곤란한 일이고 의심을 받게 될 것이다. 그레고르는 오년 동안 근무하면서 한번도 아픈 적이 없었기 때문이다. 틀림없이 사장이 의료보험 담당 의사를 데리고 찾아올 것이고, 게으른 아들을 뒀다고 부모님을 야단칠 테고, 아무리 이의를 제기해도 의사의 소견을 앞세워 말을 잘라버릴 것이다. 모름지기 그런 의사의 관점에서 보면 아주 건강한데도 일하기 싫어서 꾀병을 부리는 인간만 존재하는 것이다. 그런데 그레고르의 경우 의사의 소견이 완전히 틀리다고 할 수 있을까? 실제로 그는 늦잠을 잤는데도 정말 쓸데없이 졸린 것 말고는 아주 거뜬했고 심지어 왕성한 식욕도 느꼈다.

그레고르는 순식간에 이 모든 사정을 고려했지만 침대에서 일어날 결심은 미처 못했는데, 바로 그때 6시 45분 자명종이 울렸고, 침대 머리맡 쪽에서 방문을 조심스레 노크하는 소리가 들렸다. "그레고르야." 어머니가 부르는 소리였다. "6시 45분이야. 출근하지 않을 거니?" 얼마나 부드러운 목소리인가! 그런데 그레고르는 자기가 대답하는 목소리를 듣고서 깜짝 놀랐다. 틀림없이 예전의 목소리인데, 그 목소리에 섞여서 괴롭게 찍찍거리는 소리가 몸속 깊은 곳에서 울려나오는 것을 억누를 수 없었던 것이다. 그래서 그가 하는 말이 처음에는 제대로 들렸지만, 그다음에는 찍찍거리는 소리가 메아리처럼 울려서 말을 삼켜버렸고, 결국 자신의 말을 제대로 들었는지 여부를 분간조차 할 수 없었다. 그레고르는 자세히 대답하고 모든 것을 해명하려 했지만, 사정이 이렇다 보니 "예, 예, 고마워요 어머니, 금방 일어날게요"라고 대답하는 데 그치고 말았다. 방문이 나무여서 그레고르의 목소리가 변했다는 것을 밖에서는 알아차리지 못할 터였다. 과연 어머니는 그의 대답에 안심했는지 발을 바닥에 끌며 물러갔다. 그런데 이 짧은 대화 때문에 뜻밖에도 그레고르가 아직 집에 있다는 사실이 다른 식구들의 주의를 끌게 되었고, 어느새 아버지가 한쪽 곁문을 두드리는 소리가 들려왔다. 약하지만 주먹으로 두드리는 소리였다. "그레고르, 그레고르야." 아버지가 외쳤다. "대체 무슨 일이냐?" 잠시 후 아버지는 다시 더 깊은 저음으로 "그레고르! 그레고르!" 하고 채근했다. 또다른 곁문 쪽에서는 여동생이 조용히 하소연하는 소리가 들려왔다. "그레고르 오빠? 어디 아파? 필요한 거라도 있어?" 그레고르는 양쪽을 향해 "이제 다 됐어요"라고 대답했다. 그는 아주 공들여 발음하고 낱말 사이에 충분한 간격을 둬 자신의 목소리에서 특이한 요소를 모두 제거하려 애썼다. 그러자 아버지는 아침식사 자리로 돌아갔는데, 여동생은 "오빠, 문 열어. 제발 부탁이야"라고 계속 속삭였다. 하지만 그레고르는 문을 열어줄 생각이 추호도 없었고, 출장을 다니느라 몸에 밴 조심성 덕분에 집에서도 밤에는 모든 문을 잠가두길 잘했다고 생각했다.

그레고르는 우선 방해받지 않고 조용히 일어나 옷을 입고 무엇보다 아침부터 먹을 생각이었다. 그러고는 다음 일을 생각하면 될 것이다. 침대에 누워 있으면 골똘한 생각에 빠져서 이성적인 결론에 도달할 수 없다는 것을 잘 알았기 때문이다. 돌이켜보면 잠자리에 누운 자세가 좋지 않았는지 가벼운 통증이 느껴지다가도 막상 일어나면 순전히 상상으로 밝혀지는 경우가 종종 있었다. 그래서 오늘 겪고 있는 망상증도 과연 어떻게 서서히 나을지 궁금했다. 목소리가 변한 것도 다름 아니라 출장외판원의 직업병인 독감의 전조일 터였다. 그는 그 점을 추호도 의심하지 않았다.

이불을 치우는 일은 아주 간단했다. 그저 배를 조금 부풀리니 저절로 흘러내렸다. 하지만 그다음부터가 어려웠는데, 특히 몸이 유난히 펑퍼짐했기 때문이다. 일어나려면 팔과 손을 사용해야 할 텐데, 그 대신에 짧은 다리만 많았다. 다리들은 쉴 새 없이 제멋대로 움직였고, 뜻대로 제어되지도 않았다. 다리 하나를 구부리려 하자 첫 반응으로 오히려 그 다리가 쭉 펴졌다. 그러다가 드디어 원래 바라던 대로 그 다리를 움직이는 데 성공했지만, 그새 다른 다리들이 모두 고삐가 풀린 것처럼 극도로 흥분해서 고통스럽게 꿈틀댔다. 그레고르는 '제발 쓸데없이 침대에 죽치고 있지는 말자'라고 다짐했다.

그는 우선 몸의 아랫부분부터 침대 밖으로 나가게 할 생각이었다. 그런데 아직 보지도 못했고 어떻게 생겼는지 상상도 할 수 없는 그 아랫부분을 움직이기가 힘들어 무척 더디게 진척되었다. 마침내 거의 미칠 지경으로 안간힘을 다해 무작정 앞으로 돌진했지만, 방향을 잘못 잡는 바람에 침대의 손잡이 아래쪽 기둥에 세게 부딪히고 말았다. 화끈거리는 통증을 느끼면서 그는 지금 당장은 몸의 아랫부분이 가장 예민한 부분일 거라는 생각이 들었다.

그래서 우선 상체부터 침대 바깥으로 내보내기로 하고 머리를 침대 가장자리로 조심스레 돌렸다. 이것은 그나마 쉽게 성공했다. 몸이 펑퍼짐하고 무거운데도 마침내 머리가 가는 방향으로 몸통이 따라왔다. 그런데 침대 바깥의 허공으로 마침내 머리를 들자 이런 방식으로 계속 나아가는 게 덜컥 겁이 났다. 이대로 침대 밖으로 떨어지면 기적이 일어나지 않는 한 머리를 다칠 것이 뻔했기 때문이다. 게다가 지금은 어떤 일이 있어도 정신을 잃어서는 안됐다. 그러느니 차라리 침대에 죽치고 있는 편이 나을 것이다.

그는 똑같은 노력을 기울여 원래 자리로 돌아와서 한숨을 내쉬고 드러누웠다. 그러자 짧은 다리들이 극성맞게 서로 다투는 꼴이 보였고, 이렇게 제멋대로인 짓거리를 가라앉히고 질서를 유지할 가망은 보이지 않았다. 하지만 그는 도저히 침대에 죽치고 있을 수는 없다고 다짐했고, 침대에서 벗어날 희망이 털끝만큼이라도 있다면 무엇이든 바치는 것이 상책이라고 자신을 타일렀다. 이와 동시에 자포자기해서 결정을 내리기보다는 최대한 차분히 심사숙고하는 편이 훨씬 유리하다는 것을 잊지 않고 틈틈이 되새겼다. 그런 생각을 하는 순간에도 이따금 창밖을 유심히 살폈다. 하지만 좁은 길거리의 맞은편까지 뒤덮은 아침 안개를 보자 자신감도 쾌활함도 회복하기 힘들었다. '벌써 7시야.' 다시 자명종이 울리자 그는 속으로 중얼거렸다. '벌써 7시인데 아직도 저렇게 안개가 자욱하다니.' 그는 잠시 숨을 죽이고 가만히 누워 있었다. 완벽한 정적을 통해 현실적이고 납득할 만한 상황이 되돌아오기를 기대하기라도 하듯이.

그러고서 속으로 중얼거렸다. '7시 15분 종이 울리기 전까지는 무조건 침대에서 완전히 벗어나야 해. 게다가 그때까지 지체하면 회사에서 누군가 나를 찾아올지도 몰라. 회사가 7시 전에 문을 여니까.' 그는 이제 길게 편 몸 전체를 동시에 침대 밖으로 밀어낼 궁리를 했다. 이런 방식으로 침대 밖으로 떨어질 경우, 머리를 바짝 쳐들고 있으면 머리를 다치지 않을 것도 같았다. 등은 단단한 듯해서 양탄자로 떨어지면 아무런 문제가 없을 것이다. 가장 걱정스러운 일은 틀림없이 쿵 하고 큰 소리가 날 거라는 사실이었다. 그러면 아마도 온 식구가 질겁까지는 아니더라도 걱정을 할 것이다. 하지만 그 정도 모험은 감수할 수밖에 없었다.

그레고르는 어느새 몸을 반쯤이나 침대 밖으로 내밀었는데, 이 새로운 방식은 힘든 운동이라기보다는 유희에 가까워서 그저 기분 내키는 대로 몸을 흔들어주기만 하면 됐다. 그는 문득 누군가가 도와준다면 만사가 얼마나 간단할까 하는 생각이 들었다. 힘센 사람이 둘만 있으면 충분할 텐데. 아버지와 하녀가 떠올랐다. 두 사람이 그의 둥그런 등짝 밑으로 팔을 밀어 넣고 침대에서 살살 끌어내면 될 텐데. 그를 받쳐 들고 자세를 낮추고, 그가 몸을 일으켜 방바닥에 바로 설 때까지 조심스레 참고 기다려주기만 하면 될 텐데. 방바닥에서는 짧은 다리들이 제구실을 해주면 좋을 것이다. 그런데 문이 잠겨 있다는 사실은 접어두고라도, 정말로 도움을 요청해야 할까? 사면초가의 곤경에도 이런 생각이 들자 피식 웃음이 나왔다.

어느새 상당히 진척돼 몸을 조금 세게 흔들어도 가까스로 균형을 잡을 수 있는 정도까지 되었고, 이제 곧 최종적인 결단을 내려야 했다. 오분 후면 7시 15분이었기 때문이다. 바로 그때 현관문 초인종이 울렸다. "회사에서 누군가 찾아왔군." 그레고르는 중얼거리며 꼼짝도 하지 않았는데, 그럴수록 짧은 다리들은 더 극성스레 춤을 췄다. 한순간 온 집 안이 정적에 휩싸였다. "문을 열어주지 않는구나." 그레고르는 이렇게 중얼거리며 부질없는 희망에 매달렸다. 하지만 늘 그렇듯 하녀가 금세 또박또박 걸어가서 문을 열어줬다. 그레고르는 방문객의 처음 인사말만 들어도 누구인지 금방 알 수 있었다. 지배인이 직접 찾아온 것이다. 이 회사는 직원이 아주

사소한 실수만 해도 대뜸 침소봉대해서 의심을 한다. 그런데 왜 하필 그레고르가 재수 없이 이런 회사에서 일하는 팔자란 말인가? 대체 왜 직원들을 모두 날건달 취급한단 말인가? 어찌하여 직원 중에 아침에 겨우 몇시간 회사를 위해 유익한 일을 못했다고 양심에 찔려 바보처럼 굴고, 심지어 침대에서 일어나지도 못하는 그런 진실하고 충직한 사람이 하나도 없단 말인가? 정말이지 수습사원을 보내서 무슨 일인지 물어봐도 충분하지 않은가? 굳이 묻고 어쩌고 할 필요라도 있다면 말이다. 기어이 지배인이 직접 찾아와야 하는가? 이 미심쩍은 사안에 대한 조사를 반드시 지배인의 판단에 맡겨야 한다고 무고한 온 집안 식구들에게 보란 듯이 광고를 해야 한단 말인가? 그레고르는 올바른 결단에 의해서가 아니라 이런 생각으로 흥분한 나머지 안간힘을 다해 침대에서 몸을 날렸다. 방바닥에 부딪히는 소리가 크게 났지만, 우려한 만큼 세게 쿵 하는 소리는 아니었다. 떨어지는 충격이 양탄자 덕분에 다소 약화되었고, 등짝도 그레고르가 생각했던 것보다는 탄력이 있어서 그다지 크게 울리지 않는 둔탁한 소리가 났다. 다만 머리는 제대로 조심하지 않아서 바닥에 부딪히고 말았다. 그는 짜증이 나고 아파서 머리를 돌리며 양탄자에 문질렀다.

"저 방 안에서 뭔가 떨어졌군요." 왼쪽 옆방에서 지배인이 말했다. 그레고르는 언젠가는 저 지배인도 오늘 자신이 겪은 것과 비슷한 일을 당할 수 있지 않을까 상상했다. 원칙적으로 그런 가능성을 인정하지 않을 수 없을 것이다. 그런데 이런 상상에 퇴짜를 놓기라도 하듯 지배인은 옆방에서 다부지게 몇걸음을 옮기면서 에나멜 가죽장화로 뚜벅뚜벅 소리를 냈다. 오른쪽 옆방에서는 여동생이 속삭이는 목소리로 그레고르에게 "오빠, 지배인이 찾아왔어"라고 알려주었다. 그레고르는 "알고 있어"라고 혼자 중얼거렸다. 하지만 여동생이 목소리를 들을 수 있을 정도로 크게 말할 엄두는 내지 못했다.

"그레고르야." 이제는 왼쪽 옆방에서 아버지가 말했다. "지배인님이 오셔서 네가 어째서 아침 첫차로 출근하지 않았는지 물어보신다. 뭐라고 말씀드려야 할지 모르겠구나. 그렇지 않아도 지배인님이 너와 따로 얘기하고 싶어 하셔. 그러니까 문을 열어다오. 방안이 어지러운 것쯤은 너그러이 양해해주실 거다."

"안녕하세요, 잠자 씨." 지배인이 친절하게 말을 거들었다.

문 앞에 서 있는 아버지의 말이 채 끝나기도 전에 어머니가 지배인에게 "애가 몸이 좋지 않아요"라고 말을 건넸다. "몸이 좋지 않아요. 정말입니다, 지배인님. 그렇지 않고서야 어떻게 그레고르가 기차를 놓치겠어요! 젊은 녀석이 언제나 회사 일만 생각해요. 저녁에도 도무지 외출이라곤 하지 않아서 제가 오히려 짜증이 날 지경이라니까요. 이 도시로 돌아온 지 팔일째인데 매일 저녁 집에만 있었답니다. 식구들과 함께 테이블에 앉아서 조용히 신문을 읽거나 열차 시간표를 살펴보곤 하죠. 쟤는 실톱 세공만 해도 기분전환이 돼요. 예를 들면 저녁에 이삼일 작업해서 작은 액자를 뚝딱 만들었답니다. 액자가 얼마나 예쁜지 보면 놀라실 거예요. 저 방 안에 걸려 있어요. 그레고르가 방문을 열면 금세 보시게 될 거예요. 어쨌거나 이렇게 와주셔서 기뻐요, 지배인님. 우리 식구들 힘만으로는 방문을 열도록 설득하기 힘들었을 거예요. 쟤가 고집이 세거든요. 분명히 몸이 좋지 않아요. 그런데도 이른 아침에는 괜찮다고 하지 뭐예요."

"금방 나가요." 그레고르가 천천히 신중하게 말했다. 그는 바깥의 대화를 한마디도 놓치지 않으려고 꼼짝도 하지 않았다.

"사모님, 저도 달리는 납득이 되지 않네요." 지배인이 말했다. "심각한 상태는 아니길 바랍니다. 다른 한편으로 꼭 말씀드리고 싶은 것은, 우리처럼 직장생활을 하는 사람은 가볍게 아픈 것쯤은 웬만하면 업무를 생각해서 거뜬히 이겨내야 한다는 겁니다. 그래서 유감인지 다행인지는 생각하기 나름이겠지만요."

"얘야, 그럼 이제 지배인님이 들어가셔도 되겠니?" 아버지가 초조하게 물으면서 다시 방문을 두드렸다.

그레고르는 "안돼요"라고 대답했다. 왼쪽 옆방에서는 곤혹스러운 정적이 감돌았고, 오른쪽 옆방에서는 여동생이 훌쩍거리기 시작했다.

여동생은 어째서 다른 사람들 쪽으로 가지 않는 걸까? 아마 이제 막 잠자리에서 일어나 아직 옷도 제대로 입지 않았을 것이다. 그런데 여동생은 왜 우는 것일까? 그레고르가 일어나지 않고, 지배인을 방 안에 들이지 않았기 때문에? 그래서 그레고르가 일자리를 잃을 위험에 처해 있고, 일자리를 잃으면 사장이 예전처럼 부모님에게 빚을 갚으라고 닦달할 것이기 때문에? 하지만 당분간은 괜히 걱정할 필요가 없었다. 그레고르는 아직 버젓이 여기에 있고, 식구들을 저버릴 생각은 추호도 없었다. 물론 지금 당장은 이렇게 방바닥에 널브러져 있긴 했다. 하지만 그의 상태를 아는 사람이라면 아무도 그에게 지배인을 방 안에 들이라고 진지하게 요구하지는 못할 것이다. 이 사소한 결례에 대해서는 나중에 쉽게 그럴싸한 핑계를 대면 될 것이고, 이 정도 결례 때문에 그레고르를 당장 내쫓지는 못할 것이다. 그레고르가 생각하기에는 울고 조르고 해서 그를 귀찮게 하지 말고 지금은 가만 내버려두는 편이 훨씬 더 현명해 보였다. 그런데 정작 무슨 영문인지 모르니 식구들이 마음을 졸였고 그들의 행동이 양해가 되었던 것이다.

"잠자 씨!" 지배인이 언성을 높였다. "대체 무슨 일입니까? 거기 방 안에서 농성을 하는군요. 그저 예, 아니요 하는 대답만 하고 괜히 부모님께 큰 걱정을 끼쳐드리잖아요. 말이 나온 김에 한마디 하면, 듣도 보도 못한 방식으로 직무유기를 하는군요. 부모님과 사장님의 이름으로 말하겠는데, 당장 명확한 해명을 엄중히 요구합니다. 놀라 자빠지겠군. 차분하고 분별 있는 사람인 줄 알았더니 이제 보니 당신은 뜬금없이 유별난 변덕을 부리네. 사장님은 오늘 아침에 당신이 결근한 이유가 아마도 얼마 전에 맡긴 수금 문제 때문일 거라고 넌지시 언질을 주셨지요. 하지만 나는 정녕 내 명예를 걸고 단언하건대 그런 추측은 맞지 않다고 생각했어요. 그런데 이제 여기서 보니 당신은 황당무계한 고집을 부리고 있어서 행여 눈곱만큼이라도 두둔할 마음이 싹 사라지네요. 당신 일자리는 철밥통이 아니오. 원래는 당신과 단둘이 얘기할 생각이었지만, 이렇게 쓸데없이 내 시간을 빼앗고 있으니 굳이 당신 부모님께 숨겨야 할지 모르겠소. 최근 당신의 영업실적은 아주 부진해요. 물론 특별매상을 올릴 시즌은 아니지. 그건 우리도 인정합니다. 그렇다고 아예 매상이 전무한 시즌은 곤란해요, 잠자 씨. 그런 건 있을 수 없소."

"하지만 지배인님!" 그레고르는 정신없이 소리쳤고, 흥분한 나머지 다른 문제는 다 잊어버렸다. "당장 문을 열게요. 몸이 약간 불편하고 현기증이 나서 일어나지 못했어요. 아직도 침대에 누워 있어요. 하지만 금세 거뜬해졌어요. 지금 막 침대에서 일어나요. 잠깐만 기다려주세요! 그런데 생각만큼 상태가 좋지는 않네요. 하지만 금방 괜찮아질 거예요. 어떻게 사람이 이런 일을 당할 수 있죠!

어제 저녁에만 해도 말짱했답니다. 부모님도 잘 아시죠. 아니, 다시 생각해보니 어제 저녁부터 살짝 조짐이 있었어요. 어제 제 상태를 보여드렸어야 하는데. 어째서 회사에 알리지 않았는지 모르겠어요! 하지만 우리는 결근하지 않고도 병을 이겨낼 수 있다고 늘 생각하잖아요. 지배인님! 부모님은 봐주세요! 지금 저한테 쏟는 모든 비난은 전혀 근거가 없어요. 아무도 그런 문제에 대해서는 저한테 한마디도 하지 않았거든요. 아마 지배인님은 제가 최근에 보내드린 주문장들을 못 보신 모양입니다. 어쨌거나 저는 8시 기차를 타고 출장을 가겠습니다. 두어시간 쉬었더니 기운이 납니다. 제발 여기서 지체하지 마세요, 지배인님. 제가 바로 회사에 갈 테니까요. 너그러운 아량으로 사장님께 그렇게 전해주시고, 저를 좋게 말씀드려주세요!"

그레고르는 이 모든 말을 너무 다급하게 쏟아내느라 정작 무슨 말을 하는지도 모를 지경이었다. 그렇게 말하는 중에도 그는 이미 침대에서 연습한 덕분에 쉽게 서랍장으로 다가가서 몸을 기대어 일으키려 했다. 그는 정말 문을 열어 자기 모습을 보여주고 지배인과 얘기할 생각이었다. 지금 자신을 애타게 찾는 사람들이 과연 이 모습을 보고 뭐라고 할지 확인하고 싶었다. 그들이 질겁하더라도 더이상 그레고르가 책임질 수는 없으니 침착하게 있으면 그만이었다. 그들이 모든 것을 침착하게 받아들인다면 그도 흥분할 까닭이 없었고, 서두르면 8시에는 정말 기차역에 도착할 수도 있을 것이다. 그는 처음에는 매끈한 서랍장에 미끄러져 몇번이나 넘어졌지만, 마침내 몸을 힘껏 벌떡 일으켜 똑바로 설 수 있게 됐다. 하체가 몹시 욱신거렸지만 이제 그런 통증 따위는 신경도 쓰이지 않았다. 그는 가까이에 있는 의자의 등받이를 향해 몸을 던졌고, 짧은 다리들로 등받이의 가장자리를 꼭 붙잡았다. 이로써 그는 자기제어를 할 수 있는 경지에 도달했고, 지배인이 말하는 소리가 들려서 잠자코 있었다.

"두분은 한마디라도 알아들으셨습니까?" 지배인이 부모님에게 물었다. "설마 우리를 놀리는 건 아니겠죠?"

"설마 그럴 리가요." 어머니가 벌써 울먹이며 말했다. "몹시 아픈 모양이에요. 우리가 힘들게 하나봐요. 그레테! 그레테!" 어머니가 여동생을 불렀다. 여동생이 다른 쪽에서 "어머니?" 하고 외쳤다. 어머니와 여동생은 그레고르의 방을 사이에 두고 의사소통을 했다.

"당장 의사한테 가야겠다. 그레고르가 아프다. 얼른 의사 선생님을 모셔오너라. 방금 그레고르가 하는 말 너도 들었니?"

"짐승 소리였어요." 지배인이 너무 조용히 말해서 어머니가 울부짖는 소리와 선명히 대비됐다.

"안나! 안나!" 아버지가 복도를 가로질러 부엌을 향해 외치고 손뼉을 쳤다. "당장 열쇠장이를 불러와!"

어느새 두 소녀가 치마를 펄럭이며 복도를 내달려서 ―그런데 여동생이 어떻게 저렇게 옷을 빨리 입었을까?― 현관문을 홱 열어젖혔다. 문을 닫는 소리는 들리지 않았다. 큰 불행이 닥친 집에서 으레 그러듯 문을 그대로 열어둔 모양이었다.

그레고르는 훨씬 침착해졌다. 이제 사람들이 그의 말을 알아듣지 못해도 그는 자기 말이 또렷이, 아까보다는 또렷이 들리는 것 같았다. 아마 귀가 적응한 덕분일 것이다. 하지만 사람들은 그가 썩 정상은 아니라고 믿었고, 그를 도와줄 채비를 했다. 식구들이 믿음직하고 확실하게 일차적인 조치를 취해줘서 그는 기분이 좋았다.

다시 인간세계로 진입한 느낌이 들었고, 의사와 열쇠장이가 대단한 깜짝 성과를 내주기를 기대했으나, 정작 둘 중 어느 쪽이 제구실을 해줄지는 생각해보지 않았다. 이제 곧 있을 결정적인 담판에 대비해 최대한 또렷한 목소리를 내려고 살짝 헛기침을 해보았다. 물론 아주 약하게 하려고 애썼는데, 자칫 기침 소리도 사람의 기침과는 다른 괴성으로 들릴 우려가 있었기 때문이다. 스스로도 어느 쪽인지 판단할 자신이 없었다. 그사이에 옆방은 아주 조용해졌다. 아마 부모님이 지배인과 테이블에 앉아서 밀담을 나누거나, 어쩌면 모두가 방문에 기대어 귀를 기울이고 있는지도 몰랐다.

그레고르는 의자를 천천히 밀어 문 앞에 놓고 문을 향해 몸을 던졌다. 짧은 다리의 발바닥에서 점액질이 약간 묻어난 덕분에 문에 밀착해 똑바로 설 수 있었다. 그는 힘든 운동을 한 터라 그렇게 잠시 휴식을 취했다. 그러고서 자물쇠에 꽂혀 있는 열쇠를 입으로 물고 돌리기 시작했다. 그런데 안타깝게도 제대로 된 이빨은 없는 것 같았다. 대체 무엇으로 열쇠를 잡아야 할까? 대신에 턱은 확실히 힘이 셌다. 그는 턱을 이용해 정말로 열쇠를 움직였는데, 분명히 상처를 입을 거라는 우려는 개의치 않았다. 입에서는 갈색 액체가 나와 열쇠로 흘러내려 바닥으로 뚝뚝 떨어졌다.

"들어보세요." 옆방에서 지배인이 말했다. "열쇠를 돌리고 있네요."

지배인의 말에 그레고르는 한껏 고무되었다. 하지만 모두가 응원해줘야 마땅했다. 아버지와 어머니도 이렇게 외쳐야 했다. "기운 내, 그레고르! 계속 그렇게! 자물쇠에 더 바짝 꽂아!"

모두가 긴장해서 그의 노력을 주시한다는 생각이 들자 그는 더 안간힘을 다해 정신없이 열쇠를 꽉 물었다. 열쇠를 돌리는 일이 진척됨에 따라 그는 자물쇠 주위를 빙글빙글 돌며 춤을 췄다. 이제 입으로만 몸을 지탱했고, 필요하면 열쇠에 매달려 쉬다가 다시 온몸의 무게를 실어 열쇠를 내리눌렀다. 마침내 자물쇠가 열리면서 찰칵하고 맑은소리를 내자 그레고르는 그야말로 정신이 번쩍 들었다. 그는 숨을 크게 내쉬면서 "열쇠장이는 필요 없게 되었네"라고 중얼거렸고, 머리를 손잡이에 올려놓고 문을 완전히 열려고 했다.

그레고르가 이런 방식으로 문을 열기 위해 애쓰는 동안 사실은 벌써 문이 꽤 열려 있었는데, 다만 밖에서는 그의 모습이 보이지 않았다. 그는 이제 열린 문짝의 모서리를 아주 천천히 돌아 나와야 했다. 거실로 나가기도 전에 등이 바닥으로 쿵 쓰러지지 않으려면 무척 조심해야 했던 것이다. 그는 여전히 힘든 동작에 전념하느라 다른 문제는 신경 쓸 겨를이 없었는데, 지배인이 "으악!" 하고 비명을 지르는 소리가 들렸다. 마치 거센 바람이 위잉 울리는 소리 같았다. 이제 그레고르도 문에서 가장 가까이 있던 지배인이 벌린 입을 손으로 막고 천천히 뒷걸음치는 모습을 보게 되었다. 균등하게 작용하는 보이지 않는 힘이 그를 계속 몰아내는 것 같았다. 어머니는 지배인이 있는데도 간밤에 풀어헤친 머리가 마구 헝클어진 상태로 처음에는 양손을 깍지 끼고 아버지를 쳐다보았고, 그러고는 그레고르 쪽으로 두걸음 다가오더니 그 자리에서 풀썩 쓰러지고 말았다. 치마가 어머니 주위에 활짝 펴졌고, 얼굴은 가슴에 묻혀 아예 보이지도 않았다. 아버지는 그레고르를 방 안으로 처넣을 듯이 적의를 품은 표정으로 주먹을 불끈 쥐었고, 거실을 불안하게 둘러보더니 마침내 양손으로 눈을 가리고 건장한 가슴을 들썩이며 울기 시작했다.

그레고르는 감히 거실로 나가지 못하고 꼭 잠긴 다른 문짝의 안쪽에 기대 있었기 때문에 밖에서는 몸통의 절반과 옆으로 기울인 머리만 보였다. 그레고르는 그렇게 머리를 내밀고 바깥에 있는 이들의 동정을 살폈다. 그사이에 날이 많이 밝아졌다. 거리 맞은편에 끝이 보이지 않는 진회색 건물의 단면이 또렷이 보였다. 그것은 병원이었고, 건물 전면의 돌출된 규격화된 창문들 때문에 유난히 두드러져 보였다. 아직까지 내리는 비는 이제 빗방울 하나하나가 보일 정도로 큰 빗방울이 되어 그야말로 낱알로 땅바닥에 떨어졌다. 식탁에는 아침식사의 식기들이 수북했다. 아버지는 아침을 하루 중 가장 중요한 식사로 여겨서 아침식사 중에 여러 신문을 읽으면서 시간을 마냥 끌었다. 식탁에서 마주 보이는 벽에는 그레고르의 군대 시절 사진이 걸려 있었다. 소위 복장을 한 그는 손을 대검에 대고서 해맑은 미소를 지으며 자신의 자세와 제복에 경의를 표해주기를 은근히 바라는 것처럼 보였다. 현관복도로 통하는 문과 대문이 열려 있어서 집 앞의 층계참과 아래로 내려가는 층계의 시작 부분이 보였다.

그레고르는 자신만이 침착함을 유지하고 있다는 사실을 의식하면서 말을 꺼냈다.

"저는 이제 얼른 옷을 입고 옷감견본을 챙겨 넣고 출발하겠습니다. 제가 출발할 수 있게 해주실 거죠? 자, 지배인님, 보시다피 저는 고집불통이 아니고 일을 즐깁니다. 출장여행이 힘들긴 하지만 그래도 출장을 가지 않으면 먹고살 수 없거든요. 지배인님, 대체 어디로 가십니까? 회사로 가세요? 그래요? 모든 것을 사실대로 보고하실 건가요? 제가 지금 당장은 일을 할 수 없지만, 그래서 오히려 지금이야말로 이전의 영업실적을 돌이켜보고, 나중에 장애를 제거한 후에는 반드시 그만큼 더 열심히 집중해서 일할 각오를 다질 수 있는 최적의 시간입니다. 사실 저는 사장님께 큰 신세를 졌고, 그건 지배인님도 잘 아시지요. 다른 한편으로 저는 부모님과 여동생이 걱정됩니다. 제가 지금은 곤경에 처했지만, 다시 헤쳐나갈 겁니다. 지금도 힘든데 저를 더 힘들게 하지는 마세요. 회사에서 제 편을 들어주세요! 외판원을 좋아하시지 않는다는 것은 저도 알아요. 사람들은 외판원이 떼돈을 벌고 호사스러운 생활을 한다고 생각하지요. 이런 편견을 바로잡을 수 있는 특별한 계기도 없죠. 하지만 지배인님, 지배인님은 상황이 어떤지 다른 관리자들보다 잘 아시잖아요. 완전히 믿고 말씀드리면, 심지어 사장님보다 잘 아시잖아요. 사장님은 경영자의 특성상 직원에게 곧잘 불리한 쪽으로 판단이 치우치거든요. 잘 아시다시피 외판원은 거의 일년 내내 사무실 밖에서 일하다보니 험담이나 근거 없는 비방, 오비이락의 누명을 쓰고 희생양이 되기 쉽지요. 그런 모략을 막기란 완전히 불가능합니다. 대개는 전혀 알아채지도 못하니까요. 출장을 마치고 녹초가 돼 집에 돌아와서야 원인도 알 수 없는 고약한 결과를 몸으로 실감하는 거죠. 지배인님, 떠나시기 전에 적어도 제가 어느 정도는 옳다고 한마디라도 해주세요!”

하지만 지배인은 그레고르가 말을 시작할 때 이미 돌아섰고, 입술을 삐죽거리며 으쓱 추켜올린 어깨 너머로 그레고르를 돌아봤을 뿐이었다. 그레고르가 말하는 동안 지배인은 잠시도 가만있지 않고 문을 향해 — 마치 거실을 떠나면 안된다는 은밀한 금지령이라도 내린 것처럼 — 살금살금 걸어갔고, 그러면서도 그레고르를 시야에서 놓치지는 않았다. 지배인은 어느새 현관복도에 들어섰는데, 마지막으로 거실에서 부리나케 발을 빼는 동작이 얼마나 신속했는지 신발 바닥이 방금 불타지 않았을까 걱정이 될 정도였다. 지배인은 현관에서 바깥 층계를 향해 오른손을 길게 쭉 뻗었다. 거기에서 지상을 초월한 구원의 손길이 기다리고 있다는 듯이.

그레고르는 지배인을 이런 기분 상태로 보내서는 절대로 안된다는 것을 깨달았다. 그대로 보내면 회사에서 그의 일자리가 극히 위태로워질 터였다. 부모님은 이 모든 것을 제대로 파악하지 못했다. 오랜 세월이 흐르는 사이에 부모님은 그레고르가 평생 이 회사에 몸담을 거라는 확신이 생겼다. 게다가 지금은 눈앞에 닥친 걱정거리로 경황이 없어서 앞날을 내다볼 여력이 없었다. 하지만 그레고르는 앞날을 내다봤다. 지배인을 제지하고, 진정시키고, 설득해서 반드시 자기 편으로 만들어야 했다. 그레고르와 가족의 장래가 여기에 달린 것이다! 이럴 때 여동생이라도 여기 있었으면! 여동생은 영리했다. 여동생은 그가 가만히 누워 있을 때 이미 알아서 울어주었던 것이다. 여자에 약한 지배인은 틀림없이 여동생한테 넘어갔을 터였다. 여동생이 대문을 닫고 현관복도에서 지배인을 살살 구슬려 놀란 가슴을 달래주면 될 텐데. 하필 이때 여동생이 없으니 그레고르 자신이 나서야 했다. 지금 당장 움직일 수 있는 능력이 어느 정도인지 모른다는 사실도 까맣게 잊은 채, 게다가 그의 말을 십중팔구 알아듣지 못할 거라는 사실도 까맣게 잊은 채, 그레고르는 기대고 있던 문에서 떠났다. 그는 몸을 밀어 열린 방문을 지나 지배인 쪽으로 가려 했다. 지배인은 어느새 층계참의 난간을 우스꽝스럽게 양손으로 꼭 붙잡고 있었다. 그레고르는 몸을 지탱할 것을 찾으려다 금세 외마디 비명을 지르며 앞으로 넘어져 짧고도 많은 다리가 바닥에 닿게 되었다. 그러자 오늘 아침 처음으로 몸이 편안하다는 느낌이 들었다. 짧은 다리들이 단단한 바닥 위에 서게 된 것이다. 다리가 완벽하게 따라줘서 그는 무척 기뻤다. 심지어 짧은 다리들은 그가 원하는 쪽으로 움직여주려고 애쓰기까지 했다. 그는 어느새 모든 고통이 말끔히 나을 때가 임박했다고 믿었다. 하지만 얼마 떨어지지 않은 곳에 어머니가 있었고, 어머니를 바로 마주 보는 바닥에서 그가 움직임을 자제하느라 몸이 흔들거리던 바로 그 순간, 완전히 얼빠진 것처럼 보이던 어머니가 단숨에 벌떡 일어나더니 팔을 활짝 뻗고 손가락도 편 채로 비명을 질렀다.

"살려줘요! 제발 살려줘요!" 어머니는 그러면서도 고개를 숙여 그레고르를 자세히 살펴보려는 것 같았지만, 예상과는 반대로 정신없이 뒷걸음쳐 달아났다. 그런데 어머니는 등 뒤에 아침상을 차린 식탁이 있다는 것을 잊고 있었다. 어머니는 식탁에 다다르자 정신이 산란한 상태에서 다급하게 식탁에 앉았다. 그 바람에 옆에 있던 커다란 커피포트가 넘어져 커피가 양탄자 바닥으로 줄줄 쏟아졌는데, 그런 줄도 모르는 것 같았다.

"어머니, 어머니!" 그레고르는 어머니를 낮은 목소리로 부르면서 올려다보았다. 한순간 지배인은 뇌리에서 완전히 사라졌다. 대신 커피가 흐르는 것을 보고서 충동을 이기지 못해 여러 차례 턱으로 허공을 쩝쩝 씹으며 입맛을 다셨다. 그러자 어머니는 다시 비명을 질렀고, 식탁에서 달아나 다급히 달려오는 아버지의 품에 쓰러졌다. 하지만 그레고르는 지금 부모님에게 신경을 쓸 겨를이 없었다. 지배인은 어느새 계단에 있었다. 그리고 턱을 난간에 괸 채 마지막으로 뒤를 돌아봤다. 그레고르는 그를 최대한 확실히 따라잡기 위해 내달렸다. 지배인은 눈치를 챘는지 여러 계단을 단번에 뛰어서 사라지고 말았다. 그러고도 지배인의 "아이고!" 하는 외마디 소리가 계단실 전체에 울려 퍼졌다. 지배인이 달아나자 그동안 비교적 자제하고 있던 아버지가 안타깝게도 완전히 실성한 것 같았다. 아버지는 지배인을 직접 따라가거나 적어도 그레고르가 쫓아가는 것을 방해하지는 말아야 했다. 하지만 그러긴커녕 지배인이 모자며 외투와 함께 소파에 놓고 간 지팡이를 오른손으로 집어 들고 왼손으로는 식탁에 놓인 큰 신문지를 집어서 지팡이와 신문지를 흔들고 발로는 바닥을 쿵쿵 구르며 그레고르를 그의 방으로 몰아대기 시작했다. 그레고르가 아무리 애원해도 소용이 없었다. 아버지는 그의 애원도 알아듣지 못했다. 그레고르가 아주 공손하게 머리를 돌려도 아버지는 오히려 더 세게 발을 쿵쾅 굴렀다. 저만치 떨어져 있던 어머니는 서늘한 날씨에도 창문을 열어놓았고, 창문틀에 기대어 창밖으로 상체를 쑥 내민 채 양손으로 얼굴을 누르고 있었다. 골목길과 계단실 사이로 강한 틈새바람이 형성돼 커튼이 날아올랐고, 식탁 위에 놓인 신문이 펄럭이면서 몇장은 바닥으로 날아갔다. 아버지는 그레고르를 가차 없이 몰아대면서 야만인처럼 쉭쉭 을러대는 소리를 내뱉었다. 하지만 그레고르는 아직 뒷걸음질 연습은 못했기 때문에 아주 더디게 움직였다. 그가 몸을 돌릴 수만 있다면 금방 방에 들어갈 수 있을 것이다. 하지만 몸을 돌리느라 시간을 지체하면 아버지의 화를 돋울까 겁이 났다. 아버지의 손에 들린 지팡이가 시시각각 그레고르의 등짝이나 머리를 때려죽일 듯 위협했던 것이다. 그래도 결국 그레고르는 어쩔 수 없이 몸을 돌려야 했다. 뒷걸음질을 하면서는 방향을 가늠할 수 없다는 것을 깨닫고 질겁했기 때문이다. 그는 아버지를 줄곧 불안하게 곁눈질하면서 최대한 신속히, 하지만 실제로는 아주 굼뜨게 몸을 돌리기 시작했다. 어쩌면 아버지가 그의 선의를 알아줄지도 몰랐다. 아버지는 과연 그레고르가 몸을 돌리는 것을 방해하지 않고 오히려 멀리서 지팡이 끝을 이리저리 흔들며 몸을 돌리는 동작을 지휘까지 해줬다. 제발 아버지가 쉭쉭하는 듣기 싫은 소리만 내지 말았으면! 그레고르는 그 소리 때문에 머리가 돌 지경이었다. 몸을 거의 다 돌렸다 싶었는데, 쉭쉭하는 소리를 계속 따르다가 그만 방향을 잃고 거꾸로 한구간을 더 돌고 말았다. 마침내 다행히 머리를 방문 앞으로 돌리긴 했는데, 이제 보니 몸통이 너무 넓적해서 곧장 통과할 수가 없었다. 그렇다고 아버지가 지금의 심정으로 잠겨 있는 다른 문짝을 열어 그레고르가 넉넉히 통과할 수 있게 해줄 리는 없었다. 아버지는 오로지 그레고르가 최대한 빨리 방 안으로 들어가야 한다는 강박관념에만 사로잡혀 있었다. 그레고르가 몸을 일으켜 일어선 자세로 문을 통과하려면 번거로운 사전준비를 해야 하는데, 아버지가 그런 준비를 거들어줄 리도 없었다. 오히려 아버지는 아무런 장애물도 없다는 듯 그레고르를 더욱 요란스레 앞으로 몰아댔다. 그레고르의 뒤에서 들려오는 소리는 더이상 세상에 하나뿐인 아버지의 목소리가 아닌 듯했다. 이제 정말 장난이 아니었다. 그레고르는 에라 모르겠다 하고 문을 향해 돌진했다. 그러자 몸의 한쪽 측면이 들린 채 문간에 비스듬히 널브러진 자세가 되고 말았다. 다른 쪽 옆구리는 완전히 마모되는 부상을 입어서 하얀 문짝에 보기 흉한 얼룩이 남았다. 문 사이에 꼭 끼어 혼자서는 꼼짝도 할 수 없었고, 한쪽 옆구리의 짧은 다리들은 허공에 매달려 바르르 떨었으며, 다른 쪽 다리들은 고통스럽게 바닥에 짓눌려 있었다. 그러자 이번에는 아버지가 뒤에서 정말로 구원의 한방을 세게 날렸고, 그레고르는 피를 뚝뚝 흘리며 방 안으로 멀찍이 날아갔다. 문은 지팡이로 쾅 닫혔고, 마침내 집 안이 조용해졌다.

2

날이 어둑해질 무렵에야 그레고르는 혼수 상태 같은 깊은 잠에서 깨어났다. 방해하는 소리가 없어도 분명 아주 늦게 깨지는 않았을 것이다. 충분히 쉬었고 잠도 푹 잔 느낌이 들었기 때문이다. 하지만 가벼운 발소리와 현관복도로 통하는 문을 조심스레 닫는 소리에 잠이 깬 것만 같았다. 전기 가로등 불빛이 천장 여기저기와 가구들 윗부분에 희미하게 비쳤지만, 그레고르가 있는 아래쪽은 어둠침침했다. 그는 서투르게 더듬이로 더듬으며 천천히 문을 향해 기어갔는데, 그제야 더듬이가 소중하다는 것을 깨달았다. 문밖에서 무슨 일이 있는지 동정을 살펴볼 참이었다. 왼쪽 옆구리에 생긴 길쭉한 상처가 불쾌하게 팽팽히 당겨왔기 때문에 두 줄의 다리로 걸으려니 몹시 비틀거렸다. 게다가 오전에 일어난 사고로 다리 하나가 중상을 입어서 맥없이 질질 끌렸는데, 그래도 다리 하나만 다쳤으니 거의 기적이었다.

문에 가까이 가서야 그레고르는 어째서 이쪽으로 오고 싶었는지 알아챘다. 음식냄새가 났던 것이다. 문 앞에는 달콤한 우유가 담긴 대접이 놓여 있었는데, 우유에는 작게 자른 흰 빵 조각이 동동 떠 있었다. 그는 너무 기뻐서 웃음이 터질 지경이었다. 아침나절보다 더 배가 고팠다. 그는 곧바로 눈이 거의 잠길 정도로 우유에 머리를 풍덩 담갔다. 하지만 이내 실망해서 다시 머리를 쳐들었다. 왼쪽 옆구리의 민감한 부위 때문에 먹기가 힘들었는데, 이젠 몸 전체가 헐떡이며 함께 움직여야 식사를 할 수 있게 된 것이다. 게다가 우유는 전혀 맛이 없었다. 평소에 우유를 즐겨 마셨고, 분명히 그래서 여동생이 우유를 들여놓았을 텐데. 그는 거의 역겨움을 느끼고 대접에서 등을 돌려 방 가운데까지 기어가고 말았다.

문틈으로 살펴보니 거실에는 가스등이 밝혀져 있었다. 평소 이 시간이면 아버지가 석간신문을 어머니와 때로는 여동생한테도 소리 높여 읽어주곤 했는데, 지금은 아무 소리도 들리지 않았다. 여동생은 아버지의 신문낭독 얘기를 늘 들려줬고 편지에도 쓰곤 했는데, 최근에는 낭독이 아예 중단된 모양이었다. 사방이 아주 조용했지만, 집이 비어 있지 않은 것은 분명했다. "식구들이 어쩌면 이렇게 조용히 살까." 그레고르는 혼자 중얼거렸다. 그는 어두운 허공을 멍하게 바라보면서, 자신이 부모님과 여동생을 이렇게 근사한 집에서 생활할 수 있게 해줬다고 생각하니 뿌듯한 자부심이 차올랐다. 그런데 이제 이 모든 평온과 풍족한 생활, 만족감이 끔찍하게 종말을 고한다면 과연 어떻게 될 것인가? 이런 불길한 생각에 빠지지 않으려고 그레고르는 되도록 몸을 움직이고 방 안을 이리저리 기어 다녔다.

기나긴 저녁나절 동안 한쪽 옆문이 한번, 다른 옆문도 한번, 작은 틈새가 생길 만큼 살짝 열렸다가 금방 닫혔다. 누군가 들어올 필요성을 느끼다가 다시 생각이 복잡해진 모양이었다. 거실로 통하는 문 앞에 바짝 다가간 그레고르는 망설이는 방문객을 어떻게든 방 안으로 들이거나 적어도 그가 누구인지라도 알아볼 생각이었다. 그런데 이제는 문이 열리지 않았고, 기다려도 소용이 없었다. 아침에 모든 문이 잠겨 있을 때는 모두가 방 안으로 들어오려 했다. 그런데 그가 거실로 통하는 문을 열었고 양쪽 옆문도 분명히 낮에는 열렸을 텐데, 이제는 아무도 오지 않았고 열쇠도 바깥에서 꽂혀 있었다.

32

밤이 이슥해서야 거실 등불이 꺼졌다. 부모님과 여동생이 그때까지 깨어 있었다는 것을 쉽게 알 수 있었다. 세 식구가 까치발로 물러가는 소리가 들린 것이다. 분명히 내일 아침까지는 아무도 그레고르의 방에 들어오지 않을 것이다. 지금부터 어떻게 인생을 새롭게 꾸려갈지 방해받지 않고 숙고할 수 있는 시간 여유가 충분히 확보된 것이다. 그런데 천장이 높고 자유롭게 움직일 수 있는 방에서 바닥에 납작 엎드려 있어야 한다는 게 불안했다. 벌써 오년째 이 방에서 지내왔는데 어째서 불안한지 딱히 이유는 알 수 없었다. 그는 반쯤은 무의식적으로 몸을 돌려 가벼운 수치심을 느끼며 황급히 소파 밑으로 기어들어갔다. 거기서는 등짝이 다소 눌리고 머리를 들 수도 없었지만 그래도 금세 썩 편안한 느낌이 들었다. 다만 몸통이 너무 넓적해서 몸을 소파 밑으로 완전히 숨기지 못해 아쉬웠다.

그레고르는 밤새도록 소파 밑에만 있었다. 때로는 선잠이 들었지만 너무 배가 고파서 자꾸만 화들짝 깨어났고, 때로는 근심 걱정과 막연한 희망에 골몰하기도 했다. 하지만 아무리 생각해도 결국 결론은 하나로 모아졌다. 당분간 조용히 지내면서, 인내심을 갖고 최대한 신중히 행동하여 그의 몸 상태로 인해 어쩔 수 없이 초래된 불쾌한 사태를 가족들이 견딜 수 있게 해야 한다는 것이었다.

아직 밤이나 다름없는 이른 새벽부터 그레고르는 방금 다진 결심의 효력을 시험해볼 기회가 생겼다. 여동생이 옷을 거의 다 차려입고 현관복도에서 방문을 열고 긴장하며 방 안을 들여다본 것이다. 여동생은 그를 금방 찾지는 못했으나 소파 밑에 있는 모습을 발견하자 ─ 하긴 그가 어딘가에는 있어야 하고, 다른 데로 날아갈 수도 없지 않은가 ─ 질겁하고는 자제력을 잃고 다시 밖에서 문을 쾅 닫아버렸다. 하지만 자신의 행동이 후회됐는지 곧 다시 문을 열더니 중환자나 낯선 사람의 방인 양 까치발로 살금살금 들어왔다. 그레고르는 소파의 가장자리까지 머리를 내밀고 여동생을 관찰했다. 그가 우유를 그대로 남겼다는 것을, 게다가 식욕이 없어서가 아니라는 것을 여동생이 알아차릴까? 혹시 그의 입맛에 맞는 다른 음식을 가져오지는 않을까? 여동생이 알아서 그렇게 해주지 않는다면 굳이 그렇게 해달라고 부탁하느니 차라리 굶어 죽고 말 것이다. 그럼에도 그는 소파 밑에서 뛰쳐나가 여동생의 발 앞에 엎드려 뭔가 양질의 먹거리를 부탁하고 싶은 마음이 간절했다. 여동생은 우유가 조금 흘러나왔을 뿐 아직도 대접에 가득한 것을 금방 발견하고는 의아해했다. 그러고는 곧바로 대접을 집어 들고 밖으로 나갔는데, 대접을 맨손이 아닌 걸레로 잡고 있었다. 그레고르는 여동생이 우유 대신 어떤 음식을 가져올지 호기심에 잔뜩 들떠 온갖 상상을 해봤다. 하지만 여동생이 선심을 써서 실제로 가져온 음식은 그로서는 도저히 알아맞힐 수 없는 것이었다. 여동생은 그의 입맛을 시험해보려고 온갖 먹거리를 골라 와서 낡은 신문지에 늘어놓았다. 거기에는 오래되어 반쯤 상한 채소가 있었다. 그리고 어제 저녁에 먹고 남은 하얀 소스가 굳어 있는 뼈다귀도 있었다. 건포도와 아몬드도 두어알 있었고, 그레고르가 이틀 전에 못 먹겠다고 버린 치즈 조각도 있었다. 아무것도 바르지 않은 빵 한조각, 버터를 바른 빵 한조각, 버터를 바르고 소금을 뿌린 빵 한조각도 있었다. 이 모든 음식 외에도 여동생은 보아하니 그레고르 전용으로 지정한 대접에 물을 담아 왔다. 여동생은 자기가 보는 앞에서는 그레고르가 먹지 않을 걸 알았기에 자상하게 배려하는 마음으로 서둘러 물러갔다. 게다가 밖에서 열쇠도 잠갔는데, 그레고르가 마음 편하게 먹어도 좋다는 것을 알아차리라고 그런 것이었다. 그레고르의 짧은 다리들은 이제 식사를 하러 가자 신나서 부들부들 떨었다. 상처도 어느새 완전히 나았는지 아무런 불편도 느껴지지 않아 신기했다. 생각해보니 손가락을 아주 살짝 칼에 베인 것이 한달도 넘었는데 그저께까지도 상처가 아프지 않았던가. 그는 '감각이 둔해진 걸까?' 하고 생각했지만 금세 치즈를 게걸스럽게 빨아먹었다. 다른 어떤 음식보다도 특히 치즈가 구미에 확 당겼다. 그는 치즈, 야채, 소스를 순식간에 차례로 먹어치우면서 너무 흡족해서 눈물이 났다. 반면에 신선한 음식은 맛이 없고 냄새도 도저히 견딜 수 없어서 먹고 싶은 음식만 멀찌감치 따로 끌어다놓았다. 음식을 다 먹어치운 지 한참이 지나고도 그는 여전히 같은 자리에서 빈둥거리고 있었는데, 그때 여동생이 그가 물러나주길 바라는 신호로 천천히 열쇠를 돌렸다. 그는 그새 거의 선잠이 들었다가 바로 화들짝 깨어나 다시 소파 밑으로 서둘러 들어갔다. 여동생이 방 안에 머문 시간은 짧았다. 하지만 소파 밑에 있으려니 엄청난 극기가 필요했다. 배불리 먹어서 몸이 불어나 비좁은 소파 밑에서는 숨도 쉬기 힘들었기 때문이다. 그는 거의 질식할 것 같은 상태에서 약간 튀어나온 눈으로 여동생을 바라봤다. 여동생은 그런 사정은 모르고 남은 음식찌꺼기뿐 아니라 그레고르가 건드리지 않은 음식까지도 이젠 사용할 수 없다고 여기는지 빗자루로 쓸어 모으고 있었다. 그러고는 죄다 황급히 통에 담아 나무 뚜껑으로 덮고서 갖고 나갔다. 여동생이 돌아서자마자 그레고르는 바로 소파에서 기어나와 몸을 쭉 펴서 원래대로 부풀렸다.

그레고르는 매일 이런 방식으로 음식을 받아먹었다. 부모님과 하녀가 아직 잠들어 있는 아침에 한번, 그리고 온 식구가 점심을 먹은 후에 두번째 식사를 했다. 점심식사 후에 부모님은 낮잠을 잠깐 잤고, 하녀는 여동생의 심부름을 갔던 것이다. 확실히 부모님도 그레고르가 굶어 죽는 것은 바라지 않았다. 그렇지만 그레고르의 식사에 관해 간접적으로 전해 듣는 정도를 넘어 직접 보는 것은 견디지 못했을 것이다. 어쩌면 여동생은 가능하면 부모님의 슬픔을 조금이라도 덜어드리고 싶었을 것이다. 사실 부모님은 무척 힘들어했다.

사건이 터진 날 오전에 과연 어떤 핑계를 대고 의사와 열쇠장이를 다시 집에서 내보냈는지 그레고르는 전혀 알 수 없었다. 아무도 그의 말을 알아듣지 못했기에 그가 다른 사람의 말을 알아들을 거라고는 생각하지 못했고, 심지어 여동생도 그랬다. 그래서 여동생이 그의 방에 들어와 있을 때면 그는 그저 이따금 여동생의 한숨이나 성인聖人들을 부르는 소리를 듣는 정도로 만족해야만 했다. 나중에 여동생이 모든 일에 어느 정도 적응한 후에야 ─ 완전히 적응한다는 것은 당연히 꿈도 꿀 수 없었다 ─ 그레고르는 이따금 여동생이 다정하게 하는 말이나 그렇게 해석할 수 있는 말을 얼른 알아들었다. 가령 그레고르가 음식을 깨끗이 먹어치우면 여동생은 "오늘은 맛있었구나"라고 했다. 하지만 음식을 남기는 경우가 점점 잦아졌는데, 그러면 거의 슬픈 표정으로 "이번에도 죄다 남겼네"라고 중얼거리곤 했다.

그레고르는 집 안에서 일어나는 일을 직접 확인할 수는 없었지만 옆방에 귀를 기울여 여러 가지를 엿들었다. 어쩌다 한번 목소리가 들리면 금방 그쪽 문으로 다가가서 온몸을 문에 밀착시켰다. 특히 초기에는 은밀하게라도 그와 관계되지 않은 대화가 없었다. 처음 이틀 동안은 식사 때마다 이제 어떻게 대처해야 할지 의논하는 소리가 들렸다. 식사 때가 아니어도 같은 주제로 얘기했다. 언제나 식구들 중 적어도 두 사람은 집에 있었다. 아무도 혼자서는 집에 있으려 하지 않았고, 그렇다고 집을 완전히 비워둘 수도 없었기 때문일 것이다. 하녀는 사건 첫날 당장 집에서 내보내달라고 어머니에게 애걸복걸했는데, 그날 벌어진 일에 관해 하녀가 무엇을 얼마나 알고 있는지는 분명치 않았다. 그러고서 십오분 후에 작별인사를 하면서 하녀는 눈물을 흘리며 해고시켜줘서 감사하다고 했다. 해고가 이런 상황에서 그녀가 받을 수 있는 최고의 선행이라도 되는 것처럼. 또한 요구하지 않았는데 누구에게도 눈곱만큼도 발설하지 않겠노라고 굳이 철석같이 맹세를 했다.

이제 여동생은 어머니와 단짝이 되어 요리도 해야 했다. 하지만 그다지 힘든 일은 아니었다. 식구들이 거의 먹지 않았기 때문이다. 식구 중 누군가가 다른 식구에게 식사를 좀 하라고 권해도 소용이 없었고 그저 "고맙지만 충분히 먹었어"라거나 그 비슷한 대답만 들었다. 술도 전혀 마시지 않는 것 같았다. 여동생이 종종 아버지에게 맥주를 드시겠냐고 묻고 진심으로 직접 사오겠다고 나서도 아버지는 묵묵부답이었다. 여동생이 아버지의 걱정을 덜려고 건물 관리인 아주머니에게 좀 사다달라고 부탁해도 된다고 하면 그제야 아버지는 큰 소리로 "괜찮다"라고 했으며, 그러고는 더이상 맥주 얘기는 꺼내지도 않았다.

사건 첫날이 경과하는 동안 아버지는 벌써 집안의 모든 재산 상태와 향후 전망을 어머니와 여동생에게 설명해주었다. 아버지는 이따금 자리에서 일어나 오년 전 사업이 파산했을 때 용케 건져낸 작은 베르트하임 금고에서 이런저런 증빙자료나 비망록을 꺼내왔다. 아버지가 금고의 복잡한 자물쇠를 열고, 찾던 서류를 꺼낸 다음 다시 닫는 소리가 들렸다. 아버지가 이렇게 재산 상태를 밝힌 것은 그레고르가 방 안에 갇힌 후 들은 이야기 중 그나마 처음으로 반가운 소식이었다. 지금까지 그레고르는 아버지의 사업자산이 티끌만큼도 남은 게 없다고 믿어온 것이다. 적어도 아버지가 반대되는 이야기를 해준 적은 없었고, 물론 그레고르 역시 아버지에게 남은 재산에 관해 물어본 적이 없었다. 당시 그레고르는 온 가족을 완전히 절망에 빠뜨린 파산의 불행을 식구들이 최대한 빨리 잊게 하려고 총력을 기울이는 데만 신경을 썼다. 그래서 당시에는 열성을 다해 일하기 시작했고, 그야말로 하룻밤 사이에 말단 점원에서 외판원으로 승진했다. 외판원은 자연히 전혀 다른 돈벌이 가능성이 있었고, 영업실적을 올리면 금세 수수료 형태로 현금이 생겼다. 그는 그렇게 생긴 돈을 집으로 가져와 감탄하고 행복해하는 식구들이 보는 앞에서 식탁에 꺼내놓곤 했다. 잘나가던 시절이었다. 그후로 그런 호시절은, 적어도 그 정도로 반짝한 시절은 두번 다시 돌아오지 않았다. 그럼에도 그레고르는 돈을 잘 벌어서 온 식구가 지출하는 비용을 감당할 능력이 됐고, 실제로 감당했다. 식구들도 그레고르도 그런 생활에 익숙해져 식구들은 고마워하며 돈을 받았고, 그레고르는 기꺼이 돈을 내주었다. 하지만 애틋한 정은 더이상 살아나지 않았다. 다만 여동생과는 계속 친밀한 관계를 유지했다. 여동생은 그레고르와 달리 음악을 아주 좋아했고 바이올린을 감동적으로 연주할 줄 알았기 때문에, 그레고르는 내년에 여동생을 음악원에 보내려는 비밀스러운 계획을 갖고 있었다. 그러자면 많은 학비가 들겠지만 개의치 않고 다른 방식으로 충당할 생각이었다. 그레고르가 이 도시에서 일하는 짧은 기간 동안 종종 여동생과 대화를 나누는 중에 음악원 얘기가 나왔는데, 언제나 허울 좋은 꿈에 불과했지 실현 가능성은 생각도 할 수 없었다. 부모님도 그런 순진한 얘기를 전혀 달가워하지 않았다. 하지만 그레고르의 생각은 확고했고, 성탄절 저녁에 근사하게 계획을 밝힐 작정이었다.

그레고르는 문에 바짝 달라붙어 서서 바깥 동정을 엿듣는 동안 지금 처지로는 전혀 쓸데없는 그런 생각이 뇌리에 스쳤다. 이따금 피로가 몰려와 더이상 집중해서 듣지 못하고 머리가 부주의하게 문짝에 툭툭 부딪혔지만, 머리를 금세 다시 곧추세웠다. 머리가 부딪혀 작은 소리라도 나면 밖에서 듣고서 모두 입을 다물었기 때문이다. 잠시 후 아버지가 "또 무슨 짓을 하는 거야"라고 분명히 문을 향해 말했고, 그제야 중단됐던 대화가 다시 서서히 이어졌다.

아버지 자신도 남겨둔 재산 문제에는 오래도록 신경을 쓰지 않았기 때문에, 또한 어머니가 그 모든 설명을 단번에 바로 이해하지는 못했기 때문에, 아버지는 설명 중에 종종 같은 말을 되풀이하곤 했다. 그래서 그레고르는 온갖 불행에도 예전에 챙겨둔 아주 적은 재산이 아직 그대로 남아 있으며 이자를 손대지 않아서 그사이에 재산이 약간 불어났다는 것을 이제 제대로 알게 됐다. 뿐만 아니라 그레고르가 자신의 몫으로 몇굴덴[1]만 갖고 매달 집으로 가져온 돈도 다 쓰지 않고 소규모 자금으로 축적되어 있었다. 그레고르는 문 뒤에서 부지런히 고개를 끄덕이며 이 뜻밖의 사려와 절약정신에 흐뭇해했다. 본래는 이렇게 남겨둔 돈으로 아버지가 사장에게 진 빚을 더 많이 갚을 수도 있었을 것이다. 그랬더라면 그레고르가 이 일자리를 벗어던질 날이 훨씬 앞당겨질 수도 있을 터였다. 하지만 지금으로서는 아버지가 취한 조치가 분명히 더 유리했다.

---

1 14~19세기의 독일 금화 및 은화.

그런데 이 돈은 식구들이 그 이자로 살아가기에는 턱없이 모자랐다. 기껏해야 한두해 버틸 수 있을 만큼은 되겠지만 그 이상은 아니었다. 그러니까 이 돈은 손대면 안되고 비상시를 대비해 남겨둬야 하는 금액에 불과했다. 먹고살기 위한 돈은 따로 벌어야 했다. 아버지는 건강하긴 해도 노인네였고, 벌써 오년째 아무 일도 하지 않아서 어떤 일도 제대로 감당할 자신이 없었다. 아버지는 고생만 하고 성공하지 못한 인생에서 첫 휴가였던 지난 오년 동안 살이 많이 불었고, 그래서 몸이 꽤나 둔해졌다. 그렇다면 연로한 어머니가 일을 해야 한단 말인가? 어머니는 천식을 앓아서 집 안에서 움직이는 것도 힘들어하고, 이틀이 멀다 하고 호흡곤란 증세로 창문을 열어놓고 소파에 드러누워 있어야 하지 않은가. 그렇다면 여동생이 돈을 벌어야 할까? 하지만 여동생은 열일곱살 애가 아닌가. 여동생은 지금까지는 남부럽지 않게 혜택을 누려서 그저 맵시 있게 차려입고, 늦잠이나 자고, 집안 살림을 거들고, 두어군데 소박한 파티에 참가하고, 무엇보다 바이올린을 연주하는 것이 생활의 전부였다. 돈을 반드시 벌어야 한다는 얘기가 나오면 그레고르는 매번 문에서 얼른 떨어져 문 옆에 있는 서늘한 가죽소파에 몸을 던졌다. 부끄럽고 슬퍼서 얼굴이 화끈거렸기 때문이다.

그레고르는 종종 긴 밤 내내 가죽소파에 드러누워 한숨도 못자고 몇시간씩 가죽을 긁어댔다. 그런가 하면 안간힘을 다해 의자를 창가로 밀고 가서 창문턱에 기어오르거나, 의자에 버티고 서서 창문에 기댔다. 분명 예전에 창밖을 내다볼 때 느꼈던 해방감이 어쩌다 생각나서 그랬을 것이다. 그런데 날이 갈수록 아주 조금 떨어져 있는 사물도 정말이지 점점 더 흐릿하게 보였다. 예전에는 맞은편에 있는 병원이 너무 자주 보여서 욕을 했는데, 이제는 아예 보이지도 않았다. 그리고 지금 사는 거리가 조용하지만 도심에 있는 샤를로텐 거리라는 것을 정확히 알지 못했다면, 창밖의 잿빛 하늘과 잿빛 땅이 분간되지 않는 황량한 벌판을 보고 있다고 착각할 뻔했다. 눈썰미 좋은 여동생은 딱 두번 의자가 창가에 놓여 있는 것을 보더니 방을 치우고 나서 매번 의자를 창가에 바짝 붙여놓았고, 심지어 이제는 안쪽 창문을 아예 열어놓았다.

그레고르는 여동생과 얘기할 수 있고, 오빠를 위해 신경써준 모든 배려에 고맙다고 말할 수만 있다면 여동생의 시중을 견디기가 수월했을 것이다. 그는 여동생의 시중 때문에 마음이 괴로웠다. 물론 여동생은 이 모든 일이 힘들다는 기색을 최대한 감췄고, 시간이 지날수록 당연히 더 잘해냈지만, 그레고르 또한 시간이 흐를수록 모든 사정을 더 정확히 파악했다. 이젠 여동생이 방에 들어오기만 해도 덜컥 겁이 났다. 여동생은 평소에 아무도 그의 방을 들여다보지 못하게 세심하게 신경을 썼다. 하지만 이제는 방에 들어오자마자 문을 닫을 겨를도 없이 곧장 창가로 달려가서 금방이라도 숨이 막힐 듯 다급한 손놀림으로 창문부터 열었고, 아직 날이 쌀쌀한데도 잠시 창가에서 심호흡을 했다. 여동생이 이렇게 창가로 달려가는 소동 때문에 그레고르는 매일 두번씩 질겁했다. 그러는 내내 그는 소파 밑에서 벌벌 떨었다. 여동생이 창문을 닫아둔 채 그레고르가 있는 방에 머무는 것이 가능하기만 하다면 분명히 이런 소동은 벌이지 않을 거라는 사실을 그 자신도 잘 알았다.

그레고르가 벌레로 변신한 지 어느새 한달이 지나자 이제는 여동생이 그의 외모에 특별히 놀랄 이유도 없었다. 하지만 한번은 여동생이 평소보다 조금 일찍 와서 그레고르가 사람을 겁주기 딱 좋은 자세로 꼼짝 않고 서서 창밖을 바라보는 모습과 맞닥뜨렸다. 그가 그렇게 버티고 있어서 창문을 바로 열 수 없으니 여동생이 들어오지 않더라도 그로서는 딱히 놀랄 일도 아니었다. 그런데 여동생은 들어오지 않았을 뿐 아니라 되돌아가면서 문을 닫아버렸다. 혹시 낯선 사람이 이런 광경을 목격했더라면 그레고르가 여동생을 노리다가 물려고 했다고 오해하기 십상이었다. 물론 그레고르는 즉시 소파 밑으로 몸을 숨겼다. 하지만 점심때까지 기다려서야 여동생이 다시 돌아왔고, 평소보다 훨씬 불안해 보였다. 그런 모습을 보니 여동생이 자신을 보는 일이 여전히 견디기 힘들며 앞으로도 계속 견디기 힘들 거라는 것을 알 수 있었다. 여동생이 그의 몸의 작은 부분이라도 소파 밑에서 삐져나온 것을 보고 달아나지 않으려면 엄청난 자기극복이 필요하다는 것도 알게 되었다. 그레고르는 여동생에게 자기 모습을 보이지 않으려고 어느날 리넨 시트를 등에 매고 끌고 와서 ─이 작업을 하느라 무려 네시간이 걸렸다─소파 위에 걸쳐놓고 몸이 완전히 감춰질 수 있도록 정돈했다. 이제는 여동생이 몸을 구부린다 해도 그를 볼 수 없을 터였다. 여동생이 시트가 불필요하다고 생각한다면 치워버릴 수도 있을 것이다. 그레고르의 입장에서는 자신을 그렇게 완벽하게 차단하는 것이 당연히 달가울 리 없지만, 여동생은 시트를 그대로 내버려뒀다. 한번은 여동생이 이 새로운 조치를 어떻게 받아들이는지 살펴보려고 그레고르가 머리로 시트를 살짝 들춰보니 심지어 고마워하는 눈치가 느껴졌다.

부모님은 처음 이주일은 그레고르의 방에 들어올 엄두도 감히 내지 못했다. 전에는 부모님이 여동생을 별 쓸모없는 애로 여기고 곧잘 성화를 부렸는데, 이제는 여동생이 하는 일을 극구 칭찬하는 말도 종종 들렸다. 그런데 이즈음에는 여동생이 그레고르의 방을 치우는 동안 아버지와 어머니가 종종 방 앞에서 기다리곤 했다. 여동생은 방에서 나가자마자 방 안이 어떠하고 오빠가 무엇을 먹으며 이번에는 어떤 모습을 보였는지, 혹시 조금이라도 호전된 기미가 보이는지 등을 부모님에게 자세히 얘기해드려야 했다. 어머니는 비교적 빨리 그레고르를 만나보고 싶어 했지만, 아버지와 여동생은 처음에는 합리적인 이유를 대며 어머니를 말렸다. 그레고르도 그 이유를 주의 깊게 듣고서 전적으로 수긍했다. 나중에는 어머니가 "제발 그레고르한테 가게 해줘! 불쌍한 아들 녀석이잖아! 아들을 보러 간다는데 내 심정을 이해 못해?"라며 목소리를 높이자 아버지와 여동생은 완력으로 어머니를 제지해야만 했다. 그러자 그레고르는 어쩌면 어머니가 방에 들어오는 것이 좋겠다는 생각이 들었다. 물론 매일 들어올 필요는 없고 일주일에 한번이면 족할 것이다. 그래도 어머니가 여동생보다는 매사를 훨씬 잘 꿰고 계시지 않은가. 여동생이야 아무리 씩씩해도 아직 그저 애였고, 따지고 보면 애처럼 가벼운 생각으로 이렇게 힘든 일을 떠맡았을 것이다.

어머니가 보고 싶던 그레고르의 소망은 금방 이루어졌다. 그는 낮에는 부모님을 생각해서 창문 쪽으로는 모습을 드러내지 않았다. 그렇다고 몇평에 불과한 방바닥에서 충분히 기어 다닐 수도 없었다. 밤중에 가만히 누워 있는 것도 견디기 힘들었고, 이젠 먹는 것도 전혀 즐겁지 않았다. 그래서 그는 기분전환 삼아 벽과 천장에서 이리저리 기어 다니는 습관이 생겼다. 특히 천장에 매달려 있는 것을 즐겼다. 그러면 바닥에 누워 있을 때와는 완전히 색다른 기분이 들었다. 더 자유롭게 숨을 쉴 수 있고, 몸에 가벼운 전율이 일었다. 그렇게 거의 천장에서 행복한 기분전환을 즐기다가 엉겁결에 다리를 떼고 방바닥으로 털썩 떨어지는 일이 생겨 그는 소스라치게 놀랐다. 하지만 이제는 전과 달리 몸을 완전히 제어하고 있어서 그렇게 높은 데서 떨어져도 상처를 입지 않았다. 그가 이리저리 기어 다니며 점액질의 흔적을 남겨서 여동생은 그가 혼자서 개척한 이 새로운 오락을 금방 알아차렸다. 그래서 여동생은 그가 최대한 넓은 범위로 기어 다닐 수 있게 해주려고 방해가 되는 가구들, 특히 서랍장과 책상을 치워주기로 마음먹었다. 그런데 여동생이 이 일을 혼자 감당할 수는 없었다. 그렇다고 감히 아버지에게 도움을 청할 엄두도 내지 못했다. 하녀도 도와주지 않을 게 뻔했다. 지난번 주방 하녀가 해고된 후 새로 들어온 열여섯살짜리 하녀는 씩씩하게 버티긴 했지만, 편의를 봐달라고 부탁해서 부엌문을 줄곧 잠가놓고 특별한 용무로 부를 때만 열어줬기 때문이다. 그래서 여동생은 아버지가 외출한 사이에 어머니를 모시고 방에 들어가는 수밖에 달리 도리가 없었다. 어머니는 기뻐서 환호성을 지르며 그레고르의 방 쪽으로 다가왔지만, 정작 방문 앞에 다다르자 입을 다물었다. 당연히 여동생이 먼저 방 안에 아무런 문제가 없는지 살펴봤고, 그러고 나서야 어머니를 들어가게 했다. 그레고르가 최대한 신속히 시트를 더 깊숙이 내리고 더 많은 주름을 잡아서 전체적으로 보면 정말 우연히 시트가 소파 위에 걸쳐진 것처럼 보였다. 이번에는 시트 아래 숨어서 몰래 살펴보는 것은 포기했다. 처음부터 바로 어머니를 보는 것은 단념하기로 했는데, 어머니가 왔다는 사실만으로도 기뻤던 것이다. 여동생이 "어서 와봐, 오빠는 안 보여"라고 채근했다. 어머니의 손을 잡고 이끄는 것이 분명했다. 그레고르는 연약한 두 여자가 무겁고 낡은 서랍장을 원래 자리에서 밀어내느라 애쓰는 소리를 들었다. 여동생은 너무 무리한다고 걱정하는 어머니의 주의도 흘려듣고 대부분의 일을 감당했다. 일은 아주 오래 걸렸다. 십오분이 지나자 어머니는 서랍장은 차라리 그대로 두는 것이 낫겠다고 했다. 첫째는 서랍장이 너무 무거워서 아버지가 오기 전에 일을 마치지 못할 것 같은데, 서랍장을 방 한가운데에 그대로 두면 그레고르가 다니는 길을 가로막지 않겠냐고 했다. 둘째는 가구를 치워버리면 과연 그레고르의 마음에 들지 확실치 않다는 것이었다. 어머니 생각에는 오히려 그 반대일 거라고 했다. 어머니는 텅 빈 벽을 바라보려니 마음이 아프다고 했다. 그러니 그레고르 역시 같은 느낌이 들지 않겠냐는 거였다. 오래전부터 방 안의 가구에 익숙한데 텅 빈 방에서는 적막감이 들 거라고 했다. "그러면 어떻게 되겠니." 어머니가 마무리 말을 했다. 정확히 어디 있는 줄도 모르는 그레고르에게 목소리의 울림도 아예 못 듣게 하려는 듯 거의 속삭이다시피 했는데, 그레고르가 말을 알아듣지 못한다고 확신하고 있었던 것이다. "우리가 가구를 치우면 병이 낫기를 바라는 희망을 아예 포기하고 걔더러 알아서 하라고 야멸차게 방치하는 꼴이 되지 않겠니? 방을 원래 상태 그대로 유지하는 것이 최선이 아닐까 싶다. 그래야 그레고르가 다시 우리 품으로 돌아오면 모든 것이 변함없다는 걸 알고서 힘들었던 시절을 더 쉽게 잊을 수 있지."

어머니가 이렇게 말하는 것을 듣자 그레고르는 지난 두달 내내 인간적인 대화를 직접 나눌 기회가 없었던데다 식구들 사이에서 단조로운 생활을 하다보니 자신의 판단력이 흐려져 있었다는 것을 깨달았다. 그렇지 않고서야 어떻게 방을 깨끗이 치워주기를 진심으로 바랄 수 있는지 납득이 되지 않았다. 대대로 물려받은 가구들이 정겹게 놓여 있는 따뜻한 방을 정말 텅 빈 동굴로 바꿔놓고 싶었을까? 물론 그렇게 하면 방해받지 않고 사방으로 기어 다닐 수는 있을 것이다. 하지만 동시에 인간적인 과거는 순식간에 깡그리 잊어버리지 않겠는가? 그렇지 않아도 거의 잊어버릴 지경인데, 오랫동안 듣지 못한 어머니의 목소리가 기억을 일깨웠다. 아무것도 치우지 말고 전부 그대로 둬야 했다. 가구들이 그의 상태에 좋은 영향을 주도록 꼭 이대로 유지돼야 했다. 가구들이 그가 이리저리 무의미하게 기어 다니는 것을 방해한다면 결코 손해가 아니라 큰 이득이 될 것이다.

그러나 안타깝게도 여동생의 생각은 달랐다. 여동생은 그레고르의 문제를 의논할 때면 전문가인 양 부모님 앞에 나서는 데 익숙했는데, 물론 그런 태도가 반드시 부당하다고는 할 수 없었다. 지금도 여동생의 입장에서는 어머니의 충고가 오히려 원래 치우려 했던 서랍장과 책상뿐 아니라 꼭 필요한 소파만 제외하고 아예 모든 가구를 치우자고 주장할 수 있는 좋은 구실이 되었다. 여동생이 이런 주장을 내세운 것은 단지 유치한 고집과 최근 들어 뜻밖에도 어렵게 성취한 자신감 때문만은 아니었다. 실제로 여동생이 관찰한 바로는 그레고르가 기어 다니려면 넓은 공간이 필요한데, 지금까지 확인한 결과 가구는 전혀 쓸모가 없었다. 어쩌면 또래 소녀들처럼 한가지 생각에 몰입해서 기회만 되면 끝장을 보려는 심리도 작용했을 것이다. 그레테 역시 제 꾀에 넘어가서 그레고르를 위해 이전보다 더 많이 잘해줄 수 있다는 일념으로 오히려 그의 처지를 더 끔찍하게 만드는 결과를 자초한 것이다. 왜냐하면 그레고르 혼자서 지금 위치 그대로 텅 빈 벽을 누비고 다니는 방에는 그레테 말고는 그 어떤 사람도 감히 들어올 엄두를 내지 못할 것이기 때문이었다.

그렇게 해서 여동생은 어머니의 만류에도 결심을 굽히지 않았다. 어머니는 이 방에 있다는 것만으로도 몹시 불안해서 안절부절 못하며 금세 입을 다물었고, 여동생이 서랍장을 치우는 일을 힘닿는 대로 거들었다. 그레고르는 이제 부득이하게 서랍장이 없이 지내게 되었지만, 제발 책상만은 그대로 두고 싶었다. 모녀가 낑낑대며 서랍장을 방 밖으로 밀어내자마자 그레고르는 소파 아래에서 머리를 내밀고 과연 어떻게 하면 조심스레 최대한 신중하게 개입할 수 있을지 살폈다. 그런데 불행히도 하필 어머니가 먼저 방으로 돌아왔다. 그레테는 아직 옆방에서 혼자 서랍장을 붙잡고 이리저리 밀치고 있었는데, 서랍장은 당연히 그 자리에서 꼼짝도 하지 않았다. 어머니는 그레고르를 보는 게 익숙하지 않아서 그를 보면 병이 날지도 몰랐다. 그레고르는 질겁해서 다급히 뒷걸음질로 소파의 뒤쪽 끝까지 기어갔다. 하지만 시트의 앞쪽이 약간 움직이는 것을 막을 도리는 없었다. 어머니는 그것만 보고도 낌새를 알아차렸다. 어머니는 멈칫하더니 잠깐 가만히 있다가 이내 그레테가 있는 곳으로 돌아갔다.

그레고르는 특별한 문제가 생긴 게 아니고 그저 가구 두어개를 옮기는 것뿐이라고 자신을 거듭 타일렀다. 그렇지만 모녀가 왔다 갔다 하고, 서로 나직이 부르는 소리가 들리고, 가구가 바닥에 긁히는 소리가 나는 것이 사방에서 그를 향해 조여오는 대소동으로 느껴지는 것을 이내 인정하지 않을 수 없었다. 그는 머리와 다리를 바짝 끌어당기고 몸을 바닥에 꼭 누르고 있었지만, 이 모든 소동을 오래 버티기 힘들다는 것을 시인할 수밖에 없었다. 모녀는 그의 방을 비우고 그가 좋아하는 모든 것을 치우고 있었다. 실톱과 다른 연장들이 든 서랍장은 일찌감치 밖으로 치워졌다. 이제는 바닥에 붙박이로 고정된 책상을 들썩였다. 상과대학 학생 시절, 중학생 시절, 심지어 초등학생 시절부터 숙제를 했던 책상이었다. 이제는 정말 한가로이 어머니와 여동생의 선의를 따질 겨를이 없었다. 그는 모녀가 방에 있다는 사실조차 거의 잊을 지경이었다. 모녀는 이제 기진맥진해서 아무 말없이 일을 했고, 터벅터벅 무거운 발소리만이 들려왔다.

모녀가 옆방에서 책상에 기대어 한숨 돌리는 사이에 그레고르는 소파 밑에서 기어나와 달리는 방향을 네번이나 바꿨다. 정말 무엇부터 먼저 구해야 할지 알 수 없었던 것이다. 어느새 다른 곳은 다 비어버린 벽에 온몸에 모피를 두른 여자의 사진만 걸려 있는 것이 유난히 눈에 띄었다. 그는 얼른 기어올라가서 액자의 유리에 몸을 밀착시켰다. 유리는 그의 몸을 지탱해줬고, 뜨거운 배가 유리에 닿자 기분 좋게 시원한 느낌이 들었다. 이제 그레고르가 몸으로 완전히 덮은 이 사진만은 분명 아무도 치우지 못할 것이다. 그는 머리를 거실 문 쪽으로 돌려 여자들이 돌아오는지 지켜봤다.

모녀는 마음 놓고 충분히 쉬지도 못하고 금세 돌아왔다. 그레테는 한쪽 팔로 어머니를 감싸 안고 거의 끌고 오다시피 했다. 그레테가 "이제 뭘 치울까?" 하고 주위를 두리번거렸다. 그때 여동생의 시선이 벽에 붙어 있는 그레고르의 시선과 마주쳤다. 여동생이 평정을 유지할 수 있었던 것은 오로지 어머니가 함께였기 때문일 것이다. 여동생은 어머니 쪽으로 얼굴을 숙여 어머니가 주위를 둘러보지 못하게 막았고, 미처 생각할 겨를도 없이 당연히 떨리는 목소리로 말했다. "잠깐 거실로 나가서 좀 쉬면 어떨까? 나가요." 그레고르가 보기에 여동생의 속셈은 뻔했다. 어머니를 일단 안전하게 모셔놓고, 그다음에는 그레고르를 벽에서 쫓아내려는 것이었다. 그래, 어디 한번 해보라지! 그레고르는 여성의 사진을 순순히 내주지 않으려고 꼭 달라붙었다. 사진을 내줄 바에야 차라리 그레테의 얼굴로 뛰어내릴 작정이었다.

　그런데 그레테의 말에 비로소 덜컥 불안해진 어머니는 옆으로 비켜섰고, 꽃무늬가 수놓인 벽걸이용 양탄자에 커다란 갈색 얼룩이 붙어 있는 것을 보고야 말았다. 방금 본 것이 그레고르인지 생각할 겨를도 없이 어머니는 갈라진 목소리로 "하느님 맙소사! 하느님 맙소사!"라고 비명을 지르고는 모든 것을 포기한 듯 양팔을 쭉 뻗은 채 소파에 풀썩 쓰러져서 꼼짝도 못했다. 그러자 여동생이 주먹을 치켜들고 "야, 그레고르!"라고 고함을 치면서 눈을 부라렸다. 그레고르가 변신한 후 여동생이 그에게 직접 건넨 첫마디였다. 여동생은 어머니를 기절 상태에서 깨어나게 할 추출액 같은 것을 가지러 옆방으로 달려갔다. 그레고르 역시 도와주고 싶었다. 아직 사진을 구할 시간적 여유는 있었다. 그런데 몸이 유리에 꼭 달라붙어서 힘들게 떼어내야 했다. 그러고서 예전처럼 여동생한테 조언을 해줄 수 있을 것처럼 그도 옆방으로 달려갔다. 하지만 여동생이 작은 병을 이것저것 뒤지는 동안 뒤에서 잠자코 있어야 했다. 그러다가 몸을 돌린 여동생이 질겁했고, 그 바람에 병 하나를 바닥에 떨어뜨려 깨뜨리고 말았다. 유리 조각이 그레고르의 얼굴에 상처를 냈고, 알 수 없는 부식성 약물이 그의 주위로 흘러왔다. 그레테는 더 지체하지 않고 손에 들 수 있는 만큼 작은 병들을 집어 어머니가 있는 방으로 달려갔고, 방에 들어가서는 문을 발로 차서 닫았다. 이제 그레고르는 어머니와 단절된 상태였고, 어머니는 그의 잘못으로 어쩌면 사경을 헤매고 있을지도 몰랐다. 그는 방문을 열 수 없었다. 어머니 곁에 있어야 하는 여동생이 달아나면 곤란했다. 이제는 기다리는 수밖에 다른 도리가 없었다. 그는 자책감과 근심 걱정으로 초조한 나머지 기어 다니기 시작했다. 벽과 가구와 천장을 마구 누비며 기어 다니다가 방 전체가 그를 중심으로 빙글빙글 돌기 시작하자 마침내 절망해서 커다란 탁자 한가운데로 떨어지고 말았다.

그렇게 얼마간의 시간이 지났고 그레고르는 녹초가 되어 널브러져 있었다. 사방이 조용했는데, 그것은 좋은 징조인 듯했다. 그때 초인종이 울렸다. 물론 하녀는 부엌문을 잠그고 틀어박혀 있으니 그레테가 문을 열어주러 가야 했다. 아버지가 돌아왔다. "무슨 일이 있었냐?" 아버지가 운을 뗐다. 그레테의 안색을 보고 모든 것을 알아차린 것이다. 그레테가 잠긴 목소리로 대답했는데, 얼굴을 아버지의 가슴에 묻고 있는 게 분명했다.

"어머니가 기절하셨는데, 하지만 금세 좋아지고 있어요. 그레고르가 밖으로 뛰쳐나왔거든요."

"그럴 줄 알았다." 아버지가 말했다. "내가 늘 그렇게 말했는데도 여자들은 말을 듣지 않는구나."

그레고르는 그레테의 짧은 말만 듣고 아버지가 나쁜 쪽으로 해석해 자신이 행패를 부렸다고 여긴다는 것을 분명히 알 수 있었다. 그레고르는 이제 아버지의 마음을 누그러뜨릴 궁리를 해야 했다. 아버지한테 해명하려니 그럴 겨를도 없고 불가능했기 때문이다. 그는 자신의 방문 쪽으로 달아나서 문에 기댔다. 아버지가 현관 복도에서 들어올 때 그레고르가 당장 기꺼이 방으로 돌아갈 의향이 있다는 것을 바로 알아볼 수 있게 할 요량이었다. 그러니까 굳이 그레고르를 방으로 몰아넣을 필요가 없고, 그저 문을 열어주기만 하면 바로 방 안으로 사라질 참이었다.

하지만 아버지는 그런 세심한 배려를 알아차릴 기분이 아니었다. 아버지는 현관복도에서 들어오자마자 "에잇!" 하고 분노와 희열을 동시에 느끼는 듯한 어조로 고함을 질렀다. 그레고르는 문에 기댄 머리를 앞으로 당겨서 아버지 쪽으로 쳐들었다. 그런데 아버지가 이렇게 당당하리라고는 정말 상상도 못했다. 물론 최근에는 새로운 방식으로 여기저기 기어 다니느라 예전처럼 다른 방의 동정에 신경 쓰는 일을 게을리하긴 했지만, 아무리 그래도 변화된 상황과 맞닥뜨릴 각오는 다졌어야 했다. 그렇다 해도, 아버지가 이런 모습을 보이다니? 전에는 그레고르가 출장을 가고 없으면 아버지는 피곤하다고 침대에서 이불을 뒤집어쓰고 있었는데, 그 아버지가 맞나 싶었다. 그레고르가 집으로 돌아오는 저녁 무렵에는 잠옷 바람으로 등받이 의자에 앉은 채 그를 맞아주곤 했다. 제대로 일어나지도 못하고 반갑다는 표시로 그저 팔을 들었을 뿐이다. 그리고 일년 중 어쩌다 몇차례 일요일이나 명절에 함께 산책을 나가면 그렇지 않아도 특히나 천천히 걷던 그레고르와 어머니 사이에서 아버지는 언제나 더 천천히 걷지 않았던가? 낡은 외투로 몸을 감싼 채 늘 T자형 지팡이를 조심스레 짚으며 힘들게 나아가지 않았던가? 뭔가 할 말이 있으면 거의 매번 걸음을 멈추고 함께 걷던 어머니와 그레고르에게 가까이 오라고 하지 않았던가? 그러던 아버지가 지금은 당당하게 꼿꼿이 서 있었다. 금단추가 달린 팽팽한 푸른색 제복 차림이 은행 사환이 입는 옷과 비슷했다. 상의의 빳빳한 높은 옷깃 위로 두툼한 이중턱이 삐져나와 있었다. 덥수룩한 눈썹 아래로는 까만 눈동자의 눈빛이 시퍼렇게 살아 있었다. 평소에 헝클어져 있던 흰머리는 거슬릴 정도로 반듯하게 가르마를 타고 단정하게 빗어서 반들거렸다. 아버지는 은행 이니셜로 보이는 금실 머리글자가 박힌 모자를 집어던졌는데, 모자는 거실 전체를 가로질러 포물선을 그리며 소파로 날아갔다. 그러고는 긴 제복 상의의 끝자락을 뒤로 젖히고 양손을 바지주머니에 찔러 넣은 채 인상을 찌푸리며 그레고르에게 다가왔다. 아버지 자신도 딱히 어쩔 작정인지는 모르는 것 같았다. 하지만 발을 눈에 띄게 높이 들었는데, 그레고르는 아버지의 장화 밑창이 거인의 신발처럼 커서 깜짝 놀랐다. 그레고르는 제자리에 가만있지 않았다. 새로운 삶이 시작된 첫날부터 그는 아버지가 자신을 최대한 엄하게 다루는 것이 상책이라 여긴다는 것을 깨달았다. 그래서 그는 아버지를 피해 달아났다. 아버지가 가만있으면 그도 멈췄고, 아버지가 조금이라도 움직이면 다시 급히 앞으로 달아났다. 둘은 이렇게 방 안을 여러 바퀴 돌았지만 결정적인 사태는 벌어지지 않았다. 사실 그가 워낙 느렸기 때문에 전체적으로 쫓기는 모양새로 보이지도 않았다. 그레고르도 지금은 바닥에만 있었다. 혹시라도 벽이나 천장으로 달아나면 특별히 악의를 품고 있다고 아버지가 오해할까 두려웠던 것이다. 물론 그레고르는 이런 달리기를 오래 버틸 수는 없다고 인정하지 않을 수 없었다. 아버지가 한걸음 내딛는 동안 그는 무수히 많은 동작을 취해야 했던 것이다. 예전에도 폐가 썩 좋지는 않았지만 이제 호흡곤란이 유난히 심해졌다. 그레고르는 안간힘을 다해 달리려고 버둥거렸지만 거의 눈도 뜨기 힘들었다. 머리가 멍한 상태여서 달리는 것 말고는 다른 구원의 가능성은 생각할 수도 없었다. 벽을 타고 달아날 수도 있다는 것은 까맣게 잊었다. 물론 거실 벽을 가로막은 가구들은 정교하게 세공돼서 톱니 모양과 뾰족한 부분이 많긴 했다. 그때 바로 옆에서 뭔가가 가볍게 던져진 듯 툭 떨어지더니 그의 앞으로 굴러왔다. 사과였다. 곧이어 두번째 사과가 그를 향해 날아왔다. 그레고르는 화들짝 놀라서 멈춰 섰다. 더이상 달아나봤자 소용이 없었다. 아버지가 그를 사과로 폭격하기로 작정했기 때문이다. 아버지는 음식을 놓아두는 탁자 위에 놓인 과일 바구니에서 사과를 꺼내 주머니에 가득 채우고, 당장은 정확히 조준하지는 않고 사과를 하나씩 던졌다. 작고 빨간 사과들이 전기라도 통한 듯 바닥에서 데굴데굴 구르며 서로 부딪쳤다. 약하게 던져진 사과 하나가 그레고르의 등을 스쳤지만 아무 탈 없이 굴러갔다. 그런데 곧이어 던져진 사과가 문자 그대로 그레고르의 등짝에 박히고 말았다. 그레고르는 믿기지 않을 만큼 끔찍한 통증이 장소가 바뀌면 가라앉기라도 할 것처럼 계속 기어가려 했다. 하지만 못에 박힌 것처럼 꼼짝도 할 수 없었고, 모든 감각이 완전히 흐트러진 상태에서 쭉 뻗고 말았다. 마지막으로 본 것은 그의 방문이 활짝 열리더니 비명을 지르는 여동생 앞에서 어머니가 다급히 달려오는 모습이었다. 어머니는 내의 차림이었는데, 여동생이 기절한 어머니의 숨통을 틔우려고 옷을 벗겼던 것이다. 어머니는 아버지를 향해 달려갔고, 매듭이 풀린 치마가 달리느라 하나씩 바닥에 흘러내렸다. 어머니는 치맛자락에 걸려 휘청거리며 아버지에게 달려들어 끌어안고 아버지와 완전히 일체가 되어 — 이제 그레고르는 어느덧 시력이 거의 마비되었다 — 아버지의 뒷머리를 양손으로 감싸 쥐고 제발 그레고르의 목숨을 살려달라고 애원했다.

3

그레고르는 심한 부상 때문에 한달을 넘게 앓았다. 사과는 아무도 감히 제거할 엄두를 내지 못해 눈에 띄는 기념물이 되어 살에 박힌 채 있었다. 이 일로 아버지조차 지금 그레고르가 애처롭고도 역겨운 몰골이지만 그래도 한식구이니 원수처럼 대해서는 안되며 거부감을 삼키고 그저 참고 또 참는 것만이 가족의 도리를 다하는 거라고 생각하는 듯했다.

이제 그레고르는 상처 때문에 기동성을 완전히 상실한 것 같았다. 지금 상태로는 방을 가로질러 기어가는데도 늙은 상이군인처럼 몇십분이 걸렸으며, 높은 곳에 기어오르는 일은 생각도 할 수 없었다. 그렇지만 몸 상태가 악화된 대신 그의 생각에는 아주 흡족한 보상이 생겼다. 다름 아니라 매일 저녁 무렵 거실로 통하는 방문을 열어놓을 수 있게 된 것이다. 그는 문을 열기 한두시간 전부터 이미 거실 쪽을 주의 깊게 관찰하곤 했다. 거실에서는 보이지 않게 어두운 방 안에 드러누워 온 식구가 환하게 밝힌 식탁에 앉아 있는 것을 볼 수 있었고, 이전과는 달리 사실상 모두의 허락 하에 식구들의 얘기를 들을 수 있게 되었다.

물론 예전처럼 활기찬 대화는 아니었다. 그레고르는 좁은 호텔 방에서 눅눅한 이부자리에 지친 몸을 던지고는 식구들의 대화를 늘 다소 그리워하며 떠올리곤 했다. 그런데 지금은 대체로 대화가 아주 조용히 흘러갔다. 아버지는 저녁식사 후 의자에 앉은 채 금세 잠이 들었다. 그러면 어머니와 여동생은 서로 조용히 하라고 주의를 주었다. 어머니는 등불 아래로 몸을 잔뜩 구부리고 의상실에 보낼 고급 속옷을 바느질했다. 판매원 자리를 얻은 여동생은 저녁에는 속기술과 프랑스어를 배우면서 나중에 더 좋은 자리에 오를 궁리를 하고 있었다. 이따금 아버지가 깼는데, 자고 있었다는 사실을 잊어버린 것처럼 어머니에게 "오늘도 이렇게 늦도록 바느질이야!" 라고 하고는 금방 다시 잠이 들었고, 그러면 어머니와 여동생은 피곤한 표정으로 마주 보며 미소를 지었다.

무슨 고집인지 아버지는 집에서도 사환 복장을 한사코 벗으려 하지 않았고, 그래서 잠옷은 쓸모없이 옷걸이에 걸려 있었다. 아버지는 옷을 다 입은 채 앉은자리에서 선잠이 들었는데, 항상 근무태세를 갖추고 상관의 호출을 기다리기라도 하는 것 같았다. 그러다 보니 원래 새 옷이 아니던 제복은 어머니와 여동생이 아무리 세심하게 손질해도 도무지 깨끗할 수가 없었다. 그레고르는 종종 늘 닦아서 금단추만이 반짝이고 온통 얼룩이 묻은 옷을 입은 노인네가 아주 불편한 자세로, 하지만 태평하게 잠자는 모습을 저녁나절 내내 바라보곤 했다.

괘종시계가 10시를 울리자 어머니는 조용히 말을 붙여 아버지를 깨워보려 했다. 그러고는 의자에서는 제대로 잠을 못 자니 침대로 가서 자라고, 아침 6시에 근무를 시작하려면 제대로 자야 한다고 설득했다. 하지만 사환으로 취직하고 고집이 세진 아버지는 식탁에 더 있어야 한다고 우겼고, 다시금 어김없이 잠이 들었다. 그러면 아버지를 의자에서 침대로 옮기는 일이 여간 힘든 일이 아니었다. 어머니와 여동생이 가볍게 주의를 주면서 아무리 채근해도 아버지는 십오분 동안은 느긋하게 고개를 설레설레 저으며 눈을 감은 채 일어나지 않았다. 어머니가 아버지의 소매를 끌어당기며 귀에 대고 듣기 좋은 말을 속삭였고, 여동생도 숙제를 하다 말고 어머니를 거들었는데, 아버지에겐 통하지 않았다. 아버지는 오히려 의자에 더 깊숙이 주저앉았다. 그러다 모녀가 아버지의 어깻죽지를 잡으면 그제야 눈을 뜨고 어머니와 여동생을 번갈아 보면서 "이런게 인생이지. 이게 노년의 평화야"라고 말하곤 했다. 그러고는 두 여자의 부축을 받으면서 몸을 일으켰고, 여자들에 이끌려 자기 몸이 엄청 무거운 짐이라도 되는 양 굼뜨게 문지방까지 가서는 이제 그만 됐다고 손짓을 하고 혼자 걸어갔다. 그러면 어머니는 바느질 거리를, 여동생은 펜을 얼른 내던지고는 다시 아버지를 따라가서 계속 부축했다.

식구들이 이렇게 일에 지쳐 녹초가 됐는데 과연 누가 꼭 필요한 이상으로 그레고르에게 계속 신경을 써줄 여유가 있겠는가? 집안 살림은 점점 축소되었다. 이제는 하녀도 내보냈다. 대신 기골이 장대한 파출부가 흰머리를 휘날리며 아침저녁으로 와서 힘든 일을 해치웠다. 다른 잔일은 어머니가 바느질거리가 많은 중에도 다 해 냈다. 심지어 식구들의 갖가지 장신구도 내다 파는 사태까지 벌어 졌다. 예전에 어머니와 여동생은 즐거운 모임이나 잔치에 갈 때 그 런 장신구를 착용하고서 행복에 겨워했다. 그레고르는 저녁에 식 구들이 판매 가격을 전체적으로 평가하는 얘기를 듣고서 그 사실 을 알게 되었다. 그런데 늘 언급되는 가장 큰 고충은 지금 형편으 로는 너무 큰 이 집을 떠날 수 없다는 것이었다. 그레고르를 과연 어떻게 옮겨야 할지 묘책이 떠오르지 않았기 때문이다. 하지만 그 레고르는 이사를 못하는 이유가 자신에 대한 배려 때문만은 아니 라는 것을 잘 알았다. 적당한 상자에 숨구멍을 몇 개 뚫으면 그를 쉽게 옮길 수 있을 것이기 때문이다. 오히려 식구들이 이사를 못하 는 주된 이유는 친척이나 지인을 통틀어 아무도 겪어보지 못한 엄 청난 불행을 당했다는 생각, 그 막막한 절망감 때문이었다. 세상이 가난한 사람에게 요구하는 일을 식구들은 극한까지 해냈다. 아버 지는 은행의 말단 직원들에게 아침식사를 날라줬고, 어머니는 낯 모르는 사람들의 속옷을 손질하는 일에 몸을 바쳤으며, 여동생은 고객이 시키는 대로 판매대 뒤에서 이리저리 분주하게 뛰어다녔 다. 식구들은 더이상 여력이 없었다. 어머니와 여동생은 아버지를 침대까지 데려다준 다음에 돌아와서 일거리를 그대로 둔 채 서로 뺨이 닿을 정도로 가까이 다가앉았다. 어머니는 그레고르의 방을 가리키면서 "그레테야, 저 문 닫아라"라고 했고, 그레고르는 다시 어두운 방에 갇히게 되었으며, 그사이에 모녀는 얼굴을 맞대고 눈물을 흘리거나 아니면 울지는 않고 식탁을 멀뚱멀뚱 바라보고 있을지도 몰랐다. 이런 일을 겪자 그레고르는 등의 상처가 다시 아프기 시작했다.

그레고르는 잠을 거의 자지 않고 밤낮을 보냈다. 그리고 이따금 다음번에 문이 열리면 다시 예전처럼 집안일을 도맡겠다고 다짐했다. 오랜만에 사장과 지배인, 점원과 견습생 들, 도무지 말귀를 못 알아듣는 짐꾼, 다른 회사에 있는 두어명의 친구들, 어느 지방 호텔의 여종업원 등이 떠올랐다. 어느 모자가게의 계산대 아가씨에게 진지하게 구애했지만 너무 뜸을 들였던 애틋한 짧은 추억도 떠올랐다. 이들 모두가 낯선 사람들 또는 잊어버린 사람들과 뒤섞여서 어른거렸다. 이들은 그와 식구들에게 도움이 되기는커녕 가까이 다가갈 수도 없었고, 그는 이들이 사라져서 기뻤다. 그런데 그는 식구들을 위해 다시 신경 쓸 기분이 싹 가셨다. 열악한 대우에 대한 분노만 끓어올랐다. 어떤 음식을 먹고 싶은지 떠오르지도 않았지만, 어떻게 하면 음식 저장실로 가서 배가 고프지는 않아도 자신에게 어울리는 음식을 먹을 수 있을지 궁리했다. 이제는 여동생도 어떤 음식이 특히 그레고르의 마음에 들지 충분히 생각해보지 않았고, 아침과 점심때 가게로 나갈 때 되는 대로 아무 음식이나 급하게 발로 밀어서 방에 넣어줬다. 그리고 저녁에는 음식을 맛이라도 봤는지 아니면 입에 대지도 않고 그대로 남겼는지 — 대개는 그랬지만 — 개의치 않고 빗자루로 단번에 쓸어 담아 내다버렸다. 여동생은 방을 치우는 일을 언제나 저녁에 했는데, 눈 깜짝할 사이에 후딱 해치웠다. 사방의 벽에 지저분한 줄무늬가 있었고, 여기저기 먼지와 오물이 뒤엉켜 있었다. 그레고르는 처음에는 여동생이 들어오면 유난히 지저분한 구석으로 가서 서 있는 자세로 다소 나무라는 신호를 보냈다. 하지만 그렇게 몇주일씩 버텨도 여동생의 태도는 나아지지 않았다. 여동생도 지저분한 것을 봤지만 그대로 내버려두기로 작정한 듯했다. 그러면서도 여동생은 예전과 달리 예민해져서 — 전반적으로 모든 식구들이 예민한 상태였는데 — 그레고르의 방을 치우는 일은 오로지 자기 몫이라고 신경을 곤두세웠다. 한번은 어머니가 그레고르의 방을 대청소한다고 물을 몇대야씩이나 사용해서 청소를 마쳤는데, 바닥이 너무 축축해서 그레고르도 기분이 상해 소파에 널브러져 속을 끓이며 꼼짝 않고 있었다. 그런데 이로 인해 어머니는 경을 치러야 했다. 저녁에 그레고르의 방에 생긴 변화를 알아채자마자 여동생은 엄청난 모욕감을 느끼고 곧장 거실로 달려가더니 발작하듯 와락 울음을 터뜨렸다. 어머니가 제발 그러지 말라고 양손을 쳐들어도 소용이 없었다. 아버지도 깜짝 놀라 안락의자에서 벌떡 일어났다. 부모님은 처음에는 어리둥절해서 속수무책으로 지켜보기만 하다가 이윽고 반응을 보이기 시작했다. 어머니의 오른편에서 아버지는 그레고르의 방 청소를 여동생한테 맡겨놓지 않았다고 어머니를 나무랐다. 어머니의 왼편에서 여동생은 앞으로는 절대 그레고르의 방을 청소하지 말라고 소리 질렀다. 그러는 사이에 어머니는 흥분해서 어쩔 줄 모르는 아버지를 침실로 끌고 가려고 애썼다. 여동생은 흐느끼느라 몸을 들썩이며 작은 주먹으로 식탁을 탁탁 쳤다. 그런가 하면 그레고르는 아무도 그가 이 볼썽사나운 소동을 보지 않도록 문을 닫아줄 생각도 하지 않는다고 분해서 식식거렸다.

여동생이 직장일 때문에 기진맥진해서 예전처럼 그레고르를 보살펴주기를 귀찮아하더라도 굳이 어머니가 나서서 여동생의 일을 대신할 필요는 없었고, 그레고르를 그냥 방치하지 않을 대책도 있었다. 이제 파출부가 있었기 때문이다. 강골 덕분에 한평생 아무리 험악한 일도 견뎌냈을 이 늙은 과부는 처음부터 그레고르를 꺼리지도 않았다. 그녀는 호기심이 동해서가 아니라 어쩌다 우연히 그레고르의 방문을 열었다가 그를 보게 됐다. 그레고르는 아무도 그를 몰아대지 않는데도 소스라치게 놀라서 이리저리 달아나기 시작했고, 파출부는 깍지 낀 손을 품속에 늘어뜨린 채 놀라서 멈춰 섰다. 그때부터 파출부는 매일 아침저녁으로 잠깐씩 문을 조금 열어서 그레고르를 살펴보았다. 처음에는 그레고르를 자기 쪽으로 와보라고 부르기도 했는데, 딴에는 다정하게 말을 붙인답시고 "이리 와봐, 늙은 말똥구리야!"라고 하거나 "저 늙은 말똥구리 좀 봐!"라고 했다. 그레고르는 그런 식으로 말을 걸면 아무런 대꾸도 하지 않고 아예 파출부를 본체만체하고 제자리에 꼼짝 않고 있었다. 이렇게 파출부가 기분 내키는 대로 그레고르를 귀찮게 하도록 내버려두지 말고 차라리 그녀에게 매일 그의 방을 청소하라고 시켰다면 좋았으련만! 벌써 봄이 오려는지 세찬 비가 창문을 때리던 어느 아침, 파출부가 또 그런 말투를 내뱉기 시작하자 그레고르는 격분해서 공격이라도 할 듯이 그녀를 향해 몸을 돌렸는데, 물론 동작은 굼뜨고 휘청였다. 그러자 파출부는 겁을 내기는커녕 대뜸 문 옆에 있는 의자를 번쩍 들고 입을 크게 벌린 채 서 있었다. 손에 든 의자로 그레고르의 등짝을 내리치면 그제야 입을 다물겠다는 의도가 분명했다. 그녀는 "이젠 더 못하겠지?"라고 놀렸고, 그레고르가 다시 몸을 돌리자 조용히 의자를 구석에 갖다놓았다.

　그레고르는 이제 거의 아무것도 먹지 않았다. 어쩌다 음식이 차려진 곳을 지나가도 장난삼아 한입 베어 물고는 몇시간씩 입안에 가지고 있다가 대개는 다시 내뱉었다. 처음에는 방 상태 때문에 슬퍼져서 먹기 싫은 거라고 여겼으나, 바뀐 방 분위기에는 금방 적응했다. 식구들은 다른 곳에 두기 마땅치 않은 물건을 이 방에 갖다놓는 버릇이 생겼는데, 이제 그런 물건들이 넘쳐났다. 방 하나를 세 명의 하숙인에게 세주었기 때문이다. 그레고르가 한번은 문틈으로 살펴보니 세 남자 모두 덥수룩한 수염을 길러서 근엄한 인상을 풍겼는데, 이들은 정리정돈에 꽤나 신경을 썼다. 그들의 방뿐만 아니라, 어차피 이 집에 세를 들어왔으니 당연하다는 듯 온 집안 살림, 특히 부엌 청결에 대해 까다롭게 굴었다. 이들은 쓸데없는 물건이나 너저분한 잡동사니는 질색이었다. 게다가 각자 사용할 비품을 대부분 가지고 와서 많은 물건이 쓸모가 없어졌는데, 내다 팔 가치도 없었고 그렇다고 버리기도 아까웠다. 이런 물건들이, 부엌에 있던 재 담는 통이나 쓰레기통까지도, 죄다 그레고르의 방으로 들어왔다. 늘 분주한 파출부는 당장 사용하지 않는 물건은 바로 그레고르의 방에 던져 넣었다. 다행히 그레고르에겐 대개는 해당 물건과 그 물건을 든 손만 보였다. 파출부는 적당한 때에 기회가 오면 물건들을 다시 가져가거나 아니면 모조리 한꺼번에 내다버릴 생각인 듯했다. 하지만 실제로 물건들은 처음 던져진 곳에 그대로 있었고, 다만 그레고르가 잡동사니들 사이를 비집고 통과하느라 조금씩 움직였을 뿐이었다. 처음에는 기어 다닐 여유 공간이 없어서 부득이하게, 나중에는 점점 재미있어서, 물건들 사이를 비집고 다녔는데, 그렇게 돌아다니고 나면 죽을 지경으로 지치고 슬퍼져 몇시간 동안 꼼짝도 못했다.

　하숙인들은 이따금 집에서 공동의 거실에 모여 저녁을 먹기도
했는데, 그러느라 가끔 저녁 무렵에 거실로 통하는 문이 닫혀 있었
다. 그럴 때면 그레고르는 문 열기를 아주 쉽게 단념했다. 사실 저
녁에 문이 열려 있을 때도 별로 이용하지 않고 그냥 가장 어두운
방구석에 드러누워 있었는데, 그래도 식구들은 알아채지 못했다.
그런데 한번은 파출부가 거실로 통하는 문을 조금 열어놓았고, 하
숙인들이 저녁에 거실로 나와서 불을 켰을 때도 여전히 문이 열려
있었다. 하숙인들은 예전에 아버지와 어머니 그리고 그레고르가
앉던 식탁의 상석에 자리를 잡고서 냅킨을 펴고 포크와 나이프를
집어 들었다. 어머니가 금세 고기를 담은 대접을 들고 문간에 나타
났고, 바로 뒤따라 여동생이 감자를 수북이 쌓은 대접을 들고 왔다.
음식에서는 김이 모락모락 났다. 하숙인들은 그들 앞에 내려놓은
대접 위로 고개를 숙이고 시식을 하려는 것 같았다. 실제로 가운데
앉아서 다른 두 사람한테 권위를 세우는 듯한 남자가 대접에 있는
고기를 한점 잘라서 푹 익었는지 아니면 혹시라도 부엌으로 도로
보내야 할지 확인했다. 그는 만족했고, 긴장해서 지켜보던 어머니
와 여동생은 안도의 한숨을 쉬고 미소를 지었다.

　식구들은 정작 부엌에서 식사를 했다. 아버지는 부엌으로 가기
전에 거실에 들어가서 딱 한번 몸을 숙여 인사를 하고는 모자를 손
에 든 채 식탁 주위를 한바퀴 빙 돌았다. 그러자 하숙인들은 모두
일어나서 수염을 달싹이며 뭐라고 중얼거렸다. 아버지가 나가자
그들은 거의 아무 말도 않고 먹기만 했다. 그레고르는 식사할 때
나는 여러 소리 중에 유독 이빨로 씹는 소리만 줄곧 들려서 신기했
는데, 마치 음식을 먹으려면 이빨이 필요하며 턱이 아무리 근사해

도 이빨 없이는 아무것도 못한다고 그레고르에게 과시하는 것만 같았다. 그레고르는 근심에 잠겨 혼잣말로 중얼거렸다. "나도 식욕은 있어. 하지만 저런 건 먹고 싶지 않아. 하숙인들은 어떻게 저런 걸 먹는지, 정말 돌아가시겠네!"

바로 이날 저녁 여동생이 부엌에서 바이올린을 연주했는데, 그레고르는 벌레로 변한 이래 바이올린 소리를 들은 기억이 없었다. 하숙인들은 이미 저녁식사를 마친 후여서 가운데 남자가 신문을 하나 꺼내들고서 다른 두 사람에게 한장씩 나눠줬고, 그들은 뒤로 기댄 채 신문을 읽으며 담배를 피웠다. 바이올린 연주가 시작되자 그들은 주의를 기울이며 일어나더니 까치발로 현관복도 문으로 다가가 문간에서 서로 몸을 바짝 붙이고 멈춰 섰다. 부엌에서도 분명히 이들이 움직이는 소리를 들은 모양이었다. 아버지가 큰 소리로 "신사분들, 혹시 연주 소리가 듣기 싫으신가요? 그럼 당장 그만둘 수도 있어요"라고 한 것이다. 그러자 하숙인들 중 가운데 남자가 대답했다.

"천만에요. 따님이 우리 쪽으로 와서 거실에서 연주하면 어떨까요? 그래도 여기가 훨씬 편안하고 아늑하잖아요?"

"아, 그러지요!" 아버지는 바이올린 연주자라도 되는 양 그렇게 외쳤다.

하숙인들은 거실로 돌아가서 기다렸다. 아버지가 금세 보면대를 들고 왔고, 악보를 든 어머니와 바이올린을 든 여동생도 따라왔다. 여동생은 연주를 위해 차근차근 모든 채비를 했다. 부모님은 전에는 하숙을 친 경험이 없다보니 하숙인들을 지나치게 예우하느라 원래 자기 자리에 앉을 엄두도 내지 못했다. 아버지는 문에 기대서서 오른손을 사환 복장의 단추 사이에 찔러 넣고 있었다. 어머니는 하숙인 중 한명이 건네준 의자에 앉긴 했는데, 그가 무심코 의자를 내려놓은 외진 구석에 그대로 눌러 앉았다.

여동생이 연주를 시작했다. 아버지와 어머니는 각자의 자리에서 여동생의 손놀림을 주의 깊게 지켜보았다. 그레고르는 연주에 이끌려서 과감히 앞으로 조금 나갔는데, 머리가 어느새 거실로 나와 있었다. 그는 근래에는 다른 사람을 거의 배려하지 않았고, 그것이 그다지 이상하지도 않았다. 예전에는 그런 배려가 자부심이었건만. 하지만 지금이야말로 몸을 숨겨야 할 충분한 이유가 있었다. 그의 방 안 곳곳에 쌓인 먼지 때문에 몸을 조금만 움직여도 먼지가 풀풀 날렸고, 그 역시 온몸에 먼지를 뒤집어쓰고 있었던 것이다. 실과 머리카락, 음식찌꺼기가 등짝과 옆구리에 달라붙어 질질 끌렸다. 전에는 낮 동안 여러 차례 등을 바닥에 대고 누워 양탄자에 문질러서 먼지를 닦았지만, 지금은 아무리 심해도 전혀 아랑곳하지 않았다. 이런 몰골에도 그는 거리낌 없이 깨끗한 거실 바닥으로 몸을 불쑥 내밀었다.

물론 아무도 그에게 주의를 기울이지 않았다. 식구들은 바이올린 연주에 완전히 몰입해 있었다. 반면 하숙인들은 처음에 손을 바지 주머니에 넣고는 악보를 들여다볼 수 있을 정도로 여동생의 보면대에 바짝 다가갔고, 그래서 확실히 여동생의 연주에 방해가 됐다. 그들은 그러다가 이내 소리가 들릴 정도로 뭐라고 숙덕거리더니 고개를 숙이고 창가로 갔으며, 아버지가 마음을 졸이며 지켜보는 가운데 그대로 창가에 머물렀다. 그들은 근사하거나 즐거운 바이올린 연주를 들을 거라고 기대했다가 실망한 기색을 노골적으로 드러냈고, 연주가 온통 지겹지만 휴식에 방해가 돼도 그저 예의상 참는다는 태도를 보였다. 특히 코와 입으로 담배연기를 허공으로 내뿜는 모양새에서 엄청나게 짜증이 났다는 것을 알아볼 수 있었다. 그래도 여동생은 아주 멋지게 연주를 했다. 여동생은 얼굴을 옆으로 기울인 채 찬찬히 살피며 슬픈 눈길로 악보의 선을 따라갔다. 그레고르는 한구간 더 앞으로 기어나갔고 제발 여동생의 눈길과 마주치길 바라며 머리를 바닥에 바짝 댔다. 이렇게 음악에 매료되었는데 어찌 그가 짐승이란 말인가? 그레고르는 동경하는 미지의 음식을 찾아가는 길이 트였다는 느낌이 들었다. 그는 여동생이 있는 데까지 다가가기로 결심했다. 여동생의 치맛자락을 잡아당겨서 바이올린을 갖고 자신의 방으로 가자고 넌지시 일러줄 생각이었다. 여기서는 아무도 그레고르만큼 이 연주에 대해 보상해줄 사람이 없었기 때문이다. 이제부터 적어도 그가 살아 있는 동안에는 여동생을 그의 방에서 내보내지 않을 작정이었다. 그러자면 그의 끔찍한 모습이 처음으로 쓸모가 있을 것이다. 그는 모든 방문을 동시에 지키고 공격자들에 맞서 으르렁댈 작정이었다. 하지만 여동생은 강요당해선 안되고 자발적으로 그의 곁에 있어야 한다. 여동생이 소파에 나란히 앉아 고개를 숙이고 그의 말에 귀를 기울이면 그녀를 음악원에 보내줄 생각이 확고했노라고 털어놓고 싶었다. 이런 불행만 닥치지 않았으면 지난번 크리스마스 때 —그새 크리스마스가 지나갔을 테지?— 그 어떤 반대에도 개의치 않고 온 식구에게 이런 생각을 밝혔을 거라고 말해주고 싶었다. 이런 말을 들려주면 여동생은 감동의 눈물을 쏟을 것이고, 그러면 그레고르는 여동생의 어깨까지 몸을 일으켜 세워 목덜미에 키스를 할 것이다. 가게에 나가기 시작하고부터 여동생은 목덜미를 리본이나 옷깃으로 가리지 않고 드러냈다.

바로 그때 가운데 남자가 아버지를 향해 "잠자 씨!"하고 외쳤고, 더이상 말도 하고 싶지 않다는 듯 집게손가락을 들어 천천히 앞으로 기어오는 그레고르를 가리켰다. 바이올린 소리가 그쳤다. 가운데 하숙인이 처음에는 머리를 설레설레 가로저으며 친구들을 보고 피식 웃더니 다시 그레고르 쪽을 바라봤다. 아버지는 그레고르를 내쫓는 것보다 하숙인들을 진정시키는 것이 급선무라고 여기는 것 같았다. 하지만 정작 하숙인들은 전혀 흥분하지 않았고, 바이올린 연주보다 더 재미있어 하는 듯했다. 아버지는 그들에게 달려가서 팔을 벌리고 방으로 몰아넣으려 하면서 동시에 그레고르를 못 보게 몸으로 가로막았다. 그러자 하숙인들은 정말 약간 화를 냈는데, 아버지의 태도 때문에 그랬는지 아니면 옆방에 그레고르 같은 이웃이 있는 줄도 모르다가 이제야 알게 되어 그랬는지는 분간되지 않았다. 그들은 아버지에게 해명을 요구했고, 팔을 들어 수염을 불안하게 만지작거리며 천천히 자신들의 방 쪽으로 뒷걸음질쳤다. 그러는 사이에 여동생은 갑자기 연주가 중단되어 망연자실하다가 다시 마음을 추스르고 축 늘어뜨린 손으로 바이올린과 활을 들고 아직도 연주를 하는 것처럼 한동안 악보를 계속 들여다봤다. 그러고는 갑자기 벌떡 일어나 호흡곤란으로 숨을 헐떡이며 원래 자리에 앉아 있던 어머니의 품에 악기를 내려놓았다. 그러고서 여동생은 하숙인들의 방으로 달려갔는데, 하숙인들은 아버지한테 떠밀려서 어느새 더 빠르게 자신들의 방으로 다가가고 있었다. 여동생이 능숙한 솜씨로 이불과 베개를 침대 위로 훌훌 날리며 정돈하는 모습이 보였다. 하숙인들이 방에 다다르기 전에 여동생은 잠자리 정돈을 마치고 살며시 방에서 나왔다. 아버지는 또 옹고집에 빠져서 어쨌거나 하숙인들에게 갖춰야 할 예의를 깡그리 잊어버렸다. 아버지는 그들을 무조건 밀어대기만 했다. 어느새 방의 문간에 다다르자 가운데 신사가 고래고래 악을 쓰면서 발로 바닥을 쿵쿵 굴러서 아버지를 멈춰 세웠다. 그는 손을 쳐들고 시선은 어머니와 여동생을 향하면서 말했다.

"이 집과 가족이 혐오스러운 분위기에 찌들어 있는 점을 고려하여."—그는 여기까지 말하고는 대뜸 바닥에 침을 찍 뱉었다—"이 집에서 당장 나가겠다는 것을 밝히는 바입니다. 물론 여기서 거주한 기간의 하숙비는 한푼도 내지 않을 것입니다. 오히려 제가 당신들에게 일종의 보상을 청구할까 고민 중인데, 절대로 빈말이 아니고 근거도 쉽게 제시할 수 있습니다."

그는 말을 멈추고 뭔가를 기다리기라도 하듯 정면을 바라봤다. 아니나 다를까 바로 두 친구가 나서서 말을 거들었다. "우리도 당장 나가겠습니다." 그러자 가운데 하숙인은 문고리를 잡고 문을 쾅 닫아버렸다.

아버지는 비틀거리며 손을 더듬어 의자로 다가가더니 풀썩 주저앉았다. 그리고는 습관대로 잠시 초저녁잠을 청하려고 몸을 쭉 뻗는 것 같았는데, 머리를 가누지 못하고 심하게 끄덕이는 걸로 봐서는 전혀 잠든 게 아니었다. 그레고르는 이런 소동이 벌어지는 내내 하숙인들이 그를 발견했던 자리에 잠자코 있었다. 계획이 물거품이 되어 실망한데다 너무 굶어서 허약해진 탓에 꼼짝도 할 수 없었다. 그는 다음 순간에 벌어질 일을 어느 정도 각오하고 사방에서 그에게 떨어질 날벼락을 두려운 마음으로 기다렸다. 어머니가 손가락을 떨어서 바이올린이 어머니의 품에서 떨어지는 바람에 쿵하고 울리는 소리를 냈지만, 그레고르는 조금도 놀라지 않았다.

여동생이 "사랑하는 아버지, 어머니" 하며 말을 시작하는 신호로 식탁을 손으로 쳤다. "계속 이렇게 지낼 수는 없어요. 두 분은 모르실 수도 있겠지만 저는 알아요. 저는 이 흉악한 짐승을 오빠라고 부르지도 않겠어요. 우리는 저걸 치워버릴 궁리를 해야 한다는 말만 할게요. 우리는 저걸 보살펴주고 참고 견디려고 사람이 할 수 있는 한도까지는 다했어요. 그러니 아무도 우리를 털끝만치도 비난할 수 없다고 생각해요."

"백번 천번 옳은 말이다." 아버지가 혼잣말처럼 대꾸했다. 아직까지 숨을 제대로 못 쉬는 어머니는 정신 나간 눈빛을 하고 손으로 입을 가린 채 둔탁한 기침을 하기 시작했다.

여동생이 얼른 어머니한테 달려가서 이마를 받쳐줬다. 아버지는 여동생의 말을 듣고서 생각이 정리됐는지 똑바로 앉아서 하숙인들이 저녁식사를 하고 내버려둔 접시들 사이에 사환 모자를 올려놓고 만지작거렸으며, 이따금 가만있는 그레고르 쪽을 힐끗 쳐다봤다.

"우리는 저걸 치워버릴 궁리를 해야 해요." 여동생은 이제 순전히 아버지하고만 얘기했다. 어머니는 기침 때문에 아무것도 알아듣지 못했던 것이다. "저것이 두 분을 말려 죽이고 말 거예요. 눈에 선하게 보여요. 우리 온 식구가 힘들게 일해야 하는 처지에 집에 와서도 이 영원한 골칫거리를 감당할 수는 없어요. 저도 더이상은 못하겠어요." 여동생은 너무 격하게 울음을 터뜨려서 눈물이 어머니의 얼굴에 줄줄 흘러내렸고, 그러자 여동생은 손을 건성으로 움직여 어머니의 얼굴에 묻은 눈물을 훔쳤다.

아버지가 딱하다는 듯 이해심이 묻어나는 어조로 말했다. "애야, 그럼 우리가 어떻게 해야 하는 거냐?"

여동생은 자기도 속수무책이라는 시늉으로 어깨를 으쓱했는데, 조금 전의 자신만만한 태도가 우는 동안 정반대로 바뀐 것이다.

"쟤가 우리를 이해할 수만 있다면." 아버지는 반쯤은 묻는 어조로 말을 꺼냈고, 그러자 여동생은 울다 말고 마구 손사래를 치면서 그건 생각도 할 수 없다는 신호를 보냈다.

"쟤가 우리를 이해할 수만 있다면" 하고 같은 말을 되풀이하면서 아버지는 그건 불가능하다는 여동생의 확신을 받아들이는 표시로 눈을 감고 말을 이었다. "그럴 수만 있다면야 혹시라도 우리가 쟤와 합의를 보는 것도 가능할 텐데. 하지만 그렇게……"

"저건 없어져야 해요." 여동생이 아버지의 말을 끊고 소리쳤다. "아버지, 그것만이 유일한 해결책이라고요. 제발 저게 그레고르라는 생각부터 버리셔야 해요. 우리가 지금까지 그렇게 믿었기 때문에 불행을 자초한 거라고요. 저게 대체 어떻게 그레고르일 수 있어요? 만약 그레고르라면 인간이 저런 짐승과 함께 사는 것은 불가능하다는 걸 진작 깨닫고 자진해서 떠났겠죠. 그러면 우리는 오빠를 잃겠지만 그래도 계속 살아갈 수 있고 추모하는 마음을 간직할 거예요. 그런데 이 짐승은 우리를 이토록 못살게 굴고 하숙인들을 쫓아내니 틀림없이 온 집을 독차지하고 우리를 길거리로 내몰 거라고요. 저기 보세요, 아버지." 여동생이 갑자기 비명을 질렀다. "또 시작해요!" 그레고르는 도무지 영문을 몰랐지만 여동생은 질겁해서 어머니마저 버렸는데, 그레고르 가까이에 있느니 차라리 어머니를 희생시키겠다는 식으로 그야말로 의자를 박차고 발딱 일어나서 아버지의 뒤로 달려갔다. 아버지도 순전히 여동생의 행동 때문에 흥분해서 덩달아 일어나 여동생을 지켜주려는 듯 팔을 반쯤 들어 여동생 앞을 막았다.

하지만 그레고르는 여동생은 물론 누구한테도 겁을 줄 생각이 전혀 없었다. 그저 자기 방으로 돌아가려고 몸을 돌리기 시작한 것뿐인데, 하긴 그런 동작도 유난히 눈에 띄긴 했다. 고통받는 몸 상태 때문에 힘들게 몸을 돌릴 때 머리로 거들어줘야 했고, 그러느라 머리를 여러 차례 들었다가 바닥에 내리쳤던 것이다. 그는 동작을 멈추고 주위를 살펴봤다. 그의 선의가 인정받은 것처럼 보였다. 하지만 그저 잠깐 놀란 것뿐이었다. 이제 모두가 그를 말없이 슬프게 바라봤다. 어머니는 다리를 쭉 펴서 가지런히 붙인 채 안락의자에 드러누워 있었는데, 기진맥진해서 눈이 거의 감기다시피 했다. 여동생과 아버지는 나란히 앉아 있었는데, 여동생은 아버지의 목에 한쪽 팔을 걸치고 있었다.

'이제 그럭저럭 몸을 돌려도 되겠네.' 그레고르는 이렇게 생각하면서 다시 작업을 시작했다. 힘을 쓰느라 헐떡거리는 것을 억누를 수 없어서 이따금 쉬기도 했다. 어차피 아무도 독촉하지 않았고, 만사가 자신에게 맡겨져 있었다. 몸을 다 돌리자마자 그는 곧장 똑바로 방으로 돌아가기 시작했다. 그의 방에서 이렇게 멀리 떨어져 있었다니 놀라웠고, 어떻게 허약한 몸으로 조금 전에 자기도 모르게 이렇게 먼 길을 지나왔는지 도무지 이해가 되지 않았다. 줄곧 잽싸게 기어가야 한다는 생각만 하느라 식구들이 어떤 말이나 외침으로도 그를 방해하지 않았다는 사실조차 의식하지 못했다. 어느새 문에 다다라서야 머리를 돌려보았는데, 목이 뻐근해서 완전히 돌리지는 못했다. 그래도 뒤쪽에서 여동생이 일어선 것 말고는 아무런 변화가 없다는 것을 알아봤다. 그의 마지막 눈길은 이제 완전히 잠든 어머니를 스쳤다.

그레고르가 방 안에 들어서자마자 밖에서 누군가가 다급히 문을 닫고 단단히 걸어 잠갔다. 등 뒤에서 갑작스러운 소동이 벌어지자 그는 소스라치게 놀라서 그만 다리를 접질리고 말았다. 그렇게 다급하게 행동한 것은 여동생이었다. 여동생은 진작부터 일어나서 기다리다가 잽싸게 달려온 것인데, 그레고르는 여동생이 달려오는 소리를 전혀 듣지 못했던 것이다. 이윽고 여동생은 자물쇠에 열쇠를 넣어 돌리면서 부모님을 향해 "드디어 해냈어요!"라고 외쳤다.

'이제 어쩌지?' 그레고르는 자문하면서 어두운 방 안에서 주위를 둘러보았다. 그리고 이제 움직일 수조차 없다는 사실을 곧 깨달았다. 그렇다고 놀라지도 않았다. 오히려 지금까지 이렇게 가냘픈 다리로 계속 움직일 수 있었다는 사실이 부자연스럽게 느껴졌다. 움직이지 못하는 것 말고는 비교적 편안한 느낌이었다. 온몸이 아프긴 했지만, 통증도 점점 약해지고 또 약해져서 마침내 완전히 사라지는 것 같았다. 등에 박힌 썩은 사과와 그 주위에 생긴 염증도 거의 느껴지지 않았는데, 염증 주위는 온통 미세한 먼지로 뒤덮여 있었다. 식구들을 돌이켜 생각하니 가슴이 찡하고 사랑이 느껴졌다. 그가 사라져야 한다는 생각은 여동생보다도 그가 훨씬 더 단호했다. 이런 상태로 공허하고도 평화로운 상념에 잠겨 있는 사이에 어느덧 시계탑의 시계가 새벽 3시를 울렸다. 그는 창밖으로 사방이 환해지기 시작하는 것까지도 느낄 수 있었다. 그러고는 의지와 무관하게 머리를 푹 떨궜고, 콧구멍에서 마지막 숨이 희미하게 새어 나왔다.

이른 아침에 파출부가 왔다. 힘이 워낙 세고 성미도 급한 파출부는 제발 그러지 말라고 번번이 타일렀는데도 모든 문을 탕탕 두들겼고, 그 바람에 그녀가 오고부터는 집 안 어디에서도 도무지 편하게 잠을 잘 수 없었다. 그녀는 평소처럼 그레고르의 방을 잠깐 들여다봤는데, 처음에는 특이사항을 발견하지 못했다. 그녀는 그레고르가 일부러 저렇게 꼼짝 않고 엎어져서 모욕당한 울분을 삭이는구나 생각했다. 하긴 녀석이 그래도 생각은 멀쩡하다는 것을 익히 짐작했다. 마침 길쭉한 빗자루를 들고 있었기에 문간에 선 채 빗자루로 그레고르를 간질여보았다. 그래도 아무런 반응이 없자 짜증이 나서 그레고르를 살짝 찔러봤는데, 여전히 아무런 저항도 없이 자리에서 밀려나자 그제야 이상하다 싶었다. 그녀는 금세 사태의 진상을 파악하고서 눈이 휘둥그레져 자기도 모르게 혼자서 휘파람을 불었다. 하지만 더 지체하지 않고 침실 문을 활짝 열어 어두운 실내를 향해 큰 소리로 외쳤다. "어서 와보세요! 이게 뒈졌어요. 여기 뻗어 있다고요. 완전히 뒈졌다니까요!"

잠자 씨 부부는 부부용 침대에서 일어나 앉아, 파출부의 소동으로 놀란 가슴을 진정시키고 나서야 말뜻을 알아들었다. 곧바로 잠자 씨와 부인은 침대 양옆으로 후다닥 일어났고, 잠자 씨는 어깨에 담요를 걸친 채, 부인은 잠옷 바람으로 방에서 나왔다. 부부가 그레고르의 방으로 들어왔다. 그사이에 거실 문도 열렸는데, 하숙인을 들인 후로 그레테는 거실에서 잠을 잤던 것이다. 그레테는 옷을 완전히 차려입고 있어서 잠을 자지 않은 것처럼 보였고, 창백한 얼굴을 봐도 그런 것 같았다. 잠자 부인은 "죽었다고요?"라며 묻는 표정으로 파출부 쪽으로 시선을 돌렸다. 그녀가 모든 것을 직접 살펴볼 수도 있었고, 아니 굳이 살펴보지 않더라도 뻔히 알 수 있었건만. 파출부는 "그렇다니까요"라고 대답하고는 확인시켜주려고 빗자루로 그레고르의 사체를 옆으로 죽 밀쳤다. 잠자 부인은 빗자루를 제지하려는 동작을 취하다 그만두었다. 잠자 씨는 "이제 하느님께 감사드릴 수 있겠군" 하고 말했다. 그는 성호를 그었고, 세 여자도 따라 했다. 그레테는 잠시도 사체에서 눈을 떼지 않고 말했다. "보세요, 이렇게 말랐네요. 그렇게 오랫동안 아무것도 먹지 않았잖아요. 음식을 들여놓아도 그대로 다시 내왔죠." 실제로 그레고르의 몸은 완전히 납작하게 말라 있었는데, 짧은 다리로 일어나지도 못하고 그밖에 시선을 끌 만한 어떤 것도 없는 지금에 와서야 그런 모습을 제대로 알아본 것이다.

"그레테야, 잠깐 우리 방에 가자꾸나." 잠자 부인이 슬픈 미소를 띠며 말했고, 그레테는 어머니와 아버지를 따라 침실로 가면서도 사체를 자꾸 돌아봤다. 파출부는 그레고르의 방문을 닫고 창문을 활짝 열었다. 이른 아침인데도 신선한 공기에 벌써 미지근한 온기가 감돌았다. 어느덧 3월 말이었다.

세 명의 하숙인이 방에서 나와 어리둥절한 표정으로 서로 바라보면서 아침식사를 찾느라 두리번거렸다. 식구들은 하숙인들을 까맣게 잊고 있었다. "아침식사는 어디 있지요?" 가운데 신사가 볼멘소리로 파출부에게 물었다. 하지만 파출부는 쉿 하고 손가락을 입에 대고 하숙인들에게 그레고르의 방으로 가보라고 다급히 말없는 손짓을 했다. 그러자 그들도 그레고르의 방에 들어가서 낡아빠진 상의 주머니에 손을 넣은 채 어느새 완전히 환해진 그레고르의 방에서 그의 사체 주위에 둘러섰다.

그때 잠자 씨 부부의 침실 문이 열리면서 사환 제복을 입은 잠자 씨가 한쪽 팔에는 부인을 다른 팔에는 딸을 대동하고 나타났다. 세 식구는 모두 조금 울던 표정이었다. 그레테는 이따금 얼굴을 아버지의 팔에 기댔다.

"당신들 당장 이 집에서 나가시오!" 잠자 씨는 그렇게 말하고 현관문을 가리키면서도 여자들을 몸에서 떼어놓지는 않았다. 그러자 가운데 남자가 "무슨 말씀이죠?"라고 되물으면서 약간 당황해서 겸연쩍은 미소를 지었다. 다른 두 남자는 뒷짐을 진 채 양손을 쉴 새 없이 비벼댔는데, 대판 싸움이 벌어지길 은근히 기대하는 눈치였다. 틀림없이 자기들한테 유리하게 결판날 거라고 자신했던 것이다. 잠자 씨는 "방금 말한 그대로요"라고 대답하고 두 여자와 나란히 한줄로 서서 가운데 하숙인에게 다가갔다. 하숙인은 처음에는 가만히 있다가 바닥을 내려다보면서 머릿속으로 판을 새롭게 짜는 궁리를 하는 것 같았다. 이윽고 남자는 "그럼 우리는 나가겠습니다"라고 하고는 잠자 씨를 쳐다봤는데, 얼떨결에 주눅이 들어서 이런 결정을 내리는데도 새삼스레 집주인의 허락을 구하는 듯한 표정이었다. 잠자 씨는 눈을 부릅뜨고 그저 몇차례 고개를 끄덕였다. 그러자 남자는 정말로 곧장 현관복도로 성큼성큼 걸어나갔다. 두 친구는 어느새 손을 얌전히 거두고 잠시 분위기를 살피다가 곧장 폴짝폴짝 따라 나갔다. 잠자 씨가 그들보다 먼저 현관복도로 앞질러 나가서 자신들이 지도자와 합류하는 것을 막기라도 할까봐 겁내는 눈치였다. 세 사람은 현관복도에서 옷걸이에 걸려 있던 모자를 집어 들고 지팡이통에서 지팡이를 꺼내고는 말없이 몸을 숙여 인사를 하고 집을 나갔다. 잠자 씨는 그래도 혹시나 하고 미심쩍어서 모녀와 함께 현관 앞까지 나갔는데, 그의 의구심은 근거가 없는 것으로 밝혀졌다. 세 식구가 난간에 기대어 바라보니 세 남자가 비록 느리긴 해도 긴 계단을 따라 계속 내려가고 있었다. 그들은 층마다 계단실이 일정한 각도로 꺾이는 지점에서 사라졌다가 금세 다시 모습을 드러내곤 했다. 그들이 아래로 내려갈수록 그들에 대한 잠자 씨 가족의 관심도 점차 식었다. 그때 정육점 점원이 머리에 광주리를 이고 당당한 자세로 그들을 향해 다가왔다가 위층으로 높이 올라갔고, 잠자 씨는 모녀와 함께 바로 난간을 떠나 모두가 홀가분한 마음으로 집 안으로 돌아왔다.

세 사람은 오늘 하루는 푹 쉬고 나들이를 가기로 했다. 이들은 하루쯤 일을 쉴 자격이 있을 뿐 아니라 휴식이 꼭 필요하기도 했다. 세 사람은 식탁에 앉아서 세통의 사과편지를 썼다. 잠자 씨는 감독관에게, 부인은 일감을 주는 사람에게, 그레테는 가게 주인에게 썼다. 편지를 쓰는 동안 파출부가 들어와서 아침나절 일을 마쳤으니 가보겠다고 했다. 세 사람은 편지를 쓰느라 처음에는 쳐다보지도 않고 그저 고개만 끄덕였다. 그래도 여전히 파출부가 나갈 기미를 보이지 않자 그제야 식구들이 짜증스러운 표정으로 파출부를 쳐다봤다. 잠자 씨가 "무슨 용무라도?"라고 물었다. 파출부는 문간에 서서 미소를 지었는데, 마치 이 가족에게 아주 기쁜 소식을 알려줄 게 있지만 꼬치꼬치 캐묻기 전에는 말하지 않겠다는 표정 같았다. 그렇지 않아도 잠자 씨는 파출부의 모자에 꼿꼿이 꽂혀 있는 작은 타조 깃털이 그녀가 일하는 내내 못마땅했는데, 지금도 그 깃털이 사방으로 까불까불했다. "대체 무슨 볼일이라도 있어요?" 잠자 부인이 다시 물었는데, 파출부는 그나마 그녀를 가장 존중하는 편이었다. 파출부는 "예"라고 대답하고는 딴에는 친근함의 표시로 웃느라고 말을 바로 잇지 못했다. "그러니까 옆방에 있는 그 잡것을 어떻게 치울지는 걱정하지 않으셔도 돼요. 벌써 정리했거든요." 잠자 부인과 그레테는 계속 편지를 쓰려는 듯 편지지 쪽으로 몸을 숙였다. 하지만 잠자 씨는 이제 파출부가 어떻게 치웠는지 자세히 얘기하려는 기미를 보이자 손을 뻗어서 그만하라고 단호히 막았다. 파출부는 얘기가 가로막히자 아주 급한 볼일이 있다는 걸 상기하고서 "그럼 잘들 계슈"라고 작별인사를 했는데, 분명히 속이 상한 어투였다. 그녀는 홱 돌아서서 문을 무지막지하게 쾅 닫고는 집을 떠났다.

"저녁에 해고해야지." 잠자 씨가 말했지만, 부인도 딸도 뭐라고 대꾸를 하지 않았다. 겨우 평온을 되찾는가 싶었는데 기어코 파출부가 속을 휘저어놓은 것이다. 모녀는 일어나 창문 쪽으로 가서 서로 부둥켜안은 채 가만히 있었다. 잠자 씨는 의자에 앉은 채 몸을 돌려 잠시 모녀를 바라봤다. 이윽고 그가 소리쳤다.

"이리들 와봐. 제발 지난 일은 내려놓자고. 그리고 나한테도 신경 좀 써줘."

모녀는 그의 말을 따라 곧장 그에게 달려가서 살갑게 쓰다듬어주고는 서둘러 편지를 마무리했다.

이윽고 세 식구가 집을 나섰다. 벌써 몇달째 함께 나들이를 하지 못했다. 전차를 타고 도시 근교의 야외로 갔다. 그들만이 앉아 있는 차량 안으로 따뜻한 햇살이 눈부시게 쏟아졌다. 그들은 편안하게 의자에 기댄 채 미래의 전망을 얘기했다. 곰곰이 따져보니 앞날이 어둡지만은 않아 보였다. 지금까지 굳이 서로 캐묻지는 않았지만, 세 식구의 일자리는 모두 썩 괜찮은 편이었고 특히 앞으로의 전망이 밝았기 때문이다. 집을 바꿔 이사만 해도 당연히 지금보다 형편이 훨씬 좋아질 터였다. 그레고르가 직접 고른 지금 집보다 더 작고 싸지만 입지가 좋고 아주 실용적인 집으로 옮겨갈 생각이었다. 그런 얘기들을 나누는 사이에 잠자 씨 부부는 갈수록 생기가 도는 딸을 바라보면서, 얼굴이 창백해질 정도로 온갖 고역을 치렀는데도 근래에 와서 어느덧 아름답고 풍만한 처녀로 피어났다는 걸 거의 동시에 알아봤다. 부부는 점점 말이 없어지고 거의 무의식적으로 이심전심 눈길만 주고받으면서 이제 딸을 위해 착실한 신랑감을 알아봐야겠다고 생각했다. 나들이의 목적지에 도착해서 딸이 맨 먼저 일어나 젊은 몸으로 기지개를 켜자 잠자 씨 부부는 그들의 새로운 꿈과 근사한 계획이 제대로 들어맞은 느낌이 들었다.

(1912년 11월 17일~12월 7일)

선고

F.[2]에게 바치는 이야기

아주 화창한 어느 봄날의 일요일 오전이었다. 젊은 상인 게오르크 벤데만은 강을 따라 길게 늘어선, 높이와 색깔 정도만이 다른 허름하고 낮은 집들 중 어느 2층집의 자기 방에 앉아 있었다. 그는 외국에 사는 어린 시절 친구에게 보낼 편지를 방금 마무리해서 장난하듯이 천천히 봉투에 넣었다. 그러고는 책상에 팔꿈치를 괴고, 창밖으로 강과 다리를, 그리고 강 건너 엷은 풀빛 언덕을 바라봤다.

게오르크는 친구에 대해 곰곰이 생각했다. 그는 고향에서 하던 일이 잘 진척되지 않자 불만을 느끼고 벌써 여러해 전에 러시아로 도망치다시피 했다. 지금은 뻬쩨르부르그에서 사업을 하는데, 사업은 처음에는 유망해 보였지만 점점 뜸해지는 고향 방문 때마다 늘어놓는 불평으로 보아 오래전부터 잘 안 풀리는 모양이었다. 이

----

2 F.는 약혼녀 펠리체 바우어(Felice Bauer)를 가리킴.

처럼 그는 낯선 나라에서 고달프게 일했지만 남는 게 없었다. 낯설게 느껴지는 덥수룩한 수염은 게오르크가 어린 시절부터 잘 알던 그의 얼굴을 제대로 감추지 못했고, 누런 안색은 병이 진행되고 있다는 느낌을 줬다. 그의 얘기에 따르면 그는 그곳에 거주하는 교민들과도 이렇다 할 교류가 없었고, 러시아 가정들과도 거의 교제를 하지 않았으며, 그러다보니 평생 총각으로 지낼 각오까지 하고 있었다.

곤경에 빠진 게 분명한, 딱하지만 도와줄 수는 없는 이런 사람에게 어떤 내용의 편지를 보낼 수 있을까? 다시 고향으로 돌아와 생활기반을 이리로 옮기고, 예전의 친구관계를 모두 회복하라고 — 그렇게 하는 데는 물론 아무런 장애물도 없었다 — 게다가 친구들의 도움에 의지하라고 충고해야 할까? 하지만 그런 충고는 지금까지의 모든 시도가 실패로 돌아갔다고, 그러니 결국 그런 시도를 포기해야 한다고, 그가 고향으로 돌아오면 남들이 모두 눈이 휘둥그레져서 그를 영영 귀향한 사람으로 바라볼 거라고, 오직 그의 친구들만 뭔가를 알고 있다고, 그가 고향에 남아 성공을 거둔 친구들을 무조건 따라야 하는 철부지라고 말하는 것과 다르지 않다. 배려할수록 기분이 더 상할 것이다. 그렇게 그에게 온갖 고통을 준다고 해서 행여 무슨 도움이 될 거라고 자신할 수 있을까? 어쩌면 그를 집으로 돌아오게 하는 것은 실패할 수도 있다. 실제로 그는 고향 사정을 더이상 이해하지 못하겠다고 직접 말했던 것이다. 그렇다면 그는 온갖 어려움에도 친구들의 충고에 기분이 상하고 친구들과 한층 더 소원해져서 낯선 땅에 그대로 눌러앉았을지도 모른다. 그러나 그가 정말 친구들의 충고를 받아들이면 고향에 와서 기가 죽을 텐데, 물론 악의 때문이 아니라 여러 상황 때문에 그렇다. 그는 친구들과 함께 있든 떨어져 있든 잘 지내지 못하고, 수치심에 시달리며, 이제 정말 고향도 친구도 다 잃을지도 모른다. 그럴 바에야 차라리 지금처럼 타향에 머무는 편이 훨씬 낫지 않을까? 사정이 이러한데 그가 고향에 와서 성공을 거둘 거라고 생각할 수 있을까?

이런 이유들 때문에 여하튼 그와 편지로 연락을 계속한다 해도, 아주 먼 지인들에게조차 거리낌 없이 알려줄 수 있는 그런 생생한 소식은 전해줄 수 없었다. 친구는 고향에 오지 않은 지 벌써 삼년이 넘었다. 그는 러시아 정세가 불안해서 자신 같은 영세 사업가는 잠시라도 자리를 비울 수 없노라고 궁색한 변명을 늘어놓았는데, 실제로는 수만명의 러시아인이 느긋하게 세계를 돌아다녔다. 그런데 이삼년 동안 정작 게오르크에게는 많은 변화가 있었다. 약 이년 전에 어머니가 돌아가셨고, 그후로 게오르크는 늙은 아버지와 함께 살림을 꾸려왔다. 친구도 어머니의 사망소식을 들었는지 편지로 무뚝뚝하게 조의를 표해왔는데, 그런 사건에 대한 슬픔이 타향에서는 전혀 실감나지 않았기 때문일 것이다. 그러나 그때부터 게오르크는 다른 모든 일과 마찬가지로 자신의 사업도 더 과감히 추진했다. 어머니가 살아계실 때는 아마도 아버지가 사업에서 자신의 견해만을 고집했기 때문에 게오르크는 실제로 독자적인 활동을 하지 못했다. 아버지는 어머니가 돌아가신 후에도 여전히 사업에 참여했지만 예전보다 소극적으로 되었다. 예전에 비해 뜻밖의 행운이 훨씬 더 중요하게 작용했을 가능성이 매우 컸지만, 어떻든 사업은 지난 이년 동안 예상 밖으로 번창했다. 직원을 두배로 늘려야 했고, 매상은 다섯배로 늘었으며, 앞으로도 계속 번창하리라는 것은 의심의 여지가 없었다.

하지만 친구는 이런 변화를 전혀 알지 못했다. 그는 예전에 보내

온 어머니 조문편지에서 마지막으로 게오르크에게 러시아로 이주하라고 설득하려 했고, 뻬쩨르부르그에 게오르크의 회사 지점을 설립할 경우의 전망을 자세히 설명했다. 지금 게오르크의 사업이 성장한 규모에 비하면 그 수치들은 아주 보잘것없었다. 그러나 게오르크는 친구에게 보내는 편지에 자신의 사업 성공에 대해 언급할 마음이 내키지 않았다. 이제 와서 뒤늦게 그런 얘기를 하면 정말 이상하게 보일 것이다.

그래서 게오르크는 친구에게 보내는 편지에서 가령 한가로운 일요일에 생각에 잠길 때 무질서하게 떠오르는 대수롭지 않은 사건들에 대해서만 언급했다. 친구는 외국에서 지낸 오랜 기간 동안 나름대로 고향 도시에 대해 생각을 굴렸을 테고 자기가 떠올린 모습에 만족했을 텐데, 게오르크는 그저 친구의 그런 생각을 방해하지 않기만 바랐다. 게오르크는 친구에게 꽤 오랜 간격을 두고 보낸 세차례의 편지에서 자신과 관계없는 어떤 사람이 마찬가지로 관계없는 어떤 처녀와 약혼한 사실을 알린 일도 있었다. 그러자 친구는 게오르크의 의도와는 정반대로 이 별난 사건에 관심을 보이기 시작했다.

게오르크는 자신이 한달 전에 유복한 집안의 처녀인 프리다 브란덴펠트 양과 약혼한 사실을 고백하느니 차라리 그런 대수롭지 않은 얘기나 늘어놓는 것을 훨씬 더 선호했다. 그리고 약혼녀에게 자주 이 친구에 대해 그리고 이 친구와 맺고 있는 특별한 서신왕래 관계에 대해 이야기했다. "그 친구는 우리 결혼식에 오지 않겠네요." 그녀가 말했다. "그렇지만 나는 당신 친구들을 모두 알아둘 권리가 있어요." "나는 그 친구를 방해하고 싶지 않아." 게오르크가 대답했다. "내 마음을 이해해줘. 그는 아마 오라면 올 거야. 적어도 난 그렇게 생각해. 하지만 마지못해 올 거고 마음이 상할 거야. 어쩌면 나를 부러워하고 분명히 불만을 느낄 텐데, 결국 불만을 해소하지 못할 테니까 홀로 다시 러시아로 돌아갈 거야. 홀로 — 이 말이 무슨 뜻인지 알겠어?" "알아요. 하지만 그는 우리 결혼에 대해 다른 경로로 알 수도 있지 않을까요?" "물론 내가 그것까지 막을 수는 없지. 하지만 그가 사는 방식으로 미루어 보면 그럴 가능성은 희박해." "게오르크, 그런 친구들을 뒀다면 당신은 아예 약혼을 하지 말았어야죠." "그래, 그건 우리 둘의 책임이야. 하지만 지금 와서 달리 어떻게 하고 싶지는 않아." 게오르크의 키스 세례를 받으며 숨을 가쁘게 몰아쉬면서도 그녀가 "이건 정말 저를 모욕하는 거라고요"라고 투덜대자 그제서야 게오르크는 친구에게 모든 내막을 편지로 알려줘도 정말 무방하겠다는 생각이 들었다. 그는 혼잣말을 했다. "난 이런 사람이니까 그 친구도 나를 이런 사람으로 받아들여야지. 지금의 나를 적당히 오려 붙여서 그와의 우정에 더 적합한 인물로 둔갑시킬 수야 없는 노릇이지."

그리고 그는 실제로 이날 일요일 오전에 쓴 장문의 편지에서 친구에게 다음의 말로 약혼 소식을 알렸다.

가장 좋은 소식을 마지막까지 남겨두었네. 난 유복한 집안의 처녀인 프리다 브란덴펠트 양과 약혼했어. 그녀의 가족은 자네가 떠나고 한참 후에 이곳에 정착했으니 자네는 알지 못할 걸세. 내 약혼녀에 대해 자세히 얘기해줄 기회가 또 있을 테니 오늘은 내가 정말 행복하다는 사실, 그리고 우리 둘의 관계에서 뭔가 변한 것이 있다면 자네는 이제 아주 평범한 친구 대신에 행복한 친구를 두게 될 거라는 사실에 만족하게나. 게다가 자네에게 진심으로 안부를 전하는 내 약혼녀가 다음번에는 자네에게 직접 편지를 쓸 테고, 자네의 진정한 친구가 될 걸세. 이것은 자네 같은 총각한테는 의미 없는 일이 아니지. 나는 자네가 여러 가지 일 때문에 우리를 방문하기 어렵다는 걸 알고 있네. 하지만 내 결혼식이야말로 모든 장애물을 단번에 쓸어버릴 절호의 기회가 아니겠는가? 하지만 상황이 어떻든 간에 너무 좌고우면하지 말고 그저 자네 좋을 대로 하게나.

편지를 손에 들고 게오르크는 얼굴을 창 쪽으로 돌린 채 오랫동안 책상에 앉아 있었다. 아는 남자가 골목을 지나가다 그에게 인사를 건넸지만 그는 멍한 미소를 지으며 답례를 제대로 하지 못했다.

이윽고 게오르크는 편지를 주머니에 찔러 넣고 방에서 나와 좁은 복도를 가로질러 아버지의 방으로 갔다. 그는 벌써 몇달째 아버지의 방을 들여다보지 않았는데, 사실 굳이 들여다볼 필요도 없었다. 가게에서 아버지를 늘 만났기 때문이다. 게다가 두 사람은 같은 식당에서 같은 시각에 점심식사를 했고, 저녁에는 각자 내키는 대로 식사를 했지만, 게오르크가 자주 그러듯 친구들과 함께 있거나 약혼녀를 방문하는 경우가 아니면 두 사람은 따로 식사한 후에도 대개는 각자 신문을 보면서 공동거실에 잠깐씩 앉아 있었다.

게오르크는 해가 환한 오전인데도 아버지의 방이 너무 어두운 것에 놀랐다. 좁은 안뜰 건너편에 높이 솟은 담벼락 때문에 그늘이 졌던 것이다. 아버지는 돌아가신 어머니를 생각나게 하는 여러 가지 기념품으로 장식된 한쪽 구석의 창가에 앉아 신문을 읽고 있었는데, 약한 시력을 만회하려고 신문을 눈앞에 비스듬히 들고 있었다. 탁자에는 아침식사를 하고 남은 음식이 있었는데, 식사를 많이 한 것 같지는 않았다.

"아, 게오르크구나!" 아버지는 이렇게 말하면서 그에게 곧장 다가왔다. 아버지가 걸음을 옮기자 무거운 잠옷이 펼쳐지면서 옷자락이 펄럭였다. 게오르크는 '아버지는 여전히 거인이시구나'라고 생각하고는 이어서 말했다.

"이 방은 견디기 힘들 정도로 어둡군요."

"그래, 어두운 것은 사실이야." 아버지가 대답했다.

"창문까지 닫아놓으셨어요?"

"나는 그게 더 좋다."

"바깥은 아주 따뜻해요." 게오르크는 앞서 한 말에 덧붙이듯 말하며 자리에 앉았다.

아버지는 아침식사를 한 그릇을 치워 서랍장 위에 올려놓았다.

"사실은 제 약혼 소식을 뻬쩨르부르그에 알리겠다고 아버지께 말씀드리고 싶었어요." 게오르크는 늙은 아버지가 움직이는 모습을 멍하게 바라보면서 말을 이었다. 그는 주머니에서 편지를 조금 꺼내다 말고 다시 집어넣었다.

"뻬쩨르부르그에?" 아버지가 물었다.

"제 친구에게요." 게오르크는 대답을 하면서 아버지의 눈치를 살폈다. 그리고 속으로 생각했다. '가게에 계실 때와는 완전히 다른 사람이야. 여기에 떡 버티고 앉아 팔짱을 끼고 계시니 말이야.'

"그래. 네 친구에게 말이지." 아버지가 힘주어 말했다.

"아버지도 아시는 대로 처음에는 친구에게 제 약혼을 알리고 싶지 않았어요. 친구를 배려해서 그런 것이지 다른 이유는 없었어요. 아시다시피 까다로운 친구잖아요. 그 친구는 혼자 고독하게 살고 있어 그럴 가능성은 별로 없지만, 다른 경로를 통해 제가 약혼한 사실을 알 수도 있을 거라고 생각했어요. 그것까지 막을 수야 없지요. 하지만 제가 직접 알리고 싶지는 않았어요."

"그런데 이제 생각이 달라졌다는 거냐?" 아버지는 이렇게 물으면서 커다란 신문을 창턱에 올려놓더니 안경을 신문지 위에 내려놓고는 손으로 가렸다.

"네, 이제 다시 생각하게 됐어요. 그가 저의 좋은 친구라면 제 행복한 약혼이 그에게도 행복이 될 거라고 생각했어요. 그래서 더이상 머뭇거리지 않고 약혼 소식을 알리기로 했어요. 하지만 편지를 부치기 전에 아버지께 말씀드리고 싶었어요."

그러자 아버지는 이가 하나도 없는 입을 크게 벌리면서 말했다. "게오르크, 잘 들어라! 네가 이 일 때문에 상의하러 왔단 말이지. 그거야 의심할 여지없이 가상한 일이지. 하지만 지금 모든 진실을 털어놓지 않으면 날 찾아온 것은 무의미해. 아니, 무의미한 것보다 더 나빠. 나는 이 문제와 무관한 것은 들춰내고 싶지 않아. 네 소중한 어머니가 죽은 후로 여러 불미스러운 일이 일어났지. 그럴 때가 된 것 같기도 하고, 어쩌면 우리가 생각하는 것보다 더 빨리 찾아왔을지도 몰라. 가게에서는 내가 모르는 일이 꽤나 있는데, 그 일들을 내게 숨길 수는 없을 거다. 이제 그 일들을 내게 숨긴다고 생각하고 싶지는 않다. 난 이제 기운도 달리고 기억력도 떨어지고 있어. 그 많은 일을 다 챙길 수도 없지. 이것은 첫째로 자연의 섭리고, 둘째로 네 어머니의 죽음이 너보다 내게 더 큰 타격을 줬기 때문이야. 어떻든 우리가 염두에 두고 있는 바로 이 문제, 이 편지에 대해 게오르크야, 절대로 나를 속이지 말기 바란다. 그것은 사소한 일이고 언급할 가치도 없는 일이니 날 속이지 마라. 뻬쩨르부르그에 정말 그런 친구가 있기는 하니?"

게오르크는 당황해서 자리에서 일어났다. "제 친구들은 신경 쓰지 마세요. 제게 친구가 수천명이 있다 해도 아버지를 대신하지는 못해요. 제가 무슨 생각을 하고 있는지 아세요? 아버지는 자신을 너무 돌보지 않고 있어요. 하지만 그 연세에는 건강에 신경을 쓰셔야죠. 아버지는 가게에서 제게 없어서는 안되는 분이에요. 아버지도 잘 아시잖아요. 하지만 가게 일 때문에 아버지의 건강이 위협받는다면 저는 당장 내일이라도 가게 문을 영원히 닫아버리겠어요. 그건 안됩니다. 그렇게 되면 우리는 아버지를 위해 다른 생활방식을 도입해야 해요. 정말 근본적인 변화가 필요해요. 아버지는 여기 어두운 곳에 앉아계시는데, 거실에서는 화사한 햇빛을 즐길 수 있잖아요. 아버지는 기운 나게 든든히 드시지도 않고 아침식사도 께적거리시지요. 창문도 닫고 계시는데, 바깥공기를 쐬면 몸에 좋잖아요. 안되겠어요, 아버지! 제가 의사를 불러올 테니 의사의 처방에 따르기로 해요. 방도 바꾸자고요. 아버지는 앞방으로 옮기시고, 제가 이 방으로 오겠어요. 그래도 다른 변화는 느끼지 못하실 거예요. 모든 것이 함께 옮겨질 테니까요. 하지만 이 모든 일은 시간이 걸리니까 지금은 잠시 침대에 누워계세요. 아버지는 무조건 안정이 필요해요. 자, 제가 옷 벗는 것을 도와드릴게요. 두고 보면 아시겠지만 제가 그 정도는 할 수 있어요. 아니면 당장 앞방으로 가셔서 잠시 제 침대에 누워계세요. 아닌 게 아니라 그게 정말 현명한 방법인 것 같아요."

게오르크는 부스스한 백발이 성성한 머리를 가슴 쪽으로 떨구고 있는 아버지 바로 옆에 섰다.

"게오르크야." 아버지는 움직이지 않고 나지막하게 말했다.

게오르크는 즉시 아버지 옆에 무릎을 꿇었고, 아버지가 지친 얼굴에 눈가로 몰린 눈동자를 크게 부릅뜨고 자신을 바라보는 것을 봤다.

"너는 뻬쩨르부르그에 친구가 없어. 늘 농담을 잘하더니 나한테까지 서슴없이 그러는구나. 어떻게 그런 곳에 네 친구가 있겠어! 난 도저히 믿을 수 없구나."

게오르크는 아버지를 의자에서 일으켜 세우고는 이제 힘없이 서 있는 아버지의 잠옷을 벗기면서 말했다. "다시 한번 잘 생각해 보세요, 아버지. 제 친구가 우리 집을 방문한 지가 이제 곧 삼년이 되잖아요. 제 기억에는 아버지가 그 친구를 그다지 좋아하시지는 않았어요. 저는 그 친구가 제 방에 버젓이 앉아 있는데도 최소한 두번은 친구를 아버지한테 숨겼어요. 저는 아버지가 그 친구를 싫어하는 것을 잘 이해할 수 있었어요. 제 친구는 독특한 면이 있거든요. 하지만 아버지는 나중에는 그와 다시 즐겁게 대화를 나누시더군요. 저는 당시에 아버지가 그의 말에 귀 기울이고 고개를 끄덕이면서 질문까지 하시는 것을 보며 상당히 뿌듯했어요. 잘 생각해 보면 틀림없이 기억나실 거예요. 친구는 당시에 러시아혁명에 관한 믿기 어려운 이야기들을 들려줬어요. 예컨대 그가 키예프에 출장을 갔을 때 폭동이 일어났는데, 어떤 성직자가 발코니에 서서 칼로 자신의 손바닥에 커다란 피의 십자가를 긋고는, 그 손을 높이 치켜들고 군중에게 호소하는 광경을 목격했다고 말이에요. 아버지도 그 이야기를 가끔 되풀이해서 말씀하셨잖아요."

그러는 동안 게오르크는 아버지를 다시 앉히고 리넨 팬티 위에 입은 트리코 천으로 만든 바지와 양말을 조심스럽게 벗길 수 있었다. 그다지 깨끗하지 않은 아버지의 내의를 보면서 그는 아버지를 소홀히 대한 것을 자책했다. 아버지가 내의를 갈아입는 것을 살피는 일도 분명히 그의 의무일 것이다. 그는 장차 아버지를 어떻게 모실지에 대해서 약혼녀와 아직 분명하게 상의하지 않았지만, 그와 약혼녀는 아버지가 이 낡은 집에 홀로 살게 될 거라고 암묵적으로 전제하고 있었다. 하지만 지금 게오르크는 아버지를 조만간 꾸릴 신혼집에 모시겠다고 단숨에 확고하게 결심했다. 엄밀히 따지면 신혼집에서 아버지를 보살피는 것도 너무 늦을 것 같았다.

게오르크는 아버지를 팔에 안고 침대로 옮겼다. 그런데 침대로 몇걸음 걷는 동안 그는 아버지가 자신의 가슴에 매달려 있는 시곗줄을 갖고 장난치는 것을 알아채고는 섬뜩한 느낌이 들었다. 아버지가 시곗줄을 얼마나 꽉 붙잡았는지 게오르크는 아버지를 곧장 침대에 눕힐 수 없었다.

그러나 아버지가 침대에 눕자 모든 것이 괜찮아 보였다. 아버지는 손수 이불을 덮었고, 이불을 평소보다 더 길게 어깨 위로 끌어당겼다. 그러고서 무뚝뚝하지는 않은 시선으로 게오르크를 쳐다봤다.

"이제 그 친구가 기억나시죠, 그렇죠?" 게오르크는 이렇게 묻고 아버지를 격려하는 뜻으로 고개를 끄덕였다.

"이제 내가 잘 덮었느냐?" 아버지는 발이 제대로 덮여 있는지 확인할 수 없다는 듯 물었다.

"침대에 누우니 기분이 좋으신가봐요." 게오르크는 이렇게 말하면서 이불로 아버지를 더 잘 덮어드렸다.

"내가 잘 덮었느냐?" 아버지는 다시 같은 질문을 하면서 특히 대답에 신경을 쓰는 것 같았다.

"안심하세요, 잘 덮였어요."

"아니야!" 아버지는 스스로 던진 질문에 이런 답변으로 맞받아치면서 이불을 순식간에 활짝 펼쳐질 정도로 힘차게 확 걷어치우더니 침대에서 똑바로 일어섰다. 아버지는 한쪽 손으로만 천장을 살짝 짚고 있었다.

"네가 나를 덮어버리려 한 것을 잘 안다, 이 녀석아. 하지만 난 아직 덮이지 않았어. 그리고 내게 남은 마지막 힘으로도 너를 상대하기에 충분하고도 넘쳐! 난 네 친구를 잘 알지. 걔가 내 마음속 아들일 수도 있어. 그래서 넌 오랜 세월 걔를 속여왔지. 다른 이유가 있겠니? 너는 내가 걔 때문에 눈물을 흘리지 않았다고 생각하니? 그 때문에 넌 사무실에 처박혀 있었던 거야. 사장님은 바쁘니까 아무도 방해하지 말라고 하면서. 하지만 단지 러시아로 보낼 거짓말 편지 나부랭이를 쓰기 위한 수작이었지. 그런데 다행히 아버지는 누가 가르쳐주지 않아도 아들의 마음을 꿰뚫어 보지. 이제 네가 그 친구를 엉덩이로 깔고 앉아 옴짝달싹 못하게 굴복시켰다고 생각하는 거고, 그러니까 잘난 아드님은 결혼을 결심한 것이지!"

게오르크는 아버지의 소름 끼치는 모습을 쳐다봤다. 아버지가 갑자기 이렇게 잘 안다는 뻬쩨르부르그의 친구가 전과 달리 그의 마음을 사로잡았다. 광활한 러시아 땅에서 모든 걸 잃은 친구의 모습이 떠올랐다. 약탈당해 텅 빈 가게의 문 옆에 서 있는 친구의 모습이 눈에 선했다. 폐허가 된 진열장, 산산조각 난 상품, 쓰러지고 있는 가스등 받침대 들 사이에서 친구는 아직도 그렇게 서 있었다. 친구는 왜 그렇게 멀리까지 가야만 했을까?

"그런데 날 좀 봐라!" 아버지가 소리쳤다. 게오르크는 거의 명한 상태에서 사태를 파악하기 위해 침대로 달려가다 말고 도중에 멈춰 섰다.

"그년이 치마를 들췄기 때문이지." 아버지는 앵앵거리는 어조로 빈정대기 시작했다. "그년이, 그 더러운 년이 이렇게 치마를 들췄기 때문이지." 아버지는 흉내를 내느라 내의를 치켜올렸다. 그 바람에 전쟁 때 허벅지에 입은 상처의 흉터가 드러났다. "그년이 치마를 이렇게, 이렇게, 이렇게 들추는 통에 넌 그년한테 달라붙은 거야. 방해받지 않고 그년과 재미를 보려고 네 어머니에 대한 추모를 모욕했고, 친구를 배반했으며, 네 아버지를 꼼짝 못하게 침대에 처박아놓았지. 하지만 네 아버지가 움직일 수 있는지 없는지 똑똑히 봐둬라."

그러면서 아버지는 어디에도 의지하지 않고 자유롭게 서서 두 다리를 쭉 폈다. 아버지는 무언가를 깨달은 듯이 환하게 빛나고 있었다.

게오르크는 아버지에게서 되도록 멀리 떨어져 한쪽 구석에 서 있었다. 그는 오래전에 우회로를 통해서나 뒤에서나 위에서 불의의 기습을 당하지 않도록 모든 움직임을 아주 면밀히 관찰해야겠다고 굳게 마음먹었다. 그는 이제 한참 잊고 있던 그 결심이 생각났으나, 짧은 실을 바늘귀에 꿰어도 금방 빠지듯이 다시 금방 잊어버렸다.

"하지만 결국 그 친구는 배반당한 게 아냐!" 아버지는 이렇게 외치면서 자신의 말을 강조하기 위해 집게손가락을 이리저리 움직였다. "나는 이곳 현장에서 그의 대리인이었거든."

"희극 배우시군요!" 게오르크는 자제력을 잃고 소리쳤다. 하지만 곧 불이익을 당할 것을 깨닫고 너무 늦기는 했지만 두 눈을 부릅뜬 채로 혀를 물었고, 그 바람에 고통스러운 나머지 무릎이 후들거렸다.

"그래, 나는 물론 희극을 연기한 거야! 희극이라! 좋은 말이지! 늙은 홀아비에게 무슨 다른 위안거리가 있겠니? 어디 말해봐라. 그리고 대답하는 순간만이라도 내 살아 있는 아들이 되어봐라. 뒷방에 처박혀서 배은망덕한 직원들에게 시달리며 뼛속까지 늙어버린 내게 남은 게 뭐가 있겠니? 그런데 내 아들은 환호성을 지르며 세상을 돌아다니고, 내가 준비해놓은 사업들을 마무리하고서 만족해서 날뛰었지. 그리고 존경받는 사업가의 근엄한 표정을 짓고 아버지한테 등을 돌리고 떠났지! 너를 낳은 아버지가 너를 사랑하지 않았을 거라고 생각하니?"

'이제 아버지는 몸을 앞으로 숙일 거야.' 게오르크는 생각했다. '아버지가 쓰러져서 박살이 나면!' 이런 말이 그의 뇌리에 스쳤다.

아버지는 몸을 앞으로 숙이긴 했지만 쓰러지지는 않았다. 하지만 아버지의 예상과 달리 게오르크가 다가가지 않자, 아버지는 다시 몸을 일으켰다.

"자리에 그대로 있어라. 난 네가 필요하지 않아! 너는 네가 아직 이리로 올 만한 힘이 있지만 의지에 따라 자제한다고 생각하겠지. 착각하지 마라! 내가 언제나 너보다 훨씬 더 강하거든. 내가 혼자라면 뒤로 물러나야 했을지도 모르지만, 네 어머니가 내게 힘을 북돋아줬고, 네 친구와 든든한 유대를 맺었으며, 네 고객들의 명단은 여기 내 호주머니에 들어 있지!"

'아버지는 심지어 내복에도 호주머니가 있구나!' 게오르크는 속으로 중얼거리면서 이런 말을 입밖에 내면 아버지가 온 세상에 놀림감이 되겠다는 생각이 들었다. 하지만 그런 생각은 한순간이었다. 그는 줄곧 모든 것을 잊었기 때문이다.

"어디 네 신부와 팔짱을 끼고 내게 오기만 해봐라! 난 걔를 네 옆에서 치워버릴 테니까, 너는 상상도 못할 방식으로!"

게오르크는 아버지의 말을 믿지 못하겠다는 듯 얼굴을 찡그렸다. 아버지는 자신의 말이 정말이라는 걸 강조하기 위해 게오르크가 서 있는 구석을 향해 고개를 끄덕였을 뿐이다.

"너는 오늘 네 친구에게 약혼 사실을 알리는 편지를 보내야 할지 묻겠다고 찾아와서 나를 정말 웃겼어. 하지만 걔는 다 알고 있어, 이 멍청한 녀석아. 다 알고 있단 말이야! 네가 내 필기구를 빼앗는 것을 잊는 바람에 내가 걔한테 편지를 썼지. 그래서 걔는 벌써 몇년째 오지 않은 거야. 모든 것을 너보다 백배는 더 잘 알고 있으니까. 걔는 내 편지를 오른손에 들고 읽는 반면 네 편지는 왼손에 들고 읽지도 않고 구겨버렸지!"

아버지는 감격에 들떠서 한쪽 팔을 머리 위에서 흔들었다. "걔가 모든 것을 천배나 더 잘 알고 있어!" 아버지가 외쳤다.

"만배겠지요!" 게오르크는 아버지를 비웃으려고 이렇게 말했지만 정작 그의 입에서 이 단어는 아주 심각하게 울려나왔다.

"몇년 전부터 네가 이런 문제를 들고 올 것을 기다리고 있었어! 넌 내가 다른 일에 신경을 쓰고 있다고 생각하니? 내가 신문을 읽고 있다고 생각해? 옜다!" 아버지는 어쩌다 침대 속으로 들어간 신문지 한장을 게오르크에게 내던졌다. 게오르크는 이름도 모르는 옛날 신문이었다.

"너는 그렇게 마냥 꾸물대기만 하고 도대체 언제 철들래! 네 어머니는 기쁜 날을 보지도 못하고 세상을 떠나야 했고, 네 친구는 러시아에서 파멸하고 있지. 걔는 이미 삼년 전에 포기해야 할 정도로 얼굴이 누렇게 병색이었어. 그리고 지금 내 형편이 어떤지는 네가 직접 보고 있지. 너도 그걸 보는 눈은 있겠지!"

"그러니까 아버지는 저를 염탐하고 계셨군요!" 게오르크가 소리쳤다.

아버지는 딱하다는 듯이 덤덤히 말했다. "넌 아마 진작부터 그렇게 말하고 싶었겠지. 이제 그런 말은 더이상 들어맞지 않아."

그러면서 더 큰 소리로 말했다. "그러니까 넌 이제야 너 말고도 또 무엇이 있는지를 알겠어! 지금까지는 너밖에 몰랐어! 넌 본래 순진무구한 아이였으나, 더 본질적으로는 악마 같은 인간이었어! 그러니까 똑똑히 알아둬라. 이제 너에게 익사형을 선고하노라!"

게오르크는 방 밖으로 내몰리는 느낌이 들었고, 등 뒤에서 아버지가 침대로 쓰러져 쿵 하는 소리가 여전히 귓전을 울렸다. 그는 마치 경사면을 내달리듯 계단을 뛰어내려가다가 마침 아침청소를 하러 올라오던 하녀와 마주쳤다. "맙소사!" 하녀는 이렇게 외치면서 앞치마로 얼굴을 가렸다. 그는 대문에서 뛰쳐나와 정신없이 차도를 가로질러 물가로 내달렸다. 그러고는 굶주린 사람이 양식을 움켜쥐듯 난간을 꽉 붙잡았다. 소년 시절에 부모님이 자랑하는 뛰어난 체조선수였던 그는 몸을 흔들어 난간을 훌쩍 뛰어넘었다. 그는 점점 힘이 빠지는 두 손으로 난간을 꽉 붙잡고, 자신이 물에 떨어지는 소리를 가볍게 묻어줄 버스가 지나가는 것을 난간 기둥 사이로 엿보면서 나지막이 외쳤다. "사랑하는 부모님, 저는 언제나 당신들을 사랑했습니다." 그리고 아래로 몸을 던졌다.

그 순간 다리 위로는 그야말로 끝없는 차량행렬이 이어졌다.

(1912년 9월 22~23일)

유형지에서

"이건 정말 독특한 기계장치입니다." 장교는 학술답사 여행자에게 말하며 그 기계를 잘 알면서도 제법 감탄하는 시선으로 바라봤다. 여행자는 그저 예의상 사령관의 초청에 응한 듯했다. 사령관은 항명죄와 상관모욕죄를 선고받은 어떤 사병의 형 집행에 참관해달라고 요청했다. 그런 처형에 대한 호기심은 유형지에서 그리 대단하지 않았다. 황량한 언덕으로 빙 둘러싸인 이 작고 깊숙한 모래밭 골짜기에는 장교와 여행자를 빼고는 우둔하고 입이 크며 머리와 얼굴이 형편없이 지저분한 사형수와 묵직하고 굵은 쇠사슬을 붙잡고 있는 사병 한명이 있을 뿐이었다. 그 사슬은 다시 몇갈래의 작은 사슬로 갈라져 죄수의 발목과 손목 그리고 목을 채우고 있었으며, 작은 사슬들끼리도 연결 사슬에 의해 서로 이어져 있었다. 그렇지만 죄수는 언덕 위를 마음대로 돌아다니라고 풀어준다 해도 처형 시작을 알리는 호각만 불면 틀림없이 돌아올 강아지처럼 온순해 보였다.

여행자는 그런 기계에 그다지 흥미가 없어서 자기와는 아무런 상관도 없다는 표정으로 죄수의 뒤에서 어슬렁거렸다. 그사이에 장교는 땅속 깊이 설치된 기계 속으로 기어들어가기도 하고, 때로는 사다리 위로 올라가 기계의 윗부분을 점검해보기도 하면서 마지막 준비를 했다. 이런 일들은 사실 기계공에게 맡길 수도 있었지만, 이 기계의 특별한 신봉자여서 그러는지, 아니면 다른 이유들 때문에 평소에 아무에게나 믿고 맡길 수 없어서였는지, 장교는 대단히 열성적으로 일을 수행했다.

"자, 이제 준비가 다 끝났습니다!" 마침내 그는 이렇게 외치며 사다리에서 내려왔다. 그는 몹시 피곤한지 입을 크게 벌린 채 숨을 쉬었고, 군복 옷깃 뒤로 두장의 부드러운 여성용 손수건을 무리하게 구겨넣었다. "열대지방에서 입고 다니기에 이런 군복은 너무 무겁겠군요." 여행자는 장교가 기대한 것과는 달리 기계에 대해서는 묻지 않고 이렇게 말했다. "물론이지요." 장교는 대답하면서 기름과 지방질로 더러워진 두 손을 미리 준비해둔 물통에 전부 씻어냈다. "하지만 이 군복은 고향을 뜻하지요. 우린 고향을 잃어버리고 싶지 않거든요. 자, 이제 기계를 좀 보십시오." 그는 즉시 이렇게 덧붙이고 수건으로 두 손을 닦으며 기계를 가리켰다. "지금까지는 손으로 작업해야 했지만, 이제부터는 이 기계가 전적으로 일을 혼자다 처리할 겁니다." 여행자는 고개를 끄덕이고 장교의 뒤를 따라갔다. 장교는 만에 하나 돌발사건에 대비하려는 듯 말했다. "물론 고장이 날 수도 있습니다. 사실 오늘은 고장이 나지 않기를 바랍니다. 어쨌든 고장이 날 경우를 염두에 둬야 합니다. 이 기계는 열두시간이나 쉬지 않고 돌아가야 하니까요. 하지만 고장이 난다 해도 아주

사소한 것에 지나지 않으니 금방 고칠 수 있을 겁니다."

"앉지 않으시겠어요?" 마침내 장교는 이렇게 묻고는 한무더기의 등나무 의자 중에서 하나를 꺼내어 여행자에게 앉으라고 권했다. 여행자는 거절할 수 없었다. 그는 구덩이의 가장자리에 앉으면서 구덩이 속을 힐끗 쳐다봤다. 그리 깊지는 않았다. 구덩이의 한쪽에는 파헤쳐진 흙이 쌓여 둑을 이루고 있었고, 다른 쪽에는 기계가 설치돼 있었다. 장교가 말했다. "사령관께서 이 기계에 대해 당신에게 벌써 설명하셨는지 모르겠습니다." 그러자 여행자는 애매한 손짓을 했다. 장교도 굳이 더 나은 답변을 요구하지 않았다. 이제 그 자신이 직접 기계에 대해 설명할 수 있게 됐기 때문이다. "이 기계는." 그는 이렇게 말하며 몸을 기댄 연결봉을 잡았다. "우리의 전임 사령관이 고안한 물건입니다. 나는 실험 초기단계부터 함께 일했고, 완성될 때까지 모든 작업공정에 참여했습니다. 물론 발명의 공로는 전적으로 그분에게 돌아가야 마땅합니다. 우리의 전임 사령관에 대해 들어보셨나요? 아니라고요? 그러니까 이 유형지의 시설 전체가 그의 작품이라고 해도 과언이 아닙니다. 그의 친구인 우리는 유형지의 시설이 그 자체로 완결되어 있어서 후임자가 머릿속에 수천가지의 새로운 계획을 갖고 있다 해도 적어도 몇년 동안은 예전 시설을 고칠 수 없을 거라는 사실을 그가 죽을 때부터 이미 알고 있었습니다. 우리의 예상은 적중했습니다. 신임 사령관은 이 점을 인정하지 않을 수 없었습니다. 당신이 전임 사령관을 모른다니 유감이군요! 그런데." 장교는 말을 멈췄다가 다시 계속했다. "내가 또 쓸데없는 말을 했네요. 우리 눈앞에 있는 이것이 그가 고안한 기계입니다. 보시다시피 기계는 세부분으로 이루어져 있습니다. 세월이 흐르는 사이에 각 부분마다 다소 토속적인 별명이 생겼습니다. 아랫부분은 침대로 불리고, 윗부분은 제도기로 불리며, 그리고 여기 가운데 붕 떠 있는 부분은 써레라고 불립니다." "써레라고요?" 여행자가 물었다. 그는 주의를 제대로 기울이지 않고 있었다. 그늘 하나 없는 골짜기에 햇볕이 너무 따갑게 내리쬐는 바람에 생각을 집중할 수가 없었다. 견장 때문에 무겁고, 끈들이 달린, 꼭 끼는 퍼레이드용 제복을 입고 자신의 일을 그토록 열성적으로 설명하고, 게다가 이야기를 하면서도 드라이버를 갖고 여기저기 나사를 조이는 일에 몰두하는 장교를 보며 그는 더욱 경탄해 마지않았다. 사병도 여행자와 비슷한 상태였던 것처럼 보였다. 그는 양쪽 손목에 죄수를 결박한 쇠사슬을 감고 있었고, 한손으로는 기관총에 몸을 의지하고 있었으며, 머리를 축 늘어뜨린 채 아무것도 신경 쓰지 않고 있었다. 여행자는 그것을 별로 이상하게 여기지 않았다. 장교가 프랑스어로 말했고 프랑스어를 사병도 죄수도 알아듣지 못하는 게 분명했기 때문이다. 그런데도 죄수가 장교의 설명을 귀담아 들으려고 노력하는 모습이 그만큼 더 인상적이었다. 그는 쏟아지는 졸음을 견디며 끈질기게 장교가 가리키는 쪽으로 계속 시선을 돌렸다. 이제 여행자의 질문으로 장교의 말이 끊어지자 죄수도 장교와 마찬가지로 그를 쳐다봤다.

"네, 써레입니다." 장교가 말했다. "써레라는 이름이 맞습니다. 바늘들이 써레 모양으로 배열돼 있고, 그것들 전체도 써레처럼 움직이거든요. 비록 한곳에서만 움직이긴 해도 훨씬 더 정교하게 움직입니다. 어떻든 당신은 곧 이해하게 될 겁니다. 죄수는 여기 침대에 눕혀질 겁니다. 말하자면 이 기계를 먼저 설명해드리고 그다음에 진행과정을 직접 보여드릴 작정입니다. 그러면 그 과정을 더 잘이해하실 수 있을 겁니다. 그런데 제도기 속의 톱니바퀴 하나가 너무 심하게 닳아서 그게 움직일 때 삐걱거리는 소리가 납니다. 그럴 때면 거의 이야기도 할 수 없습니다. 유감스럽게도 이곳에선 부속품을 구하기가 무척 어렵거든요. 그러니까 이것이 아까 말한 침대입니다. 침대에는 온통 탈지면이 깔려 있는데, 그 목적은 곧 알게 될 겁니다. 탈지면 위에 죄수는 배를 대고 엎드립니다. 물론 벌거벗은 몸으로 말입니다. 이것은 꼼짝 못하게 그의 손을 묶기 위한 띠고, 이것은 발을 묶기 위한 띠이며, 저것은 목을 졸라맬 띠입니다. 말씀드린 대로 그 남자가 맨 먼저 얼굴을 얹어놓을 여기 침대의 머리맡에는 펠트 뭉치가 있습니다. 저건 다루기 쉬워서 남자의 입을 곧장 틀어막을 수 있습니다. 펠트 뭉치는 비명을 지르거나 혀를 깨물지 못하게 하는 용도로 쓰입니다. 물론 남자는 펠트 뭉치를 입에 물지 않을 수 없을 겁니다. 그렇지 않으면 목에 맨 띠 때문에 목이 부러지거든요." "이게 탈지면인가요?" 여행자는 이렇게 묻고는 몸을 앞으로 구부렸다. "네 그렇습니다." 장교는 빙그레 웃으며 말했다. "직접 한번 만져보십시오." 그는 여행자의 손을 잡고 침대 위를 만져보게 했다. "특별히 제작된 탈지면인데, 그래서 거의 눈에 띄지 않습니다. 이것의 용도에 대해서는 앞으로 설명해드리겠습니다." 여행자는 벌써 그 기계에 약간 호기심이 생겼다. 그는 햇빛을 가리기 위해 손을 눈 위에 대고 기계 위를 올려다봤다. 그것은 커다란 구조물이었다. 침대와 제도기는 크기가 똑같았고, 마치 두개의 어두운색 궤짝처럼 보였다. 제도기는 침대 위 약 2미터 되는 지점에 설치돼 있었는데, 두 구조물은 햇빛을 받아 번쩍번쩍 빛나는 네개의 놋쇠봉으로 모서리가 서로 연결되어 있었다. 궤짝들 사이에는 써레가 강철 띠에 매달려 있었다.

장교는 여행자가 조금 전까지도 무관심했다는 것을 거의 눈치채지 못했지만, 그가 이제 관심을 갖기 시작한다는 것은 알아챘다. 그래서 여행자에게 아무런 방해도 받지 않고 관찰할 시간을 주기 위해 설명을 중단했다. 죄수도 여행자의 행동을 흉내 냈다. 그는 눈 위에 손을 올릴 수 없어서 맨눈을 깜박이며 위를 쳐다봤다.

"그러니까 이 남자가 여기에 누워 있게 되겠군요." 여행자는 이렇게 말하며 의자에서 몸을 뒤로 젖혀 등받이에 기대고는 두 다리를 포갰다.

"그렇습니다." 장교가 답하며 모자를 약간 뒤로 밀어젖히고는 벌겋게 달아오른 얼굴을 손으로 문질렀다. "자, 들어보세요! 침대뿐만 아니라 제도기에도 전지가 있습니다. 침대는 그 자체를 위해 전지가 필요하지만, 제도기는 써레를 위해 전지가 필요합니다. 이 남자를 꽁꽁 묶자마자 침대가 움직입니다. 그것은 동작이 작긴 하지만 아주 빠른 속도로 급격하게 움직이면서 좌우와 상하로 동시에 떨립니다. 당신은 이와 비슷한 기계를 병원에서 본 적이 있을 겁니다. 다른 점이 있다면 우리의 침대에서는 모든 동작이 정확히 계산된다는 겁니다. 말하자면 침대의 동작은 써레의 동작과 한치의 오차도 없이 맞아야 합니다. 이 써레는 판결을 집행하는 실질적인 임무를 맡고 있습니다."

"대체 판결 내용이 뭔데요?" 여행자가 물었다. "그것도 모르고 계셨나요?" 장교는 놀라서 묻고는 입술을 깨물었다. "혹시 제 설명에 두서가 없다면 죄송합니다. 부디 용서해주기 바랍니다. 예전에는 사령관이 설명을 하곤 했어요. 하지만 신임 사령관은 이 명예로운 의무를 거절했습니다. 이렇게 귀한 손님이 찾아오셨는데도 말입니다." 여행자는 존대하는 것을 두 손을 저어 만류했지만, 장교는 이런 표현을 고집했다. "귀한 손님에게 신임 사령관이 우리의 판결 형식을 알려주지도 않은 것은 전에 없던 새로운 일입니다." 그는 입에서 욕설이 튀어나오려 했지만 마음을 가라앉히고 말했다. "저는 관련된 아무런 연락도 받지 못했으니 제 탓은 아닙니다. 여하튼 우리의 판결 방식을 가장 잘 설명해줄 수 있는 사람은 물론 저입니다. 제가 여기에." ─ 그는 가슴에 달린 주머니를 툭 치면서 말했다 ─ "전임 사령관이 손으로 그린 문제의 도면들을 갖고 있거든요." "사령관이 손수 그린 도면이라고요?" 여행자가 물었다. "그는 정말 온갖 능력을 한 몸에 겸비하고 있다는 말인가요? 그는 군인이자 재판관이고, 건축가이자 화학자이며 도안가였던가요?"

"물론입니다." 장교는 한곳을 멍하니 바라보며 골똘히 생각에 잠긴 채 고개를 끄덕이며 말했다. 그러고 나서 자신의 두 손을 유심히 살폈다. 그는 자신의 손이 도면을 만져도 괜찮을 정도로 깨끗하지 못하다고 생각했다. 그래서 물통으로 가서 다시 손을 씻었다. 그런 다음 조그만 가죽 가방을 꺼내더니 이렇게 말하는 것이었다. "우리의 판결은 가혹하지 않습니다. 죄수의 몸에 그가 위반한 명령이 써레로 새겨집니다. 예를 들어 이 죄수의 몸에는." 장교는 사내를 가리켰다. "이 죄수의 몸에는 '상관을 공경하라!'라고 새겨질 겁니다."

여행자는 그 남자를 힐끗 쳐다봤다. 장교가 자기를 가리키자 죄수는 머리를 숙인 채 무언가를 알아들으려고 귀를 쫑긋 세우는 것 같았다. 하지만 꼭 다물어 두툼하게 튀어나온 입술의 움직임으로 보아 그는 아무것도 알아듣지 못했음이 분명했다. 여행자는 여러 가지를 물어보고 싶었지만 그 남자의 모습을 보고는 그냥 이렇게 물었다. "저 사람은 자신의 판결 내용을 알고 있습니까?" "모르고 있습니다." 장교는 대답하고는 설명을 계속하려 했지만 여행자가 그의 말을 가로막았다. "자신의 판결 내용을 알지 못한다고요?"
"그렇습니다." 장교는 똑같은 대답을 되풀이하면서 여행자가 그런
질문을 한 자세한 이유를 듣고 싶다는 듯 잠시 입을 다물고 있다가
말했다. "알려줘봐야 아무 소용이 없을 겁니다. 직접 자신의 몸으
로 체험하게 될 테니까요." 여행자는 이제 입을 다물어야겠다고 생
각했는데, 그때 죄수가 자신을 쳐다본다는 느낌이 들었다. 죄수는
장교가 진술한 절차에 그가 동의할 수 있는지 묻는 것 같았다. 그
래서 여행자는 이미 뒤로 젖히고 있던 몸을 다시 앞으로 굽히고 또
물었다. "하지만 그가 유죄 판결을 받았다는 사실은 알고 있나요?"
"그것도 모릅니다." 장교는 이렇게 대답하고는, 여행자가 자신에
게 의아해하는 속마음을 더 털어놓기를 기대라도 하듯 그를 바라
보며 미소 지었다. "모른다고요." 여행자는 이렇게 말하고는 이마
를 쓰다듬었다. "그렇다면 저 남자는 자신의 변론이 받아들여졌는
지 지금도 모른다는 말입니까?" "그는 자신을 변호할 기회를 갖지
못했습니다." 장교는 대답하고는, 혼잣말을 하듯 그리고 자신에게
는 자명한 이야기를 해서 여행자를 부끄럽게 만들지 않으려는 듯
시선을 돌려버렸다. "하지만 그는 스스로를 변호할 기회는 가졌어
야 해요." 여행자가 말하면서 의자에서 일어났다.

　장교는 기계를 설명하느라 긴 시간이 지체될 위험이 있다는 사
실을 깨달았다. 그래서 여행자에게 다가가 그의 팔을 붙잡으며 손
으로 죄수를 가리켰다. 죄수는 이제 자신에게 주의가 쏠리는 것을
분명히 의식하고 몸을 곧추세웠고, 그래서 사병도 쇠사슬을 바짝
끌어당겨야 했다. 이윽고 장교가 말했다. "이곳 사정을 말씀드리겠
습니다. 저는 이 유형지에서 판사로 임명됐습니다. 젊지만 말입니
다. 형사사건이 일어날 때마다 전임 사령관을 옆에서 도왔고, 기계

도 가장 잘 알기 때문이지요. 제가 판결을 내리는 원칙은 죄는 언제나 의문의 여지가 없다는 것에 기초합니다. 다른 법정들은 여러 명이 재판에 참여하고 또 상급심이 있기 때문에 이런 원칙을 따를 수 없습니다. 여기는 그런 복잡한 절차가 없지요. 적어도 전임 사령관이 재직할 때는 없었습니다. 물론 신임 사령관은 벌써 저의 재판에 개입할 의도를 보였습니다. 그러나 지금까지 그를 물리치는 데 성공했고, 앞으로도 계속 성공할 겁니다. 당신은 이번 사건을 설명해주기를 바라고 있는데, 이번 사건은 다른 모든 사건처럼 아주 간단합니다. 오늘 아침에 중대장이, 자신의 당번병으로 배속되어 중대장실 문 앞에서 잠을 잔 이 사병이 잠만 자느라 근무를 소홀히 했다고 고발했습니다. 말하자면 그는 매시간 일어나 중대장의 문 앞에서 경례를 해야 하는 의무가 있습니다. 그리 힘들지는 않지만 꼭 필요한 의무이지요. 보초를 서고 당번병 임무를 다하려면 늘 활기차야 하니까요. 중대장은 어젯밤 당번병이 의무를 다하는지 확인하려 했습니다. 그는 2시 정각에 문을 열어보았는데, 당번병이 몸을 웅크리고 자고 있는 것을 발견했습니다. 중대장은 승마용 채찍을 들고 나와 저자의 얼굴을 후려갈겼습니다. 그런데 일어나서 잘못했다고 용서를 빌기는커녕 그 남자는 상관의 다리를 붙잡고 흔들면서 이렇게 소리쳤습니다. '채찍을 버려. 그렇지 않으면 잡아먹겠어' 이상이 사건의 진상입니다. 중대장은 한시간 전에 저를 찾아왔습니다. 저는 그의 진술을 받아 적고 이어서 바로 판결을 내렸습니다. 그러고 나서 저 남자를 쇠사슬로 묶도록 지시했습니다. 이 모든 일은 아주 간단했습니다. 제가 먼저 저 남자를 불러내 자초지종을 물어봤다면 혼란만 일어났을 겁니다. 그는 거짓말을 할 것이고, 거짓말을 제가 반박하면 그는 새로운 거짓말을 계속해댈 겁니다. 하지만 이제 저자를 붙잡고 있으니 다시는 놓아주지 않을 겁니다—이제 모든 것을 분명히 파악했나요? 그런데 시간이 자꾸 흘러가고, 처형은 이미 시작됐어야 하는데, 저는 아직 기계에 대한 설명을 끝내지 못했어요." 장교는 여행자를 의자에 억지로 앉히고는 다시 기계 쪽으로 가서 이야기를 시작했다. "보시다시피 써레는 인간의 체형에 맞도록 만들어져 있습니다. 이것이 상체를 위한 써레이고, 저것은 다리를 위한 써레입니다. 머리를 위해서는 이 조그만 조각칼만을 사용하도록 정해져 있습니다. 잘 아시겠어요?" 장교는 다정하게 여행자 쪽으로 몸을 굽히고는 최대한 개괄적으로 설명할 자세를 취했다.

여행자는 이맛살을 찌푸리고 써레를 살펴봤다. 재판 절차에 대한 해명은 만족스럽지 못했다. 어쨌든 이곳은 유형지이므로 여기서는 특별한 조치가 필요하며, 끝까지 군대식으로 진행될 수밖에 없다는 사실을 그는 인정하지 않을 수 없었다. 그러나 한편으로 그는 신임 사령관에게 약간의 희망을 걸었다. 신임 사령관이 장교의 옹졸한 머리로는 도저히 생각할 수 없는 새로운 절차를, 물론 점진적이긴 하나 분명히 도입하려 했기 때문이다. 이런 생각을 하던 끝에 여행자는 이렇게 질문했다. "사령관께서도 집행 현장에 참석할 겁니까?" "그건 확실하지 않습니다." 장교가 말했다. 느닷없는 질문에 곤혹스러운지 친절하던 표정이 일그러졌다. "우리가 서둘러야 하는 이유가 바로 그 때문입니다. 그래서 무척 유감스럽지만 제 설명을 심지어 간단히 끝내야 할 것 같습니다. 기계가 다시 깨끗해진다면—무척 더러워진다는 게 이 기계의 유일한 결점이지요—내일 추가로 좀더 자세한 설명을 할 수 있을 겁니다. 그럼 지금은 꼭 필요한 것만을 이야기하겠습니다. 저 남자가 침대 위에 누우면 침대가 덜덜 떨리기 시작해서 써레가 몸을 향해 내려올 겁니다. 써레의 뾰족한 끝이 몸에 아슬아슬하게 닿게끔 써레는 저절로 조절이 됩니다. 조절이 끝나면 곧바로 이 철사가 팽팽하게 당겨져 막대기처럼 되지요. 그러면 이제 운전이 시작됩니다. 무지한 사람은 겉으로 보아서는 처벌들의 차이를 제대로 알아채지 못합니다. 써레의 움직임이 단조롭게 보이니까요. 써레는 덜덜 떨면서 역시 침대의 진동 때문에 덜덜 떠는 몸에 뾰족한 끝을 찔러 넣습니다. 형의 집행과정을 누구나 살펴볼 수 있도록 써레는 유리로 만들어졌습니다. 바늘을 유리에 박는 데 여러 기술적인 어려움이 있었지만, 수많은 실험 끝에 어려움을 극복했습니다. 사실 우리는 어떠한 수고도 마다하지 않았지요. 그래서 이제 몸에 글이 새겨지는 과정을 누구나 유리를 통해 바라볼 수 있습니다. 좀더 가까이 다가와서 바늘들을 살펴보지 않겠습니까?"

여행자는 몸을 천천히 일으켜 그쪽으로 가서는 허리를 굽히고 써레를 들여다봤다. "자, 보세요." 장교가 말했다. "두 종류의 바늘이 다양한 패턴으로 배열돼 있습니다. 긴 바늘 옆에는 반드시 짧은 바늘이 있습니다. 말하자면 긴 바늘은 글을 새기고, 짧은 바늘은 물을 뿌리며 피를 흘려보내서 글자가 항상 선명하게 드러나게 합니다. 그러면 핏물은 여기 작은 홈통으로 들어가서 마침내는 이 커다란 홈통으로 흘러들게 됩니다. 홈통의 배수관은 구덩이로 통하지요." 장교는 핏물이 흘러가는 길을 손가락으로 일일이 가리켰다. 하지만 그가 이를 되도록 구체적으로 보여주기 위해 배수관 입구에 두 손을 갖다 대고 실제로 핏물 받는 시늉을 하자 여행자는 머리를 들고 손으로 뒤쪽을 더듬으며 앉아 있던 의자로 돌아가려 했다. 그때 그는 놀랍게도 죄수가 자신과 마찬가지로 써레의 장치를 가까이서 보라는 장교의 요청을 따르고 있는 것을 알았다. 장교는 쇠사슬에 묶여 있는 잠이 덜 깬 사병을 조금 앞으로 잡아당겼고, 그 자신도 유리 위로 허리를 구부렸다. 사병은 어리둥절한 시선으로 두 신사가 방금 바라보던 것을 찾아봤지만, 설명을 알아듣지 못했기 때문에 찾지 못했다. 그는 허리를 구부리고 이쪽저쪽을 들여다봤다. 그러고는 되풀이해서 눈을 움직여 유리를 훑어봤다. 여행자는 사병이 하는 행동이 처벌받을 것 같아서 그를 쫓아내려 했다. 하지만 장교는 한 손으로 여행자를 꽉 붙잡은 채, 다른 손으로는 둑에서 흙덩이를 집어 들어 사병을 향해 던졌다. 사병은 움찔하고 눈을 뜨더니 죄수의 과감한 행동을 보고 총을 내던지고는 신발 뒤꿈치를 땅에 대고 두발로 버티면서 죄수를 뒤로 잡아당겼다. 그러자 죄수는 곧장 쓰러졌다. 사병이 내려다보니 죄수가 몸을 뒤틀며 쇠사슬로 덜걱거리는 소리를 내고 있었다. "일으켜 세워!" 장교가 소리쳤다. 여행자가 죄수 때문에 너무 딴 곳으로 관심이 쏠려 있는 걸 알아챘기 때문이다. 여행자는 써레는 안중에 두지 않고, 써레 위에서 허리를 굽힌 채 죄수에게 일어난 일을 확인하려 했다. "조심스럽게 다뤄!" 장교가 다시 소리쳤다. 장교는 기계를 돌아 달려가서는 직접 죄수의 겨드랑이 밑에 손을 넣고 사병의 도움을 받아, 두 발로 제대로 서지 못하고 자꾸만 미끄러져 내려가는 죄수를 일으켜 세웠다.

"이젠 웬만큼 다 알겠습니다." 장교가 다시 돌아오자 여행자가 말했다. "가장 중요한 것이 남아 있습니다." 장교가 말하며 여행자의 팔을 붙잡더니 위쪽을 가리켰다. "저기 제도기 속에는 써레의 동작을 정해주는 톱니바퀴 장치가 있습니다. 판결 내용이 적힌 도면에 따라 이 톱니바퀴 장치에 지시가 내려집니다. 저는 여전히 전임 사령관의 도면을 사용하고 있습니다. 바로 이것입니다." 그는 가죽 가방에서 몇장의 종이를 꺼냈다. "유감스럽게도 당신의 손에 넘겨줄 수는 없습니다. 이건 제가 가지고 있는 물건 중에 가장 귀한 것이거든요. 앉으십시오. 이 정도 떨어져서 보여드리겠습니다. 그러면 모든 것을 잘 볼 수 있을 테니까요." 그는 첫번째 종이를 보여줬다. 여행자는 칭찬의 말을 하고 싶었지만, 보이는 것이라곤 다양하게 서로 교차하는 미로 같은 선밖에 없었다. 그런 선들이 지면을 빽빽하게 채우고 있어 하얀 공백을 겨우 알아볼 정도였다. "읽어보십시오!" 장교가 말했다. "못 읽겠어요." 여행자가 말했다. "알아보기 쉬울 거예요." 장교가 말했다. "너무 정교한데요." 여행자가 얼버무리듯 말했다. "도저히 해독하지 못하겠어요." "그렇습니다." 장교는 이렇게 말하고 웃으며 그 종이를 다시 집어넣었다. "어린 학생들이 배우는 보기 좋은 글자가 아닙니다. 해독하려면 시간이 오래 걸리지요. 당신이라면 결국 읽어낼지도 모릅니다. 물론 그것이 단순한 글자여서는 안됩니다. 그 글자는 죄수를 당장 죽여서는 안되고 평균 열두시간이 지나서야 죽이도록 고안되어 있습니다. 여섯시간째가 전환점이 되도록 계산돼 있습니다. 따라서 수많은 장식무늬가 실제의 글자 주위를 에워싸야 합니다. 실제 글자는 단지 폭이 좁은 띠 모양으로 몸을 에워쌉니다. 몸의 다른 부분은 장식무늬로 뒤덮이게 되어 있습니다. 이제 써레와 기계 전체가 하는 일을 제대로 평가할 수 있겠습니까? ─ 자, 좀 보십시오!" 그는 사다리로 뛰어올라가더니 톱니바퀴 하나를 돌리면서 아래로 외쳤다. "조심하세요. 옆으로 비키세요!" 그러자 모든 게 작동하기 시작했다. 톱니바퀴에서 삐걱거리는 소리가 나지 않았다면 정말 근사했을 것이다. 장교는 톱니바퀴에서 나는 방해하는 소리에 놀란 듯, 톱니바퀴를 향해 주먹으로 위협하는 시늉을 했다. 그런 다음 양해를 구하듯 여행자 쪽을 향해 두 팔을 벌리고, 황급히 사다리에서 내려와서는 기계의 움직임을 밑에서 관찰했다. 아직 무언가가 정상이 아니었는데, 이런 사실을 그만이 알아차렸다. 그는 다시 사다리를 기어올라가서 제도기의 내부에 두 손을 집어넣었다. 그런 다음 더 빨리 내려오기 위해 사다리를 이용하지 않고 놋쇠봉을 타고 미끄러져 내려와서는 이번에는 시끄러운 가운데 자신이 하는 말을 제대로 전달하기 위해 상당히 긴장해서 여행자의 귀에 대고 외쳤다. "진행과정이 이해됩니까? 써레가 글자를 새기기 시작합니다. 써레가 죄수의 등에 첫번째 세트의 글자를 다 새기고 나면, 탈지면 뭉치가 돌기 시작해 몸을 천천히 옆으로 눕히며 써레에 새로운 공간을 마련해줍니다. 그러는 사이에 글자가 새겨진 상처 부위가 탈지면에 닿게 됩니다. 탈지면이 특수처리가 된 탓에 즉시 출혈이 멎게 되고, 다시 글자를 새겨넣기 위한 준비를 합니다. 써레 가장자리에 있는 여기 이 톱니들은 몸을 계속 돌릴 때 상처에 붙은 탈지면을 떼어내 구덩이에 내던집니다. 그러면 써레가 다시 작업을 시작합니다. 이렇게 해서 써레는 열두시간 동안 글자를 점점 더 깊이 새깁니다. 처음 여섯시간 동안 죄수는 거의 이전처럼 살아 있으며, 고통을 겪을 뿐입니다. 두시간이 지나면 입에 문 펠트 뭉치가 제거됩니다. 죄수는 더이상 비명을 지를 기력조차 없기 때문이지요. 여기 머리맡의 전기로 데워진 사발에는 따뜻한 쌀죽이 놓입니다. 마음이 내키면 죄수는 혀로 핥아먹을 수 있습니다. 이런 기회를 놓치는 죄수는 아무도 없습니다. 저는 경험이 풍부한데, 그런 죄수는 본적이 없습니다. 여섯시간이 지나서야 죄수는 식욕을 잃습니다. 그러면 저는 보통 여기에 무릎을 꿇고 앉아서 그 현상을 관찰합니다.

죄수는 입에 든 마지막 소량의 음식물을 대개는 삼키지 못하고, 입속에서 그냥 굴리기만 하다가 구덩이에 뱉어버립니다. 그럴 때면 저는 얼굴을 숙이고 있어야 합니다. 그렇게 하지 않으면 음식물이 제 얼굴에 튑니다. 그러다가 여섯시간이 지나고 나면 죄수가 얼마나 얌전해지는지 모릅니다. 아무리 우둔한 자도 사리분별이 생기지요. 눈 주위에서부터 나타나기 시작합니다. 여기에서부터 퍼져나가지요. 이런 광경을 보면 사람들은 덩달아 써레 밑에 눕고 싶다는 유혹을 느낄지도 모릅니다. 그후로는 별다른 일이 일어나지 않고, 죄수는 그저 글자를 해독하기 시작할 뿐입니다. 죄수는 무엇을 엿들으려는 듯 입을 뾰족하게 내밉니다. 이미 보신 바와 같이 눈으로 글자를 해독하기란 쉬운 일이 아닙니다. 하지만 우리의 죄수는 상처로 글자를 해독합니다. 물론 그것은 대단히 어려운 일이지요. 완전히 그 일을 마치는 데 그는 여섯시간이 걸립니다. 하지만 그다음에 써레가 죄수의 몸을 푹 찔러서는 구덩이 속으로 던집니다. 죄수는 핏물과 탈지면 위에 철썩 떨어집니다. 이것으로 재판이 끝나게 됩니다. 그리고 우리, 나와 사병은 죄수의 시신을 파묻습니다."

여행자는 장교의 말에 귀를 기울였고, 두 손을 상의 주머니에 넣은 채 기계가 작동하는 것을 지켜봤다. 죄수도 기계를 지켜보고 있었지만, 아무것도 이해하지 못했다. 그는 몸을 약간 숙이고 움직이는 바늘들을 유심히 바라봤다. 그때 장교가 신호를 보내자 사병이 뒤에서 죄수의 셔츠와 바지를 칼로 자르는 바람에 죄수의 몸에서 셔츠와 바지가 주르르 흘러내렸다. 그는 알몸을 가리기 위해 흘러내리는 옷을 붙잡으려고 했지만, 사병이 그를 높이 들어올리고는 마지막 누더기마저 벗겨버렸다. 장교는 기계를 멈추게 했다. 그리고 이제 정적이 감도는 가운데 죄수는 써레 밑에 눕혀졌다. 쇠사슬은 풀렸고, 대신에 가죽띠가 죄수를 붙잡아 맸다. 처음에 죄수는 형이 좀 가벼워진 걸까 하고 생각하는 것 같았다. 이제 써레가 좀더 아래로 내려졌다. 죄수의 몸이 바짝 말랐기 때문이다. 바늘의 뾰족한 끝이 그의 몸에 닿자 피부에 소름이 돋았다. 사병이 그의 오른손을 붙들어 매는 동안 죄수는 어떤 방향인지 알지도 못하고 왼손을 뻗었다. 하지만 그쪽은 여행자가 서 있는 방향이었다. 이제 대강 피상적이나마 설명을 마친 처형이 여행자에게 어떤 인상을 줄 것인지 그의 얼굴 표정에서 읽어내려는 듯 장교는 끊임없이 여행자를 옆에서 지켜봤다.

손목을 졸라맨 가죽띠가 끊어져버렸다. 사병이 너무 세게 잡아당긴 모양이었다. 장교는 도우러 나서야 했고, 사병은 그에게 끊어진 가죽띠 조각을 보여줬다. 장교는 그가 있는 곳으로 다가가서도 얼굴을 여행자 쪽으로 돌린 채 말했다. "이 기계는 매우 복잡하게 조립돼 있습니다. 그러다보니 어쩔 수 없이 가끔씩 어디가 끊어지거나 부서지기도 합니다. 하지만 그렇다고 해서 전체적인 판단이 흔들려서는 안됩니다. 아닌 게 아니라 가죽띠 정도는 당장 대체가 됩니다. 쇠사슬을 사용할 겁니다. 물론 그 때문에 오른팔에 미치는 진동의 섬세함은 손상을 받겠지요." 장교는 쇠사슬을 죄수의 팔에 감으면서 또 이렇게 말했다. "기계를 유지하기 위한 재정 지원도 이젠 크게 줄었습니다. 전임 사령관이 재직할 당시에는 이 목적만을 위해 마음대로 쓸 수 있는 돈을 저한테 맡겼습니다. 여기에 온갖 대체물을 보관하는 창고가 있었습니다. 솔직하게 고백하면 제가 그걸 낭비했는지도 모릅니다. 물론 옛날이야기이지, 신임 사령관이 주장하듯 지금도 그렇지는 않습니다. 신임 사령관에게는 모든 것이 옛 제도를 타파하기 위한 구실로 쓰일 뿐입니다. 현재 기계에 들어가는 돈은 사령관이 직접 관리하고 있습니다. 그리고 새로운 가죽띠를 보내달라고 사람을 보내면 끊어진 것을 증거물로 제출하라고 요구합니다. 새 가죽띠는 열흘이 지나야 겨우 도착하지만, 그마저도 품질이 나빠 별로 쓸모가 없습니다. 그동안 가죽띠 없이 기계를 어떻게 돌리라는 것인지 아무도 신경 쓰지 않습니다."

여행자는 골똘히 생각에 잠겼다. 남의 나라 일에 너무 깊이 관여하면 언제나 문제가 생긴다. 그는 이 유형지의 주민도 아니고, 유형지가 속한 나라의 국민도 아니었다. 그가 이런 처형에 반대하거나 저지하려고 하면 '넌 외국인이니까 입 닥치고 있어'라는 말이나 들을 것이다. 그러면 뭐라고 대꾸할 수 없을 테고, 그저 이 사건 자체가 이해되지 않는다는 말이나 덧붙일 수 있을 뿐이다. 그가 여행을 하는 이유는 관찰이나 해보려는 것이지 남의 나라의 사법제도를 바꾸려는 것은 결코 아니기 때문이다. 그렇지만 물론 이곳의 상황은 개입하고 싶은 충동을 강하게 자극한다. 재판 절차가 공정하지 못하고 형 집행이 비인간적이라는 점은 의문의 여지가 없었다. 누구도 여행자가 그 어떤 개인적 이득을 추구한다고 말할 수는 없었다. 그는 죄수를 몰랐고, 죄수가 같은 고향 사람도, 동정을 요구하는 사람도 아니었기 때문이다. 여행자 자신은 고위 관청들의 추천장을 갖고 왔기 때문에 이곳에서 대단히 융숭한 대접을 받았다. 그런 그가 처형에 초청받았다는 사실은 이 재판에 대한 그의 판단을 요구한다는 것을 넌지시 말하는 듯했다. 그가 지금 아주 분명하게 들었듯이, 신임 사령관은 이런 재판 절차를 신봉하는 사람이 아니고, 장교에 대해 거의 적대적인 태도를 취하고 있다는 사실로 볼 때 더욱 그럴 가능성이 높았다.

그때 여행자는 장교가 화가 나서 고함을 지르는 소리를 들었다.

장교가 힘들여 간신히 죄수의 입에 펠트 뭉치를 밀어 넣는 순간, 죄수가 구역질을 도저히 참지 못하고 두 눈을 감고는 토해버렸기 때문이다. 장교는 황급히 그를 나무판에서 일으키면서 머리를 구덩이 쪽으로 돌리려고 했다. 하지만 이미 너무 늦었다. 지저분한 오물이 벌써 기계를 따라 흘러내리고 있었던 것이다. "이게 다 사령관 탓이야!" 장교는 소리치며 앞에 있는 놋쇠봉을 정신없이 흔들어댔다. "기계를 돼지우리처럼 더럽히다니." 장교는 두 손을 부들부들 떨면서 여행자에게 눈앞에 벌어진 일을 보라고 가리켰다. "처형 전날에는 먹을 것을 아무것도 주지 말라고 사령관에게 몇시간이나 알아듣게 설명했는데도 이 모양입니다. 이 새롭고 관대한 방침에 저는 견해를 달리합니다. 사령관의 여자들은 죄수가 이곳으로 끌려오기 전에 그의 목구멍에 단것을 쑤셔 넣습니다. 평생 동안 냄새가 고약한 생선이나 먹고 살아온 자에게 이제 와서 단것을 먹여서야 되겠습니까! 하지만 그럴 수도 있지요. 저는 이의를 달지 않겠습니다. 하지만 왜 새 펠트를 지급해주지 않습니까? 세달 전부터 간청했는데 말입니다. 백명도 넘는 남자들이 죽으면서 빨고 깨물던 펠트를 입에 넣고 구역질이 나지 않을 사람이 누가 있겠습니까?"

머리를 숙이고 있는 죄수는 평온해 보였고, 사병은 죄수의 셔츠로 기계를 열심히 닦고 있었다. 장교는 여행자 쪽으로 다가갔다. 여행자는 불길한 예감이 들어 한발짝 뒤로 물러섰으나, 장교는 그의 손을 잡고 옆으로 끌고 갔다. "당신을 믿고 몇가지 상의할 얘기가 있는데 괜찮으시겠습니까?" "물론이지요." 여행자는 이렇게 말하고 두 눈을 아래로 내리깔고는 그의 말에 귀 기울였다.

"당신이 이번 기회에 직접 보고 놀란 재판 절차와 처형에 대해

드러내놓고 지지할 사람이 현재 우리 유형지에는 없습니다. 저는 그것을 지지하는 유일한 대변자인 동시에 전임 사령관이 물려준 유산의 유일한 대변자입니다. 저는 이 절차를 계속 확대한다는 것은 생각할 수도 없습니다. 그저 현재의 상황을 유지하기 위해 온 힘을 쏟을 뿐입니다. 전임 사령관이 살아 있을 때는 유형지에 그를 지지하는 사람들로 넘쳐났습니다. 저에게도 전임 사령관이 지녔던 설득력은 조금 있지만 그가 가졌던 권력은 없습니다. 그 때문에 지지자들이 다 숨어버렸습니다. 아직도 지지자가 많지만, 속마음을 드러내는 사람은 아무도 없습니다. 당신이 오늘, 그러니까 사형을 집행하는 날에 찻집에 가서 사람들이 하는 이야기를 들어보면 애매한 말밖에는 듣지 못할 것입니다. 그들은 공공연한 지지자입니다. 하지만 현재의 사령관 밑에서는, 그가 지금과 같은 생각을 고수하는 한에는 저에게 그들은 전혀 쓸모가 없습니다. 그러니 이제 당신에게 묻겠습니다. 이 사령관과 그에게 영향을 미치는 여자들 때문에 이런 필생의 역작이 ─ 그는 기계를 가리켰다 ─ 사라져야 되겠습니까? 그렇게 되도록 내버려둬야겠습니까? 며칠 예정으로 우리 섬에 찾아온 외지인이라 하더라도 말입니다. 허비할 시간이 없습니다. 저의 재판권에 반대하는 모종의 일이 꾸며지고 있거든요. 사령부에서는 벌써 저만 빼놓고 여러 차례 회의가 열렸습니다. 당신이 오늘 방문한 것은 제가 보기에는 전반적인 상황의 추이에 각별한 의미가 있습니다. 그들은 비겁하게도 외국인인 당신을 앞세운 겁니다. 옛날에는 형 집행이 전혀 달랐습니다! 처형 하루 전날이면 벌써 온 골짜기가 사람들로 인산인해를 이뤘지요. 다들 그냥 구경하러 왔던 거예요. 사령관은 이른 새벽부터 여자들과 함께 나타났습니다. 팡파르 소리에 온 야영지가 잠에서 깨어났지요.

제가 만반의 준비가 끝났다고 보고했어요. 초대된 손님들이 — 고위 관리는 한명도 빠짐없이 다 참석해야 했습니다 — 기계 주위에 둘러앉았지요. 산더미처럼 쌓인 이 등나무 의자들이 그 시절의 초라한 유물입니다. 기계는 새것처럼 닦아놓아 번쩍거렸고, 처형이 있을 때마다 부속품을 새로 갈아 끼웠어요. 수백명이 지켜보는 가운데 — 구경꾼들은 저기 언덕에까지 까치발을 하고 늘어서 있었습니다 — 사령관이 직접 죄수를 써레 밑에 눕혔습니다. 지금은 하찮은 일개 사병이 그 일을 하지만 당시엔 그게 재판장인 저의 일이었고, 저의 명예였습니다. 그러다 마침내 처형이 시작됐습니다! 불협화음이 기계의 작동을 방해하는 일은 없었지요. 많은 사람이 그 장면을 도저히 지켜보지 못하고, 두 눈을 감은 채 모래 바닥에 누워 있었어요. 하지만 지금 정의가 집행된다는 것은 누구나 다 알았습니다. 정적이 흐르는 가운데 죄수의 신음만 들렸습니다. 펠트 뭉치 때문에 약하게 들렸지요. 지금은 기계가 펠트 뭉치로는 막을 수 없을 정도로 심한 죄수의 신음을 짜내지 못합니다. 하지만 당시에는 글자를 새기는 바늘 끝에서 이제는 사용할 수 없는 부식액이 똑똑 떨어졌어요. 이제 그러는 동안 여섯번째 시간이 됐습니다! 가까이서 이를 지켜보고 싶어 하는 사람들의 바람을 다 들어줄 수는 없었습니다. 사령관은 나름대로 판단해서 어린이들이 먼저 보도록 명령했습니다. 물론 저는 직무상 항상 그 옆에 있어도 됐습니다. 저는 오른쪽 왼쪽 두 팔에 조그만 어린이를 한명씩 안고 종종 그곳에 웅크리고 있었습니다. 고통당하는 얼굴에 나타나는 신성한 변화의 표정을 우리 모두는 어떻게 받아들였던가! 드디어 달성했는가 싶더니 어느새 사라져버리는 정의의 빛으로 우리의 뺨이 얼마나 물들었던가! 아, 얼마나 멋진 시절이었던가, 친구여!" 장교는 자기 앞에 누가 서 있는지조차 깜빡 잊은 게 분명했다. 장교는 여행자를 얼싸안고는 머리를 그의 어깨 위에 올려놓았다. 여행자는 크게 당황했고, 장교의 어깨 너머로 초조하게 시선을 던졌다. 사병은 청소를 마치고 이제 통에 든 쌀죽을 그릇에 붓고 있었다. 벌써 몸이 완전히 회복된 것으로 보이는 죄수는 쌀죽을 보자마자 입맛을 다시기 시작했다. 사병은 몇번이고 그를 밀쳐내야 했다. 죽은 조금 있다가 주기로 돼 있었기 때문이다. 하지만 침을 흘리는 죄수가 보는 앞에서 사병이 더러운 두 손을 그릇에 집어넣고 죽을 먹는 것은 어쨌든 무례한 행동이었다.

장교는 이내 마음을 가다듬고 말했다. "당신의 마음을 혼란스럽게 할 생각은 아니었습니다. 이제 와서 그때 일을 이해시킨다는 게 불가능하다는 건 잘 압니다. 어쨌든 기계는 아직도 돌아가고 있으며, 스스로 작동하고 있습니다. 이 골짜기에 홀로 덩그러니 남아 있긴 하지만 기계는 스스로 작동하고 있습니다. 그리고 시체는 마지막에 가서 신기할 정도로 부드럽게 날아 구덩이 속으로 떨어집니다. 지금은 그때처럼 수백명의 사람이 파리떼처럼 구덩이 주위에 몰리지는 않지만 말입니다. 그때는 구덩이 주위에 튼튼한 울타리를 쳐야 했지요. 그것도 오래전에 철거했지만 말입니다."

여행자는 장교에게서 시선을 돌리기 위해 목표 없이 주위를 둘러봤다. 장교는 그가 황량한 골짜기를 관찰한다고 생각했다. 그래서 그의 두 손을 잡고 시선을 붙잡기 위해 여행자를 돌아보면서 물었다. "그 치욕을 아시겠습니까?"

여행자는 아무 말도 하지 않았다. 장교는 잠시 그를 홀로 내버려뒀다. 장교는 두 다리를 벌리고 두 손을 허리에 짚은 채 말없이 서서 땅을 내려다봤다. 그러다가 장교는 여행자를 향해 활기차게 미소 지으며 말했다. "어제 사령관이 당신을 초청했을 때 저는 당신 가까이에 있었습니다. 당신을 초청한다는 말을 들었죠. 저는 사령 관이 어떤 사람인지 압니다. 그가 당신을 초청한 목적이 무엇인지 도 금방 알아챘습니다. 그는 나를 쉽게 처리할 수 있는 막강한 권 력을 지니고 있지만, 아직은 감히 그렇게 못하고 있습니다. 대신 나를 당신 같은 존경받는 외국인의 판단에 맡기려는 속셈인 모양 입니다. 그의 계산은 용의주도합니다. 당신은 이 섬에 온 지 이틀 밖에 안됐으니 전임 사령관과 그가 생각하는 범위를 알지 못합니 다. 그리고 유럽적인 사고방식에 사로잡혀 있어, 전반적으로 사형 에 원칙적으로 반대할 거고, 특히 이처럼 기계로 처형하는 방식에 반대할 겁니다. 더구나 보시다시피 처형은 대중의 관심을 끌지 못 하고, 이미 조금 망가진 기계 위에서 초라하게 진행되고 있습니다. 이 모든 사실을 종합해볼 때 당신이 나의 처리방식을 옳지 않다고 볼 ─ 사령관은 그렇게 생각하고 있습니다만 ─ 가능성이 아주 높 지 않을까요? 그리고 만약 당신이 이 일을 옳지 않다고 본다면 ─ 나는 줄곧 사령관의 입장에서 말하고 있습니다만 ─ 이 일에 대해 입을 다물고 있지는 않겠지요. 당신은 분명 많은 검증을 거친 자신 의 확신을 신뢰할 테니까요. 수많은 민족의 다양한 특성을 보아왔 을 테니 이를 존중하는 법도 배웠을 겁니다. 따라서 분명히 당신 은 어쩌면 당신 고향에서 그러듯 온 힘을 다해 막무가내로 이런 재 판 절차에 반대하는 말은 하지 않겠지요. 그런데 사령관도 굳이 그 런 강경한 반대까지는 필요로 하지 않습니다. 당신이 지나가는 말 로 그저 아무렇지도 않게 한마디 하는 것으로 충분합니다. 겉으로 보기에 사령관의 소망과 일치하면 그 말이 당신의 확신과 꼭 일치 할 필요도 없습니다. 그가 아주 약삭빠르게 당신에게 꼬치꼬치 캐

물을 것은 분명합니다. 그의 여자들이 주위에 빙 둘러앉아 귀를 쫑긋 세우고 있으면 당신은 가령 이런 말을 하겠지요. '우리나라 재판 절차는 달라요'라든가 '우리나라에서는 피고가 판결을 받기 전에 심문을 받아요'라든가 '우리나라에서는 피고가 판결 내용을 알게 돼요'라든가, '우리나라에서는 사형 말고도 다른 형벌도 있어요'라든가 또는 '우리나라에서는 중세에나 고문이 있었어요'라고 말입니다. 이 모든 것은 당신에게는 당연한 말인 동시에 옳은 말입니다. 또 나의 재판 절차에 아무런 영향을 끼치지 않고 해가 되지 않는 말입니다. 하지만 사령관은 이 말을 어떻게 받아들일까요? 그 선한 사령관이 의자를 당장 옆으로 밀치고 발코니로 달려나가는 모습이, 그의 여자들이 그를 뒤쫓아 우르르 달려가는 모습이 눈에 선합니다. 나에게 사령관의 목소리가 들립니다 ── 여자들은 그의 목소리가 우레 같다고들 하지요 ── 그는 이제 이렇게 말하겠지요. '세계 각국의 사법제도를 조사하는 임무를 받은 서양의 한 위대한 연구자는 방금 이렇게 말했다. 옛날의 관습을 따르는 우리의 재판 절차가 비인간적이라고. 그런 인물이 내린 판단에 따라 나는 이런 재판 절차를 더는 참지 않겠다. 그래서 오늘 명령을 내리는 바이다. 등등.' 당신은 이 일에 개입하려고 합니다. 물론 당신은 그가 공식적으로 알린 말에 동조하는 발언을 한 적이 없습니다. 나의 재판 절차를 비인간적이라고 말한 적도 없습니다. 당신은 오히려 깊은 생각에 따라 이를 더없이 인간적이고 인도적이라고 생각합니다. 당신은 이 기계에 대해서도 경탄합니다. 하지만 때가 이미 너무 늦었습니다. 당신은 이미 여자들이 우글거리는 발코니로 나가려 하지 않습니다. 당신은 주목받기를 원합니다. 당신은 고함을 지르려고 합니다. 하지만 어떤 여자가 손으로 당신의 입을 막을 겁니다.

그래서 나와 전임 사령관의 작품은 파멸하고 말 겁니다."

여행자는 빙그레 웃지 않을 수 없었다. 무척 어렵다고 생각한 과제가 아주 쉬웠기 때문이다. 그는 발뺌하듯 이렇게 말했다. "당신은 나의 영향력을 과대평가하고 있습니다. 사령관은 내가 가지고 온 추천장을 읽었으므로 내가 재판 절차의 전문가가 아니란 사실을 알고 계십니다. 내가 어떤 견해를 말한다 하더라도, 그건 다른 어느 누구의 견해와 다를 바 없는 한 개인의 의견에 지나지 않을 겁니다. 어쨌든 내가 알기로는 이 유형지에서 막강한 권력을 가진 사령관의 견해에 비하면 훨씬 영향력이 없습니다. 재판 절차에 대한 그의 견해가 당신이 생각하는 것처럼 확고하다면, 나처럼 보잘 것없는 사람의 조력도 필요 없이 이런 재판 절차가 종말을 고했을 거라는 생각이 들었습니다."

장교는 이 말을 이해했을까? 아니, 그는 아직 이해를 못했다. 장교는 머리를 세차게 흔들면서 죄수와 사병 쪽을 힐끗 돌아봤다. 그러자 죄수와 사병은 움찔하더니 죽을 포기했다. 장교는 여행자 곁으로 바짝 다가가서는 그의 얼굴을 보지는 않고 그의 상의 어딘가를 보면서 이전보다 더 나지막하게 말했다. "당신은 사령관을 모릅니다. 당신은 사령관이나 우리 모두를 — 이런 표현을 용서해주기 바랍니다 — 다소 순진하게 대하고 있습니다. 당신의 영향력은 엄청나게 막강합니다. 제 말을 믿어주세요. 당신이 처형 현장에 혼자 참석한다는 말을 들었을 때 나는 무척 기뻤습니다. 사령관의 이 명령은 나를 겨눈 것이겠지만, 난 이제 그 명령을 나에게 유리하게 뒤집을 겁니다. 당신은 거짓 귓속말이나 경멸하는 시선에 — 보다 많은 사람들이 처형 현장에 참석했더라도 피할 수 없었겠지만 — 아랑곳하지 않고 나의 설명을 귀담아듣고, 기계를 구경했습니다.

그리고 이제 막 처형을 시찰하려고 합니다. 당신의 판단은 확고합니다. 설령 다소 미심쩍은 것이 남아 있더라도 처형장면을 보면 사라질 겁니다. 그래서 이제 당신에게 간청하는 겁니다. 사령관과 맞서고 있는 나를 좀 도와주십시오!"

여행자는 장교가 더는 말하지 못하게 하려고 소리를 질렀다. "제가 어떻게 그런 일을 할 수 있겠어요. 말도 안되는 일입니다. 저는 당신에게 해를 끼칠 수 없듯이 당신에게 도움을 줄 수도 없습니다."

"할 수 있습니다." 장교가 말했다. 여행자는 장교가 두 주먹을 불끈 쥐는 것을 보고 약간 겁이 났다. "할 수 있다니까요." 장교는 더욱 간절하게 같은 말을 되풀이했다. "반드시 성공할 수 있는 묘안이 나에게 있습니다. 당신은 자신의 영향력이 충분치 못하다고 생각하지만, 내가 볼 때는 충분합니다. 당신의 견해가 옳다고 인정한다 해도 재판 절차를 유지하기 위해서는 모든 수단을, 좀 미흡해 보이는 수단이라도 써보는 것이 필요하지 않을까요? 내 계획을 좀 들어보십시오. 계획을 실행하기 위해서는 무엇보다도 재판 절차에 대한 당신의 판단을 오늘 유형지에서 되도록 자제해야 합니다. 사람들이 당신에게 대놓고 묻지 않는다면 견해를 결코 밝혀서는 안됩니다. 당신의 견해는 짧고 애매해야 합니다. 이런 일에 대해 말하는 것이 당신에게 힘들다는 사실을, 당신이 기분 나쁘다는 사실을, 당신이 솔직히 말해야 하는 경우 저주의 말을 쏟아내지 않을 수 없다는 사실을 그들이 알아채게 해야 합니다. 그렇다고 당신더러 거짓말을 하라는 것은 아닙니다. 그저 짧게 대답하기만 하면 됩니다. 가령 '네, 처형을 보았습니다'라든가, 또는 '네, 모든 설명을 잘 들었습니다'라고 말입니다. 딱 그 정도만 말하고, 그 이상은 아무 말도 하지 마세요. 사람들이 알아채는 당신의 불쾌함은 충분히 그럴 만한 이유가 있습니다. 비록 사령관은 생각지도 못한 일이겠지만 말입니다. 물론 사령관은 이를 완전히 오해해서 자기 생각대로 해석하겠지요. 나의 계획은 여기에 토대를 두고 있습니다. 내일 사령부에서는 사령관이 의장이 되고 고위 행정관들이 모두 참가하는 대규모 회의가 열릴 겁니다. 물론 사령관은 그런 회의를 공공연한 구경거리로 만들 줄 압니다. 그는 방청석을 만들었는데, 언제나 방청객들이 자리를 채우고 있습니다. 나도 어쩔 수 없이 그런 회의에 참석하지만, 몸이 부르르 떨릴 정도로 참석하기 싫습니다. 어쨌든 당신도 결국 그 회의에 초대받을 게 분명합니다. 오늘 내가 세운 계획에 따라 행동해주신다면 그 초대는 간절한 요청이 될 겁니다. 어떤 석연치 않은 이유로 초대를 받지 못하게 된다면 물론 초대해달라고 요구해야 합니다. 그러면 틀림없이 초대받게 될 겁니다. 그럼 내일 당신은 여자들과 함께 사령관이 앉는 특별석에 앉게 될 겁니다. 그는 가끔 위로 시선을 던져 당신이 있다는 걸 확인할 겁니다. 그렇게 단지 방청객에게 보여주기 위해 마련된 여러 사소하고 하찮은 의제가 — 대개 항만 건설에 관한 것인데, 늘 되풀이되죠 — 나온 다음에는 재판 절차에 대한 의제도 화제에 오르지요. 사령관 쪽에서 그 의제를 꺼내지 않거나 제때에 그 의제가 거론되지 않으면 내가 공론에 부치도록 하겠습니다. 나는 자리에서 일어나 오늘 행한 사형집행에 관해 보고할 겁니다. 아주 짧게 그 보고만 할 겁니다. 물론 그곳에서 보통 그런 보고를 하지 않지만, 나는 할 겁니다. 사령관은 늘 그렇듯 다정하게 미소 지으며 나에게 고마움을 표할 겁니다. 결국 그는 자제하지 못하고 좋은 기회를 활용해서 이렇게 혹은 이와 비슷하게 발언할 겁니다. '방금 사형집행에 관한 보고가 있었습니다. 이런 보고에 내가 덧붙이고 싶은 점은 바로 이 처형 현장에 위대한 연구자가 참석했다는 것뿐입니다. 모두 아시다시피 그분이 우리를 찾아주신 것을 우리 유형지 사람들은 말할 수 없이 영광스럽게 생각하고 있습니다. 오늘 회의도 그분이 참석해 더욱 의미 있게 되었습니다. 그럼 이제 옛날 관습에 따라 사형집행을 하고 그에 앞서 행해지는 재판 절차에 대해 어떻게 판단하는지를 이 위대한 연구자에게 물어보면 어떨까요?' 말할 것도 없이 사방에서 우레와 같은 박수가 터지며 다들 찬성한다는 뜻을 표하겠지요. 그중에서도 내가 제일 크게 손뼉을 칠 겁니다. 사령관은 당신 앞에 허리를 굽히고 이렇게 말할 겁니다. '그럼 일동을 대표해 제가 질문하겠습니다.' 그러면 당신은 난간으로 걸어나가는 겁니다. 모두가 볼 수 있게 두 손을 난간 위에 올려놓으십시오. 그렇지 않으면 여자들이 당신의 손을 붙잡고 손가락을 갖고 장난을 칠 테니까요. 그리고 이제 드디어 당신이 발언할 때가 됩니다. 나는 그때까지 몇시간의 긴장을 어떻게 견뎌낼 수 있을지 모르겠습니다. 거리낌 없이 말씀하시고, 진실을 큰 소리로 말씀해주십시오. 난간 위로 몸을 구부리고 열변을 토해주십시오! 정말로 사령관에게 당신의 견해를, 흔들림 없는 견해를 큰 소리로 당당히 말해주십시오. 하지만 그러는 게 당신의 성격에 맞지 않아 어쩌면 그러고 싶지 않을지도 모르겠습니다. 아마 당신의 고향에서는 그런 상황에서 다른 태도를 취할 수도 있겠지요. 그것도 일리가 있습니다. 그렇게 하셔도 정말 충분합니다. 굳이 일어나지 마시고 단지 몇마디만 해주십시오. 당신 아래에 있는 관리들이 알아들을 정도로 속삭여도 됩니다. 그것으로 충분합니다. 당신은 처형에 관심이 없다는 것, 삐걱거리는 바퀴, 찢어진 가죽띠, 구역질 나는 펠트에 대해 직접 이야기할 필요도 없습니다. 정말입니다. 그다음 이야기는 모두

제가 떠맡겠습니다. 제 말을 믿어주십시오. 제가 말을 해도 그자가 회의장에서 쫓겨나지 않는다면, 그자가 무릎을 꿇고 이렇게 고백하지 않을 수 없게 하겠습니다. '전임 사령관, 자네 앞에 무릎을 꿇겠네.' 이것이 저의 계획입니다. 계획을 실행하도록 저를 도와주시겠습니까? 물론 도와주시겠지요. 아니, 그 이상으로 반드시 도와주셔야 합니다." 장교는 여행자의 두 팔을 붙잡고는 가쁜 숨을 몰아쉬며 그의 얼굴을 쳐다봤다. 마지막 문장들을 절규하듯이 말했기 때문에 사병과 죄수도 관심을 갖게 되었다. 두 사람은 한마디도 알아듣지 못했지만 먹는 것을 잠시 중단하고 입안에 남아 있던 음식을 씹으면서 여행자 쪽을 바라봤다.

여행자는 처음부터 대답할 말이 분명했다. 그는 살아오면서 많은 것을 경험했기 때문에 이런 일로 우왕좌왕할 이유가 없었다. 그는 바탕이 정직하고 두려움을 모르는 사람이었다. 그럼에도 지금 사병과 죄수의 모습을 보는 순간 잠시 망설였다. 하지만 마침내 그는 이렇게 대답하지 않을 수 없었다. "못하겠습니다." 장교는 눈을 여러번 깜박거렸지만, 그에게서 시선을 떼지는 않았다. "이유를 설명해달라는 건가요?" 여행자가 물었다. 장교는 말없이 고개를 끄덕였다. 여행자는 다시 입을 열었다. "나는 이 재판 절차에 반대하는 사람입니다. 당신이 나를 신뢰하는 태도를 보여주기 전에 이미 ─물론 나는 당신의 신뢰를 어떤 일이 있더라도 악용할 생각은 없습니다─ 내가 재판 절차에 개입해 반대할 자격이 있는지 그리고 개입해서 조금이라도 성공할 가능성이 있는지 곰곰이 생각해봤습니다. 그럴 경우 내가 맨 먼저 누구에게 도움을 요청해야 할지는 분명합니다. 물론 사령관입니다. 당신이 그 점을 분명히 깨우쳐줬습니다. 그러나 당신은 내 결심을 굳혀주지 못했고, 오히려 나는 당신의 솔직한 확신에 감동을 받았습니다. 그렇다고 내 생각이 흔들린 것은 아니지만 말입니다."

장교는 입을 계속 다물고 기계 쪽으로 몸을 돌린 다음, 놋쇠봉 하나를 붙잡고 몸을 약간 뒤로 젖히고 제도기를 올려다봤다. 마치 모든 것에 이상이 없는지 점검하려는 듯이. 사병과 죄수는 그새 서로 친해진 모양이었다. 꽁꽁 묶여 있어 몸을 움직이기 어려운 죄수는 사병에게 신호를 보냈다. 그러자 사병이 그를 향해 몸을 숙였고, 죄수가 그에게 뭐라고 속삭이자 고개를 끄덕였다.

여행자는 장교의 뒤를 따라가며 말했다. "당신은 내가 무슨 일을 하려는지 아직 모르고 있습니다. 나는 재판 절차에 대한 견해를 사령관에게 말하겠지만, 회의에서가 아니라 단둘이 만나서 할 겁니다. 더구나 어떤 회의에 참석해달라는 요청을 받을 때까지 오랫동안 머무르지도 않을 겁니다. 내일 새벽이면 벌써 이곳을 떠나거나, 적어도 배에 올라타 있을 겁니다."

장교는 그의 말을 귀담아듣지 않는 것 같았다. "저의 재판 절차가 당신을 설득하지 못했군요." 그는 혼잣말로 중얼거리며 미소를 지었다. 노인이 어린아이의 철없는 행동을 보고 미소를 짓지만, 자신의 진짜 생각은 미소 뒤에 감추고 있는 것처럼.

"그럼 이제 때가 되었군요." 장교는 마침내 이렇게 말하고는 갑자기 무언가를 요구하고 협력을 호소하려는 듯 눈빛을 반짝이며 여행자를 바라봤다.

"무슨 때가 됐다는 말입니까?" 여행자는 불안하게 물었지만, 아무런 대답도 듣지 못했다.

"넌 자유의 몸이다." 장교는 죄수에게 그의 나라 언어로 말했다. 죄수는 처음에는 이 말을 믿지 않았다. "이제 넌 자유의 몸이야."

장교는 거듭 말했다. 그러자 처음으로 죄수의 얼굴에 생기가 돌았다. 이게 정말일까? 언제 변할지 모르는 장교의 변덕스러운 기분이 아닐까? 외국에서 온 여행자가 영향력을 행사해 은총을 베푼 것일까? 이게 무슨 일이란 말인가? 그의 얼굴은 이렇게 묻는 것 같았다. 하지만 오랫동안 그러지는 않았다. 어찌 된 영문이든 허락이 떨어졌다면 그는 정말 자유의 몸이 되고 싶었다. 그래서 써레가 허용하는 한 몸을 흔들기 시작했다.

"그러다가 가죽띠가 끊어지겠어." 장교가 고함을 쳤다. "가만히 있어! 우리가 풀어줄 테니!" 장교는 사병에게 신호를 주고 함께 죄수를 풀어주기 시작했다. 죄수는 아무 말없이 혼자 빙긋이 웃으며, 왼쪽의 장교와 오른쪽의 사병을 얼굴을 돌리며 번갈아 보았다. 물론 여행자도 잊지 않고 쳐다봤다.

"그를 끌어내!" 장교가 사병에게 명령을 내렸다. 이때 써레 때문에 약간 조심을 하지 않으면 안되었다. 죄수는 참지 못하는 바람에 벌써 등에 몇군데 찔리는 작은 상처를 입었다.

그러나 이제부터 장교는 죄수에겐 거의 신경도 쓰지 않았다. 그는 여행자 쪽으로 다가가 다시 조그만 가죽 가방을 꺼내 속을 뒤지더니 찾던 쪽지를 마침내 발견하고, 그 쪽지를 여행자에게 건네면서 말했다. "읽어보십시오." "읽을 수가 없는데요." 여행자가 대답했다. "아까도 말했지만, 이 쪽지들은 읽을 수가 없어요." "자세히 보십시오." 장교는 이렇게 말하며 함께 읽기 위해 여행자 곁으로 다가갔다. 그래도 아무 소용이 없자 절대로 손을 대서는 안되는 것처럼 쪽지를 높이 들고는, 여행자가 읽기 쉽도록 쪽지에 적힌 글자를 새끼손가락으로 대강 짚어나갔다. 여행자도 최소한 이 대목에서만은 장교를 기쁘게 해주기 위해 무던히 애를 썼지만 아무 소용이 없었다. 그러자 장교는 쪽지에 적힌 글자를 한 자 한 자 읽기 시작했고, 그러고 나서 그 글자들을 연결해서 다시 한번 읽었다. "'공정하라!'라고 적혀 있습니다." 장교가 말했다. "이젠 당신도 읽을 수 있습니다." 여행자가 몸을 너무 깊이 숙여서 쪽지를 보자 장교는 쪽지를 건드릴까 두려워 쪽지를 더 멀리 떼어놓았다. 여행자는 더이상 아무 말도 하지 않았지만, 여전히 글자를 읽지 못하는 게 분명했다. "'공정하라!'라고 적혀 있습니다." 장교가 한번 더 말했다. "그럴지도 모르겠습니다. 그런 글씨가 쓰여 있는 것 같기도 하군요." 여행자가 말했다. "이제 됐습니다." 장교는 적어도 어느 정도 만족한 듯 말하고는 그 쪽지를 들고 사다리로 올라갔다. 그는 쪽지를 아주 조심스럽게 제도기 안에 깔고는 톱니바퀴 장치의 배치를 완전히 바꾸려는 모양이었다. 그것은 아주 힘든 작업이었다. 아주 작은 톱니바퀴들까지 다뤄야 했기 때문이다. 때로는 장교의 머리가 제도기 속으로 완전히 사라질 정도로 톱니바퀴 장치를 아주 꼼꼼하게 살펴야 했다.

여행자는 아래에서 이 일을 계속 지켜봤다. 그의 목은 뻣뻣해졌고, 하늘에서 쏟아지는 햇빛 때문에 눈이 쓰렸다. 사병과 죄수는 이제 자기들 일에만 몰두하고 있었다. 이미 구덩이 속으로 내던져진 죄수의 셔츠와 바지를 사병은 총검의 끝으로 꺼내 올렸다. 셔츠가 끔찍할 정도로 더러워서 죄수는 그것을 물통에 넣고 빨았다. 그러고서 죄수가 셔츠와 바지를 입자 죄수와 마찬가지로 사병도 큰 소리로 웃지 않을 수 없었다. 옷의 뒤가 두갈래로 찢어져 있었기 때문이다. 죄수는 사병을 즐겁게 해주는 것이 의무라고 생각했는지 찢어진 옷을 입고 사병 앞에서 원을 그리며 돌았다. 사병은 바닥에 쪼그리고 앉아서 무릎을 치면서 박장대소를 했다. 그러면서도 그들은 신사들이 옆에 있는 게 신경 쓰였는지 애써 자제를 했다.

위에서 드디어 일을 끝낸 장교는 미소를 지으며 한번 더 전체를 하나하나 살펴보고는, 그때까지 열려 있던 제도기의 뚜껑을 이번에는 덮고 아래로 내려와서, 구덩이 속을 들여다본 다음 죄수 쪽으로 눈길을 돌려 죄수가 옷을 꺼내 입은 것을 알아보고 흡족해했다. 그런 다음 손을 씻으려고 물통이 있는 곳으로 갔는데, 물이 역겨울 정도로 더럽다는 것을 너무 늦게 깨달았다. 그는 손을 씻을 수 없게 되자 기분이 나빠졌다. 그는 결국 손을 모래 — 그는 이런 대용품이 썩 마음에 내키지는 않았지만, 적응해야 했다 — 속에 집어넣었다. 그런 다음 일어나서 군복 상의의 단추를 풀기 시작했다. 이때 맨 먼저 옷깃 속에 쑤셔 넣었던 두 장의 여성용 손수건이 그의 손에 떨어졌다. "여기 네 손수건을 받아." 그는 이렇게 말하며 손수건을 죄수에게 던졌다. 그러고는 여행자에게 설명했다. "여자들이 선물한 겁니다."

그는 눈에 띄게 서둘러 군복 상의를 벗기 시작했는데 막상 다 벗은 다음에는 옷을 아주 정성스럽게 개더니, 군복 상의에 달린 은빛 술을 손가락으로 쓰다듬기까지 했고, 장식용 술을 흔들어 가지런히 해놓았다. 그런데 이런 조심스러운 행동과 어울리지 않게 그는 옷 한벌을 개고 나더니 뭔가 못마땅한 듯 구덩이 속으로 휙 던져버렸다. 그에게 마지막으로 남은 소지품은 허리띠에 찬 단검이었다. 그는 칼집에서 칼을 뽑아 두동강을 내더니 부러진 칼 조각과 칼집 그리고 허리띠 할 것 없이 몽땅 움켜잡고는 힘껏 내던져버렸고, 저 아래 구덩이에서 그것들이 서로 부딪히는 소리가 울렸다.

이제 장교는 알몸으로 서 있었다. 여행자는 입술을 깨물고 아무 말도 하지 않았다. 그는 무슨 일이 일어날지 알았지만, 장교가 하는 일을 막을 권한은 없었다. 장교가 그토록 집착하던 재판 절차가 사실상 폐지될 상황에 이르렀다면 ──여행자의 개입 때문에 그럴지도 모르는데, 여행자의 입장에서는 개입을 자신의 의무로 느꼈다── 지금 장교가 하는 이런 행동은 전적으로 옳은 것이었다. 만일 여행자가 장교의 입장이라면 그 역시 같은 행동을 할 수밖에 없었을 것이다.

사병과 죄수는 처음에는 아무것도 몰랐고, 장교의 행동을 아예 거들떠보지도 않았다. 죄수는 손수건을 돌려받아 무척 기뻤지만, 사병이 예기치 않게 잽싸게 빼앗아가는 바람에 마냥 기뻐할 여유도 없었다. 죄수는 사병이 허리띠 뒤에다 끼워둔 손수건을 다시 빼앗으려 했다. 하지만 사병도 경계를 늦추지 않았다. 이렇게 두 사람은 반쯤은 장난삼아 티격태격했다. 장교가 완전히 벌거벗은 후에야 비로소 둘은 주의를 기울이기 시작했다. 특히 죄수는 뭔가 엄청난 반전이 일어날 거라는 예감이 든 모양이었다. 그에게 일어났던 일이 이제 장교에게 일어났다. 이러다가 어쩌면 끝장을 볼지도 모른다. 외국에서 온 여행자가 그런 명령을 내렸을 수도 있다. 그렇다면 이건 복수였다. 장교 자신은 끝까지 고통을 겪지 않았지만 결국 복수를 당해서 끝장을 보는 것이다. 이제 장교의 얼굴에 소리 없는 웃음이 번지더니 사라지지 않았다.

그러면서도 장교는 기계 쪽으로 몸을 돌렸다. 그가 기계를 잘 안다는 것은 예전부터 분명한 사실이었지만, 지금 그가 기계를 다루고 기계가 어김없이 그의 뜻대로 돌아가는 것을 보노라면 놀라 자빠질 지경이었다. 장교가 써레에 그냥 손을 갖다 대기만 했는데도 써레는 몇번 오르락내리락하더니 그를 받아들이기에 적당한 위치로 조정됐다. 그가 침대 가장자리에 손을 대자마자 침대는 벌써 흔들리기 시작했다. 펠트 뭉치가 입을 향해 다가오자 장교도 차마 그것만은 입에 넣고 싶지 않은 모양이었다. 하지만 주저하는 것도 한순간일 뿐 이내 순응하고 입에 받아 물었다. 모든 준비가 끝났다. 가죽띠만이 여전히 침대 양쪽에 매달려 있었지만, 그것은 정말 필요하지 않았다. 장교는 묶일 필요가 없었다. 이때 죄수는 가죽띠가 풀려 있는 것을 알아챘다. 그의 생각으로는 가죽띠가 단단히 죄어 있지 않으면 처형은 불완전한 것이었다. 그는 사병에게 열심히 눈짓을 보냈다. 그리고 둘은 장교를 묶기 위해 그에게 달려갔다. 장교는 벌써 한쪽 발을 뻗어서 제도기를 작동시키는 핸들을 밀치려고 했다. 그러다가 두 사람이 달려온 것을 보자 다시 발을 끌어당기고 두 사람이 자신을 묶게 내버려뒀다. 그는 이제 당연히 핸들을 잡을 수 없었다. 사병이나 죄수가 핸들을 찾아낼 수도 없는 일이었다. 여행자는 꼼짝도 하지 않겠다고 마음을 단단히 먹고 있었는데 굳이 그런 결심을 할 필요도 없었다. 가죽띠가 걸리자마자 기계가 작동하기 시작한 것이다. 침대가 진동했고, 바늘들은 피부 위에서 춤을 췄으며, 써레는 위아래로 움직였다. 여행자는 이런 모습을 한동안 지켜보면서 제도기 속의 바퀴가 삐걱거리는 소리를 낼지도 모른다고 생각했다. 하지만 윙윙거리는 소리가 조금도 들리지 않았고, 주위는 조용했다.

이렇게 조용히 움직이기 때문에 기계는 말하자면 주의를 끌지 못했다. 여행자는 사병과 죄수 쪽을 건너다봤다. 죄수는 사병보다 활기찼고, 기계의 모든 부분에 흥미를 느꼈다. 때로는 몸을 숙이기도 하고, 몸을 펴기도 했다. 그는 집게손가락을 뻗어서 사병에게 줄곧 무언가를 가리켰다. 여행자로서는 짜증나는 일이었다. 그는 이곳에 끝까지 남아 있겠다고 결심했지만, 두 사람의 모습을 더는 참을 수 없는 모양이었다. "자네들은 집에 돌아가게." 여행자가 말했다. 사병은 집에 돌아갈 준비를 한 것 같았지만, 죄수는 이런 명령을 다름 아닌 처벌로 느꼈다. 그는 두 손을 꼭 쥐고 여행자에게 이곳에 남아 있게 해달라고 간절히 애원했다. 여행자가 머리를 흔들며 안된다고 하자 무릎을 꿇기까지 했다. 여행자는 이곳에서는 어떤 명령도 소용없다는 것을 깨닫고, 이들 옆으로 다가가서 두 사람을 내쫓으려 했다. 그때 위의 제도기에서 시끄러운 소리가 들리기 시작했다. 그는 위를 쳐다봤다. 톱니바퀴 하나가 고장이 난 것일까? 하지만 그게 아니었다. 제도기의 뚜껑이 서서히 올라가더니 완전히 열렸다. 한 톱니바퀴의 톱니들이 모습을 보이며 올라오더니, 곧 톱니바퀴 전체가 모습을 드러냈다. 마치 어떤 엄청난 힘이 제도기를 내리눌러 이 바퀴에 더이상 공간이 남아 있지 않은 것 같았다. 톱니바퀴는 제도기의 가장자리까지 돌더니 아래로 쿵 떨어졌다. 그리고는 모래바닥에 곧추선 채로 짧은 거리를 굴러가다 넘어졌다. 머리 위에서는 벌써 다른 톱니바퀴가 올라가고 있었다. 그 뒤를 따라 수많은 크고 작은 분간할 수 없는 톱니바퀴가 나타났다. 그것들은 모두 똑같은 일을 했다. 이젠 제도기 속이 텅 비었을 거라 생각할 때마다 새로운 톱니바퀴들이 떼 지어 나타나서는 위로 올라가다가 아래로 떨어져서 모래 속을 구르다 넘어졌다. 이 과정을 지켜보느라 죄수는 여행자의 명령을 깜빡 잊고 있었다. 그는 톱니바퀴의 움직임에 완전히 넋이 나갔다. 죄수는 어떻게든 톱니바퀴를 하나라도 붙잡아보려 했고, 동시에 자신을 돕도록 사병을 부추겼다. 그러나 그는 흠칫 놀라 손을 뒤로 뺐다. 곧이어서 다른 톱니바퀴가 굴러나왔는데, 적어도 처음 톱니바퀴가 움직이는 순간에는 덜컥 겁이 났기 때문이다.

반면에 여행자는 몹시 불안했다. 기계가 산산조각 날 것이 분명했기 때문이다. 기계가 조용하게 움직이는 것은 속임수였다. 장교가 이젠 스스로를 보살필 수 없는 몸이기 때문에 지금 자신이 장교를 돌보지 않을 수 없다는 느낌이 들었다. 하지만 톱니바퀴가 계속 떨어지는 것에 온통 정신이 팔려서 그는 기계의 나머지 부분을 살피는 일을 소홀히 했다. 이제 마지막 톱니바퀴가 제도기에서 떨어지고 나서 여행자는 써레 위에 몸을 굽혔다가 또다시 깜짝 놀랐는데, 전보다 더 질겁했다. 써레는 글자를 새기지 않고 단지 찌르고만 있었던 것이다. 침대는 몸을 뒤집지 않고 그냥 떨기만 하면서 몸을 바늘에 푹 찔리도록 들어올렸다. 여행자는 이 일에 개입해 가능하면 기계 전체를 멈추게 하고 싶었다. 이건 정말이지 장교가 원했던 고문이 아니라 직접적인 살인이었다. 장교는 두 손을 쭉 뻗었다. 하지만 써레는 벌써 바늘에 찔린 몸을 옆으로 들어올리고 있었다. 보통 때는 열두시간이 지나야 일어나는 일이었다. 물이 섞이지 않았는데도 수많은 핏줄기가 철철 흘러내렸다. 이번에는 그 많은 조그만 배수관도 아무 소용이 없었다. 그러다가 이제는 마지막 단계가 또 제대로 이뤄지지 않았다. 몸이 기다란 바늘들에서 떨어지지 않았고, 그의 몸에서 피가 쏟아져 나왔다. 하지만 그의 몸은 아래로 떨어지지 않고 구덩이 위에 매달려 있었다. 써레는 벌써 원래 위치로 되돌아가려고 했지만, 아직 무거운 것을 제거하지 못한 것을 스스로 깨닫기라도 한 듯 구덩이 위에 그대로 머물러 있었다. "이보게, 좀 도와주게!" 여행자는 사병과 죄수 쪽을 건너다보고 소리치면서 장교의 두 발을 직접 붙잡았다. 그는 이쪽에서 장교의 두 발을 누르고 있을 생각이었고, 두 사람은 다른 쪽에서 장교의 머리를 붙잡고 있어야 했다. 이런 식으로 바늘에서 그의 몸을 천천히 빼내야 했다. 하지만 이제 두 사람은 결단을 내릴 수 없는 모양이었다. 죄수는 노골적으로 외면하고 돌아섰다. 여행자는 그들 쪽으로 가서 강제로 장교의 머리가 있는 곳으로 그들을 끌고 와야 했다. 그러다가 여행자는 얼떨결에 그만 시체의 얼굴을 보고 말았다. 그가 아직 살아 있을 때의 얼굴 그대로였다. 약속한 구원의 징표는 찾아볼 수 없었다. 다른 사람들이 모두 기계에서 발견한 것을 장교는 찾아내지 못했다. 입술은 굳게 닫혔고, 두 눈은 뜨고 있어서 마치 살아 있다는 느낌을 주었다. 시선은 차분하고 확신에 차 있었다. 커다란 쇠바늘의 뾰족한 끝이 이마를 관통하고 있었다.

*

여행자가 사병과 죄수를 데리고 유형지의 첫번째 마을에 들어서자 사병은 어떤 집을 가리키며 말했다. "여기가 찻집입니다."

그 집의 1층 실내공간은 깊숙하고 낮은데다 벽과 천장이 연기로 그을려 있어 꼭 동굴 같았다. 거리 쪽으로 향한 공간은 길게 열려 있었다. 찻집은 사령부의 궁전 같은 건물을 제외하고는 유형지의 허물어진 다른 집들과 별로 다를 바가 없었지만, 여행자는 그 집이 역사적 기억과 지나간 시대의 권력을 간직하고 있다는 인상을 받았다. 그는 가까이 다가가서 두 사람을 데리고 찻집 앞의 거리에 놓인 텅 빈 테이블들 사이를 지나갔다. 그리고 찻집 안에서 새어나오는 서늘하고 눅눅한 공기를 들이마셨다. "노인이 이곳에 묻혀 있습니다." 사병이 말했다. "공동묘지에 묻으려 했는데 성직자가 거부했어요. 그를 어디에 묻을지 한동안 결정을 내리지 못하다가 결국 이곳에 묻기로 했지요. 장교가 그런 사실에 대해서는 당신에게 분명 한마디도 하지 않았을 겁니다. 당연히 그 일을 가장 부끄럽게 생각했을 테니까요. 그는 심지어 밤에 여러번 노인을 파내가려고 했지만, 그때마다 번번이 쫓겨났습니다." "무덤이 어디에 있지?" 사병의 말을 믿을 수 없던 여행자가 물었다. 그 말을 듣자마자 사병과 죄수 두 사람은 여행자보다 앞서 달려가더니 손을 뻗어 무덤이 있음직한 곳을 가리켰다. 두 사람은 몇몇 테이블에 손님들이 앉아 있는 뒷벽으로 여행자를 데려갔다. 보아하니 부두의 노동자 같았는데, 검게 반들거리는 짧은 수염이 얼굴을 온통 뒤덮고 있는 억센 남자들이었다. 다들 웃옷을 입지 않은데다가 셔츠는 찢겨 있었다. 가난하고 비천한 사람들이었다. 여행자가 가까이 다가가자 몇몇이 일어나서는 벽에 몸을 붙이면서 그를 바라봤다. "외국인인 모양이야." 여행자 주위에서 속삭이는 소리가 들렸다. "무덤을 보러 온 모양이야." 노동자들이 테이블 하나를 옆으로 밀치자 그 밑에 실제로 묘비석이 있었다. 수수한 돌맹이로 만들어진 그것은 테이블에 가려질 정도로 높이가 낮았다. 거기에는 아주 작은 글자로 묘비명이 새겨져 있었다. 여행자는 글자를 읽기 위해 할 수 없이 무릎을 굽혀야 했다. 묘비명은 이러했다. "이곳에 전임 사령관이 잠들어 있다. 지금은 자신들의 이름을 밝힐 수 없는 그의 추종자들이 그의 무덤을 파고 묘비석을 세우노라. 정해진 기한의 세월이 흐르면 사령관이 부활해 이 집에서 나와 추종자들을 거느리고 유형지를 다시 정복할 거라는 예언이 있다. 믿고 기다려라!" 여행자가 이 글을 읽고 몸을 일으키자 남자들이 그의 주위에 모여 빙그레 웃었다. 그들도 글자를 함께 읽고 나서 우스꽝스러운 내용이라고 생각했는데, 그런 자신들의 의견에 동조할 것을 여행자에게 요구하는 것 같았다. 여행자는 짐짓 알아채지 못한 듯 행동했고, 동전 몇닢을 그들에게 나눠줬으며, 테이블이 다시 무덤 위에 밀려놓일 때까지 기다렸다가 찻집을 나와 항구로 갔다.

사병과 죄수는 찻집에서 아는 사람들을 만나 붙잡혀 있었다. 하지만 두 사람은 곧 그들에게서 벗어난 모양이었다. 여행자가 보트로 통하는 기다란 계단을 겨우 반쯤 갔을 때 그들이 벌써 뒤쫓아왔기 때문이다. 그들은 마지막 순간에 자신들을 함께 데려가달라고 떼를 쓸 작정이었다. 여행자가 계단을 내려가서 기선까지 태워달라고 사공과 교섭하는 동안 두 사람은 아무 말없이 계단을 헐레벌떡 뛰어내려오고 있었다. 그들은 감히 소리칠 엄두를 내지 못했다. 하지만 그들이 계단을 다 내려왔을 때 여행자는 이미 보트에 올라타 있었고, 사공은 보트를 해안에서 막 띄워 나가는 중이었다. 두 사람은 지금이라도 보트에 뛰어오를 수 있었지만, 여행자가 배 바닥에 있던 매듭이 지어진 묵직한 닻줄을 집어 들고 위협하는 바람에 보트에 뛰어오를 수 없었다.

(1914년 10월 5~18일)

시골 의사

나는 무척 당황했다. 급박하게 여행을 떠나야 했기 때문이다. 중환자 한명이 10마일³ 거리의 마을에서 기다렸다. 세찬 눈보라가 나와 그 마을 사이의 아득한 공간을 채우고 있었다. 나는 가볍고, 바퀴가 크며, 우리의 시골길에 안성맞춤인 마차 한대를 갖고 있었다. 모피외투로 몸을 감싸고 왕진가방을 든 나는 이미 여행 준비를 마치고 마당에 서 있었다. 그런데 말이 없었다. 그 말이. 내 말은 얼음장처럼 추운 겨울에 너무 혹사한 탓에 어젯밤 죽었다. 하녀가 말한필을 빌리기 위해 지금 마을 여기저기를 뛰어다니고 있다. 하지만 가망이 없었고, 나는 그럴 줄 알았다. 눈이 점점 더 많이 쌓여서점점 더 움직일 수 없게 되자 나는 하릴없이 우두커니 서 있었다. 대문 앞에 하녀가 모습을 드러냈다. 혼자였다. 그녀는 램프를 흔들

---

3 10마일은 약 16킬로미터이다.

어댔다. 그러면 그렇지, 누가 지금 이런 여행을 하는데 말을 빌려주겠는가? 나는 다시 한번 마당을 이쪽 끝에서 저쪽 끝까지 거닐었다. 하지만 뾰족한 수가 떠오르지 않았다. 마음이 산란하고 괴로워서 이미 몇년째 사용하지 않은 돼지우리의 부서진 문을 발로 걸어찼다. 그러자 문이 열렸고 경첩 부분이 떨어졌다 붙었다 하면서 삐걱거리는 소리를 냈다. 말이 풍기는 것 같은 온기와 냄새가 흘러나왔다. 우리 안에는 희뿌연 마구간용 램프가 줄에 매달려 흔들거렸다. 낮은 판자로 칸막이를 한 창고에서 웅크리고 있던 푸른 눈의 한 남자가 놀란 얼굴을 드러냈다. 그는 네 발로 기어나오면서 "마차를 준비할까요?"라고 물었다. 나는 아무 말도 할 수 없었고, 단지 우리 안에 무엇이 더 있는지 살펴보려고 몸을 숙였다. 하녀가 내 옆에 서 있었다. "사람들은 자기 집에 무엇이 있는지도 모른다니까요." 그녀가 이렇게 말하자 우리 둘은 소리 내어 웃었다. "헤이, 형제! 헤이, 누이!" 마부가 소리쳤다. 그러자 힘세고 옆구리가 튼실한 말 두마리가 앞서거니 뒤서거니 하면서 다리를 몸에 착 붙인 채, 낙타처럼 잘생긴 머리를 숙이고, 단지 몸통을 돌리는 힘만으로 문구멍을 빠져나왔다. 두마리 말 때문에 문구멍은 틈새가 없이 꽉 찼다. 그러나 밖으로 나오자마자 다리가 긴 말들은 더운 김을 내뿜으며 몸을 곧추세웠다. "그를 도와주거라." 내가 이렇게 말하자 온순한 하녀는 서둘러 마부에게 마구를 건네줬다. 그런데 하녀가 그의 곁으로 다가가자마자 마부는 그녀를 껴안더니 자기 얼굴을 그녀의 얼굴에 마구 비빈다. 하녀는 비명을 지르며 내게 도망쳐온다. 하녀의 뺨에는 이빨 자국이 두줄로 붉게 새겨져 있다. "짐승 같은 놈." 나는 격분해서 소리친다. "채찍맛을 봐야겠어?" 그러나 나는 그가 낯선 사람이고, 어디서 왔는지도 모르며, 누구도 남을 도와주지 않는 이 시점에 자발적으로 나를 도와주고 있다는 사실이 불현듯 떠오른다. 내 생각을 알아채기라도 한 듯 그는 내가 위협해도 기분 나쁘게 생각하지 않고 단 한번 고개를 돌려 나를 쳐다볼 뿐 여전히 두 마리 말에 정신이 팔려 있다. 그러고는 "올라타십시오"라고 말한다. 정말 모든 것이 준비돼 있었다. 나는 이렇게 멋진 마차에 타본 적이 없다는 걸 상기하며 즐거운 마음으로 올라탄다. "그런데 마차는 내가 몰겠네. 자네는 길을 모르니까." 내가 말한다. "물론이죠. 함께 가지 않을 겁니다. 전 로자 곁에 있겠습니다." 그가 말한다. "안돼요." 로자는 소리치면서 자신의 운명을 바꿀 수 없다는 것을 직감하고 집 안으로 달려 들어간다. 나는 그녀가 문의 빗장을 덜커덩 거는 소리를 듣는다. 자물쇠가 찰칵 채워지는 소리가 들린다. 나는 그녀가 복도와 여러 방을 질주하면서 몸을 숨기기 위해 불이란 불은 모조리 다 끄는 것 또한 본다. "나랑 같이 가세." 나는 마부에게 말한다. "같이 안 가면 난 여행을 포기하겠어. 아무리 급한 일이라 해도 말이야. 여행의 대가로 저 소녀를 자네에게 넘겨주고 싶지는 않아." "이랴!" 마부는 이렇게 외치며 손뼉을 친다. 마차는 급류에 휩쓸린 나무처럼 갑자기 확 끌려간다. 마부가 돌진하는 바람에 집의 문짝이 부서지고 빠개지는 소리가 나고, 이어서 내 눈과 귀는 모든 감각을 향해 골고루 파고드는 질주를 고스란히 느낀다. 그러나 그것도 한순간일 뿐이다. 내 집 대문 바로 앞에서 환자 집의 마당이 열리는 것처럼 나는 벌써 그곳에 와 있기 때문이다. 말들은 다소곳이 서 있다. 어느새 눈보라는 그쳤고, 사방에 달빛이 비친다. 환자의 부모가 집에서 달려나오고, 환자의 여동생도 뒤따라 나온다. 그들은 나를 마차에서 거의 들어내다시피 한다. 나는 그들의 혼란스러운 얘기를 듣고서는 아무것도 알아차릴 수 없다. 환자가 있는 방의 공기는 숨을 쉴 수 없을 정도다. 아무렇게나 내버려둔 화덕에서는 연기가 피어오른다. 나는 창문을 열어젖힐 것이다. 하지만 우선은 환자를 살펴보려 한다. 마르고, 열은 없으며, 몸은 차갑지도 뜨겁지도 않고, 멍한 눈초리에 셔츠도 입지 않은 소년이 깃털이불 아래에서 몸을 일으켜 내 목에 매달리며 귀에 대고 속삭인다. "의사 선생님, 저를 죽게 내버려두세요!" 나는 주위를 둘러본다. 그 말을 들은 사람은 아무도 없었다. 소년의 부모는 말없이 몸을 숙이고 내 진단을 기다리고 있다. 여동생은 왕진가방을 올려놓을 의자를 가져왔다. 나는 가방을 열고 진료기구를 찾아본다. 소년은 자신의 당부를 떠올려주려는 듯 침대 밖으로 손을 내밀어 줄곧 내 쪽을 더듬는다. 나는 핀셋을 집어들고 촛불에 비춰 살펴본 다음 다시 내려놓는다. 그러면서 신성 모독이 되는 생각을 한다. '그래, 이런 경우에는 신들이 도와주시는구나. 말이 없으니까 말을 보내주시고, 사정이 급하니까 한마리를 더 보내주셨어. 게다가 덤으로 마부까지 보내주시다니.' 그제야 나는 다시 로자가 생각난다. 어떻게 하지, 어떻게 그녀를 구하지, 그녀는 내게서 10마일이나 떨어져 있고, 마차 앞에는 다루기 어려운 말들이 있는데, 어떻게 그녀를 마부의 손아귀에서 빼낼 수 있지? 그런데 이 말들은 지금은 어떻게 된 일인지 가죽 고삐가 풀려 있다. 어찌 된 영문인지 모르지만 창문들이 밖에서 안으로 밀쳐져 열려 있다. 말들은 창문 안으로 각각 머리를 들이밀고는 가족이 놀라 비명을 지르는데도 동요하지 않고 환자를 관찰한다. '어서 다시 돌아가야지.' 나는 말들이 돌아가자고 요구라도 하는 것처럼 속으로 생각한다. 하지만 너무 더워서 내가 얼이 빠졌다고 생각한 여동생이 모피외투를 벗겨주는 것을 나는 내버려둔다. 럼주 한잔을 건네면서 노인은 내 어깨를 툭툭

친다. 자신이 아끼는 귀한 물건을 내놓았으니 그렇게 친밀감을 표현해도 무방하다고 생각하는 것이다. 나는 고개를 가로젓는다. 노인의 옹졸한 생각에 기분이 상한다. 내가 술을 마시지 않겠다고 사양한 것은 오직 이런 이유 때문이다. 환자의 어머니는 침대 옆에 서서 나를 그곳으로 유인한다. 난 그녀의 뜻에 따르고, 말 한마리가 천장을 향해 큰 소리로 울부짖는 동안 내 머리를 소년의 가슴에 갖다 댄다. 나의 축축한 수염이 몸에 닿자 소년은 벌벌 떤다. 내가 알고 있는 사실이 확인된다. 소년은 건강하다. 소년은 몸에 피가 잘 돌지 않는 상태인데, 걱정이 많은 어머니가 커피를 많이 마시게 했기 때문이다. 그렇지만 소년은 건강하니까 단번에 밀쳐서 침대에서 몰아내는 것이 상책이다. 나는 세상을 개혁하는 사람이 아니기 때문에 소년을 그냥 누워 있게 내버려둔다. 나는 이 지역에 고용된 의사인데, 사실 너무 지나치다 싶을 정도로 먼 변두리까지 다니며 의무를 수행하고 있다. 보수는 보잘것없지만, 남에게 베풀고 언제라도 가난한 사람을 도와줄 준비가 되어 있다. 나는 아직 로자에 대해서도 신경을 써야 한다. 그러고 보면 소년의 말이 맞을지도 모르며, 나도 죽고 싶은 심정이다. 이 끝없는 겨울에 내가 여기서 무엇을 하고 있단 말인가! 내 말은 죽어버렸고, 마을에는 내게 말을 빌려줄 사람이 아무도 없다. 나는 돼지우리에서 마차를 끌어내야 한다. 만약 우연히 거기에 말들이 없었다면, 암돼지들에게 마차를 끌게 해야 했을 것이다. 사정은 이러하다. 그리고 나는 가족들에게 고개를 끄덕인다. 그들은 이런 사정에 대해 아무것도 모르며, 설령 안다고 해도 믿으려 하지 않을 것이다. 처방전을 쓰는 것은 쉬운 일이지만, 그 외에 사람들과 의사소통을 하는 것은 어려운 일이다. 이제 그러니까 이곳에서 나의 방문은 끝날 것이다. 사람들은 이번에도 나에게 쓸데없이 헛수고만 시켰는데, 이런 일에는 이골이 났다. 이 지역 전체에서 사람들이 모두 야간 비상벨을 눌러 나를 괴롭힌다. 그런데 이번에는 로자마저 희생돼야 했다. 여러해 동안 우리 집에서 살았지만 내가 별로 주목하지도 않은 아름다운 소녀 말이다. 이런 희생은 너무 큰 것이다. 이 가족은 아무리 선의를 다해도 로자를 나에게 돌려줄 수 없고, 내가 이 가족에게 덤벼들지 않기 위해서는 술책을 부려서라도 내 머릿속을 임시방편으로라도 어떻게든 정리해둬야 한다. 그런데 내가 왕진가방을 닫고 모피외투를 달라고 손짓하자 가족들이 모여 선다. 아버지는 킁킁거리며 손에 든 럼주의 향을 맡고, 어머니는 아마 내게 실망한 모양인지 ─ 사람들은 도대체 내게 뭘 기대하는 것일까? ─ 눈물을 글썽이며 입술을 깨물고, 여동생은 피투성이가 된 손수건을 흔들고 있다. 어떻게든 나는 사정에 따라서 소년이 어쩌면 정말 아픈 것인지도 모른다는 사실을 인정할 각오가 돼 있다. 소년에게 다가서자 소년은 마치 자기에게 엄청난 효력이 있는 수프라도 가져다준 것처럼 내게 미소를 짓는다 ─ 아, 그때 두마리의 말이 울부짖는다. 저 높은 곳의 명령을 받은 이 소음은 아마 나의 진찰을 쉽게 해줄지도 모른다 ─ 그리고 마침내 나는 알게 된다. 소년은 정말로 아픈 것이다. 소년의 오른쪽 엉덩이 부위에 손바닥만한 상처가 열려 있었다. 장밋빛 상처는 농담濃淡에 큰 차이가 났는데, 움푹 들어간 곳으로 갈수록 짙고, 가장자리로 갈수록 옅어졌다. 부드러운 낱알 모양으로 일정하지 않은 크기의 핏방울이 맺혀 노천광산처럼 드러나 있다. 좀 떨어져서 보면 상처는 이런 모습이다. 가까이서 보면 상태가 더욱 심각하다. 누가 이런 모습을 보고서 나지막하게 외마디 비명을 지르지 않을 수 있겠는가? 굵기와 길이가 내 새끼손가락만하고 그 자체가 장밋빛이면서 더군다나 피까지 묻어 있는 벌레들이 상처의 안쪽에 달라붙은 채 하얀 머리와 수많은 다리를 움직여 밝은 곳으로 나오려고 꿈틀거린다. 불쌍한 소년, 너를 도와줄 수가 없다. 나는 너의 커다란 상처를 찾아냈다. 너의 옆구리에 생겨난 이 꽃 때문에 너는 파멸을 맞고 있다. 가족들은 내가 일하는 것을 보고 행복해한다. 여동생이 그 사실을 어머니에게 말하고, 어머니는 아버지에게, 아버지는 몇몇 손님에게 말한다. 손님들은 까치발로 걸으며 양팔을 벌려 균형을 잡고 달빛을 받으며 열린 문으로 들어서고 있다. 소년은 자신의 상처 안에서 우글거리는 것에 아주 질색을 하고 흐느끼면서 속삭인다. "나를 구해주실 거죠?" 내가 사는 지역의 사람들은 이런 식이다. 항상 의사에게 불가능한 것을 요구한다. 그들은 옛날의 신앙을 잃었다. 사제는 자기 집에 죽치고 앉아서 사제복이나 하나씩 쥐어뜯고 있다. 하지만 의사는 외과수술을 하는 섬세한 손으로 모든 일을 해내야 한다. 뭐, 마음대로 생각하라지. 나는 자원해서 나선 것이 아니다. 너희들이 나를 성스러운 목적을 위해 사용하겠다면 나는 그것 또한 그렇게 하게 내버려둔다. 하녀를 빼앗긴 늙은 시골 의사인 내가 무슨 더 나은 것을 바랄 것인가! 그리고 그들, 가족과 마을의 원로들이 와서 나의 옷을 벗긴다. 선생님을 앞세운 한 학교 합창단이 집 앞에서 가사에 아주 단순한 멜로디를 붙여 노래를 부른다.

그의 옷을 벗겨라. 그러면 그가 치료할 것이다.
그리고 그가 치료하지 않으면, 그를 죽여라!
그는 단지 의사일 뿐, 단지 의사일 뿐.

그런 다음 나는 옷이 벗겨진 상태에서 손가락으로 수염을 만지고 머리를 숙이고 사람들을 조용히 바라본다. 난 더없이 침착하고 이 모든 사람보다 우월하며 앞으로도 그럴 것이다. 그럼에도 그것은 내게 아무런 도움이 되지 않는다. 왜냐하면 이제 그들이 내 머리와 발을 붙들고 나를 침대로 옮기고 있기 때문이다. 그들은 나를 벽을 향해, 상처가 있는 쪽으로 눕힌다. 그러고는 모두 방에서 나간다. 문이 닫히고, 노래도 잠잠해진다. 구름이 달을 가리고, 침구가 나를 따스하게 감싼다. 열린 창들에서는 말들의 머리가 그림자처럼 흔들린다. 누가 내 귀에 대고 말하는 소리가 들린다. "아시겠어요? 저는 선생님을 거의 신뢰하지 않아요. 선생님은 어딘가에 내동댕이쳐진 것이지, 제 발로 걸어온 것은 아니지요. 선생님은 도움을 주지는 않고 죽음을 맞이하는 내 침대를 비좁게 하고 있을 뿐이에요. 선생님의 눈을 후벼 파면 제일 좋겠어요." 내가 말한다. "맞는 말이야. 수치스러운 일이지. 그래도 나는 의사거든. 나더러 어떡하란 말인가? 내 말을 믿어주게나. 나에게도 쉽지 않은 일이라네." "저보고 그런 변명에 만족하라고요? 아, 그래야만 하겠지요. 언제나 저는 만족해야만 하니까요. 저는 아름다운 상처를 지니고 이 세상에 나왔어요. 그것이 제가 지닌 전부였어요." "젊은 친구." 내가 말한다. "자네의 결점은 통찰력이 없다는 거야. 온갖 병실에서 환자들을 두루 겪어본 내가 말하는데, 자네의 상처는 그리 심한 것이 아니야. 예리한 각도에서 도끼로 두번 내리찍어 생겨난 상처야. 많은 사람이 숲속에서 옆구리를 드러내놓고 있으면서도 도끼 소리를 거의 못 듣지. 심지어 도끼 소리가 그들에게 가까이 다가와도 거의 못 듣지." "정말 그런 건가요, 아니면 열에 들떠 있는 저를 속이려는 건가요?" "정말 그렇다네. 공직에 있는 의사의 명예를 걸고 하는 말을 받아주게." 그는 내 말을 받아들였고 조용해졌다. 그런데 이제는 내 구원을 생각할 때였다. 말들은 아직도 충실하게 제자리를 지키고 있었다. 나는 옷가지와 모피외투, 왕진가방을 재빨리 주워 모았다. 옷을 입느라 꾸물대며 지체하고 싶지 않았다. 말들이 이곳에 올 때처럼 빨리 달려준다면, 난 말하자면 이 침대에서 나의 침대로 단번에 뛰어들게 될 것이다. 말 한마리가 창에서 순순히 물러났다. 나는 짐꾸러미를 마차 안으로 집어던졌다. 모피외투는 너무 멀리 날아가서 달랑 한쪽 소매만 갈고리에 걸렸다. 그 정도면 충분했다. 나는 말 등에 뛰어올랐다. 가죽 고삐들은 풀어져서 질질 끌리고, 말과 말은 제대로 연결돼 있지 않고, 마차는 뒤에서 덜커덕거리고, 마지막으로 모피외투는 눈 속에 처박혀 있었다. "이랴!" 내가 외쳤다. 하지만 마차는 신나게 달리지 않았다. 우리는 노인들처럼 눈 덮인 벌판에서 천천히 이동했다. 뒤에서는 아이들이 부르는, 새롭지만 잘못된 합창이 오랫동안 들려왔다.

기뻐하라, 너희 환자들이여,
의사가 너희들의 침대에 누웠다!

이래 가지고는 결코 집으로 못 갈 것이다. 한참 잘나가던 나의 의사생활도 끝장났다. 후임자가 내 자리를 훔쳐간다. 하지만 아무 소용이 없다. 그가 나를 대신할 수는 없기 때문이다. 내 집에서는 역겨운 마부가 난동을 부리고, 로자는 그의 제물이 됐다. 나는 그 일을 떠올리고 싶지 않다. 늙은 나는 벌거벗은 채로 가장 불행한 시대의 혹한에 내던져져, 저세상의 말들이 끄는 이 세상의 마차를 타고 떠돈다. 나의 모피외투는 마차 뒤에 매달려 있지만, 내 손은 그

것에 닿지 않는다. 몸을 움직일 수 있는 환자 무리 중에서는 어느 누구도 손가락 하나 까딱하지 않는다. 속았어! 속았어! 한번 잘못 울린 야간 비상벨 소리에 응했는데 — 결코 다시 돌이킬 수 없다.

(1917년 봄~여름)

학술원에 보내는 보고서

존경하는 학술원 회원 여러분!

여러분께서는 영광스럽게도 제가 원숭이로 살던 시절에 관한 보고서를 학술원에 제출해달라고 요청하셨습니다.

유감스럽게도 저는 그런 요청에는 부응할 수 없습니다. 저는 거의 오년째 원숭이 시절과 단절된 채 지내왔기 때문입니다. 달력으로 치면 짧은 기간이겠지만, 제가 그랬듯 내내 달리려면 한없이 긴 세월이지요. 일정한 구간까지는 훌륭한 사람들이 동행해줬고, 갖가지 충고와 박수갈채, 오케스트라 음악도 따라주었습니다만, 근본적으로 저는 혼자였습니다. 그 모든 동행은, 비유를 계속하자면, 장벽이 나타나기 한참 전에 멈췄기 때문입니다. 만약 제가 아집을 부려서 저의 태생과 젊은 시절의 추억에 집착했더라면 이만한 성과는 못 냈을 것입니다. 어떤 아집도 버려야 한다, 바로 그것이 스스로에게 부과한 최고의 계율입니다. 저는 자유로운 원숭이로서 이 속박을 자발적으로 받아들였습니다. 그랬더니 과거의 추억들은 제게 점점 더 굳게 문을 닫았습니다. 만약 사람들이 원했다면 저는 처음에 하늘이 지상 위에 세운 활짝 열린 문을 통해 과거로 돌아갈 수 있었습니다. 하지만 제가 앞만 보고 달리며 발전할수록 그 문은 점점 낮아지고 협소해졌습니다. 사실 인간세상에서 사는 것이 더 편안하고 아늑하게 느껴졌습니다. 그리고 저를 과거에서 몰아내던 폭풍도 잠잠해졌습니다. 지금은 발꿈치를 시원하게 해주는 미풍만 남아 있습니다. 그 바람과 제가 한때 통과해온 구멍은 아득히 멀고 너무 작아졌기 때문에, 설령 거기까지 되돌아갈 힘과 의지가 충분 하다 하더라도, 구멍을 통과하려면 살가죽이 벗겨지고 말 것입니다. 솔직히 말씀드리면, 제가 이 문제를 곧잘 비유로 표현하지만 그래도 솔직히 말씀드리면, 여러분도 한때는 원숭이 비슷한 시절이 있었다면 말입니다, 여러분이 과거의 원숭이 시절과 구별되는 차이는 지금의 제가 과거의 원숭이 시절과 구별되는 차이보다 크지 않을 것입니다. 사실 지상에서 걸어 다니는 동물이라면 발꿈치가 근질거리는 건 모두 똑같습니다. 하찮은 침팬지나 위대한 아킬레우스[4]나 똑같다는 말입니다.

여러분의 요청에 대해서는 극히 제한된 범위 내에서만 답변을 드릴 수 있겠는데, 그래도 흔쾌히 하겠습니다. 제가 처음 배운 것은 악수였습니다. 악수는 진솔한 마음을 보여줍니다. 경력의 정점에 도달한 지금 저는 처음 악수할 당시의 그 진솔한 마음을 되새기

---

4 그리스 신화에 나오는 영웅. 트로이전쟁 때 활약하였다. 걸음이 몹시 빠른 불사 신이었으나 트로이의 왕자 파리스에게 유일한 약점인 발뒤꿈치에 화살을 맞아 죽었다고 전해진다.

며 진솔한 말씀을 드리고자 합니다. 사실 저는 학술원에 본질적으로 새로운 내용을 보고드릴 것도 없고, 제가 아무리 잘해보려 해도 여러분이 요구하는 수준에는 훨씬 못 미칠 것입니다. 그렇긴 하지만 원숭이였던 존재가 인간세계로 진입해 안착하기까지 추구한 기본 노선은 보여드릴 수 있을 것입니다. 만약 제가 자신감을 잃었더라면, 또한 문명세계의 온갖 위대한 버라이어티 무대에서 제 위치를 확고하게 굳히지 못했더라면, 그나마 다음에 진술할 보잘것없는 내용마저도 말씀드리지 못했을 것입니다.

저는 황금해안[5] 출신입니다. 제가 어떻게 붙잡히게 되었는가는 다른 사람들의 보고에 의거해 말씀드리겠습니다. 어느날 저녁 원숭이 무리에 섞여 물을 마시러 갔는데, 바로 그때 하겐베크 회사[6]의 수렵원정대가 — 나중에 저는 그 원정대장하고 좋은 적포도주를 제법 여러병 마시는 사이가 되었습니다만 — 물가의 덤불숲에 매복하고 있었습니다. 그들은 총을 쐈고 저는 총에 맞은 유일한 원숭이였습니다. 두방을 맞았죠.

한방은 얼굴에 맞았습니다. 가벼운 부상이긴 했지만, 털가죽이 벗겨진 커다란 빨간 흉터가 남았지요. 이 흉터 때문에 저는 얼토당토않게 '빨간 페터'라는 이름이 생겼는데, 그야말로 원숭이가 지었을 법한 듣기 싫은 이름입니다. 그렇다면 얼마 전에 뒈진, 여기저기 얼굴이 팔린 그 훈련받은 원숭이 페터와 저의 차이가 기껏해야 얼굴의 빨간 흉터뿐이라는 얘기가 되니까요. 말이 나온 김에 드리는 말씀입니다.

그런데 두번째 총알은 엉덩이에 맞았습니다. 중상이었지요. 그

---

5 서부 아프리카의 기니만에 있는 해안.
6 당시 유럽 최대의 동물수입회사 겸 곡예단 흥행업체 중 하나.

래서 제가 지금도 약간 절룩거립니다. 최근 신문에서 저에 대한 생각을 까발리는 수많은 경박한 인간 중 어떤 작자가 쓴 글을 읽은 적이 있습니다. 제가 아직도 원숭이 근성을 완전히 극복하지 못했다는 겁니다. 그 증거로 손님이 찾아오면 좋다고 바지를 끌어내려 총알이 박힌 자국을 보여주려 한다는 겁니다. 그런 작자는 아예 글을 쓰지 못하게 손가락을 하나씩 모조리 부러뜨려야 합니다. 에, 저는 마음에 드는 사람 앞에서는 바지를 벗을 권리가 있습니다. 제 엉덩이에는 잘 손질한 털가죽과 흉터밖에 없습니다. 악랄하게 — 이 대목에서 제가 말하려는 의도에 부합하고 오해의 여지가 없도록 '악랄하게'라는 표현을 고르겠습니다 — 총을 쏴서 생긴 흉터 말입니다. 모든 것이 명백히 드러났습니다. 아무것도 감출 필요가 없습니다. 고결한 자는 진실이 걸린 문제에 부닥치면 아무리 세련된 매너도 팽개치는 법입니다. 그런데 만약 그 글을 쓴 작자가 손님을 맞아 바지를 벗는다면 물론 이야기가 달라질 것입니다. 그자가 그런 짓을 하지 않는다면 그나마 분별이 있다는 징표로 인정하겠습니다. 그런데 그 정도 분별은 있다면 제발 그 섬세한 감각으로 저를 괴롭히지 말라는 겁니다!

그때 총에 맞은 후에 깨어나보니 — 여기부터 차츰 제 기억이 살아납니다 — 하겐베크 회사 증기선의 중갑판 우리 안에 갇혀 있었습니다. 벽이 네개인 창살우리가 아니라, 세개의 창살 벽을 나무상자에 고정시킨 것으로, 나무상자가 네번째 벽이었던 셈입니다. 우리가 너무 낮아서 일어설 수도, 너무 좁아서 앉을 수도 없었습니다. 그래서 줄곧 떨리는 무릎을 쪼그리고 있었습니다. 처음에는 어떤 인간도 보기 싫고 그냥 어두운 곳에 있고 싶어서 몸을 나무상자 쪽으로 돌리고 있었더니 등을 짓누르는 쇠창살이 살을 파고들었습니다. 갓 잡은 야생동물을 처음 얼마 동안 가둬둘 때는 그런 방식이 좋다고들 하는데, 제 경험을 돌이켜볼 때 인간적인 의미에서 정말 그렇다는 것을 부인할 수 없습니다.

하지만 당시에는 그런 생각은 하지 않았습니다. 제 생에 처음으로 출구가 사라졌습니다. 적어도 앞으로는 갈 수 없었습니다. 나무 상자가 가로막고 있었으니까요. 나무상자는 널빤지를 단단히 잇대어 짠 것이었습니다. 물론 널빤지 사이에 바람이 통하는 빈틈이 있긴 했습니다. 처음 빈틈을 발견했을 때는 멋모르고 신나서 환호했는데, 빈틈은 꼬리를 밀어 넣기에 터무니없이 비좁았고, 원숭이 힘으로는 도저히 더 크게 벌릴 수도 없었습니다.

사람들이 나중에 들려준 바에 따르면 저는 이상할 정도로 거의 소란을 피우지 않았다고 합니다. 그래서 틀림없이 곧 죽거나, 위태로운 첫 고비를 잘 넘기고 살아남으면 훈련을 잘 받을 거라고 추측했다고 합니다. 저는 첫 고비를 잘 넘겼습니다. 멍하게 훌쩍거리고, 힘들게 벼룩을 잡고, 지쳐서 코코아 열매를 핥고, 머리를 나무상자 벽에 툭툭 치고, 누군가가 다가오면 혀를 내밀기도 했지요. 그것이 새로운 생활을 시작하던 무렵의 소일거리였습니다. 그런데 무엇을 하든 언제나 출구가 없다는 느낌만은 또렷했습니다. 물론 당시 원숭이 입장에서 느낀 것을 지금 사후에 인간의 언어로 진술하려다 보니 잘못 표현하는지도 모르겠습니다. 그렇지만 옛날 원숭이 시절의 진리를 이젠 온전히 기억하지 못한다 해도 적어도 진술의 방향은 그런 진리에 부합한다는 데는 의문의 여지가 없습니다.

예전에는 출구가 수없이 많았는데 이젠 전혀 없었습니다. 꼼짝달싹도 못하게 됐습니다. 차라리 저를 못박아놓았더라도 운신의 자유가 이보다 더 줄어들지는 않았을 것입니다. 어째서 그럴까요?

발가락 사이의 살을 상처가 나도록 긁어봐도 영문을 모를 것입니다. 쇠창살에 등을 대고 몸이 두동강 날 지경으로 힘껏 눌러봐도 이유를 모를 겁니다. 저는 출구가 없었지만 출구를 찾아야 했습니다. 출구가 없이는 살 수 없으니까요. 언제까지고 그렇게 나무상자의 벽에만 붙어 있으면 틀림없이 뒈질 것 같았습니다. 하겐베크 회사에서 원숭이는 나무상자의 벽에 붙어 있어야 합니다. 그래서 저는 원숭이이기를 포기한 것입니다. 명석하고 멋진 생각이었는데, 틀림없이 배로 어떻게 궁리해서 그런 묘안을 찾아낸 것 같습니다. 원숭이는 배로 생각하니까요.

그런데 제가 말하는 출구가 무슨 뜻인지 사람들이 제대로 이해할지 걱정됩니다. 저는 이 말을 가장 평범하고도 가장 완벽한 의미로 사용합니다. 일부러 자유라고는 하지 않습니다. 제가 말하려는 것은 전방위적 자유라는 위대한 감정이 아닙니다. 원숭이 시절에는 어쩌면 그런 자유를 알았을지도 모르고, 그런 자유를 갈망하는 사람들도 알게 됐습니다. 그렇지만 저로 말하면 당시나 지금이나 자유는 원하지 않습니다. 말이 나온 김에 덧붙이면, 사람들은 자유라는 말로 곧잘 스스로를 속이고 착각합니다. 자유가 가장 숭고한 감정의 하나이듯, 자유에 상응하는 착각 역시 가장 숭고한 감정의 하나입니다. 저는 버라이어티쇼에서 무대에 오르기 전에 종종 한 쌍의 곡예사가 천장에 매단 공중그네를 다루는 걸 보곤 했습니다. 그들은 붕 날아오르고, 이리저리 그네를 타고, 도약하고, 서로 품에 안겨 둥둥 떠다니고, 상대방의 머리칼을 이빨로 물기도 합니다. 그걸 보고 이런 생각이 들었습니다. '저런 것도 인간들이 말하는 자유다. 자아도취적인 운동이야.' 신성한 자연을 저렇게 조롱하다니! 그런 광경을 보고 원숭이들이 폭소를 터뜨리면 어떤 극장건물도 배기지 못할 겁니다.

그렇습니다, 제가 바란 것은 자유가 아니고 오직 하나, 출구였습니다. 오른쪽이든, 왼쪽이든, 어느 쪽이든 상관없었습니다. 다른 요구는 하지 않았습니다. 설령 그 출구가 착각이라 해도 그만입니다. 요구가 작으니 착각도 크지 않을 테니까요. 계속 나아가자! 계속 나아가자! 팔을 쳐들고 멍하게 서서 나무상자에 붙어 있지만 말고.

제가 최대한 마음의 평정을 찾지 못했더라면 도저히 그 상황에서 빠져나오지 못했을 거라는 사실을 이제야 분명히 알겠습니다. 실제로 지금의 제가 있게 된 것은 모두 마음의 평정에 힘입은 것입니다. 배에서 처음 며칠을 보낸 후에는 마음이 편해졌습니다. 그런 평온도 뱃사람들 덕분입니다.

그들은 문제가 많지만 그래도 선량한 사람들입니다. 당시 제가 선잠이 든 상태에서 그들의 무거운 발소리가 울려오던 기억을 지금도 즐겨 떠올립니다. 그들은 매사를 아주 더디게 시작하는 습관이 있었습니다. 가령 눈을 비비려고 하면 손을 무거운 저울추처럼 천천히 들어올립니다. 그들의 농담은 거칠긴 해도 진솔했습니다. 웃을 때는 늘 기침을 했는데, 기침 소리가 위태롭게 들리긴 해도 사실 아무런 문제도 없었습니다. 입에는 늘 뭔가 뱉어낼 것을 물고 있었는데, 어디에다 뱉든 간에 전혀 개의치 않았습니다. 그들은 제 몸에 있는 벼룩이 자기들한테 옮는다고 늘 투덜거렸습니다. 그렇다고 진짜로 화를 내지는 않았습니다. 그들은 제 털가죽이 원래 벼룩이 번식하기 좋고 또 벼룩은 높이뛰기 선수라는 걸 잘 알았습니다. 그래서 그러려니 하고 넘어간 것입니다. 가끔 몇몇이 일이 없을 때면 제 주위에 반원형으로 빙 둘러앉았습니다. 거의 말을 하지 않고 그저 서로 툴툴거리기만 했습니다. 그리고 나무상자 위에 몸을 쭉 뻗고 파이프 담배를 피웠습니다. 제가 조금이라도 움직일 기미를 보이면 자기들끼리 무릎을 쳤습니다. 이따금 누군가가 막대기를 들고 제가 좋아하는 부위를 간질이기도 했습니다. 지금 와서 다시 그 배를 타고 함께 항해하겠냐고 초대를 받는다면 단호히 거절하겠지만, 혹시라도 다시 그 배를 타고 중갑판에서 당시를 회상한다면 꼭 불쾌한 추억만 남아 있지는 않다는 것도 분명합니다.

저는 당시 그 사람들과 함께 지내면서 마음의 평정을 찾은 덕분에 특히 그 어떤 도주의 시도도 아예 단념했습니다. 지금 생각하면 살고 싶으면 출구를 찾아야 하는데 도주를 해서는 출구에 다다를 수 없다고 어렴풋하게나마 예감한 모양입니다. 과연 당시에 도주가 가능했을지 정확히 알 수는 없지만, 아마 가능했을 거라고 생각합니다. 원숭이라면 언제라도 도망칠 수 있으니까요. 지금 이빨로는 평소처럼 호두를 까는 것도 조심해야 하지만, 당시에는 시간이 걸리더라도 철창의 자물쇠를 끊어버릴 수도 있었을 것입니다. 하지만 그렇게 하지 않았습니다. 그래봤자 무슨 소용이 있었을까요? 철창 밖으로 머리를 내밀자마자 저를 다시 잡아서 더 끔찍한 철창 안에 가뒀겠지요. 아니면 다른 동물들이 있는 곳으로, 이를테면 건너편에 있는 커다란 구렁이에게로 슬쩍 도망칠 수도 있었겠지만, 그랬더라면 칭칭 감겨서 질식하고 말았을 겁니다. 아니면 갑판까지 몰래 가서 배에서 뛰어내릴 수도 있었겠지요. 하지만 그래 봤자 망망대해에서 얼마 동안 허우적거리다가 익사했을 겁니다. 다 절망을 이기지 못한 행동일 뿐입니다. 저는 인간들처럼 계산하지는 못했지만, 주위환경의 영향을 받다보니 마치 계산이라도 한 듯이 처신한 것입니다.

저는 계산은 못해도 아주 차분히 관찰할 수는 있었습니다. 그 사람들이 오르락내리락하는 걸 지켜봤는데, 언제나 똑같은 표정에 똑같은 동작이어서 종종 그들이 모두 한명의 동일인물처럼 보였습니다. 그 인간 혹은 인간들은 아무런 방해도 받지 않고 돌아다녔습니다. 그때 한가지 숭고한 목표가 어렴풋이 떠올랐습니다. 제가 저 인간들처럼 하면 철창이 사라질 거라고 약속해주는 사람은 아무도 없었습니다. 실현 불가능해 보이는 것에 그런 약속을 할 수는 없는 법입니다. 그런데 실현 불가능한 것이 실현되면, 전에는 아무리 찾아도 보이지 않던 바로 그곳에서 뒤늦게 약속이 보입니다. 그 사람들 자체는 저의 관심을 끌 만한 매력이 전혀 없었습니다. 제가 만약 앞서 언급한 자유의 신봉자라면 틀림없이 그 사람들의 흐릿한 시선에서 보이는 출구보다는 차라리 망망대해를 선택했을 겁니다. 어쨌거나 저는 그들을 이미 오래도록 관찰한 덕분에 그런 출구의 가능성도 생각하게 됐고, 자꾸 관찰하다보니 저도 모르게 특정한 방향으로 이끌렸습니다.

사람들을 흉내 내는 건 아주 쉬웠습니다. 침 뱉기는 처음 며칠 만에 해냈습니다. 우리는 서로 얼굴에 침을 뱉었습니다. 단 하나 차이가 있다면, 저는 나중에 얼굴을 깨끗이 핥았는데 인간들은 그러지 않았다는 것입니다. 파이프 담배도 금방 노인네처럼 피울 수 있게 됐습니다. 엄지손가락을 파이프의 대통에 밀어 넣을 때면 중갑판 사람들이 모두 환호성을 질렀습니다. 그런데 빈 파이프와 담배를 채워 넣은 파이프의 차이는 오래도록 이해하지 못했습니다.

독주를 배우는 것이 가장 힘들었습니다. 냄새가 고약했지요. 억지로라도 견뎌보려고 안간힘을 다했지만, 스스로를 극복하기까지 여러주가 걸렸습니다. 그런데 이상하게도 사람들은 저의 그런 정신적 투쟁을 다른 어떤 면보다 더 진지하게 받아들였습니다. 저는 기억에 남아 있는 사람들도 제대로 구별하지 못하는데, 한명은 유난히 생각납니다. 그 사람은 혼자 혹은 동료들과 함께 낮이고 밤이고 때를 가리지 않고 찾아왔는데, 술병을 들고 제 앞에 서서 저를 가르쳤습니다. 그는 저를 이해하지 못했고, 저라는 존재의 수수께끼를 풀고 싶었던 것입니다. 그는 천천히 술병의 코르크 마개를 따면서 제가 이해했는지 확인하려고 저를 살펴봤습니다. 솔직히 고백하면 저는 언제나 야생의 감각으로 열심히 주의를 집중해서 그를 지켜봤습니다. 지구상에서 그 어떤 선생도 인간들 중에서도 저 같은 제자는 찾지 못할 것입니다. 그는 코르크를 다 따고서 술병을 입으로 가져갔습니다. 저는 그의 목젖이 보일 정도로 유심히 쳐다봤습니다. 그는 제 태도가 만족스러웠는지 고개를 끄덕이더니 술병을 입술에 댔습니다. 저는 서서히 뭔가를 깨닫고는 황홀해져서 끽끽거리며 온몸을 닥치는 대로 긁어댔습니다. 그도 기뻐하며 술병을 입에 대고 한모금 마셨습니다. 저는 따라 하고 싶어 안달이 나서 애끓다가 그만 철창 안에서 오줌을 지렸는데, 이번에도 그는 무척 만족했습니다. 그러고서 그는 팔을 쭉 뻗어 술병을 높이 쳐들더니, 지나치게 선생 티를 내느라 고개를 뒤로 잔뜩 젖힌 채 단숨에 다 마셔버렸습니다. 저는 제발 따라 하고 싶어 안달복달하다가 녹초가 되어 더이상 지켜보지도 못하고 창살에 몸을 기댄 채 축 늘어졌습니다. 그러는 사이에 그 사람은 이것으로 이론수업은 마쳤다는 듯이 배를 쓰다듬으며 히죽거렸습니다.

이윽고 실습이 시작됐습니다. 이론수업만 해도 너무 지치지 않았냐고요? 물론 기진맥진한 상태였죠. 제 팔자가 원래 이렇습니다. 그래도 저에게 내민 술병을 능력껏 움켜잡았습니다. 그리고 떨면서 코르크 마개를 땄습니다. 여기까지 성공하자 차츰 새로운 힘이 솟았습니다. 저는 술병을 집어 들었는데, 선생님이 보여준 시범과 거의 구별되지 않았습니다. 그러고는 술병을 입에 갖다 댔는데, 너무 역해서 술병을 바닥에 내던지고 말았습니다. 술병은 비어 있고 냄새만 가득한데도 너무 역했습니다. 그렇게 해서 선생님을 슬프게 했고, 저 자신은 더더욱 슬펐습니다. 하지만 술병을 던지고 나서 잊지 않고 멋지게 배를 쓰다듬으며 히죽거리는 것까지는 해냈는데, 그래도 선생님이나 저나 위안이 되지는 않았습니다.

수업은 곧잘 그런 식으로 진행됐습니다. 선생님의 명예를 위해 한마디 하자면 저에게 화를 내지 않았다는 겁니다. 물론 이따금 제 털가죽을 담뱃불로 지지긴 했는데, 그러다가도 제 손발이 닿기 힘든 부위가 타들어가기 시작하면 다시 커다랗고 자비로운 손으로 불을 꺼주었습니다. 거듭 말씀드리지만 그는 저에게 화를 내지 않았습니다. 그는 우리가 합심해서 원숭이의 근성을 퇴치하는 투쟁을 벌이고 있으며, 다만 제 쪽이 약간 더 힘든 역할을 맡고 있다는 걸 잘 알았던 것입니다.

그러다가 마침내 선생님과 저에게 엄청난 승리의 순간이 찾아왔습니다. 어느날 저녁, 많은 구경꾼이 모인 앞에서 — 잔치를 벌이는지 전축이 돌아갔고, 한 장교가 사람들 사이를 오갔습니다 — 사람들이 눈여겨보지 않는 사이에 저는 누군가가 실수로 철창 앞에 놓아둔 술병을 집어 들었습니다. 그러고서 수업에서 배운 대로 코르크 마개를 따고 술병을 입에 갖다 대고는 머뭇거리지도 않고 입을 찡그리지도 않고 진짜 술꾼처럼 눈알을 동그랗게 굴리며 목젖에서 꿀꺽꿀꺽 소리를 내며 그야말로 한병을 다 마셔버렸는데, 그러는 내내 구경꾼들의 관심은 점점 고조되었습니다. 그러고는 절망한 자의 태도가 아니라 예술가의 자세로 술병을 내던졌습니다. 배를 쓰다듬는 건 잊어버렸지만, 대신 사람의 목소리로 짧고 당당하게 "안녕!" 하고 외쳤습니다. 너무 흥분해서 저도 모르게 그 말이 튀어나왔고, 달리 어쩔 도리가 없었습니다. 이 외침과 더불어 저는 인간사회로 도약했고, 사람들은 "들어봐, 녀석이 말을 하네!" 라고 반응했는데, 그 말은 땀이 흥건한 제 온몸에 키스처럼 와닿았습니다.

거듭 말씀드리지만 저는 인간을 흉내 내고 싶은 유혹은 느끼지 않았습니다. 오로지 출구를 찾고자 흉내를 냈을 뿐 다른 이유는 없었습니다. 그런데 앞에서 언급한 승리도 별것 아니었습니다. 그러고는 다시 금세 목소리가 말을 듣지 않았고, 목소리를 되찾기까지는 여러달이 걸렸습니다. 게다가 독주에 대한 거부감도 점점 심해졌습니다. 하지만 나아갈 방향은 이미 확고했습니다.

제가 함부르크에서 첫번째 조련사한테 넘겨졌을 때 앞날에 두 가능성이 열려 있다는 걸 금방 깨달았습니다. 동물원 아니면 버라이어티 무대였습니다. 저는 망설이지 않았습니다. 저 자신에게 다짐했습니다. 버라이어티 무대로 갈 수 있도록 최선을 다하라! 그것이 곧 출구다. 동물원으로 가면 다시 창살우리에 갇히는 것이다. 그리로 가면 파멸이다.

여러분, 그래서 저는 배웠습니다. 궁하면 배우게 됩니다. 출구를 원하면 배우게 됩니다. 저는 앞뒤를 가리지 않고 배웠습니다. 채찍으로 자신을 독려했고, 배우기 싫은 거부감이 조금만 생겨도 제 살을 쿡쿡 찔렀습니다. 그러자 몸에 밴 원숭이의 근성이 미친 듯이 데굴데굴 굴러 빠져 달아났고, 그 결과 첫번째 선생님이 오히려 거의 원숭이 꼴이 되어 수업을 중단하고 정신병원 신세를 지게 되었습니다. 그는 다행히 얼마 안 있어 퇴원하긴 했습니다.

저는 많은 선생님을 거쳤고, 여러명에게 동시에 배운 적도 있습니다. 제 능력에 자신감이 생기고, 여론도 저의 진보에 관심을 기울이고, 제 미래에 서광이 비치기 시작할 무렵, 저는 직접 선생님들을 모집해서 나란히 이어진 다섯개의 방에 모셔놓고 이 방 저 방을 쉴 새 없이 뛰어다니며 모두에게서 동시에 배웠습니다.

이 얼마나 놀라운 진보입니까! 깨우치는 뇌 속으로 사방에서 앎의 빛이 흘러들어왔습니다! 그래서 행복했다는 것도 부인하지 않겠습니다. 하지만 솔직히 말씀드리면 그런 발전을 과대평가하지도 않습니다. 당시에도 그랬고, 지금은 더더욱 그렇습니다. 저는 지금까지 지구상에서 전례가 없는 각고의 노력 끝에 유럽인의 평균 수준의 교양을 갖췄습니다. 그것 자체는 별것 아닐지도 모르겠습니다. 하지만 제가 창살우리에서 벗어나 이 특별한 출구를, 인간사회로 진입하는 출구를 찾아냈다는 측면에서 보면 상당한 것이라 할 수 있습니다. 우리말에 감쪽같이 사라진다는 근사한 말이 있습니다. 제가 바로 그랬습니다. 저는 감쪽같이 사라졌습니다. 자유를 선택할 수는 없다고 항상 전제했기에 다른 길이 없었습니다.

저의 발전과정과 지금까지 추구해온 목표를 돌이켜보면 저는 불평도 만족도 하지 않습니다. 저는 두 손을 바지주머니에 찔러 넣고, 테이블에는 포도주병을 올려놓고, 반쯤 드러누운 자세로 안락의자에 앉아서 창밖을 바라보곤 합니다. 그러다가 손님이 오면 예의를 갖춰 접대를 합니다. 제 매니저는 대기실에 있습니다. 초인종을 누르면 그가 들어와서 제가 하는 얘기를 듣습니다. 저녁에는 거의 매일 공연이 있습니다. 이젠 더 올라갈 수 없을 만큼 큰 성공을 거두었습니다. 연회장이나 학술회의장, 즐거운 파티에 갔다가 밤늦게 집으로 돌아오면 반쯤 길들인 작은 침팬지 아가씨가 저를 맞아줍니다. 그러면 저는 원숭이의 방식대로 그녀와 즐거운 시간을 보냅니다. 하지만 낮에는 그녀를 보고 싶지 않습니다. 그녀의 눈빛에서 길들여진 짐승의 혼란스러운 당혹감이 느껴지기 때문입니다. 그걸 알아보는 건 저뿐이고, 저는 그런 눈빛은 견딜 수 없습니다.

어떻든 전체적으로 보면 원하던 바를 달성했습니다. 그렇게 애쓸 만한 가치가 없는 일이었다고는 하지 마시기 바랍니다. 저는 그 어떤 인간의 판단도 바라지 않으며, 단지 제가 아는 것을 전파하고자 할 따름입니다. 저는 단지 보고할 뿐이며, 존경하는 학술원 회원 여러분께도 그저 보고만 했을 뿐입니다.

(1917년 4월)

단식 광대

지난 몇십년 사이에 단식 광대에 대한 관심은 매우 줄어들었다. 전에는 이런 종류의 대형 공연을 독자적으로 연출해 개최하면 흥행이 잘됐는데, 오늘날에는 그것이 전혀 불가능하다. 그때는 지금과는 다른 시절이었다. 당시에는 도시 전체가 단식 광대에게 뜨거운 관심을 보였다. 단식을 하는 날이 거듭될수록 관심은 더욱 높아졌다. 누구나 적어도 하루에 한번은 단식 광대를 보려고 했다. 공연 막바지 며칠 동안에는 하루 종일 조그만 격자창살 우리 앞에 죽치고 앉아 있는 예약자들도 있었다. 밤에도 관람이 가능했고, 효과를 높이기 위해 횃불을 켰다. 날씨가 좋은 날에는 우리가 야외로 옮겨졌으며, 그러면 특히 어린아이들이 모여들어 단식 광대를 구경할 기회를 가졌다. 어른들에게 단식 광대는 그저 흔한 여흥에 지나지 않았고, 그들은 유행에 따라 이 여흥에 참여했다. 반면에 어린아이들은 깜짝 놀라서 입을 벌리고, 또 안전을 위해 서로 손을 꼭 잡고서 단식 광대를 구경했다. 단식 광대는 얼굴은 창백하고, 검은색 타이츠를 입고, 갈비뼈를 눈에 띄게 드러낸 채, 심지어 의자도 사절하고, 땅에 뿌려진 짚더미 위에 앉아 공손하게 고개를 한번 끄덕였다. 그러고 나서 긴장된 얼굴로 미소를 지으며 여러 질문에 대답했고, 자신이 얼마나 야위었는지 만져볼 수 있도록 창살 너머로 팔을 내뻗었다. 하지만 나중에는 다시 자기 세계에 깊이 빠져 누구에게도 신경을 쓰지 않고, 우리 안에 있는 유일한 가구이자 자신에게 그렇게 중요한 시계의 종소리에도 전혀 동요 없이, 거의 감긴 눈으로 앞만 바라보면서, 입술을 적시기 위해 가끔 조그만 유리잔의 물을 홀짝거렸을 뿐이다.

그곳에는 뜨내기 구경꾼 말고 관객이 뽑은 상시 감시인들도 있었다. 이상하게도 그들은 대개 도축업자였는데, 언제나 세명씩 짝을 지어 단식 광대가 혹시라도 남몰래 음식을 먹지 못하게 밤낮으로 감시하는 임무를 맡았다. 그런데 이런 조치는 단지 대중을 안심시키기 위해 도입된 요식행위에 지나지 않았다. 왜냐하면 알 만한 사람들은 단식 광대가 단식 기간에는 어떤 일이 있어도, 설령 강요당한다 하더라도 결코 음식을 조금도 먹지 않을 거라는 것을 잘 알았기 때문이다. 그는 단식기술의 명예를 지키기 위해 철저히 금식을 했다. 물론 모든 감시인이 이런 사실을 이해하지는 못했다. 가끔 밤에 감시를 아주 소홀히 하는 감시인 그룹도 있었다. 그들은 의도적으로 멀리 떨어진 구석에 모여 앉아 카드놀이에 열중했는데, 이로써 단식 광대에게 간단한 음식을 허용하겠다는 의도를 노골적으로 드러냈다. 그들 말로는 단식 광대는 몰래 숨겨놓은 저장품에서 음식을 꺼내올 수 있었다. 단식 광대에게는 그런 감시인들보다 더 괴로운 것은 없었다. 그들은 그를 비참하게 만들었고, 단식하는 것을 끔찍이도 어렵게 만들었다. 그는 가끔 자신의 약점을 극복하고, 사람들이 자신을 의심하는 일이 얼마나 부당한지를 보여주기 위해 이 감시 기간 동안 감당할 수 있는 만큼 노래를 불렀다. 그러나 그 것은 별로 도움이 되지 못했다. 그들은 노래를 부르면서도 먹을 수 있는 그의 재주에 감탄했을 따름이었다. 그는 창살에 바투 앉아, 홀의 어두침침한 야간조명으로는 만족하지 못하고 공연 매니저에게 받은 회중전등을 자신에게 비추는 감시인들이 훨씬 좋았다. 눈부신 불빛도 그에겐 전혀 방해가 되지 않았다. 물론 그는 제대로 잠을 잘 수 없었지만, 어떤 조명이나 어떤 시간에도, 심지어 사람들이 가득 찬 떠들썩한 홀에서도 언제나 약간 꾸벅꾸벅 졸 수 있었다. 그는 아주 기꺼이 그런 감시인들과 밤을 꼬박 새울 용의가 있었다. 그는 그들과 농담을 주고받고, 자신이 방랑생활을 하면서 겪은 이야기를 들려주며, 입장을 바꿔 그들의 이야기를 들어줄 준비도 돼 있었다. 이 모든 것은 오로지 그들을 깨어 있게 하고, 자신이 우리 안에 먹을 것을 전혀 갖고 있지 않으며, 자신이 그들 누구도 할 수 없는 단식을 하고 있다는 사실을 그들에게 계속 보여주기 위함이었다. 그러나 그가 가장 행복한 것은 아침이 찾아오고, 자신이 치른 비용으로 감시인들에게 풍성한 아침식사가 제공됐을 때였다. 감시인들은 피곤하게 불침번을 서고 난 후여서인지 건강한 남자답게 왕성한 식욕으로 아침식사에 덤벼들었다. 물론 이런 아침식사가 감시인들을 매수하려는 부당한 시도라고 주장하는 사람들도 있었지만, 그런 주장은 너무 지나쳤다. 감시인들에게 오직 대의를 위해서 아침식사도 제공되지 않는 야간 감시를 떠맡을 의향이 있냐고 물어보면 그들은 얼굴을 찌푸렸다. 그럼에도 감시인들은 의심을 떨쳐버리지 못했다.

물론 이것은 단식과 절대로 떼어놓을 수 없는 의심 중 하나였다. 누구도 단식 광대 옆에서 밤낮으로 끊임없이 감시하면서 보낼 수는 없었다. 그러므로 누구도 직접 관찰을 통해 단식이 실제로 중단 없이, 실수 없이 이루어지는지 알 수 없었다. 단식 광대 자신만이 그것을 알 수 있었고, 그래서 그만이 자신의 단식에 완전히 만족한 관객일 수 있었다. 다른 한편 또다른 이유에서 그는 결코 만족할 수 없었다. 그는 유감스럽게도 많은 사람이 차마 그의 몰골을 볼 수 없어 공연을 멀리할 정도로 앙상하게 말랐는데, 그것은 어쩌면 단식 때문이 아니라 단지 자기 자신에 대한 불만 때문이었을 것이다. 다시 말해 단식이 얼마나 쉬운 일인지 아는 사람은 그 자신뿐이었고, 다른 알 만한 사람들은 이 사실을 알지 못했다. 단식은 세상에서 가장 쉬운 일이었다. 그도 이 사실을 숨기지 않았다. 하지만 사람들은 그의 말을 믿지 않았고, 아주 좋게 봐주면 그를 겸손하다고 여겼지만, 대개는 스스로를 선전하려고 안달이 났다고 생각했다. 심지어 그가 단식을 쉽게 하는 법을 알기 때문에 단식을 쉽게 여기고, 게다가 이를 어중간하게 고백할 정도로 뻔뻔한 사기꾼이라고까지 생각했다. 그는 이 모든 것을 감수해야 했고, 세월이 흐르면서 그런 것에 익숙해지기도 했지만, 마음속에서는 이에 대한 불만이 늘 그를 괴롭혔다. 그는 단식 기간이 끝난 후에도 — 단식 증명서가 그에게 발급되어야 했다 — 결코 자발적으로 우리를 떠나지 않았다. 공연 매니저는 단식의 최장 기간을 사십일로 정해놓았고, 어떤 대도시에서도 그 이상은 단식을 못하게 했는데, 물론 거기에는 그럴 만한 이유가 있었다. 경험에 비추어 볼 때 선전을 점차 강화해서 한 도시의 관심을 한층 더 끌어올리려면 사십일 정도의 기간이 적당했다. 하지만 그 기간을 넘어서면 관객은 흥미를 잃기 시작했고, 호응이 눈에 띄게 떨어지는 것을 확인할 수 있었다. 물론 이런 면에서 도시와 시골 사이에 약간의 차이가 있었지만, 사십일을 최장 기간으로 하는 것이 규칙으로 통했다. 그러니까 사십일째가 되는 날에는 꽃으로 장식된 우리의 문이 열렸고, 열광하는 관객이 원형극장을 가득 메웠으며, 군악대가 음악을 연주했다. 두명의 의사가 우리 안으로 들어가 단식 광대에게 필요한 검진을 했고, 그 결과는 메가폰을 통해 장내에 울려 퍼졌다. 그리고 마침내 젊은 여자 두명이 제비 뽑힌 것을 기뻐하며, 단식 광대를 우리에서 몇 계단 아래로 데려갔는데, 거기에는 신중하게 고른 환자용 식사가 작은 탁자 위에 차려져 있었다. 하지만 그 순간이 오면 단식 광대는 언제나 저항했다. 그는 자신에게 허리를 숙인 여자들이 부축해주려고 뻗은 손에 뼈만 앙상하게 남은 자신의 팔을 자발적으로 올려놓기는 했지만, 일어서려고 하지는 않았다. 왜 사십일이 지난 바로 지금 단식을 중단해야 하는가? 그는 앞으로도 오랫동안, 무제한 오래 버틸 수 있을 것이다. 그런데 왜 아직 최고의 단식에 도달하지 못한 바로 지금 중단해야 하는가? 사람들은 왜 그가 단식을 계속해서 모든 시대를 통틀어 가장 위대한 단식 광대가 될 수 있는 명예와 어쩌면 그가 이미 그런 단식 광대일지 모르지만, 게다가 믿기 어려울 정도의 경지까지 자신을 뛰어넘을 수 있는 명예를 빼앗으려 하는가? 그는 자신의 단식 능력에 전혀 한계를 느끼지 못했다. 그에게 경탄을 금치 못하는 태도를 보였던 대중이 어째서 그를 참지 못했는가? 그가 참으면서 계속 단식을 하겠다는데, 왜 대중은 이를 참지 못하겠다는 건가? 게다가 그는 지쳤고, 짚더미 위에 편안하게 앉아 있었는데, 이제 벌떡 일어나서 생각만 해도 구역질이 나는 음식이 있는 곳으로 가야 했다. 그는 다만 숙녀들을 배려해서 구역질이 난다는 말을 간신히 참았다. 그리고 겉보기에는 친절하지만 사실은 아주 잔인한 여자들의 눈을 쳐다보고는 힘없는 목 위에 얹혀 있는 무거운 머리를 설레설레 흔들었다. 하지만 그때 항상 일어나던 일이 벌어졌다. 공연 매니저가 와서 말없이 ─ 음악 때문에 말은 할 수 없었다 ─ 단식 광대 위로 두 팔을 쳐들었다. 그 모습은 마치 여기 짚더미 위에 앉아 있는 신의 작품인 이 가엾은 순교자를 한번 봐달라고 하늘에 호소하는 것 같았다. 단식 광대는 순교자였지만, 물론 전혀 다른 의미에서였다. 공연 매니저는 부서지기 쉬운 물건을 만지는 느낌을 실감나게 하려고 지나칠 정도로 조심스럽게 단식 광대의 가느다란 허리를 감싸 잡았다. 그러고는 그 사이에 얼굴이 사색으로 질린 여자들에게 단식 광대를 넘겼다. 그가 남몰래 단식 광대의 몸을 살짝 흔들자 단식 광대는 두 다리와 상체를 제대로 가누지 못하고 이리저리 흔들렸다. 이제 단식 광대는 이 모든 것을 참아냈다. 머리는 가슴 위로 축 늘어졌는데, 마치 머리가 구르다가 불가사의하게 가슴에서 딱 멈춘 것처럼 보였다. 그의 몸은 속이 텅 비었다. 두 다리는 자기보존 충동에 따라 무릎에 꼭 붙였지만, 발로는 땅바닥을 긁었다. 꼭 진짜 땅바닥이 아니어서, 진짜 땅바닥을 찾는 듯한 모양새였다. 그리고 단식 광대의 아주 가벼운 몸무게가 모두 한 여자에게 쏠렸는데, 그녀는 숨을 헐떡이고 도움을 구하면서 ─ 그녀는 이 명예로운 임무가 이런 것이라고는 미처 생각하지 못했다 ─ 적어도 단식 광대와 얼굴이 닿지 않으려고 우선 목을 최대한 길게 뺐다. 하지만 그녀가 바라던 대로 되지 않았고, 그나마 운이 좋은 그녀의 친구는 그녀를 도와주러 오지 않았다. 친구는 부들부들 떨면서 뼈를 묶은 작은 다발 같은 단식 광대의 손을 앞에 받쳐 들고 가는 것에 만족했기 때문에, 관객의 열광적인 폭소에 울음을 터뜨렸고, 이미 오래전부터 대기하던 사환과 임무를 교대해야 했다. 이윽고 음식이 나왔는데, 공연 매니저는 거의 실신 상태로 반쯤 잠든 단식 광대의 입에 음식을 조금 흘려 넣어주면서, 관객의 관심을 단식 광대의 몸 상태에서 다른 곳으로 돌리기 위해 유쾌하게 지껄여댔다. 이어서 단식 광대가 공연 매니저에게 속삭였다고 추정되는 축배의 말이 관객에게 전달됐다. 오케스트라는 우렁차게 팡파르를 울려 이 모든 것을 확인해줬고, 사람들은 자리를 떠났으며, 아무도 자신들이 본 것에 불만을 느낄 권리가 없었고, 오직 단식 광대, 언제나 그만이 불만을 느꼈다.

그는 규칙적으로 짧은 휴식을 취하며 여러해를 그렇게 살았다. 그는 허울 좋은 영광 속에서 세상의 존경을 받으며 살았지만, 대체로 침울했는데, 아무도 그런 기분을 진지하게 받아들여주지 않아서 더욱 침울해졌다. 과연 무엇으로 그를 위로해야 할까? 그가 원하는 것이 또 무엇일까? 한번은 어떤 선량한 사람이 나타나서 단식 광대를 불쌍히 여기며 그가 슬픈 것은 어쩌면 단식 때문일 거라고 설명해주려 했다. 그가 오랫동안 단식을 하던 때였는데, 단식 광대가 분노로 폭발하는 반응을 보이며 짐승처럼 우리의 창살을 마구 흔들어대기 시작하는 바람에 모두가 깜짝 놀라는 일이 벌어지기도 했다. 하지만 공연 매니저는 이런 사태가 벌어질 때 즐겨 동원하는 처벌 방법을 알았다. 그는 모여 있는 관객 앞에서 단식 광대를 용서했으며, 배부른 사람은 선뜻 이해되지 않는, 단식이 초래한 성마른 성격을 이해하면 단식 광대의 행동이 용서될 수 있다는 점을 인정했다. 이어서 공연 매니저는 이와 관련해 지금 하는 것보다 훨씬 더 오래 단식할 수 있을 거라는 단식 광대의 역시나 이해되지 않는 주장을 언급하고는, 이런 주장에 확실히 담겨 있을 비상한 노력과 선한 의지 그리고 위대한 자기부정을 칭찬했다. 그러더니 동시에 그곳에서 파는 사진들을 제시하며 이런 주장을 아주 간단히 반박하려 했다. 그 사진들에는 사십일째 단식일에 쇠약해진 단식 광대가 거의 숨이 끊어진 것처럼 침대에 누워 있었다. 잘 알고 있기는 했지만 언제나 다시금 자신을 불안하게 하는 그런 진실 왜곡을 단식 광대는 도저히 견디기 힘들었다. 이 사진들에서는 때 이른 단식 중단의 결과가 단식 중단의 원인으로 표현돼 있던 것이다! 이런 몰이해에 대항해, 이런 몰이해의 세상에 대항해 싸우는 것은 불가능했다. 그는 언제나 선한 믿음을 갖고 창살 옆에서 공연 매니저의 말을 열심히 들었지만, 그 사진들이 제시되면 늘 창살을 떠나 한숨을 쉬면서 짚더미에 몸을 내던졌다. 그러면 마음이 진정된 관객은 다시 가까이 와서 그를 구경할 수 있었다.

이 장면을 목격한 사람들이 몇년 후 당시를 돌이켜보면 그런 자신들을 이해할 수 없었다. 왜냐하면 그사이에 앞서 언급된 급격한 변화가 일어났기 때문이다. 그것은 거의 갑자기 일어났다. 거기에는 보다 깊은 이유들이 있겠지만, 과연 누가 이유를 찾겠다고 신경이나 썼겠는가. 여하튼 응석받이가 된 단식 광대는 어느날 자신이 즐거움을 추구하는 대중에게 버림받은 것을 알게 됐다. 대중은 대신 다른 공연들을 보러 몰려갔다. 공연 매니저는 혹시 옛날의 관심이 여기저기에 아직 남아 있지는 않은지 살펴보기 위해 그와 함께 유럽의 절반을 다시 누비고 다녔다. 하지만 모두 부질없는 짓이었다. 어떤 비밀 합의라도 한 것처럼 어디를 가나 단식쇼에 대한 혐오감이 형성돼 있었다. 물론 실제로 갑자기 이렇게 되었을 리는 없었다. 한때 성공에 도취한 나머지 충분히 주의하지 않고 충분히 제어하지 못한 많은 징후가 지금 와서 뒤늦게 떠올랐다. 하지만 무슨 대책을 세우기에는 너무 늦었다. 사실 언젠가는 단식이 다시 인기를 누리는 시절이 올 것은 확실했지만, 지금 살아 있는 사람들에게는 전혀 위안이 되지 못했다. 그렇다면 이제 단식 광대는 무엇을 해야 한단 말인가? 수천명의 환호를 받았던 그가 소규모 대목장의 가설무대에 나타날 수도 없고, 다른 직업을 잡기에는 너무 늙었을 뿐 아니라, 무엇보다 단식에 광신적으로 빠져 있었다. 그래서 그는 둘도 없는 인생의 동반자였던 공연 매니저에게 작별을 고하고, 한 대형 서커스단에 고용됐다. 그는 자신의 예민한 감수성이 다칠까 봐 계약조건은 거들떠보지도 않았다.

늘 서로 조정할 수 있고 보충할 수 있는 수많은 사람과 동물, 기구 들을 갖춘 대형 서커스단은 누구라도 언제나 사용할 수 있었다. 자기 역할에 맞게 너무 많은 것을 요구하지 않으면 물론 단식 광대도 쓸 수 있었다. 게다가 이 특별한 경우에 고용된 것은 단식 광대 자신뿐 아니라, 그의 옛 명성이기도 했다. 사실 나이가 들어도 줄지 않는 단식기술의 특성을 고려할 때, 더이상 능력의 절정에 있지 않은 한물간 광대가 한가한 서커스단 자리로 도망치려 한다고는 결코 말할 수 없었다. 이와는 반대로 단식 광대는 자신이 예전처럼 단식을 할 수 있다고 확언했는데, 그 말은 아주 믿을 만했다. 심지어 자신의 뜻대로 하게 내버려둔다면 이제 정말 세상을 제대로 놀라게 할 것이라고 주장했다. 사람들은 곧바로 그렇게 하겠다고 약속했다. 물론 단식 광대의 이런 주장은 그가 흥분해서 쉽게 잊고 있던 시대의 분위기를 감안하면, 전문가들에게는 한낱 실소를 자아내게 하는 것이었다.

그러나 사실 단식 광대도 현실을 볼 줄 모르는 것은 아니어서 우리 안에 있는 자신이 최고의 레퍼토리로 서커스 원형 공연장의 한

가운데에 놓이지 않고, 바깥 마구간 근처에, 특히 상당히 접근하기 쉬운 곳에 놓이게 된 것을 당연하게 받아들였다. 다채롭게 그려진 커다란 현수막이 우리를 둘러쌌고 그곳에서 무엇을 볼 수 있는지를 알려줬다. 관객들이 공연 휴식시간에 동물을 구경하러 우리로 몰려올 때면, 그들은 어쩔 수 없이 단식 광대 곁을 지나가면서 잠시 그곳에 멈춰 설 수밖에 없었다. 만약 그 비좁은 통로에서 보고 싶던 우리로 가는 도중에, 왜 자신들이 멈춰야 하는지를 이해하지 못한 채 뒤에서 미는 사람들이 조금 더 오랫동안 편안하게 관찰하는 것을 방해하지 않았더라면, 사람들은 아마 그 곁에 더 오래 머물렀을지도 모른다. 그것이 단식 광대가 인생의 목적으로 당연히 도래하기를 바랐던 이 방문시간을 앞두고 다시 마음이 떨렸던 이유이기도 했다. 처음에는 공연 휴식시간을 기다릴 수 없을 만큼 조바심이 났다. 그는 밀려드는 관객을 황홀하게 바라봤다. 그러나 이내 대부분의 관객이 의도적으로 언제나 예외 없이 순전히 동물우리로 갈 의향이라는 것을 확신하게 되었다. 아무리 집요하게, 거의 의식적으로 자신을 속이려 해도 경험을 이길 수는 없었다. 이런 모습은 멀리서 볼 때가 가장 멋있었다. 왜냐하면 관객이 그가 있는 곳까지 다가오면, 끊임없이 새로 만들어지는 패거리의 고함과 욕설이 그의 주변에서 난무했기 때문이다. 패거리 중에는 이해심이 아니라 일시적인 기분과 반항심 때문에 그를 편안하게 구경하려는 무리도 있었지만 — 그는 곧 이런 사람들이 더 싫어졌다 — 우선 단지 동물 우리로 곧장 가고 싶어 하는 무리도 있었다. 큰 무리가 지나가고 나면 뒤처진 사람들이 왔는데, 그들은 물론 그럴 의향만 있다면 방해를 받지 않고 멈춰 서서 있을 수 있었지만, 제시간에 동물들이 있는 곳으로 가기 위해 옆도 보지 않고 성큼성큼 급히 지나갔다. 그리고 그리 자주 찾아오는 행운은 아니지만, 아버지가 아이들을 데리고 와서 손가락으로 단식 광대를 가리키며 여기서 어떤 일이 벌어지고 있는지를 자세히 설명해주고, 단식 광대가 이와 비슷하지만 비교할 수 없을 정도로 멋진 공연을 했던 옛날이야기를 들려줬다. 그러면 아이들은 학교에서도 인생에서도 준비가 덜 되어서 사실 제대로 이해하기는 어려웠지만 — 도대체 단식이 그들에게 무엇인가? — 그들의 탐색하는 눈빛 속에서 새롭게 다가오는 보다 은혜로운 시대의 무엇인가가 내비쳤다. 그럴 때면 가끔 단식 광대는 그의 우리가 이렇게 동물 우리 가까이에 있지 않았더라면 모든 것이 좀더 나았을 거라고 혼잣말을 했다. 그러나 바로 그 때문에 서커스단 사람들은 쉽게 그 장소를 선택할 수 있었다. 동물 우리에서 풍겨오는 악취, 밤중에 동물이 피우는 소란, 맹수에게 날고기를 운반하는 일, 먹이를 줄 때 맹수가 울부짖는 소리 등이 그의 기분을 무척 상하게 하고 그의 마음을 계속 짓눌렀다는 사실은 사람들의 안중에 없었다. 하지만 그는 감독에게 감히 이의를 제기하지 못했다. 여하튼 그는 구경꾼이 많은 것에 대해 동물들에게 감사했다. 구경꾼 중에서 가끔은 자신에게 관심을 보이는 사람도 발견할 수 있었다. 그리고 혹시 그가 자신의 존재에 주의를 끌려다가, 엄밀히 말하면 그가 동물 우리로 가는 길을 막고 있는 방해물에 불과하다는 사실을 기억나게 해서, 사람들이 그를 어느 구석에 처박아둘지는 아무도 모르는 일이었다.

물론 그것은 작은 방해물, 점점 작아지는 방해물에 불과했다. 사람들은 오늘날에도 단식 광대에게 관심을 가지라고 하면 당연히 이상하게 생각하는데, 그런 생각은 그에 대한 평가를 말해주는 것이었다. 그는 자신이 할 수 있는 만큼 단식을 하고 싶었고 실제로 그렇게 했지만, 어떤 것도 그를 구원할 수 없었고, 사람들은 그를 못 본 체 지나갔다. 누군가에게 단식기술을 설명해보라! 느낌을 모르는 사람에게는 이해시킬 수 없는 법이다. 아름다운 현수막들은 더러워지고 읽을 수 없게 됐다. 사람들이 더러워진 현수막을 찢어버렸지만, 새로 만들어야겠다고 생각하는 이는 아무도 없었다. 처음에는 매일 세심하게 바뀌던 단식 일수를 기록하는 작은 숫자판도 이미 오래전부터 그대로였다. 처음 몇주일이 지나자 단원들조차 이 사소한 일이 싫증났기 때문이다. 그래서 단식 광대는 예전에 꿈꾸던 대로 단식을 계속했고, 그가 당시에 예언한 것처럼 별 어려움 없이 단식에 성공했지만, 누구도 단식 일수를 세지 않았으며, 누구도, 아니 단식 광대 자신조차도 얼마나 큰 성과를 거뒀는지 알지 못했다. 그래서 그는 마음이 무거워졌다. 가끔 어떤 빈둥거리는 사람이 멈춰 서서, 오래된 숫자를 비웃으며 속임수라고 말한다면, 이런 의미에서 그것은 무관심과 타고난 악의가 꾸며낼 수 있는 가장 어리석은 거짓이었다. 왜냐하면 단식 광대는 속인 것이 아니라, 정직하게 일했는데, 세상이 그에게 보상해주지 않고 속인 것이기 때문이다.

다시 수많은 나날이 지나갔고, 그런 상태도 끝났다. 한번은 그 우리가 감독의 눈에 띄었는데, 감독은 사환들에게 잘 사용할 수 있는 이 우리를 왜 썩은 짚이나 넣어둔 채 여기에 방치하는지 물었다. 아무도 이유를 몰랐다. 마침내 사환 한명이 숫자판을 보고는 단식 광대를 기억해냈다. 사람들이 막대기로 짚을 헤치고, 그 안에서 단식 광대를 발견했다. "아직도 단식을 하고 있는 거야?" 감독이 물었다. "도대체 언제 끝낼 건가?" "여러분 모두 저를 용서해주세요." 단식 광대가 속삭였다. 창살에 귀를 갖다 댄 감독만이 그의 말을 알아들었다. "물론 우리는 자네를 용서하지." 감독은 이렇게 말하고 손가락을 이마에 갖다 대면서 단식 광대의 정신 상태를 직원에게 넌지시 암시했다. "저는 언제나 여러분이 저의 단식에 경탄하기를 바랐습니다." 단식 광대가 말했다. "우리야 경탄하고 있지." 감독이 호응하듯이 말했다. "하지만 여러분은 경탄해서는 안됩니다." 단식 광대가 말했다. "그래, 그렇다면 우리는 경탄하지 않겠네." 감독이 말했다. "그런데 왜 우리가 경탄해서는 안된다는 건가?" "저는 달리 어쩔 수 없어서 단식을 해야만 하기 때문입니다." 단식 광대가 말했다. "도대체 무슨 말인가?" 감독이 물었다. "왜 어쩔 수 없다는 건가?" "왜냐하면 저는." 단식 광대는 작은 머리를 약간 위로 들고, 어떤 말도 새어나가지 못하게, 키스할 때처럼 뾰족하게 내민 입술을 감독의 귀에 바싹 갖다 대고 말했다. "왜냐하면 저는 제 입에 맞는 음식을 찾지 못했기 때문입니다. 만약 제가 그런 음식을 찾아냈다면 괜히 소동을 벌이지는 않았을 것이고, 당신이나 다른 모든 사람처럼 배불리 먹었을 겁니다." 이것이 그의 마지막 말이었다. 그의 흐려진 눈에는 더이상 자랑스러운 확신은 아니지만 계속 단식을 하겠다는 굳은 확신이 담겨 있었다.

　"자, 이제 처리하지!" 감독이 말했고, 사람들은 단식 광대를 짚더미와 함께 묻어버렸다. 그리고 그들은 그 우리에 젊은 표범 한마리를 집어넣었다. 그렇게 오랫동안 적막했던 우리에 이런 맹수가 날뛰는 것을 보는 일은 제아무리 감각이 무딘 사람도 느낄 수 있는 기분전환이었다. 표범에게는 부족한 것이 없었다. 감시인들은 오래 생각하지 않고 표범의 입에 맞는 음식을 가져다줬다. 표범은 자유를 전혀 그리워하는 것 같지 않았다. 거의 터질 정도로 필요한 모든 것을 갖춘 표범의 고귀한 몸뚱이는 자유까지도 함께 지니고 다니는 것 같았다. 그 자유는 이빨 어딘가에 숨어 있는 듯했다. 표범의 아가리에서는 관객이 견디기 힘든 뜨거운 열기와 함께 삶의 기쁨이 흘러나왔다. 관객들은 참고 견디며 우리 주위로 몰려들었고, 그곳을 떠나려 하지 않았다.

(1922년 2월)

법 앞에서

법^法 앞에 문지기가 서 있다. 이 문지기에게 한 시골사람이 와서 법으로 들어가게 해달라고 간청한다. 그러나 문지기는 지금은 입장을 허락할 수 없다고 말한다. 시골사람은 골똘히 생각하다가 그렇다면 나중에는 들어갈 수 있겠느냐고 묻는다. "그럴 수는 있지만." 문지기가 말한다. "그러나 지금은 안돼." 법으로 들어가는 문은 평소처럼 열려 있고 문지기가 옆으로 비켜서 있어 시골사람은 문을 통해 안을 들여다보려고 몸을 굽힌다. 문지기가 그 모습을 보고는 큰 소리로 웃으면서 이렇게 말한다. "그렇게 끌린다면 내가 금지하더라도 들어가보게. 그러나 알아두게나. 나는 힘이 세지. 그런데 나는 최하급 문지기에 불과하다네. 홀을 하나씩 지날 때마다 문지기가 서 있는데, 갈수록 더 힘센 문지기가 서 있지. 세번째 문지기만 돼도 나조차 그 모습을 감히 쳐다보는 것조차 감당하기 어려워." 시골사람은 그런 어려움은 예상하지 못했다. 그는 법이란 정말로 누구에게나 그리고 언제나 들어갈 수 있게 열려 있어야 한다고 생각한다. 그러나 큰 매부리코와 길고 가는 타타르인 같은 검은 콧수염에 모피외투를 입은 문지기의 모습을 주의 깊게 살펴보더니, 차라리 입장을 허락받을 때까지 기다리는 편이 낫겠다고 결심한다. 문지기가 그에게 등받이가 없는 의자를 주며 문 옆에 앉게 한다. 그곳에서 그는 여러날 여러해를 앉아서 기다린다. 그는 입장 허락을 받으려고 수많은 시도를 해보고 계속되는 부탁으로 문지기를 지치게 한다. 문지기는 가끔 그에게 간단한 심문을 하는데, 고향에 대해 캐묻기도 하고, 여러 다른 것에 관해 묻기도 한다. 그러나 그것은 지체 높은 양반들이 건성으로 던지는 질문처럼 그저 그런 질문이고, 마지막에 가서는 언제나 아직 들여보내줄 수 없노라고 말한다. 시골사람은 여행을 위해 많은 것을 준비했는데, 문지기를 매수하려고 아주 값진 것도 모두 써버린다. 문지기는 주는 대로 받기는 하면서도 "네가 무엇인가 소홀히 했다는 생각이 들지 않도록 하기 위해서 받을 뿐이야"라고 말한다. 여러해 동안 그는 문지기에게서 거의 눈을 떼지 않는다. 그는 다른 문지기들은 잊어버리고, 이 첫번째 문지기를 법으로 들어가는 데 유일한 방해꾼이라 생각한다. 그는 처음 몇년간은 이 불운을 무작정 큰 소리로 저주하다가 나중에 나이가 들어서는 그저 혼잣말로 투덜거린다. 그는 어린애처럼 유치해진다. 문지기를 여러해에 걸쳐 살펴보다보니 문지기의 모피외투 깃에 붙어 있는 벼룩까지 알아보게 됐기 때문에, 그 벼룩에게까지 자기를 도와 문지기의 마음을 돌리게 해달라고 부탁한다. 마침내 시력이 약해진 그는 주변이 정말 점점 어두워지는 것인지, 아니면 눈이 자기를 속이는 것인지 분간하지 못한다. 그런데 이제 어둠속에서 그는 법의 문에서 광채가 꺼지지 않고 흘러나오고 있음을 알아차린다. 그는 이제 살날이 얼마 남지 않았다. 죽음을 앞두고 그의 머릿속에서는 문 앞에 머무르면서 경험한 모든 것이 그가 여태까지 문지기에게 물어보지 않았던 하나의 물음으로 집약된다. 그는 이제 굳어가는 몸을 일으킬 수 없어서 문지기에게 눈짓을 한다. 문지기는 그의 말을 듣기 위해 몸을 깊숙이 숙일 수밖에 없다. 그사이에 두 사람의 키 차이가 시골사람에게 아주 불리하게 벌어졌기 때문이다. "이제 와서 도대체 뭘 더 알고 싶지?"라고 문지기가 묻는다. "욕심이 많군." "모든 사람이 법을 추구합니다." 그는 말한다. "그런데 지난 수년 동안 나 이외에는 아무도 들여보내달라는 사람이 없으니 어떻게 된 일이지요?" 문지기는 이 사람의 임종이 임박했음을 알아차리고, 청력이 약해진 그의 귀에 대고 큰 소리로 말한다. "이곳은 너 이외에는 아무도 입장을 허가받을 수 없었어. 왜냐하면 이 입구는 오직 너만을 위한 것이었으니까. 나는 이제 가서 문을 닫네."

(1914년)

꿈

요제프 K는 꿈을 꿨다.

화창한 날이었고 K는 산책을 하고 싶었다. 그러나 두걸음도 채 떼기 전에 그는 이미 공동묘지에 있었다. 그곳에는 아주 부자연스럽고 불편하게 굽이진 길들이 있었다. 그는 그중 하나의 길 위를 급류에 흔들리지 않고 떠 있는 듯한 자세로 미끄러져갔다. 멀리서부터 그는 갓 쌓아올린 무덤 하나가 눈에 들어왔고, 그 무덤 옆에서 멈추려 했다. 그 무덤이 한껏 유혹해서 그는 아무리 서둘러도 충분하지 않다고 생각했다. 가끔 무덤이 거의 보이지 않았는데, 깃발들이 그의 시야를 가렸기 때문이다. 깃발들은 펄럭이며 강력한 힘으로 서로 부딪히고 있었다. 기수들은 보이지 않았지만 그곳에는 큰 환호성이 넘치는 것 같았다.

시선을 먼 곳으로 돌리는 동안 그는 갑자기 그 무덤이 자기 옆 길가에, 아니 거의 바로 자기 뒤에 있는 것을 보았다. 그는 급히 풀

173

밭으로 펄쩍 뛰어들어갔다. 뛰어가는 발밑에서 길이 계속 질주했기 때문에 그는 비틀거렸고, 바로 그 무덤 앞에 무릎을 꿇으면서 넘어졌다. 두 남자가 무덤 뒤에 서서 비석을 양쪽에서 맞들고 있었다. K가 나타나자마자 그들은 비석을 땅에 처박았고, 그러자 비석은 견고한 벽처럼 세워졌다. 갑자기 덤불에서 제3의 남자가 나타났다. K는 그가 예술가임을 금방 알아보았다. 그는 바지와 단추가 제대로 채워지지 않은 셔츠를 걸쳤을 뿐이었다. 머리에는 벨벳모자를 쓰고 있었다. 손에는 평범한 연필을 들고 있었는데, 가까이 다가오면서 이미 그 연필로 허공에 여러 형상을 그리고 있었다.

그는 이제 연필로 비석 윗부분에 뭔가를 그리기 시작했다. 비석은 매우 높았고 그래서 그는 허리를 구부릴 필요가 없었다. 하지만 고개를 약간 숙여야 했는데, 그와 비석 사이에 무덤이 가로놓여 있어 무덤을 밟고 싶지 않았기 때문이다. 그는 발끝으로 서서 왼손으로 비석의 평면을 붙잡고 몸을 지탱했다. 특별히 숙련된 솜씨로 그는 그 평범한 연필을 사용해서 금빛 글자들을 새겨넣는 데 성공했다. 그는 썼다. '여기에 잠들다.' 깊게 새겨진 완벽한 금빛의 모든 글자가 깨끗하고 아름답게 보였다. 그 두 단어를 썼을 때 그는 K를 향해 돌아보았다. 어떤 글자가 계속 새겨질 것인지 조바심이 났던 K는 그 남자에게 전혀 신경 쓰지 않고 오로지 비석만 쳐다봤다. 실제로 그 남자는 계속 글자를 쓰려는 자세를 취했다. 그러나 그는 쓸 수 없었다. 어떤 방해가 있었다. 그는 연필을 떨구고는 다시 K를 향해 몸을 돌렸다. 이제는 K도 그 예술가를 쳐다봤고, 예술가가 매우 당황하고 있다는 것을, 그러나 그 이유를 말할 수 없다는 것을 알아챘다. 조금 전 그가 보여줬던 활기는 다 사라졌다. 그래서 K도 당황했다. 두 사람은 서로 난처한 시선을 주고받았다. 누구도 해결할 수 없는 추악한 오해가 있었다. 하필이면 그때 공동묘지 예배당의 작은 종이 울리기 시작했다. 그러나 예술가가 손을 높이 들어 흔들자 종소리는 멈췄다. 잠시 후에 종이 다시 울리기 시작했다. 그러나 이번에는 아주 낮게 울렸고, 별다른 요청 없이 금방 중단되었다. 그저 소리를 시험해보려는 듯했다. K는 예술가의 처지 때문에 슬펐다. K는 울기 시작했고, 오랫동안 두 손에 얼굴을 묻은 채 흐느꼈다. 예술가는 K가 진정할 때까지 기다렸다. 그러나 다른 방법을 찾을 수 없어서 그는 글자를 계속 쓰기로 결심했다. 그가 만든 첫번째 짧은 획은 K에게는 구원이었다. 그러나 예술가는 그 짧은 획을 마지못해 쓴 것이 분명했다. 글자는 이제 그다지 아름답지 않았고, 무엇보다 금이 모자라는 것 같았으며, 획은 흐릿하고 불분명했고, 크기만 커졌을 뿐이었다. 그것은 'J'라는 글자였다. 글자가 거의 완성되자 예술가는 격분해서 무덤을 발로 찼고, 그 바람에 흙이 사방으로 튀어올랐다. 결국 K는 그를 이해하게 됐다. 그를 만류할 겨를도 없었다. 손가락을 모두 사용해서 그는 땅을 팠다. 땅은 쉽게 파였다. 모든 것이 준비된 것 같았다. 그저 겉보기용처럼 흙이 얇게 덮여 있었다. 바로 뒤에는 가파른 벽으로 둘러싸인 커다란 구멍이 입을 벌리고 있었다. K는 어떤 부드러운 기류에 떠밀려 등을 바닥으로 향한 채 그 구멍 속으로 가라앉았다. 그러나 그가 저 아래에서, 여전히 목덜미를 들어 머리를 곧추세운 채, 벌써 깊이를 알 수 없는 심연으로 끌려가는 동안에, 위에서는 멋지게 장식된 그의 이름이 비석 위를 질주하고 있었다.

　이 광경에 황홀해져 그는 잠에서 깨어났다.

(1914년 12월 둘째주)

자칼과 아랍인

우리는 오아시스에서 야영을 했다. 동료들은 자고 있었다. 키가 크고 흰옷을 입은 아랍인 한명이 내 곁을 지나갔다. 그는 낙타를 돌보고 나서 잠자리로 갔다.

나는 풀밭에 벌렁 드러누웠다. 잠을 자려고 했지만 그럴 수 없었다. 먼 곳에서 자칼이 울부짖었다. 나는 다시 일어나 앉았다. 그러자 그렇게 멀리 떨어져 있던 것이 갑자기 아주 가까워졌다. 한무리의 자칼이 주위로 몰려들었다. 흐릿한 금빛으로 빛나다가 꺼져가는 눈들, 채찍을 맞는 것처럼 규칙적으로 재빠르게 움직이는 호리호리한 몸통들.

자칼 한마리가 뒤에서 오더니 내 팔 밑으로 파고들어, 체온이 필요한 듯 나에게 몸을 바짝 밀착시켰다. 그러더니 앞에 서서 거의 마주 보며 말했다.

"나는 이 세상에서 가장 나이가 많은 자칼일세. 아직 여기서 자네와 만날 수 있어 기쁘군. 나는 희망을 거의 버렸지. 우리가 자네를 너무나 오랫동안 기다렸기 때문이야. 나의 어머니도 자네를 기다렸고, 그녀의 어머니 그리고 모든 자칼의 어머니에 이르기까지 그녀의 모든 어머니가 자네를 기다렸어. 내 말을 믿어주게!"

"놀라운 일이군요." 나는 이렇게 말했고, 연기로 자칼의 접근을 막기 위해 준비한 장작더미에 불을 붙이는 것도 잊고 있었다. "그런 말을 듣다니 정말 놀랍소. 나는 아주 우연히 먼 북쪽에서 왔고, 짧은 여행을 하는 중이오. 자칼들이여, 도대체 당신들이 원하는 게 무엇이오?"

어쩌면 너무 친절했을 이런 질문에 용기를 얻은 듯 자칼들은 원을 이루면서 내 주위로 점점 가까이 다가왔다. 그들은 모두 씩씩거리며 짧게 숨을 쉬고 있었다.

"우리는 알고 있다네." 나이가 가장 많은 자칼이 말을 꺼냈다. "당신이 북쪽에서 왔다는 사실을. 우리는 바로 그 점에 희망을 걸고 있지. 북쪽에서 온 자네는 아랍인에게서는 찾아볼 수 없는 오성을 가졌거든. 자네도 알다시피 아랍인의 차가운 교만에서는 한 줄기 오성의 섬광도 반짝일 수 없어. 그들은 잡아먹기 위해 동물을 죽이지. 그러면서도 동물의 썩은 시체는 경멸하지."

"그렇게 큰 소리로 말하지 마시오." 내가 말했다. "근처에 아랍인들이 자고 있어요."

"자네는 정말 이방인이군." 자칼이 말했다. "그렇지 않다면 세계사에서 자칼이 아랍인을 두려워한 적은 없다는 사실을 알텐데. 어째서 우리가 그들을 두려워해야 하지? 우리가 그런 종족이 사는 곳으로 추방당한 것으로도 불행은 충분하지 않은가?"

"그럴지도 모르죠. 그럴지도 모르죠." 내가 말했다. "나는 나와

거리가 먼 일에는 감히 어떤 판단도 하지 않소. 이것은 매우 오래된 싸움처럼 보이는군요. 그러니까 피의 문제인 것 같소. 어쩌면 피를 봐야 끝날지도 모르오."

"자네는 매우 영리하군." 늙은 자칼이 말했다. 그러자 그들은 모두 숨을 더 가쁘게 쉬었다. 가만히 서 있는데도 폐를 헐떡거렸다. 때로는 이를 악물어야 견딜 수 있을 정도로 지독한 냄새가 그들의 벌린 주둥이에서 흘러나왔다. "자네는 매우 영리해. 자네가 한 말은 우리의 옛 가르침과 일치하거든. 우리가 그들의 피를 빼앗으면 싸움은 끝날 거야."

"오!" 나는 의도했던 것보다 더 거칠게 말했다. "그들은 저항할 거요. 그들은 엽총으로 당신들을 모조리 쏴죽일 것이오."

"자네는 우리를 오해하고 있어." 자칼이 말했다. "인간의 성질로 생각해서 오해한 거야. 그 성질은 먼 북쪽에서도 사라지지 않지. 물론 우리는 그들을 죽이지 않을 거야. 나일강에는 우리 몸을 깨끗이 씻을 수 있을 만큼 물이 그렇게 많지도 않아. 그들의 살아 있는 육체를 보기만 해도 우리는 도망치지. 더 깨끗한 공기 속으로, 사막으로. 그래서 사막은 우리의 고향이야."

그사이 멀리서 자칼들이 더 많이 몰려들었고, 그들을 포함한 모든 자칼이 앞다리 사이로 머리를 숙이고, 앞발로 머리를 닦았다. 그것은 마치 반감을 숨기려는 것처럼 보였다. 그 반감이 너무 섬뜩해서 나는 정말 단번에 높이 뛰어올라 그들이 에워싼 포위망을 벗어나 도망치고 싶을 정도였다.

"그래서 어떻게 할 작정이오?" 이렇게 물으면서 나는 일어서려 했다. 그러나 일어설 수 없었다. 두마리의 어린 동물이 내 뒤에서 외투와 셔츠를 꽉 물고 있었기 때문이다. 나는 계속 앉아 있어야만 했다. "그들이 자네의 옷자락을 잡고 있군. 일종의 존경의 표시라네." 늙은 자칼이 설명하듯이 진지하게 말했다. "나를 놓아주시오!" 나는 소리치면서 늙은 자칼과 어린 자칼들을 번갈아 보았다. "자네가 요구하면 물론 그들은 그렇게 할 거야. 그러나 시간이 조금 걸릴 거야. 왜냐하면 우리의 관습에 따라 깊이 물고 있어서, 우선 천천히 윗니와 아랫니를 서로 떼어놓아야 하거든. 그동안 우리의 요청을 들어보게." "당신 태도 때문에 쉽게 들어줄 수 없소." 내가 말했다. 그러자 자칼은 "우리의 미숙함을 용서하게"라고 말했고, 이제 처음으로 자신의 자연스러운 목소리가 지닌 비탄조를 사용했다. "우리는 불쌍한 동물들이라네. 가진 거라곤 이빨밖에 없지. 그것이 선이든 악이든 상관없이, 하고 싶은 모든 것을 우리는 오직 이빨로만 해낼 수 있어." "그래서 당신이 원하는 것이 무엇이오?" 나는 마음이 약간 누그러져서 물었다.

"선생님." 그가 외쳤고, 모든 자칼이 울부짖었다. 그것은 아주 먼 곳에서 들려오는 멜로디 같았다. "선생님, 우리는 당신이 세상을 둘로 갈라놓는 이 싸움을 종식시키기를 원합니다. 우리 조상들은 그 일을 할 사람이 바로 당신 같은 사람이라고 써놓았습니다. 우리는 아랍인들로부터 평화를 찾아야 합니다. 숨 쉴 수 있는 공기를, 그들이 깨끗이 사라져서 전망이 탁 트인 지평선을. 아랍인에 의해 찔려 죽는 양들이 울부짖는 소리는 사라져야 할 것입니다. 모든 짐승은 조용히 죽을 수 있어야 합니다. 우리는 방해받지 않고 그 시체들의 피를 모두 빨아 마시고, 깨끗하게 뼈만 남겨야 합니다. 깨끗함, 우리가 원하는 것은 깨끗함일 뿐입니다." ── 그러자 모든 자칼이 흐느껴 울었다 ──"어떻게 당신이 이 세상에서 그것을 견뎌 낸단 말입니까? 당신처럼 고귀한 심장과 감미로운 내장을 지닌 사람이? 아랍인의 흰색은 더러움입니다. 그들의 검은색은 더러움입니다. 그들의 수염은 공포입니다. 그들의 눈초리를 보면 침을 뱉지 않을 수 없습니다. 그들이 팔을 들면 겨드랑이에서는 지옥이 열립니다. 그러니까 오! 선생님, 그러니까 오! 고귀한 선생님, 모든 것을 할 수 있는 당신의 손으로, 모든 것을 할 수 있는 당신의 손으로 이 가위를 가지고 그들의 목을 자르시오!"그러자 그의 고갯짓에 따라 자칼 한마리가 잔뜩 녹슨 바느질 가위를 송곳니에 물고 나타났다.

"자, 마침내 가위구나. 이것으로 끝장을!"우리 순례자 일행의 아랍인 안내인이 바람을 거슬러 우리 쪽으로 몰래 숨어들어와서는 거대한 채찍을 휘두르며 소리쳤다.

자칼들은 잽싸게 달아났다가 약간 떨어진 곳에서 다시 간격을 좁혀 웅크리고 앉았다. 그 많은 짐승이 밀집해 꼼짝도 않고 있으니 마치 주위에 도깨비불이 날아다니는 좁은 우리처럼 보였다.

"그러니까 선생님, 당신은 이제 이 연극도 보고 듣게 됐군요."그 아랍인은 말하면서, 그의 종족의 자제하는 성격이 허락하는 만큼 쾌활하게 웃었다. "그러니까 당신은 이 짐승들이 무엇을 원하는지 알고 있군요?"나는 물었다. "물론이요, 선생."그가 대답했다. "너무나 잘 알려진 일입니다. 아랍인들이 존재하는 한 이 가위는 사막을 떠돌아다닐 것이고, 세상이 끝나는 날까지 우리와 함께 떠돌아다닐 것입니다. 위대한 과업을 위해 모든 유럽인에게 이 가위가 제공됩니다. 모든 유럽인이 저 짐승들에게는 소명을 받은 것처럼 보인답니다. 이 짐승들은 어리석은 희망을 품고 있습니다. 그들은 바보, 진짜 바보들입니다. 그래서 우리는 그들을 사랑합니다. 그들은 우리의 개입니다. 당신들의 개들보다 더 아름답습니다. 보세요, 낙타 한마리가 지난밤에 죽었습니다. 그래서 이리로 끌고 오라고 시켰습니다."

네 사람이 무거운 시체를 끌고 와서 우리 앞에 내던졌다. 시체가 땅에 놓이자마자 자칼들은 목소리를 높였다. 저항하지 못하고 밧줄에 묶여 끌려나오듯 자칼들은 한마리씩 멈칫거리면서, 배를 땅바닥에 질질 끌면서 다가왔다. 그들은 아랍인들을 잊어버렸고, 증오심도 잊어버렸다. 모든 것을 지워버리는 고약한 냄새를 풍기는 시체가 그들의 넋을 빼앗았다. 벌써 한마리가 낙타의 목에 달라붙었고 단번에 동맥을 물었다. 맹위를 떨치는 불을 가망이 없어도 무조건 끄려고 미친 듯이 물을 뿜어대는 작은 펌프처럼, 낙타의 몸의 모든 근육이 제자리에서 끌어당겨지고 경련을 일으켰다. 그러자 이미 모든 자칼이 시체에 달려들어 높은 산을 이루며 똑같은 짓에 몰두했다.

그때 아랍인 안내인이 그들 위로 날카로운 채찍을 세차게 이리저리 휘둘렀다. 그들은 머리를 들었다. 반쯤은 도취돼 정신을 못 차렸다. 그들은 아랍인들이 자신들 앞에 서 있는 것을 보았다. 이제 주둥이에 채찍을 느끼자 펄쩍 뛰어서 뒤로 물러나 일정한 거리까지 도망쳤다. 낙타의 피는 이미 웅덩이가 되어 고여 있었고, 그 위로 김이 올라왔다. 시체는 여러군데 살이 찢어져 크게 벌어져 있었다. 자칼들은 이 유혹을 버틸 수 없었다. 그들은 다시 다가왔다. 아랍인 대장은 다시 채찍을 들었다. 나는 그의 팔을 붙잡았다.

"당신이 옳소, 선생." 그가 말했다. "습성대로 하도록 내버려둡시다. 게다가 출발할 시간도 됐고요. 당신은 그들을 보았지요. 놀라운 짐승이지요, 그렇지 않습니까? 게다가 그들이 우리를 얼마나 증오하는지!"

(1917년)

신임 변호사

우리는 새로운 변호사를 맞이하게 됐다. 부케팔루스 박사이다. 그의 외모에는 그가 한때 마케도니아의 알렉산더 대왕의 군마軍馬였던 시절을 기억나게 하는 것이라곤 거의 남아 있지 않다. 물론 사정을 아는 사람이라면 무언가를 알아차린다. 사실 최근에 나는 이 변호사가 허벅다리를 높이 쳐들고 대리석을 뚜벅뚜벅 울리는 걸음으로 계단을 차례로 오를 때, 법원 하급직원이 경마장의 하찮은 단골관객이 가진 전문가 같은 시선으로 이 변호사를 쳐다보며 놀라워하는 것을 봤다.

변호사협회는 대체로 부케팔루스의 입회를 승인하는 분위기이다. 사람들은 놀라운 통찰력으로 말한다. 오늘날의 사회질서 속에서는 부케팔루스가 어려운 상황에 있고, 바로 그런 이유로 그리고 그의 세계사적 중요성 때문에, 여하튼 그가 환대를 받을 만하다는 것이다. 오늘날 ─ 아무도 이것을 부인할 수 없다 ─ 위대한 알렉산더 대왕은 존재하지 않는다. 물론 많은 사람이 살인하는 방법을 알고 있다. 연회식탁 위로 창을 날려 친구를 찌르는 그 날렵한 솜씨도 사라지지 않았다. 또 많은 사람은 마케도니아가 너무 좁다며 아버지인 필립을 저주한다. 그러나 누구도, 어느 누구도 사람들을 인도로 이끌고 가지는 못한다. 당시에도 인도의 문들은 이미 도달할 수 없었다. 하지만 문으로 가는 방향을 왕의 칼이 가리키고 있었다. 오늘날 그 문들은 전혀 다른 곳, 더 멀고 더 높은 곳으로 옮겨졌다. 누구도 그 방향을 가리키지 않는다. 많은 사람이 칼을 갖고 있지만 단지 휘두르기 위해서일 뿐이다. 그 칼을 따르려는 사람들의 시선은 혼란스럽기만 하다.

아마 그 때문에 부케팔루스처럼 법전에 몰입하는 것이 실제로 최선일지도 모른다. 자유롭게, 기병의 허벅다리에 옆구리를 눌리지 않고, 조용한 등불 밑에서, 알렉산더 대왕의 전투 속 아비규환에서 멀리 떨어져, 그는 오래된 책들을 읽으며 책장을 넘기고 있다.

(1917년 1월)

싸구려 관람석에서

만약 폐결핵에 걸린 쇠약한 한 여자 곡마사가 서커스 공연장에서 흔들리는 말을 타고 지칠 줄 모르는 관중 앞에서 채찍을 휘두르는 무자비한 단장에 의해 몇달 동안 마지못해 끊임없이 원을 그리며 빙빙 돌아야 한다면, 말을 탄 채 윙윙 날면서, 키스를 날려보내면서, 허리를 흔들면서. 그리고 만약 이 곡예가 사실 증기망치인 손들의 잦아들었다가 다시 솟구치는 박수갈채에 이끌려, 오케스트라와 환풍기의 그치지 않는 소음 속에서 점점 더 크게 열리는 잿빛 미래로 이어진다면 ─ 그러면 혹시 싸구려 관람석에 앉아 있던 한 젊은 남자 관객이 모든 등급의 좌석을 관통하는 긴 계단을 뛰어내려와 공연장 안으로 달려 들어가서 '멈춰요!' 하고 소리를 지를지도 모른다. 언제나 곡예에 맞춰 연주하는 오케스트라의 팡파르를 뚫고서.

그러나 사정이 그렇지 않으므로. 제복을 입고 뽐내는 사내들이 앞에서 열어주는 커튼 사이로 희고 빨갛게 단장한 한 아름다운 여성이 날아 들어온다. 경의를 표하면서 그녀의 눈길을 찾는 감독이 짐승처럼 네 발로 땅에 엎드려 그녀를 향해 숨을 헐떡인다. 그녀가 위험한 여행을 떠나는, 그가 무엇보다도 사랑하는 손녀라도 되는 듯이, 아주 조심스럽게 그녀를 회색 얼룩말 위에 올려준다. 그러고 채찍으로 신호를 보내야 할지 결정을 내리지 못한다. 결국 마음을 굳게 먹고 채찍을 휘둘러 딱 하는 소리를 낸다. 입을 다물지 못한 채 말과 함께 뛴다. 날카로운 시선으로 여자 곡마사의 도약을 뒤쫓는다. 그녀의 곡예를 거의 이해하지 못한다. 영어로 큰 소리를 쳐서 경고하려고 애쓴다. 굴렁쇠를 들고 있는 마부들에게 정신 바짝 차리라고 격분해서 경고한다. 위험한 공중회전을 하기 전에 오케스트라에게 두 손을 들어 조용히 하라고 주의를 준다. 마지막으로 그 어린 소녀를 떨고 있는 말에서 들어 내려, 양 볼에 입을 맞추고, 관객이 아무리 열렬히 환호해도 충분하지 않다고 생각한다. 반면 그녀는 그의 부축을 받으며 발끝으로 높이 서서, 먼지에 휩싸여, 두 팔을 활짝 벌리고, 작은 머리를 뒤로 젖히고 자신의 행복을 서커스단 전체와 나누고 싶어 한다 ─ 사정이 이러하므로, 싸구려 관람석에 앉아 있는 관객은 얼굴을 난간에 대고, 괴로운 꿈에 빠져들 듯이 마지막 행진에 빠져들면서, 자신도 모르게 울고 있다.

(1916년 11월 말~1917년 1월)

형제 살해

살인은 다음과 같은 방식으로 일어났다는 것이 밝혀졌다.

살인자 슈마르는 달 밝은 밤, 저녁 9시 무렵 그 길모퉁이에 서 있었다. 그곳은 희생자인 베제가 그의 사무실이 있는 골목에서 그가 살고 있는 골목으로 꺾여지는 모퉁이다.

누구나 오싹하게 만드는 차가운 밤공기. 그러나 슈마르는 얇은 파란색 양복만을 입고 있었다. 게다가 작은 상의는 단추가 풀려 있었다. 그는 추위를 느끼지 않았다. 몸을 계속 움직였기 때문이다. 그는 총검 같기도 하고 부엌칼 같기도 한 살인무기를 완전히 드러낸 채 줄곧 꼭 쥐고 있었다. 그 칼을 달빛에 살펴봤다. 칼날이 번쩍였다. 슈마르는 성이 차지 않았다. 그는 불꽃이 튈 정도로 칼날을 보도의 벽돌에 갈았다. 어쩌면 그렇게 한 것을 후회했는지도 모른다. 그래서 상한 칼날을 다시 제대로 만들기 위해 칼을 자신의 장화굽에 대고 바이올린의 활처럼 문질렀다. 그는 한쪽 다리로 서서 몸을 앞으로 숙인 채 장화에 칼 가는 소리를 들으면서 동시에 운명의 옆 골목 안쪽의 동정에 귀를 기울이고 있었다.

퇴직자 팔라스가 근처 3층 창문에서 모든 것을 지켜봤으면서도 왜 그냥 보고만 있었을까? 인간의 본성을 어찌 알겠는가! 그는 옷깃을 세우고, 그 넓은 몸집에 잠옷을 걸치고, 머리를 설레설레 흔들면서 아래를 내려다보고 있었다.

다섯집 건너 그와 대각선으로 반대편에 베제 부인이 잠옷 위에 여우털 코트를 입고서 오늘따라 유난히 귀가가 늦는 남편이 오는지 살펴보고 있었다.

드디어 베제의 사무실 문의 종이 울린다. 문의 종치고는 소리가 너무 크다. 온 도시 위로, 하늘까지 높이 울린다. 부지런한 야간 근무자인 베제가 그 집에서 나와 그곳으로, 이 골목 안으로 걸어온다. 아직 모습은 보이지 않지만 종소리로 출현을 예고한다. 금세 보도 위에서 그의 조용한 발소리가 또박또박 들려온다.

팔라스는 몸을 숙여 창밖으로 쑥 내민다. 그는 어떤 것도 놓쳐서는 안되니까. 베제 부인은 종소리에 마음을 놓고 삐걱거리는 소리를 내면서 창문을 닫는다. 그런데 슈마르는 무릎을 꿇는다. 그 순간 다른 신체 부위는 노출된 것이 없어서 그는 단지 얼굴과 양손을 돌에 갖다 댄다. 모든 것이 얼어붙는데 슈마르는 뜨겁게 달아오르고 있다.

두 골목이 갈라지는 바로 그 경계선에 베제는 서 있다. 오직 지팡이에 의지한 채 그는 저쪽 골목을 향해 서 있다. 기분이 이상했다. 밤하늘은 검푸른빛과 금빛으로 그를 유혹했다. 아무것도 모른 채 그는 하늘을 바라보고, 아무것도 모른 채 약간 들린 모자 밑의 머리카락을 쓸어올린다. 저기 위에서는 그에게 가장 가까운 미래를 알려줄 어떤 신호도 보내지 않는다. 모든 것이 무의미하고 이해하기 어려운 제자리를 지키고 있다. 베제가 계속 걷는 것 자체는 매우 이성적이지만, 그는 슈마르의 칼을 향해 걸어가고 있다.

"베제!" 슈마르가 외친다. 발끝으로 서서, 팔을 위로 뻗고, 칼을 날카롭게 수직으로 잡은 채. "베제! 율리아가 기다리지만 헛수고야!" 그리고 나서 슈마르는 오른쪽 목과 왼쪽 목에, 세번째는 배 속 깊숙이 찌른다. 칼에 찢기는 물쥐가 베제와 비슷한 비명을 내지를 것이다.

"해치웠어." 슈마르는 그렇게 말하면서 칼을, 쓸모없게 된 피 묻은 짐을 옆집 현관을 향해 던졌다. "살인의 축복! 다른 사람의 피를 흘리게 해서 얻은 안도감, 날개를 단 기분! 베제, 늙은 밤의 유령, 친구, 술친구, 너의 피는 어두운 길바닥에 스며들고 있다. 왜 너는 단순히 피로 가득 채워진 주머니가 못되는지. 내가 네 위에 올라앉으면 너는 흔적도 없이 사라져버릴 텐데. 모든 것이 뜻대로 이뤄지는 것은 아니다. 모든 꽃다운 꿈이 무르익은 것은 아니야. 너의 무거운 잔해가 여기에 있다. 이미 단 한걸음도 떼지 못하게 된 상태이다. 네가 이런 상태로 제기하는 무언의 질문은 무엇인가?"

팔라스는 모든 독을 몸 안으로 마구 삼키면서, 두짝의 여닫이문을 활짝 열고 자기 집 대문 앞에 서 있다. "슈마르! 슈마르! 모든 걸 다 봤어. 하나도 놓치지 않았다고." 팔라스와 슈마르는 서로를 뜯어본다. 팔라스는 만족하지만, 슈마르는 아직 끝장을 보지 못했다.

베제 부인은 양옆에 군중을 거느리고 질겁해서 폭삭 늙어버린 얼굴로 서둘러 온다. 여우털 코트가 열린다. 그녀는 베제 위로 쓰러진다. 잠옷을 입은 그녀의 몸은 그와 하나가 됐고, 무덤 위의 잔디처럼 그 부부를 덮고 있던 여우털 코트는 군중의 손에 들어간다.

슈마르는 마지막 구역질을 애써 꾹 참으며, 경찰관의 어깨에 입을 갖다 대고, 경찰관은 민첩하게 그를 끌고 간다.

(1917년 1~2월)

낡은 문서

우리는 조국을 방어하는 데 상당히 소홀했던 것 같다. 지금까지 조국 방어에 신경 쓰지 않고 생업에만 몰두했다. 최근 여러 사건은 우리를 불안하게 만든다.

나는 황궁 앞 광장에 구두수선 가게를 갖고 있다. 동틀 무렵 가게 문을 열자마자 나는 이쪽으로 연결되는 모든 골목의 입구가 무기를 소지한 자들에 의해 이미 점령당한 것을 보게 되었다. 하지만 그들은 우리 병사가 아니라 북쪽에서 온 유목민이 분명했다. 내가 알지 못하는 방법으로 그들은 국경에서 상당히 떨어진 이 수도까지 밀고 들어왔다. 어쨌든 그들은 여기 와 있고, 매일 아침 그 수가 불어나는 것 같다.

그들은 천성대로 노천에서 야영을 한다. 집 안에 묵는 것을 꺼리기 때문이다. 그들은 칼날을 벼리고, 화살촉을 뾰족하게 갈고, 말을 훈련시키는 데 전념한다. 언제나 지나칠 정도로 깨끗이 유지되던

이 조용한 광장을 그들은 완전히 마구간으로 만들어버렸다. 우리는 가끔 가게 밖으로 나가 가장 더러운 배설물만이라도 치워보려하지만, 그런 노력이 소용없을 뿐 아니라, 사나운 말에 깔리거나 채찍에 상처를 입는 위험에 노출되기 때문에 그마저도 점점 안하게된다.

유목민들과는 말을 할 수 없다. 그들은 우리의 언어를 알지 못한다. 그들은 자신들의 언어도 갖고 있지 않다. 서로 까마귀처럼 의사소통을 한다. 이런 까마귀들의 외침이 사방에서 끊임없이 들려온다. 그들은 우리의 생활방식, 우리의 제도를 이해도 못하고 관심도없다. 때문에 어떤 신호언어에 대해서도 거부감을 보인다. 당신의턱이 빠지고 손목이 비틀린다 하더라도 그들은 어차피 당신을 이해하지 못하고 앞으로도 결코 이해하지 못할 것이다. 그들은 종종인상을 쓴다. 그러면 눈의 흰자위가 돌아가고 입에서는 거품이 솟는다. 뭔가를 말하려 한다거나 겁을 주려는 것은 아니다. 그게 그냥그들의 방식이기 때문에 그렇게 할 뿐이다. 그들은 필요한 것은 취한다. 그들이 폭력을 사용한다고 말할 수는 없다. 그들이 손대기 전에 사람들은 비켜서서 그들에게 모든 것을 내맡기니 말이다.

그들은 내가 가진 것 중에서도 좋은 것을 많이 가져갔다. 그렇지만 한 예로 길 건너 푸줏간 주인에게 어떤 일이 일어났는지 보면 내가 당한 일을 불평할 수 없다. 그가 물건들을 들여오기 무섭게 유목민들은 모두 다 빼앗아서 꿀꺽 삼켜버린다. 유목민들의 말들도 고기를 먹어치운다. 종종 어떤 기마병은 자기 말 옆에 누워서말과 함께 같은 고깃조각을, 각자 서로 다른 쪽 끝을 뜯어먹는다.푸줏간 주인은 겁에 질려 감히 고기 공급을 중단하지 못한다. 우리는 그러는 것을 이해하고, 다 같이 돈을 거둬 그를 도와준다. 유목민들이 고기를 얻지 못할 경우 무슨 일을 저지르려 할지 누가 알겠는가. 하지만 설령 그들이 매일 고기를 얻는다 하더라도 어떤 생각을 할지 그 또한 누가 알겠는가.

마침내 푸줏간 주인은 적어도 도축하는 수고는 덜어보자는 심산으로 아침에 살아 있는 황소 한마리를 끌고 왔다. 그가 이런 일을 다시 반복해서는 안된다. 나는 오로지 황소가 울부짖는 소리를 듣지 않기 위해 족히 한시간은 내 작업장의 가장 후미진 구석 바닥에 누워 내 옷 전부와 이불 그리고 방석들을 몸 위로 쌓아올렸다. 유목민들은 이빨로 황소의 따뜻한 살점을 물어뜯기 위해 사방에서 황소를 향해 덤벼들었다. 주위가 조용해지고 한참이 지나서야 비로소 나는 밖으로 나가볼 엄두가 났다. 포도주통 주변의 술꾼들처럼 그들은 뜯어먹고 남은 황소 주위에 피곤에 지쳐 널브러져 있었다.

바로 그때 나는 궁전의 창문에서 황제를 본 것 같다. 황제는 평소에 절대로 이 바깥쪽 방으로 나오지 않는다. 그는 언제나 가장 안쪽의 정원에만 머무른다. 그러나 이번에는 황제가 창가에 서서 고개를 숙이고 자신의 성 앞에서 벌어지는 일을 바라보고 있었다. 적어도 내게는 그렇게 보였다.

"이제 어떻게 될까?" 우리 모두는 자문한다. "얼마나 오랫동안 이 부담과 고통을 참아내야 하는가? 황제의 궁궐이 유목민을 끌어들였다. 그러나 그들을 다시 몰아내는 방법을 알지 못한다. 성문은 닫힌 채로 있고, 예전에는 항상 성대하게 들고 나던 보초병들은 창살이 씌워진 창문 뒤에서 꼼짝하지 않는다. 조국을 구하는 일이 우리 수공업자나 상인 들에게 맡겨져 있다. 그러나 우리는 그런 임무를 수행할 능력이 없다. 또한 그럴 능력이 있다고 자랑한 적도 없다. 그건 오해이다. 그 오해 때문에 우리는 몰락한다."

(1917년 3월 중순~말)

황제의 칙명

이런 이야기가 전해진다. 황제가 비천한 신하인 '당신'에게, 제
국의 태양 앞에서 달아나 아주 멀리 떨어진 곳에 그림자처럼 숨어
있는 보잘것없는 당신에게 칙명을 보냈다. 황제는 임종의 침상에
서 당신에게만 칙명을 보냈다. 황제는 칙사를 침대 옆에 꿇어앉히
고 그의 귀에 대고 칙명을 속삭였다. 황제는 그 칙명을 매우 중요
하게 여겼기 때문에 칙사에게 그 칙명을 다시 자신의 귀에 속삭여
보라고 명령했다. 그러더니 고개를 끄덕여 정확하게 말했다고 확
인해줬다. 그리고 나서 그의 죽음을 지켜보는 수많은 사람 앞에
서 — 장애가 되는 벽은 모두 무너지고, 넓디넓고 높이 솟은 옥외
계단들 위에는 제국의 위대한 인물들이 빙 둘러서 있다 — 이 사람
들 앞에서 그는 칙명을 넘겨줬다. 칙사는 곧 길을 떠났다. 그는 지
칠 줄 모르는 강인한 남자였다. 그는 두 팔을 번갈아 뻗으면서 군
중을 헤치고 길을 틔워서 나아간다. 제지를 받으면 태양 표지가 반

짝이는 가슴을 가리킨다. 그는 물론 누구보다도 더 쉽게 앞으로 나아간다. 그러나 군중은 너무 거대하고, 그들의 주거지는 끝이 없다. 탁 트인 벌판이 눈앞에 펼쳐지면 그는 날듯이 달려갈 것이며, 머지않아 아마 당신은 그의 주먹이 당신의 문을 당당하게 두드리는 소리를 들을 것이다. 그러나 그렇게 하지는 못하고 그는 쓸데없이 힘을 낭비하고 있다. 그는 여전히 구중궁궐의 방들을 힘겹게 지나가고 있을 뿐이다. 그는 그 방들을 다 통과하지 못할 것이고, 설령 통과한다 해도 소용이 없을 것이다. 계단을 내려가기 위해 분투해야 할 것이고, 설령 계단을 다 내려간다 하더라도 소용이 없을 것이다. 궁궐의 정원들을 통과해야만 할 것이다. 그러나 정원들을 지나면 안쪽 궁궐을 에워싼 두번째 궁궐이 나오고, 또다시 계단과 정원, 또다시 궁궐, 그렇게 수천년이 흐를 것이다. 그러다가 마침내 그가 가장 바깥문에서 뛰어나온다면 — 그러나 그런 일은 결코, 절대로 일어날 수 없다 — 침전물이 높게 쌓인 세계의 중심인 제국의 수도가 그의 눈앞에 펼쳐질 것이다. 누구도 이곳을 뚫고 나갈 수 없을 것이다. 더구나 죽은 자의 칙명을 지녔다면 더더욱 불가능하다 — 그러나 저녁이 되면 당신은 창가에 앉아 그 칙명이 당도하기를 꿈꾼다.

(1917년 3~4월)

가장의 근심

어떤 사람들은 오드라데크라는 말이 슬라브어에서 나왔다고 말하며, 그것을 근거로 이 단어의 형성을 증명해보려 한다. 또다른 사람들은 이 단어가 독일어에서 나온 것이며, 단지 슬라브어의 영향을 받은 것뿐이라고 말한다. 그러나 두 해석이 불확실하기 때문에 그 어떤 해석도 적절하지 않을 뿐더러, 두개의 해석으로는 단어의 의미가 규명될 수 없다는 결론에 이르는 것은 당연하다.

오드라데크라고 불리는 존재가 실제로 존재하지 않는다면 당연히 그런 연구에 전념할 사람은 아무도 없을 것이다. 처음에 그것은 납작한 별 모양의 실패처럼 보인다. 그리고 실제로 실이 감겨져 있는 것처럼 보이기도 한다. 물론 단지 뜯어지고 낡아빠진, 서로 매여 있고 엉켜 있는 아주 다양한 종류와 색깔의 실타래일지도 모른다. 그러나 그것은 단순한 실패가 아니라, 별 모양의 것 한가운데서 작은 가로 막대기가 튀어나와 있고, 이 막대기의 오른쪽 모서리에는 다른 막대기 하나가 더 붙어 있다. 한편으로는 이 두번째 막대기의 도움으로, 다른 한편으로는 별이 내뿜는 빛[7]의 도움으로 이것 전체는 두 다리로 지탱하는 것처럼 똑바로 서 있을 수 있다.

사람들은 이 조형물이 예전에는 어떤 목적에 알맞은 형태를 지녔는데, 지금은 그저 부서졌을 뿐이라고 믿고 싶을 것이다. 그러나 이것은 그런 경우가 아닌 것 같다. 적어도 그런 표시가 보이지 않는다. 어디에서도 그 같은 것을 암시하는 단서나 깨진 부분을 찾을 수 없다. 그 전체는 의미 없는 것처럼 보이지만, 나름대로 완결된 것처럼 보인다. 그에 대해 더 상세하게 말할 수도 없다. 왜냐하면 오드라데크는 너무나 민첩해서 붙잡을 수 없기 때문이다.

그는 번갈아가며 다락방, 계단이 있는 공간, 복도, 현관에 머문다. 그리고 가끔 몇달 동안 보이지 않는다. 그럴 때는 아마 다른 집들로 옮겨갔을 것이다. 그러나 그런 다음에는 어김없이 우리 집으로 다시 돌아온다. 가끔 문밖으로 나서다가 마침 그가 아래 계단 난간에 기대어 있으면 우리는 그에게 말을 걸고 싶어진다. 물론 어려운 질문은 하지 않는다. 오히려 그를 어린아이처럼 다룬다. 아주 작은 그의 몸집을 보면 그렇게 마음이 약해진다. "네 이름이 뭐니?" 우리는 묻는다. "오드라데크." 그가 대답한다. "그리고 어디 사니?" "일정하지 않은 거주지에." 이렇게 말하곤 그는 웃는다. 그러나 그것은 폐 없이 만들어낼 수 있는 그런 웃음에 불과하다. 그 웃음은 낙엽이 바스락거리는 소리처럼 들린다. 그것으로 대화는 대개 끝난다. 그런데 이런 대답들조차 언제나 들을 수 있는 것은 아니다. 그는 자주 오랫동안 침묵을 지킨다. 마치 나무처럼. 그는

---

7 별을 도형화했을 때 뾰족한 꼭짓점들을 가리킴.

나무처럼 보인다.

　나는 그가 어떻게 될 것인가 자문해보지만 소용없는 일이다. 그가 도대체 죽을 수도 있을까? 죽는 것은 모두가 그전에 일종의 목표를, 일종의 활동을 가지며, 그 때문에 기력을 다 쓴다. 그러나 이것은 오드라데크에게는 적용되지 않는다. 그렇다면 그가 훗날 내 아이들과 그 아이들의 아이들 발 앞에서 실타래를 질질 끌면서 계단을 굴러 내려갈 것인가? 그가 누구에게도 해를 끼치지 않는 것은 분명하다. 그러나 내가 죽고 난 후에도 그가 살아 있으리라는 생각이 내게는 아주 고통스럽다.

(1917년 4월 말)

세이렌의 침묵

불충분한, 심지어 유치한 수단도 구원에 도움이 될 수 있다는 것에 대한 증명.

세이렌들로부터 자신을 지키기 위해 오디세우스는 귀를 밀랍으로 틀어막고 자신을 배의 돛대에 단단히 묶게 했다. 물론 예전부터 모든 여행자는 (이미 멀리서부터 세이렌들이 유혹한 사람들은 제외하고) 그와 비슷한 조치를 취할 수 있었겠지만, 그러나 그래봤자 전혀 도움이 되지 못했다는 것은 온 세상이 다 아는 일이다. 세이렌들의 노래는 모든 것을 뚫고 들어갈 수 있고, 유혹당한 자들의 갈망은 사슬이나 돛대보다 더 센 것도 부쉈을 것이다. 그러나 오디세우스는 이런 이야기를 들었을 텐데도 이 점을 유념하지 않았다. 그는 한줌의 밀랍과 한묶음의 사슬을 전적으로 믿었고, 순진하게도 이 보잘것없는 수단에 기뻐하면서 세이렌들을 향해 항해를 했다.

그런데 세이렌들은 노래보다 더 무서운 무기를 갖고 있었으니,

그것은 침묵이었다. 실제로 일어나지는 않았지만 생각해볼 수 있는 일은, 누군가 그녀들의 노래 앞에서 도망칠 수 있었을지 모르지만 그녀들의 침묵 앞에서는 분명히 도망치지 못했을 것이라는 사실이다. 자신의 힘으로 그녀들을 이겼다는 느낌과 그에 따라 모든 것을 휩쓸어버릴 수 있다는 기고만장에는 지상의 어떤 존재도 맞설 수 없다.

그리고 오디세우스가 왔을 때 사실 강력한 여가수들은 노래를 부르지 않았다. 오직 침묵으로 이 적을 이길 수 있다고 생각했기 때문인지, 아니면 밀랍과 사슬 말고는 아무것도 생각하지 않은 오디세우스의 기쁨에 넘친 얼굴이 노래하는 것을 잊게 했기 때문인지는 알 수 없다.

그러나 굳이 표현하면, 오디세우스는 그녀들의 침묵을 듣지 않았다. 왜냐하면 오디세우스는 그녀들이 노래를 부르고 있다고 생각했고, 오직 자기만 그녀들의 노래를 못 듣게 보호받는다고 생각했기 때문이다. 처음에 그는 그녀들의 목덜미의 움직임, 심호흡, 눈물이 가득한 눈, 반쯤 벌린 입을 얼핏 봤는데, 이런 것이 자기 주위에서 소리가 사라져 들리지 않는 아리아의 일부라고 믿었다. 그러나 곧 이 모든 것은 그의 시선이 먼 곳을 향할 때 시야에서 감쪽같이 사라졌다. 세이렌들은 그에게는 사실상 사라졌고, 그가 그녀들 가까이로 다가간 바로 그 순간 그는 그녀들에 대해 아무것도 아는 것이 없었다.

그러나 그녀들은 여느 때보다 더 아름답게 몸을 죽 펴서 돌았고, 그 무서운 머리카락을 바람에 나부꼈으며, 바위 위에서 자유롭게 발톱을 뻗었다. 그녀들은 더이상 유혹하려 하지 않았다. 그녀들이 원한 것은 오디세우스의 커다란 두 눈에 반사되는 광채를 되도록 오랫동안 붙잡고 있는 것이었다.

　세이렌들이 의식을 가졌다면 그때 전멸했을지도 모른다. 그러나 그녀들은 그렇게 남았고, 오디세우스만이 그녀들에게서 벗어났다.

　그런데 여기에는 부록이 함께 전해지고 있다. 그에 따르면 오디세우스는 너무나 영리하고 여우 같아서 운명의 여신조차 그의 깊은 마음속을 꿰뚫어 볼 수 없었다고 한다. 인간의 이성으로는 더이상 이해할 수 없는 일이지만, 그는 세이렌들이 침묵하고 있다는 것을 정말 알아차렸고 앞서 이야기된 가상의 위장을 방패로 삼아 세이렌과 신 들에게 맞섰던 것이다.

(1917년 10월 23일)

인디언이 되고 싶은 소망

만약 그가 인디언이라면, 즉시 채비를 갖춰, 달리는 말에 올라타서, 바람에 기대어, 진동하는 땅 위에서 자꾸만 짧게 전율을 느낀다면, 박차[8]를 던져버릴 때까지, 박차는 없었기 때문에, 고삐를 던져버릴 때까지, 고삐는 없었기 때문에. 그가 앞에 있던 땅이 매끈하게 풀을 베어낸 황야임을 겨우 알아보자마자 이미 말 목덜미도 없고 말 머리도 없다.

(1912년)

----

8 말을 탈 때 신는 구두의 뒤축에 달린 물건. 톱니바퀴 모양으로 만들어진 것으로 말의 배를 차서 빨리 달리게 한다.

나무들

우리가 눈 속에 파묻힌 나무줄기와 같기 때문이다. 겉보기에 나무들은 눈에만 살짝 묻혀 있어 가볍게 밀쳐도 쓰러뜨릴 수 있다. 아니, 그럴 수는 없다. 나무들은 땅과 단단하게 결합되어 있기 때문이다. 그러나 보라, 그것도 단지 겉보기에 그럴 뿐이다.

(1912년)

작은 우화

　"아아, 세상이 매일 작아지고 있어." 생쥐가 말했다. "처음에는 세상이 너무 넓어서 두려웠고, 나는 계속 달렸고, 마침내 저 멀리 좌우에 담벼락이 보여서 행복했는데, 하지만 이 긴 담벼락들이 어찌나 빨리 잇달아 달려오는지 어느새 나는 마지막 방에 와 있고, 저기 구석에는 내가 달려 들어가야만 하는 덫이 놓여 있어." "너는 달리는 방향만 바꾸면 되는데." 고양이가 이렇게 말하며 생쥐를 잡아먹었다.

(1920년 11월 말~12월 초)

출발

　나는 말을 마구간에서 끌어내어 오라고 명령했다. 하인은 내 명령을 이해하지 못했다. 그래서 나는 몸소 마구간으로 가서 안장을 얹고 말에 올라탔다. 멀리서 트럼펫 소리가 들려 하인에게 무슨 일이냐고 물었다. 그는 아무것도 몰랐고 아무것도 듣지 못했다. 문에서 그가 나를 멈춰 세우고는 물었다. "주인 나리, 어디로 가시나요?" "모른다." 내가 대답했다. "단지 여기에서 떠나는 거야, 단지 여기에서 떠나는 거야. 줄곧 여기에서 떠나는 거라고. 그래야만 내 목적지에 도착할 수 있어." "그럼 나리께서는 목적지를 아신단 말씀인가요?" 그가 물었다. "그렇다네." 내가 답했다. "내가 이미 말했잖아. '여기-에서-떠나는 것' 그것이 내 목표야." "나리께서는 예비식량도 챙기지 않았잖아요." 그가 말했다. "난 아무것도 필요 없네." 내가 말했다. "여행이 길어서 도중에 아무것도 얻지 못하면 난 분명 굶어 죽고 말걸세. 그 어떤 예비식량도 날 구할 수 없어. 다행히 정말 엄청난 여행이야."

(1922년)

포기해

　매우 이른 아침이었고, 거리는 깨끗하고 적막했으며, 나는 기차 역으로 가고 있었다. 탑의 시계를 내 시계와 비교해보니 생각한 것 보다 훨씬 늦었다는 걸 깨닫게 됐고, 나는 서둘러야만 했으며, 이런 사실의 발견에 충격을 받아 길에 자신이 없어졌고, 이 도시를 아직 그리 잘 알지 못했는데, 다행히 가까이에 경찰관이 있었고, 그에게 달려가 숨을 헐떡이며 길을 물었다. 그는 미소를 지으며 말했다. "나한테서 길을 알아내겠다는 거요?" "네." 내가 대답했다. "저혼자서는 길을 찾을 수 없으니까요." "포기해, 포기하라고." 그렇게 말하고서 그는 갑자기 몸을 홱 돌렸다. 마치 홀로 웃고 싶은 사람들이 그러듯이.

(1922년 12월)

비유에 대하여

　많은 사람들이 현자의 말은 언제나 비유에 지나지 않으며 일상의 삶에서는 쓸모가 없다고 불평한다. 그런데 우리가 가진 것은 오직 일상의 삶뿐이다. 현자가 "저 건너로 가라"고 말할 때 그는 우리가 길거리 건너편으로 가야 한다는 뜻으로 말한 것이 아니라 ─ 그렇게 건너간 결과가 가치 있다면 우리는 어떻게든 그렇게 했을 것이다 ─ 어떤 설화적인 건너편을 말하는 것이다. 그것은 우리에게 알려지지 않고 현자도 더 자세하게 표현할 수 없으며 그래서 여기 있는 우리에게 전혀 도움을 줄 수 없는 그 어떤 것이다. 이 모든 비유는 단지 파악할 수 없는 것은 파악할 수 없다고 말할 뿐이다. 우리는 그 사실을 이미 알고 있다. 그러나 우리가 매일 힘들게 씨름해야 할 문제는 다른 것들이다.

　이에 대해 한 사람이 말했다.

　"왜 그렇게 거부하는가? 만약 당신들이 비유를 따르기만 하면 스스로가 비유가 될 것이고, 그렇게 되면 일상의 노고에서 벗어나게 될 것이다."

다른 사람이 말했다. "내기하건대 그것 역시 비유지요."

첫번째 사람이 말했다. "당신이 이겼소."

두번째 사람이 말했다. "하지만 유감스럽게도 단지 비유 속에서만 이겼소."

첫번째 사람이 말했다. "아니요, 현실에서 이겼소. 비유 속에서는 당신이 졌소."

(1922년 12월)

카프카의 삶과 문학

편영수(전주대 독문학과 명예교수)

카프카의 삶

프란츠 카프카(Franz Kafka, 1883~1924)는 체코 프라하에서 1883년 7월 3일 독일어를 사용하는 유대 상인 집안의 아들로 태어났다. 그의 아버지 헤르만 카프카는 슈트라코니츠 부근의 보세크라는 작은 마을 출신으로 가난한 환경 속에서도 강인한 생활력을 발휘해 프라하에서 부유한 장신구 도매상으로 성공했다. 프란츠가 함께한 수차례의 이사는 아버지의 경제적 상승의 외적 증거이다. 아버지의 건장한 육체적·정신적 체질과 오로지 실제적이고도 경제적인 생활방침은 감수성이 예민하고 섬세한 프란츠에게 경탄의 대상이었을 뿐 아니라, 극복할 수 없는 혐오와 고통스러운 소외의 근원이 되었다. 어머니 율리에 카프카 — 결혼 전 성은 뢰비 — 는 프라하의 명망 높은 상류 가문 출신이었다. 이 가문의 사람들은 뛰어난 지성과 섬세한 감정세계를 소유하고 있었다. 때문에 모계 친척 중에는 타고난 학자와 기인 들이 많았다.

어머니는 아버지에게 절대적으로 순종했기 때문에, 프란츠 카프카가 어린 시절 의지할 수 있던 대상은 자기 자신뿐이었다. 특히 세 여동생과의 나이 차이가 컸기 때문에 더 그랬다. 성인이 된 뒤에야 카프카는 내적으로 아버지의 세력권에서 벗어난 막내 여동생 오틀라와 정신적으로 친밀하게 지낼 수 있었다.

김나지움 시절 카프카가 좋아한 작가는 요한 볼프강 폰 괴테, 하인리히 폰 클라이스트(Heinrich von Kleist), 프란츠 그릴파르처(Franz Grillparzer)와 아달베르트 슈티프터(Adalbert Stifter)였다. 1904년 무렵부터 그는 특히 프리드리히 헤벨(Friedrich Hebbel), 그릴파르처, 조지 고든 바이런(George Gordon Byron), 앙리 프레데릭 아미엘(Henri-Frédéric Amiel) 등의 작가들의 일기, 빌헬름 폰 퀴겔겐(Wilhelm von Kügelgen)의 회상록, 토마스 바빙턴 매콜리(Thomas Babington Macaulay) 경의 에세이 「클라이브 경」과 귀스타프 플로베르의 편지들을 즐겨 읽었다. 그는 마르크 아우렐(Marc-Aurèle), 마이스터 에크하르트(Meister Eckhart), 크누트 함순(Knut Hamsun), 후고 폰 호프만스탈(Hugo Von Hofmannsthal), 토마스 만, 플로베르, 스땅달, 루돌프 카스너(Rudolf Kassner)의 작품들, 요한 페터 헤벨(Johann Peter Hebel), 아달베르트 슈티프터, 헤르만 헤세, 에밀 슈트라우스(Emil Strauss), 빌헬름 셰퍼(Wilhelm Schäfer)와 나중에는 한스 카로사(Hans Carossa), 도스또옙스끼, 똘스또이, 아우구스트 스트린드베리(August Strindberg)와 대략 1909년부터는 로베르트 발저(Robert Walser) — 특히 발저의 『야콥 폰 군텐』— 의 작품세계에 정신을 빼앗겼다. 한편 그는 당시의 전위주의 작가와 데까당스와 마성(魔性)의 시인들, 즉 위스망스(Joris Karl Huysmans), 오스카 와일드, 프랑크 베데킨트(Frank Wedekind) 혹은 초기의 하인리히 만(Heinrich Mann)의 작품세계를 거부했다. 마찬가지로 구스타프 마이링크(Gustav Meyrink)처럼 공포, 환상과 괴기를 묘사한 프라하 작가들의 작품도 거부했다. 카프카는 평생 소박하고 자연스러운 성향의 작가들과 작품들, 예를 들면 아달베르트 슈티프터의 『늦여름』, 요한 페터 헤벨의 『작은 보물 상자』, 그림 형제의 동화 등을 좋아했다.

대학생 시절인 1902년에는 막스 브로트(Max Brod)와 평생에 걸친 우정이 시작됐다. 그는 시각 장애를 가진 작가 오스카 바움(Oskar Baum)과 펠릭스 벨치(Felix Weltsch)와도 친교를 나눴다. 김나지움 친구였던 에드발트 펠릭스 프리브람은 대학생인 그를 프라하의 상류사회에 소개했다. 1906년 6월 법학박사 학위를 취득한 후 일년 동안 프라하의 형사법원과 민사법원에서 재판 실무를 맡았던 카프카는 1907년 '일반보험회사'에, 1908년 프라하의 '노동자 산재보험공사'에 관리로 취직했다. 그리고 그곳에서 산재예방 부서의 중요한 고위 간부로 근무하며 높은 평가를 받았다. 직무에 대한 충실함, 깊이 있는 전문지식, 친절한 언행이 그를 돋보이게 만들었다. 그는 노동자 산재의 기술적 예방책 개선에 대해 지도적이며 고무적인 역할을 하기도 했다. 직장의 업무와 문학적 소명 사이의 갈등에 시달리면서도 시민적 직업의 요구를 회피해서는 안된다는 신념을 지킨 것이다.

카프카는 프라하의 지식계층뿐 아니라 소박한 민중과도 교류했다. 라이너 마리아 릴케 혹은 프란츠 베르펠(Franz Werfel) 같은 프라하의 다른 작가들과는 달리 그는 체코인들과 긴밀한 관계를 맺었다. 카프카는 체코의 민족주의자, 사회주의자, 무정부주의자 들의 정치적 집회에 혼자서 자주 참석했다. 그와 친한 독일어를 사용하는 프라하의 작가들은 체코의 정치에 무관심했기 때문이다.

카프카는 1911년 동부 유대인 극단이 프라하에서 공연한 이디시(동유럽 유대어와 독일어가 섞인 언어) 연극에 깊은 인상을 받아 유대교의 역사와 이디시문학에 강렬한 흥미를 느끼기 시작했다. 그는 정통 시오니즘에는 비판적이었던 반면 사회주의적 집단농장을 기초로 한 팔레스타인에서의 유대인 식민지 개척에는 큰 관심을 보였다.

카프카는 평생 자연치료법과 그와 관련된 모든 시도, 즉 호흡 체조, 의복 개량, 생식, 채식 등에 관심이 많았다. 그는 강한 지구력을 가진 뛰어난 수영선수, 조정선수, 승마선수 그리고 도보 여행자였다. 카프카는 휴가를 스위스, 이딸리아, 빠리, 베를린, 헝가리에서 보내기도 했다. 1912년에는 좋아하는 괴테의 세계를 이해하기 위해서 막스 브로트와 바이마르로, 또 하르츠산에 소재한 자연치료 요양원 융보른으로 혼자 여행을 떠났다.

카프카는 세번 약혼했다가 파혼하는데, 그중 두번(1914년과 1917년)은 펠리체 바우어와 한 것이었다. 이후 1920년에서 1922년 사이에는 밀레나 예젠스카와 교제했고, 생애 마지막 시기인 1923년에서 1924년 사이에는 도라 디아만트와 소박하지만 행복한 한때를 보냈다. 동부 유대의 하시디즘 명문가 출신인 그녀와의 안정적인 관계를 통해 카프카는 비로소 프라하에 있는 부모의 속박에서 심적으로 벗어날 수 있었고, 그녀와 궁핍하지만 행복한 동거

생활을 시작했다.

1917년 9월 폐병이 발병하고, 카프카는 요양원과 프라하를 오가며 살았다. 그가 1924년 6월 3일 마흔한살의 나이로 빈 근교 키얼링 요양원에서 사망했을 때, 주치의이자 친구인 로베르트 클롭슈토크는 다음과 같은 글을 썼다. "그의 얼굴은 아주 경직됐고, 엄숙했으며, 다가가기 어려웠다. 그의 정신은 순수하고 엄격했으며, 얼굴은 아주 고귀하고 아주 오래된 종족의 왕과 같았다."

카프카의 문학

엘리아스 카네티(Elias Canetti)에 따르면 카프카는 권력의 문제에 관한 한 가장 위대한 전문가 중 한 사람이었다. 카프카는 권력의 다양한 형상을 체험했고 또 그것을 형상화했으며 글쓰기를 통해 권력에 저항했다. 그에게 글쓰기는 아버지로 대표되는 가정과 사회의 권력에 대항해 살아남을 수 있는 유일한 수단이며, 권력의 영향권에서 벗어나 자신을 정당화하고 보존할 수 있는 탈출구였다. 카프카는 글쓰기가 주는 위안을 "살인자들의 대열에서 뛰쳐나오는 것"으로 표현하고 있다. 카프카의 소설 「변신」에서 주인공 그레고르 잠자의 '벌레 되기'가 바로 그 대열에서의 탈출에 해당한다. 이것은 권력과 연결된 기존 담론을 의심하고 빠져나오는 것을 의미한다. 카프카는 무한한 의미 생산의 지연이라는 대항적 글쓰기를 통해 권력의 담론을 해체한다. 이런 글쓰기 방식은 의미를 자극하는 동시에 의미를 거부하면서 결국 의미의 확정을 불가능하게 만든다. 이로써 독자는 카프카의 작품 앞에서 수없이 많은 해석의 가능성과 마주친다.

카프카에게 유일하게 확실한 것은 의심이다. 카프카는 유일한 진리 내지 절대자의 존재를 부인하고 그것을 상대화한다. 카프카는 원(原) 텍스트, 전승된 규범, 규칙 들과 사고의 관습을 의심한다. 그는 형이상학적 의미의 요소들을 갖고 작업하면서 동시에 그 요소들의 구속력을 의심한다. 카프카는 역설과 의심을 사용해서 확정된 그릇된 개념, 견해와 인식 들을 배제한다. 그가 논증의 방법으로 채택하는 부정(否定)과 회의(懷疑)는 진리를 발견하기 위한 도구이다. 그는 모든 의미와 중심, 근원 등을 해석의 산물로 보며 영원불변한 진리를 부정한다. 카프카에게 진리는 다양한 형상으로 등장할 수 있고 언제나 새로운 해석을 환기하는 그 무엇이다.

종교의 경우도 다르지 않다. 니체의 독자로서 카프카는 기독교의 진술을 구원과 종말론적 희망의 소멸을 표현하기 위해 주로 사용한다. 그는 기독교의 진술들이 여전히 사용될 수 있지만, 오래전에 효력을 상실해서 구속력이 없다고 판단한다. 카프카는 성경의 표상들을 전복한다. 예를 들어 그는 인류가 자신들이 선악과를 먹었다는 이유로 추방됐다고 확신하는 것은 착각이라고 말한다. 「잠언」 82번과 83번에서 카프카는 "선악과를 먹은 것이 아니라 아직 생명나무의 열매를 먹지 않은 것"을 인류의 죄로 파악한다. 그는 인류가 낙원에서 쫓겨났기 때문이 아니라, 낙원에서 추방돼서 생명나무의 열매를 먹는 과업을 수행하지 못했기 때문에 인류에게 죄가 있다고 본다.

동일한 의도로 카프카는 신화에서 구원과 희망의 약속이 지닌 환상을 제거한다. 카프카의 신화들은 동일 신화에 대해 서로를 의심스럽게 만드는 다수의 허구의 전승이 공존한다는 사실을 제시하고,

그런 전승 행위가 불가피하게 부분적이고 상대적일 수밖에 없다는 사실을 입증한다. 카프카의 신화적 서술은 어떠한 궁극적인 의미 부여도 허용하지 않는 끊임없는 자기 비판적 성찰을 촉구한다.

카프카는 세계 해석에 고정된 의미는 없고 의미는 콘텍스트에 따라 계속 달라진다고 본다. 콘텍스트에 따라 의미가 결정되기는 하지만, 그 의미도 최종적인 의미는 아니다. 그런 입장에서 카프카는 해명을 포기한다. 그의 주석은 새로운 '애매모호함'을 초래한다. 카프카의 글은 해석의 목적지에 도착하는 순간 기존의 해석은 무효화되고, 새로운 해석이 시작된다. 자끄 라깡의 주장처럼 그 해석도 계속해서 "미끄러지는 기표와 기의의 순환"을 일시적으로 고정시켜 제한된 의미를 형성하는 작업에 불과하다. 카프카는 자신의 작품에 대해 권위 있거나 명확한 해석도 허용하지 않는다. 카프카의 글쓰기는 의심할 수 없는 것을 의심하고, 당연한 것을 당연하게 여기지 않게 하기 위해서 독자에게 지속적이고 반성적인 성찰을 자극한다. 이로써 카프카는 산문 「산초 판자에 관한 진실」(Die Wahrheit über Sancho Pansa)의 주인공 산초 판자처럼 독자가 끊임없이 움직이는 사유의 즐거움을 맛보기 원한다.

카프카가 글쓰기를 무기로 맞서 싸우는 괴물은 테오도어 아도르노가 말하는 억압적 관료주의 체제이다. 이 체제에서는 자기 유지의 이데올로기가 지배하기 때문에 거기에 동화되지 않는 자는 추방된다. 때문에 개인의 운명은 비합리적 우연성에 내맡겨지고, 개인은 억압적 질서의 공포에 굴복할 수밖에 없다. 개인을 억압하려는 권력의 속성은 보편적이다. 따라서 권력에 대한 공포가 존재하는 한 앞으로도 카프카의 작품은 계속해서 다시 읽힐 것이다. 카프카는 '투명한 시선'으로 우리가 권력에 묶여 있으면서도 권력의 억압을 인식하지도 저항하지도 못하고 있음을 지적하며, 권력에 묶인 자신을 인식하고 저항하라는 메시지를 전달하려 한다. 카프카는 특히 후기 작품들에서 고립된 개인에서 차츰 공동체로 관심을 옮겨간다. 그는 권력과 복종의 관계에 토대를 두지 않은 새로운 사회를 꿈꾸며, 사회적 연대의 환상을 실현하려고 한다.

카프카로 가는 길

임홍배(서울대 독문학과 교수)

카프카는 20세기 문학을 통틀어 가장 방대한 연구가 축적된 작가 중 한 사람일 것이다. 그의 문학은 문학연구 방법론의 실험장이라 불릴 만큼 매우 다양한 방법과 관점에서 해석되어왔다. 그럼에도 카프카의 작품은 여전히 그 어떤 해석으로도 온전히 해명되지 않는 미지의 낯선 느낌을 준다. 그것은 카프카가 그리는 우리가 사는 세계가 관념과 이론으로는 좀처럼 파악되지 않는 괴물이기 때문일 것이다. 그 괴물은 「변신」의 주인공 그레고르 잠자가 어느날 아침 흉측한 벌레로 변신하는 기괴한 느낌처럼 다가온다. 그리고 그 보이지 않는 힘은 일상의 균열을 통해 섬뜩하게 우리를 엄습한다. 카프카의 소설은 꿈과 현실, 내면세계와 경험현실, 인간과 사물의 경계를 넘나들며 부단히 변신하는 '괴물'을 추적하는 과정의 기록이다. 우리의 삶은 유한하고 우리를 에워싼 세계는 무한하므로 그 추적은 결코 종결될 수 없다. 카프카의 작품세계가 무궁무진한 것도, 그의 작품에 대한 해석이 종결될 수 없는 것도 바로 그 때문이다. 본 작품해설에서는 카프카 문학의 그런 특성을 최대한 감안해 비전공자도 충실한 작품 이해를 통해 카프카의 문학세계로 한 걸음씩 들어갈 수 있도록 자극을 불어넣고자 하였다. 독자는 카프카 작품의 의미를 모범답안처럼 찾으려 하기보다는 '카프카적인' 느낌을 충분히 음미하면서 즐기는 자세로 작품 읽기를 권한다.

「변신」

이 작품은 3부로 구성돼 있다. 1부에서 주인공 그레고르는 벌레로 변신해 회사에 출근할 수 없게 된다. 그러자 회사 지배인이 집으로 찾아오는데, 그는 벌레로 변한 그레고르를 보고 질겁해서 도망친다. 1부 마지막에서 그레고르의 아버지는 그레고르를 걷어차 방 안으로 날려보내며, 그레고르는 상처를 입은 채 자신의 방 안에 갇힌다. 2부에서는 그레고르의 여동생이 그레고르가 자유롭게 기어 다닐 수 있도록 방 안의 가구를 치우는 과정에서 소동이 벌어진다. 이로 인해 거실로 나오게 된 그레고르는 아버지가 던진 사과가 등에 박히는 중상을 입고 다시 자신의 방에 갇힌다. 3부에서 그레고르는 여동생의 바이올린 연주에 마음이 끌려 거실로 나왔다가 하숙인들에게 발각되며, 하숙인들은 당장 집에서 나가겠다고 아버지에게 항의한다. 그동안 그레고르를 보살피는 일을 도맡았던 여동생은 이 사건으로 그레고르가 없어져야 한다고 독설을 퍼붓는다. 그레고르는 결국 음식을 완전히 끊고 굶어 죽는데, 죽기 직전에 가족들에 대한 사랑을 느끼며 마음속으로 화해를 한다. 그레고르가 죽은 후 무거운 짐에서 해방된 가족들은 교외로 소풍을 나가고, 아버지와 어머니는 딸이 그새 어엿한 처녀로 성숙한 것을 보며 신랑감을 구해줘야겠다고 생각한다.

이 소설은 주인공 그레고르 잠자가 어느날 아침 벌레로 변신한 사건으로 시작된다. 소설의 첫문장은 "그레고르 잠자는 어느날 아침 불안한 꿈에서 깨어났을 때 자신이 흉측한 벌레로 변해 침대에 누워 있는 것을 발견했다"(9면)라고 묘사된다. 이런 자기관찰에서 시작해 이어지는 이야기는 벌레로 변한 그레고르의 시점으로 전개된다. 화자는 철저히 그레고르의 관점에서 이야기하고 별도의 설명을 덧붙이지 않으며, 나중에 벌어질 사건이나 결말을 미리 암시하지도 않는다. 이처럼 화자가 작중인물의 시점을 벗어나지 않는 이야기 방식은 카프카 소설의 중요한 특징이다.

그레고르는 자신의 변신이 "꿈은 아니었다"(9면)라고 느끼므로 그가 벌레로 변신한 것은 엄연한 현실이다. 가족들 역시 그레고르가 벌레로 변신한 것을 기정사실로 받아들이고 시간이 지날수록 그를 벌레로만 취급한다. 이전의 문학전통에서 인간이 동물로 변하는 변신 이야기는 신들이 인간을 동물로 둔갑시키는 신화라든가 기적이나 환상이 펼쳐지는 동화에서 주로 등장했다. 그런데 카프카의 「변신」에서 주인공이 벌레로 변한 후 전개되는 이야기는 신화·기적·환상과는 무관하며, 오히려 소시민 가정에서 일어나는 지극히 일상적인 사건들로 이어진다. 카프카의 「변신」이 이전의 변신 이야기와 구별되는 또 하나의 중요한 특징은 그레고르가 벌레로 변신한 뒤 가족들이 그의 말 —문자 그대로 벌레의 소리로 찍찍거리는—을 전혀 알아듣지 못한다는 것이다. 반면에 그레고르는 가족들의 말을 벌레로 변신하기 전과 똑같이 알아듣는다. 그레고르는 벌레로 변신했지만 여전히 인간의 의식과 인지능력을 갖고 있는 것이다. 즉 몸은 벌레이고 의식은 인간인 셈인데, 그렇다고 벌레 상태인 몸과 인간의 의식 사이의 경계가 명확한 것은 아니며, 벌레의 몸과 생리가 인간적 의식에 영향을 미치기도 한다. 전통적인 변신 이야기와 달리 주인공이 날짐승이나 들짐승이 아닌 '벌레'로 변신한 것은 인간의 지각과 사고가 닿기 힘들고 이해하기 힘든 상태를 상정한 것으로도 볼 수 있다. 요컨대 인간의 사고로는 도저히 이해하기 힘든 —흔히 '소외'라 일컫는— 가장 비인간적인 상태를 벌레에 비유한 것이다. 여기서 말하는 벌레가 딱정벌레나 풍뎅이 같은 특정한 종류를 가리키지 않는다는 것도 유념할 필요가 있다. 등이 갑옷처럼 딱딱하다는 묘사는 딱정벌레를 연상케 하지만, 수많은 가냘픈 다리가 버둥거리는 모습은 지네 같은 다족류를 떠올리게 한다. 카프카는 이 벌레가 특정한 종류로 동일시되는 것을 피하려고 일부러 그렇게 묘사했다. 당시 출판사가 이 벌레의 삽화를 넣으려 했을 때 카프카가 극구 반대했던 것도 벌레를 불가해한 수수께끼로 남겨두고자 했기 때문이다. 그런 연유로 이 수수께끼를 푸는 것은 곧 이 작품을 이해하는 열쇠가 된다.

그렇다면 그레고르가 흉측한 벌레로 변신한 원인은 무엇일까? 그레고르의 회상을 종합해보면, 오년 전 아버지의 사업이 파산했고 그로 인해 그레고르가 다니는 회사의 사장에게 큰 빚을 지게 됐다. 그때부터 그레고르는 부모님과 여동생을 부양하고 아버지의 빚을 갚기 위해 열성적으로 일해왔다. 매일 새벽 4시에 기상해 5시

열차로 출근하는 고된 일과를 시작하며, 지난 오년간 단 한번도 결근하지 않았다. 어머니가 걱정하듯 퇴근 후 집에 와서 외출도 하지 않고 늘 회사 일만 생각하는 '일벌레'였던 것이다. 따라서 사실상 그레고르의 '변신'은 이미 오래전부터 진행되었던 셈이다. 그런데 그레고르는 지금 벌레로 변한 심각한 사태에 대처하기보다는 오히려 줄곧 회사로 출근할 궁리만 하고 있다. 벌레의 몸으로 침대에서 꼼짝할 수도 없는 상태에서 초조하게 6시 30분, 6시 45분, 7시, 7시 10분 등 시시각각 시간을 재면서 8시 기차로는 출근하겠다는 강박 관념에 사로잡혀 있는 것이다. 이 대목으로 유추해보면, 지난 오년 동안 그레고르는 몸이 웬만큼 아파서는 개의치 않고 어김없이 제 시간에 출근했을 것이다. 즉 몸이 아파도 꾹 참고 고된 일을 감수 했기 때문에 그런 중노동의 피로가 누적돼 지금처럼 자기 몸도 알 아볼 수 없을 정도로 몸이 망가진 것이라 할 수 있다. 그렇게 보면 그레고르가 지난 오년간 한번도 아픈 적이 없다고 생각하는 것은 자기기만일 수 있다. 아니, 자기기만이기 이전에, 회사의 통제 때문 에 아파도 아프지 않다고 생각하는 데 길들여진 것이다. 정말 아프 다고 해도 의료보험 담당 의사는 일하기 싫어서 생긴 꾀병이라고 단정하기 때문이다. 그레고르가 벌레로 변한 자기 몸을 보면서 외 판원의 직업병인 독감의 전조가 아닐까 생각하는 것도 몸을 혹사 하는 직장생활의 단면을 짐작케 한다. 외판원의 직업병이 독감이 라는 말은 독감 정도는 달고 살면서 일했다는 뜻이다. 게다가 자기 몸이 벌레로 변한 상태를 고작 독감의 전조 정도로 가볍게 생각하 는 모습을 통해, 몸을 혹사하는 노동이 반복되고 습관화되어 생각 도 통제에 길들여져 있다는 것을 엿볼 수 있다.

그레고르의 짐작에 따르면 회사 사환은 그레고르가 5시 기차에서 하차하지 않았다고 사장에게 보고했다. 그리고 회사가 문을 여는 7시 직후에 지배인이 직접 집으로 찾아왔다. 그레고르의 직장생활이 철저히 감시와 통제를 받는다는 것을 알 수 있다. 그런데 그레고르는 지배인도 언젠가는 오늘 자신이 겪은 것과 비슷한 일을 당할 수 있을 거라고 상상한다. 이 상상은 지배인이 벌레로 변한 그레고르를 보고 질겁해서 달아나는 장면에서 간접적으로 확인된다. 흉측한 벌레를 본 지배인은 겁에 질려 뒷걸음질로 달아나는데, 그 모습이 "균등하게 작용하는 보이지 않는 힘이 그를 계속 몰아내는 것 같았다"(24면)라고 묘사된다. 여기서 지배인을 몰아내는 '보이지 않는 힘'은 벌레로 변신한 그레고르의 몸에서 발산되는 것이므로 그레고르를 벌레로 만든 힘과 동일한 성질의 것이다. 다시 말해 그레고르의 몸과 마음을 통제하는 직장생활의 시스템이 가하는 힘이다. 지배인은 외판원인 그레고르 위에 군림하는 것 같지만 지배인 역시 회사의 시스템에 종속되어 있기 때문에 ─ 그래서 부하 직원 그레고르가 출근하지 않자 직접 집까지 찾아와야 하는 톱니 바퀴 시스템에 맞물려 있다 ─ 그레고르를 벌레로 전락시킨 동일한 힘의 지배를 받는 것이다. 사장 역시 예외는 아니다. 사장은 평소에 직원과 얘기할 때 책상 위에 걸터앉아 직원을 내려다보면서 고압적인 자세를 취하지만, 그러면서도 귀가 어두워서 직원이 바짝 가까이 다가가야 말을 알아들을 수 있다. 극히 단순한 몸동작만 표현하는 이 간결한 묘사는 사장 역시 직원에게 의존하는 존재임을 암시한다. 이처럼 부하직원 위에 군림하는 지배인과 사장도 회사 시스템에 종속되어 있다는 인식은 카프카가 자본주의를 전방위적 종속체제로 파악한 결과이다.[1]

그레고르는 심신을 혹사하는 중노동에 시달리지만, 중압을 해소

해줄 출구가 전혀 없다. 외출도 하지 않으니 친구도 애인도 없다는 뜻이다. 즉 일체의 인간적 사생활이 아예 없는 것이다. 그가 벌어오는 돈을 가족들이 고맙게 받긴 하지만 더이상 '애틋한 정'은 느끼지 못하므로 가족관계 역시 인간적인 정을 불어넣어주지 못한다. 이처럼 인간적 감정을 느끼고 소통할 수 있는 가능성이 완전히 차단된 상태에서 그레고르의 유일한 소일거리는 직접 만든 액자에 잡지에서 오려낸 여성 사진을 넣어 책상 위에 걸어두는 것인데, 이는 현실에서는 충족할 수 없는 욕구의 대리만족을 찾으려는 것이다. 나중에 여동생이 그레고르의 방에 있는 모든 가구를 치우려 할 때 그레고르는 그림 액자만은 사수하려고 배로 액자를 완전히 감싼다. 그 대목에서 "뜨거운 배가 유리에 닿자 기분 좋게 시원한 느낌이 들었다"(48면)라는 묘사가 암시하듯 그림에 대한 애착은 억눌린 성적 욕구의 표현으로도 볼 수 있다.

그레고르의 변신과 더불어 그의 몸과 마음에 어떤 변화가 일어나는지 살펴보자. 눈여겨볼 것은 그레고르가 벌레의 몸에 적응했을 때의 반응이다. 그는 방 안에서 밖에 있는 지배인에게 길게 자기변호를 하지만, 찍찍거리는 벌레의 소리를 아무도 알아듣지 못하며, 지배인은 '짐승 소리'라고 단언한다. 식구들이 놀라서 대소

---

1 정치적 풍자화가 그로츠(Georg Grosz)가 자본가를 '뚱뚱한 사람'으로 묘사한 그림에 대해 카프카는 다음과 같이 말한다. "뚱뚱한 사람은 자본주의를 상징합니다. 그는 체제 안에서 가난한 이들을 지배하지요. 하지만 그 자체로 체제라 할 수는 없습니다. 그는 체제를 지배하는 사람이 아닙니다. 오히려 그 반대라고 할 수 있지요. 그 역시 이 그림 안에서 그려지지 않은 족쇄에 얽매여 있습니다. 이 그림은 완벽한 것이 아니에요. 따라서 좋은 작품이라 할 수 없습니다. 자본주의란 안쪽에서 바깥쪽으로 바깥쪽에서 안쪽으로 또 위쪽에서 아래쪽으로, 아래쪽에서 위쪽으로 흘러가는 종속적인 체제입니다. 모든 것은 종속돼 있고, 동시에 족쇄에 매여 있습니다. 즉 자본주의는 그 자체로 하나의 세계이자 영혼이지요."

동이 벌어진 상황에서는 그레고르가 오히려 "훨씬 침착해졌다. 이제 사람들이 그의 말을 알아듣지 못해도 그는 자기 말이 또렷이, 아까보다는 또렷이 들리는 것 같았다. 아마 귀가 적응한 덕분일 것이다"(22면)라고 인식하는 장면이 나온다. 식구들이 '짐승 소리'를 듣고 질겁한 위기상황에서 정작 그레고르는 자기 목소리를 알아들을 만큼 벌레 상태에 적응한 것에 안도하는 것이다. 작품은 그레고르가 벌레 상태에 적응하는 만큼 식구들이 질겁하는 인간적 반응에 둔감해지는 형국으로 흘러간다. 이것은 벌레의 생리가 인간적 의식과 판단을 약화시켰기 때문에 벌어지는 모습이다. 방문이 열리고 드디어 벌레의 몸이 식구들에게 노출될 때도 이런 양상은 반복된다. 벌레로 변한 아들을 보고 어머니가 기절해서 쓰러지고 아버지가 "건장한 가슴을 들썩이며 울기 시작"(24면)하는 판국에 그레고르는 "자신만이 침착함을 유지하고 있다는 사실을 의식하면서"(25면) 지배인에게 이제 옷을 입고 회사에 출근하겠다고 말한다. 벌레의 몸에 더 적응했기 때문에 침착한 것인데, 아무런 문제도 없다는 듯 출근할 태세를 취하는 것이다. 다음 단계로 수많은 다리가 바닥에 닿아 의지대로 움직이자 그는 "오늘 아침 처음으로 몸이 편안하다는 느낌이 들었다"(27면)라고 생각하면서 "모든 고통이 말끔히 나을 때가 임박했다고 믿었다"(28면)라며 착각에 빠진다. 이처럼 그레고르는 벌레의 생리에 적응할수록 심신의 편안함을 느낀다. 이것은 처음부터 식구들이 그의 목소리를 알아듣지 못한 소통의 단절과 고립이 갈수록 심화된다는 뜻으로 이해할 수 있다.[2] 실제로 그레고르는 점점 더 벌레의 생리대로, 벌레처럼 움직이고 인

---

2 참고로 잠자(Samsa)라는 이름은 체코어로 '고독한 사람'이라는 뜻이다.

간적 의식이 잠식되어가지만, 그럼에도 인간의 의식이 마지막 순간까지 견지하려 한다. 그는 가족들에게 고통스러운 짐이 되지 않기 위해 음식을 끊고 굶어 죽는 길을 택한다. 그리고 죽기 직전에 가족들을 떠올리며 가슴 뭉클한 연민과 애정을 느끼고 마음속으로 화해하는 깊은 인간애를 보여준다. 이와 관련해 그레고르가 변신한 후 여동생과 아버지의 반응 및 변화를 살펴볼 필요가 있다.

여동생은 그레고르와 유일하게 마음이 통했던 사람으로 보인다. 그래서 그는 바이올린을 '감동적으로' 연주하는 아끼는 여동생을 음악원에 입학시키겠다고 다짐한다. 신뢰와 기대가 쌓였던 덕분인지 여동생은 그레고르가 변신한 후 수발을 도맡는다. 이 일로 여동생을 어린애 취급하던 부모님도 그녀를 칭찬하며, 여동생은 부모님 앞에 그레고르 문제의 '전문가'로 나설 만큼 인정받는다. 하지만 그런 여동생도 자신이 세명의 하숙인 앞에서 바이올린 연주를 할 때, 그레고르가 나타나 소동이 벌어지자 그를 '저것'(es)이라 칭하며 사라져야 한다고 극언을 한다. 여동생도 가족의 생계가 달린 문제에서는 어쩔 수 없이 인내심의 한계에 도달한 것이다.

한편 그레고르가 벌레가 되고 나서도 여동생을 여전히 열일곱 살 '어린애'로 간주하는 태도에도 문제가 있다. 사실 여동생이 그레고르를 보살피는 것은 부모님도 못하는 끔찍한 궂은일을 혼자 도맡아 하는 것이다. 여동생이 집안에서 책임감 있는 성인으로 성장하고 있다는 분명한 징표다. 그럼에도 그레고르는 그런 여동생을 가리켜 "애처럼 가벼운 생각으로 이렇게 힘든 일을 떠맡았을 것이다"(43면)라고 오판한다. 여동생의 바이올린 연주 장면에서 그레고르가 여동생을 자기 방으로 데려가 평생 보호하며 밖으로 내보내지 않겠다고 생각하는 대목은 더욱 문제다. 좋게 보면 평생 여동생의 후견인 역할을 하겠다는 선의의 결심이지만, 그것도 여동생을 언제까지고 어린애로 보호하겠다는 발상이므로 이미 어엿한 성인으로 성장한 여동생에겐 과한 억압이다. 또 이 대목에서 분명히 드러나는 누이에 대한 근친애적 감정은 사회생활에서 욕구 충족의 대상을 찾을 수 없던 성적 욕망이 우회로로 표출되는 양상이다. 그것 역시 직장에 나가면서부터 옷깃으로 목덜미를 숨기지 않는 성숙한 처녀가 된 여동생에겐 억압적이다. 그레고르가 죽은 후 가족들이 교외로 소풍을 나간 마지막 장면에서 여동생이 부모님이 보기에 처음으로 "아름답고 풍만한 처녀로 피어"(75면)난 모습을 보이는 것은 결코 우연이 아니다. 이런 이유에서 그레고르가 지난 오년간 실질적인 '가장' 역할을 맡은 이래 여동생에 대해 줄곧 '후견인'의 태도를 보인 것은 사실상 가장의 권력으로 여동생의 성숙을 억압한 측면이 있다.

그렇다면 혹시 그레고르가 아버지에게도 알게 모르게 그런 권력을 행사한 것은 아닐까? 물론 아버지와의 관계는 출발점이 다르다. 아버지가 파산하기 전까지 그레고르는 사업가인 아버지 덕분에 대학까지 졸업하는 은혜를 입었다. 그러니 아버지가 파산한 후 그레고르가 아버지의 사업 빚을 갚아나가고 가족 부양을 위해 힘들게 일하는 것은 그 은혜를 갚는 것이자, 가부장제 사회의 덕목에 맞게 자식의 도리를 다하는 것이다. 문제는 일에 너무 얽매여서 인간적인 생활의 여유를 전혀 가질 수 없었다는 데 있다. 더 근본적인 문제는 외판원이라는 직업이 그레고르가 바라는 삶이 아니라는 것이다. 그레고르는 아버지의 빚만 갚으면 이 직장을 때려치우겠다는 생각을 거듭한다. 이는 순전히 가족에 대한 책임감 때문에 싫은 일을 억지로 하고 있으며, 그래서 심신이 더욱 피폐해진 것을 드러낸다. 그런 관점에서 보면 그레고르가 직장에 나갈 수 없게 된 결과 자체는 그가 속으로 바라 마지않던 바이다. 물론 이것은 식구들로부터 문자 그대로 벌레 취급을 당하는 혹독한 대가를 치른다. '벌레'가 해석을 요하는 수수께끼, 즉 은유라고 본다면 직장을 잃은 그레고르는 놀고먹는 '식충'이란 의미에서 벌레가 된 셈이다. 이런 맥락으로 볼 때 2부 마지막에서 아버지가 그레고르에게 던진 사과가 그의 등에 박히는 사건은 가족 부양의 의무를 이행하지 못하는 아들에 대한 응징의 의미를 갖는다. '사과'가 원죄를 상징하는 선악과라는 점을 상기하면 그레고르가 사실상의 가장 역할을 하면서 가장의 자리에서 밀려난 아버지의 누적된 열패감이 분노로 폭발한 것이라 볼 수도 있다. 사과를 던지기 이전 장면에서 아버지가 "분노와 희열을 동시에 느끼는 듯한 어조로"(50~51면) 고함을 지르는 것은 그 때문일 것이다. 이런 해석을 뒷받침하는 또 하나의 단서는 그레고르가 아버지를 다시 일하기에는 너무 허약한 노인네로 간주한다는 것이다. 그러나 다시 은행 사환으로 일을 나가기 시작한 아버지는 "당당하게 꼿꼿이 서" 있었고 "까만 눈동자의 눈빛이 시퍼렇게 살아"(51면) 있다. 심지어 아버지에게 쫓기던 중 그레고르의 눈에 띈 아버지의 신발은 '거인'의 신발처럼 엄청나게 커 보인다. 파산으로 너무 일찍 은퇴한 아버지가 가장으로 당당히 복권한 것이다. 이제 그레고르가 지난 오년간 가장 역할을 한 것은 아버지에게 원죄를 지은 것으로 치환된다. 타고난 원죄가 우리 자신의 잘못과 무관하듯 그레고르의 원죄 역시 그러하다.

부모님의 방에서 세상을 떠난 그레고르를 위한 간단한 추모의 식을 가진 후 세 식구는 교외로 소풍을 간다. 빗방울이 창문 발코니의 함석판을 요란스레 치는 심란한 첫 장면과 달리 마지막 장면에서는 햇살이 환하게 비치고 세 식구는 모두 밝은 미래를 예감하며 들떠 있다. 카프카는 이 마지막 장면을 "도저히 못 읽어주겠다"며 못마땅해했는데, 그레고르의 변신 이후 시종일관 무겁기만 했던 이전과 너무 대비되는 밝은 분위기 때문일 것이다. 독자 역시 가족들이 그레고르의 무거운 짐에서 벗어났다고 금세 이렇게 표정이 달라질 수 있을까 하는 야속한 생각이 들 법하다. 그런데 세 식구에게는 그들이 단지 그레고르라는 짐에서 벗어났을 뿐 아니라 '가장' 그레고르에게만 의존해 더부살이하던 상태에서 벗어나 모두가 일거리를 가지고 삶을 책임지는 존재로 자립했다는 사실이 중요하다. 그래서 소풍을 가면서 세 식구는 밝은 '미래의 전망'을 얘기하는 것이다. 특히 앞서 살펴본 대로 그레고르가 가족의 생계를 책임지면서부터 알게 모르게 가장으로 군림했다는 사실을 상기하면 그들의 자립은 단순히 무거운 짐에서 벗어난 것 이상의 의미를 갖는다. 즉 세 식구 모두 자기 일을 찾았기 때문에 향후 가족관계에서 적어도 일방적 의존과 종속의 관계는 넘어설 여지가 생긴 것이다. 바로 그것이 그레고르에게만 의존하면서 차갑게 식어버린 '애틋한 정'과 '사랑'을 되살릴 수 있는 전제조건이 된다. 이런 점을 생각해볼 때 그레고르가 죽기 직전에 가족들을 떠올리며 사랑의 감정으로 화해하는 것은 자신의 죽음을 통해 식구들이 그런 새로운 삶을 시작하기를 바랐기 때문이 아닐까? 마지막 숨을 거두기 직전 그레고르가 "창밖으로 사방이 환해지기 시작하는 것까지도 느낄 수"(70면) 있었던 것은 어쩌면 아무도 보지 못하는 자신의 내면의 빛을 그렇게 느낀 것은 아닐까?[3]

카프카의 대부분의 작품이 그러하듯 이 작품에도 작가 카프카의 실존적 고뇌가 투영돼 있다. 잘 알려져 있다시피 카프카는 전업

소설가가 아니라 노동자 산재보험공사의 직원으로 일했고 「변신」의 그레고르처럼 업무상 출장이 잦았다. 카프카는 직장생활 때문에 창작활동이 방해받는 것을 무척 괴로워했다. 작품의 마지막 부분에 대한 불만을 토로하면서 그는 "출장으로 방해받지 않았으면 더 잘 마무리할 수 있었을"[4] 거라고 아쉬워했다. 게다가 아버지는 카프카가 소설가의 길을 걷는 것을 몹시 못마땅해했고, 직장과 가업의 일에만 전념하길 바랐다. 생계에 도움이 되지 않는 작가나 예술가에 대한 아버지의 경멸은 카프카의 친구이자 연극배우인 뢰비(Löwy)를 곧잘 '벌레'(Ungeziefer)라고 ─「변신」에 나오는 '벌레'와 똑같은 독일어 표현이다 ─ 폄하한 것에서도 단적으로 드러난다. 뢰비는 카프카가 소설가가 되는 데 상당한 영향을 준 인물로 알려져 있는데, 이런 현실적 맥락을 떠올리면 그레고르가 변신한 '벌레'는 카프카의 작가적 정체성을 암시하는 은유로 읽을 수 있다. 마찬가지로 그레고르가 직장생활을 지긋지긋해하는 것도 같은 맥락에서 이해할 수 있다. 그가 벌레의 생리에 적응할수록 더 편안해하고 쾌감까지 느끼는 것 역시 창작에만 전념할 수 있기를 바랐던 소망과 합치된다. 여동생의 바이올린 연주를 '미지의 음식'이라 하며 강한 끌림을 느끼는 것은 단지 생존을 위한 생존을 넘어선 예술적 쾌감이 그의 영혼을 살리는 자양분임을 일깨워준다. 그레고르의 등에 박힌 사과는 카프카의 아버지가 소설가인 아들을 인정하지 않았다는 사실을 보여주기도 하지만, 훌륭한 문학작품은 상처

───────────────

3 카프카의 1910년 1월 10일 일기에는 이 대목에 적용될 법한 서술이 나온다. "나의 전 존재가 소멸할 때 우리의 삶을 지탱하는 모든 것이 증발하는 바로 그 순간, 마지막으로 우리를 인간적인 빛으로 비춰주는 신성한 변용이 일어난다."
4 1914년 1월 19일 카프카의 일기 중에서.

받은 삶에 대한 성찰의 결과물일 수 있다는 사실을 상기시켜준다. 나아가서 그레고르가 바닥과 벽을 기어 다니면서 점액질의 분비물을 흔적으로 남기는 것은 텍스트의 생성과정에 견줄 수 있다. 실제로 그레고르가 변신 이후 벌레의 생리와 인간의 의식이 공존하는 상태에서 주위 세계를 인지하는 과정 자체가 곧 이 작품의 탄생과정인 셈이다.

한편 그레고르의 여동생도 카프카의 실존적 고뇌와 긴밀히 연결돼 있다. 실제로 카프카의 막내 여동생 오틀라는 우애가 깊던 오빠가 작가의 길을 걷는 것을 전폭적으로 지지했다. 그런데 「변신」을 집필하기 한달 전 카프카가 그 여동생에게 배신감을 느끼는 사건이 일어난다. 1911년 말부터 카프카는 매제 칼 헤르만이 운영하는 석면공장에 공동명의 사장으로 이름만 올려놓은 상태였는데, 1912년 10월 매제가 장기출장을 가며 공장 운영에 공백이 생기자 아버지는 카프카에게 운영을 맡으라고 독촉한다. 그런데 이번에는 여동생도 적극적으로 아버지 편을 들었고 이로 인해 카프카는 배신감을 느끼고 마음 깊이 상처를 받았다. 「변신」에서 그레고르의 수발을 묵묵히 감당하던 여동생이 마지막에 표독스럽게 돌변하는 것은 그런 경험과 무관하지 않은 것으로 보인다. 그 대목에서 여동생이 그레고르를 가리켜 "저건 없어져야 해요"(68면)라고 하자 그레고르는 머리를 여러 차례 들었다가 바닥으로 내리친다. 그는 머리를 바닥에 부딪치는 반동의 힘을 이용해 몸을 돌리는 동작을 취하려 한 것이었다. 하지만 그레고르의 속마음을 알 리 없는 여동생은 이 동작을 위협적인 몸짓으로 — 말하자면 일종의 자해공갈로 — 오인해 질겁한다. 이것을 언급하는 이유는 그의 몸짓을 자해공갈로 오인하지 말아야 하듯 그레고르가 자발적으로 굶어 죽는

것을 여동생의 표독스러운 발언에 대한 자포자기의 맞대응으로 오
해하지 말아야 하기 때문이다. 만약 그레고르가 그런 식으로 굶어
죽기를 택했다면 죽기 직전 식구들에게 사랑을 느꼈을 리가 없다.

이 디테일을 언급하는 또다른 이유는 이 대목이 카프카에게 문
학적 글쓰기가 어떤 의미를 갖는지 생각해볼 실마리를 제공하기
때문이다. 여기서 여동생은 그레고르와 계속 동거할 경우 결국 식
구들이 길거리로 몰리는 극한상황을 초래할 거라고 단언한다. 여
동생은 인정에 흔들리지 않고 냉정하며 현실을 날카롭게 직시하
고, 자신의 관찰을 여과 없이 직설적 언어로 표현하고 있다. 이처럼
날카로운 관찰을 가감 없이 직설적 언어로 옮기는 글쓰기를 카프
카는 사형수를 길게 한줄로 세워놓고 차례로 한명씩 죽이고 확인
하고 또 죽이고 확인하는 반복적 '살해와 관찰'(Tat-Beobachtung)[5]에
비유한다. 이 독특한 비유는 사물을 특정한 의미로만 명명해서 고
정된 의미의 틀 속에 가둬버리는 글쓰기를 가리킨다. 비근한 예로
사실관계의 확인을 기사화하는 저널리즘의 글쓰기가 대표적인 경
우라 할 수 있다. 만약 그레고르의 몸짓과 굶어 죽는 선택을 그런
방식으로 쓰면 '실업자 오빠는 여동생의 독설을 못 견디고 자해공
갈을 시도하다가 결국 독방에서 굶어 죽었다'라는 식의 기사가 될
것이다. 그런 글쓰기는 사실확인으로 의미가 고갈되는 일회적 정
보의 전달일 뿐이며, 그 정보마저도 삶의 진상과는 거리가 먼 껍데
기일 뿐이다. 그런데 카프카에게 문학적 글쓰기가 선사하는 위안

---

5 말콤 파슬리(M. Pasley)는 카프카의 이 비유를 또다른 비유로 해석해서 "인식대
상을 쇠꼬챙이에 꽂아서 확실히 죽이는 것"이라 표현한다. 단순한 사실 확인으
로 의미가 소진되는 글쓰기는 결국 언어를 죽이고 대상을 죽이는 확인사살로 귀
결된다는 것이다.(Malcom Pasley, *Kafkas 'Hinausspringen aus der Totschlägerreihe'*,
in: *"Die Schrift ist unveränderlich……". Essays zu Kafka*, Frankfurt a. M. 1995, 385면)

은 그렇게 '죽이고 확인하는' 식의 글쓰기로부터 뛰쳐나와 '더 높은 차원의 관찰'로 상승하는 것이다. 카프카의 표현을 빌리면 다음과 같다.

신기하고 신비롭고 어쩌면 위험하고 어쩌면 구원을 주는 글쓰기의 위안은 죽이고 관찰하고 죽이고 관찰하기를 반복하는 일련의 살해과정으로부터 뛰쳐나오는 것이다. 그렇게 함으로써 더 높은 차원의 관찰이 이루어질 수 있다. 더 높은 차원의 관찰이지 더 날카로운 관찰이 아니다. 그렇게 더 높이 올라갈수록 살해의 '대열' 위치에서는 그것을 관찰할 수 없고, 그런 관찰은 더 자립적인 것이 되며, 그 자체의 고유한 운동법칙에 따르고, 그럴수록 더 예측 불가능하고 기쁘고 고양되는 관찰의 길이 생긴다.[6]

그레고르가 죽는 장면을 집필한 후 카프카는 약혼녀 펠리체 바우어에게 보낸 편지에서 내 이야기의 주인공이 조금 전에 죽었으니 울어달라고 호소하며, 가족들과 화해하고 죽었으니 위안으로 삼으라고 덧붙인다.[7] 이런 정황을 고려할 때 카프카 자신도 그레고르의 죽음에 깊이 슬퍼하고 모종의 일체감을 느꼈던 것 같다. 때문에 카프카가 위의 일기에서 말하는 "어쩌면 위험하고 어쩌면 구원을 주는 글쓰기의 위안"과 "더 높은 차원의 관찰"은 그레고르가 굶어 죽는 사건과 연관성이 있어 보인다. 그런데 엄밀히 말하면 그

---

6 1922년 1월 27일 카프카의 일기 중에서.
7 1912년 12월 6일 펠리체 바우어에게 보낸 편지에는 다음과 같은 내용이 적혀 있다. "사랑하는 당신, 울어줘요! 이제 울어야 할 시간이 되었어요! 내 작은 이야기의 주인공이 조금 전에 죽었다오. 주인공은 아주 평화롭게 모든 식구들과 화해하고 죽었으니 그렇게 알고 위안을 얻기 바라오."

레고르가 굶기 시작한 것은 여동생이 표독스러운 발언을 하기 이전으로 소급된다. 그레고르를 건사하는 일이 새로 고용한 파출부의 손에 넘겨진 직후부터 그레고르는 "거의 아무것도 먹지 않았다".(60면) 그레고르의 변신 전의 모습을 알지 못하는 파출부는 그레고르를 늙은 말똥구리라고 놀리며, 그레고르의 방 청소도 하지 않는다. 뿐만 아니라 세명의 하숙인을 들인 후 집 안의 온갖 잡동사니가 그레고르의 방에 버려지면서 그의 방은 쓰레기장이 된다. 잡동사니 사이를 기어 다니며 온몸에 먼지를 뒤집어쓴 그레고르도 이제 사실상 쓰레기의 일부나 다름없다. 이런 상황에서 그레고르가 음식을 끊고 굶기 시작하는 것은 죽음만이 인간의 존엄을 지키는 유일한 길임을 자각한 결단일 것이다. 그의 죽음 충동의 전조는 앞선 부분에서도 확인된다. 여러달이 지나도 여동생이 여전히 자신을 보기 꺼려하고 두려워하자 그레고르는 하얀 시트를 끌고 와 소파 위를 덮어서 몸을 그 속으로 완전히 숨긴다. 물론 식구들에게 자기 몸을 숨기려는 생각과 영영 사라져야 한다는 결심 사이에는 상당한 간극이 있다. 그렇지만 하얀 시트로 몸을 덮는 행위는 죽은 자를 덮는 의식을 떠올리게 한다. 그런 점을 고려해볼 때 이 대목부터 그레고르는 이미 자신도 모르게 죽고 싶은 충동을 느낀 것이라고 추정할 수 있다. 카프카에 따르면 이생의 삶은 견딜 수 없고 다른 삶에는 도달하지 못한 절망적 상황에 직면하여 죽고 싶은 소망이 인식되는 첫번째 징표이다.[8] 그레고르가 굶어 죽기를 택한 것도 이런 삶은 사는 게 아니라는 인식에서 이생의 삶을 마감하고 다

---

8 "인식이 시작되는 첫번째 징표는 죽고 싶은 소망이다. 이생의 삶은 견딜 수 없고 다른 삶은 도달할 수 없다."(Franz Kafka, *Nachgelassene Schriften und Fragmente* II, Frankfurt a. M. 1992, 116면)

른 삶에 도달하려는 결단이라 할 수 있다. 그레고르가 마지막 순간에 "공허하고도 평화로운 상념"(70면)에 잠겨 죽음을 맞을 때 여기서 말하는 '공허함'은 아무런 내용이 없다는 의미가 아니라, 지나온 삶을 돌아볼 때 그 어떤 미련도 원망도 없이 깨끗이 정화된 마음을 가리킨다. 또한 계속 굶어서 몸이 말라 더이상 통증도 느껴지지 않는 육탈에 상응하는 정화된 마음이기도 하다. 그래서 평화로운 것이고, 가족과의 화해도 가능했던 것이다. 정화된 마음은 인간과 사물을 '죽이고 확인하는' 언어 사용자의 대열에 끼어서 하루하루 살아가는 우리의 눈에는 보이지 않는다. 그레고르가 죽음의 순간에 느끼는 내면의 빛도 그저 새벽이 동터오는 외경(外景)으로만 보일 뿐이다. 카프카 생시에 그의 삶과 문학을 가장 가까이에서 관찰한 친구 막스 브로트가 통찰한 대로 카프카 문학에서 본질적인 것은 우리 눈에 쉽게 포착되지 않는 '비가시적인 것'이다.

이외에도 「변신」은 카프카 문학의 중요한 특징들을 담고 있다. 앞서 살펴본 대로 '변신'은 인간다운 삶의 가능성을 말살하는 정신적·육체적 혹사가 초래한 비인간적 소외의 극단을 보여주는 은유인 동시에 작가 카프카가 창작을 방해하는 직업세계로부터 해방되고자 했던 소망을 함축하고 있다. 이처럼 카프카의 문학은 고정된 의미로 환원되지 않는 다층적 다의성을 구축한다. 그 다의성은 단순히 관념적 구성물이 아니라 우리의 삶처럼 살아 꿈틀대는 '생물'의 복잡성에 연유한다. 예컨대 처음에는 낯설고 제어되지 않던 벌레의 마음까지도 어느 순간부터 벌레의 생리에 적응한다. 즉 벌레라는 은유 자체가 계속 살아 움직이며 변신하는 것이다.

발터 벤야민은 이와 관련해 카프카의 모든 작품이 '제스처들의 암호'로 구성돼 있다고 했다. 카프카는 실제로 이 제스처에 처음부터 확실한 상징적 의미를 부여하지 않고 끊임없이 연관관계를 변화시키고 실험적인 배치를 하여 의미를 탐색한다. 「변신」에서도 그런 제스처의 암호가 다양하게 배치돼 있다. 예컨대 그레고르의 아버지가 세명의 하숙인을 집에서 쫓아내는 장면에서 아버지는 부인과 딸을 양쪽 팔에 끼고서 세 식구가 나란히 한줄로 서서 하숙인들을 압박하는 모양새를 취하고 있다. 여기서 아버지가 가운데 선 것은 집안의 중심, 즉 가장의 자리를 회복한 것을 보여준다. 이 장면은 작품 초반에서 그레고르가 변신한 몸으로 침대에 누워 있을 때 양쪽 옆방에서 어머니와 여동생이 초조하게 그레고르를 부르는 모습과 대비된다. 처음에는 그레고르가 오년째 사실상의 가장 역할을 해왔기 때문에 모녀가 그에게 의존하는 모습을 보인다. 그렇지만 의존관계가 심해질수록 '애틋한 정'은 사라지고 굳게 잠긴 방문처럼 소통이 단절되는 양상을 보여준다.

한편 세 식구와 마찬가지로 하숙인들도 세명이며, 그중 한명은 항상 가운데 자리를 차지하고 앉아서 우두머리임을 과시한다. 실제로 다른 두명은 매사에 꼭두각시처럼 우두머리를 따라 한다. 서로 불편한 관계로 엉킬 수 있는 세명이 한 방에 하숙을 한다는 것 자체가 기이한 일이지만, 우두머리의 통제에 따라 세명의 관계가 유지되는 것은 분명하다. 세명의 하숙인이 사회의 위계적 권력구조를 암시한다는 것도 짐작할 수 있다. 그레고르가 살아 있을 때 세 식구는 세명의 하숙인에게 식사공간으로 거실을 내주고 식구들은 부엌에서 식사를 했다. 그리고 집 안에서 가장 깨끗했을 여동생의 방을 하숙방으로 내주고 여동생은 거실에서 잠을 잤다. 그런데 그레고르가 죽은 후 아버지가 하숙인들을 내쫓은 것은 그레고르 때문에 아버지를 겁박한 것에 대한 응징이라 할 수 있다. 세 식구와 세 하숙인의 양자구도에서 '가운데' 자리가 정해져 있는 것은 가부장의 권위가 엄연한 가족관계에도 사회의 권력구조가 스며들어 있음을 암시한다. 세 식구가 하숙인들을 받들어 모시는 처지였을 때는 가족관계도 사회의 권력구조에 그만큼 더 많이 노출되었을 것이다. 그러나 그레고르가 죽은 후 외부인의 눈치를 볼 필요가 없게 된 새로운 상황에서는 상대적으로 사회적 권력구조에서 자유로울 여유가 생긴 셈이고, 그래서 하숙인들을 당당히 내쫓은 것이다.

「선고」

「선고」는 1912년 9월 22일 밤 10시부터 다음날 아침 6시까지 단숨에 집필됐다. 카프카 자신이 가장 만족한 작품으로, 작가로서 자신감을 다지는 결정적 계기가 됐다. 카프카의 작품이 대부분 직장 생활로 어려움을 겪으며 집필된 것과 달리 이 작품을 쓸 때는 "마치 물에서 수영을 하는 듯한" 리듬으로 "몸과 마음을 모두 열고" 창작에 집중했다고 한다.

주인공 게오르크 벤데만은 젊은 상인으로 러시아에 있는 어린 시절 친구에게 한달 전 약혼했다는 소식을 전하는 편지를 쓰고, 이 사실을 알리기 위해 여러달째 들여다보지 않던 아버지의 방으로 찾아간다. 아버지는 원래 사업을 주도했으나 이년 전 어머니가 사망한 후로는 사업 운영에 소극적이 되어 게오르크가 사실상 사장 역할을 맡고 있는데, 명목상으로는 아직 부자가 공동으로 사업을 운영하고 있다. 게오르크는 아버지와 대화를 하며 그가 허약한 노인네가 아닌 '거인'처럼 느껴져서 당황한다. 아버지는 러시아에 정말 친구가 있는지 의문을 제기하다가 나중에는 그 친구와 굳건한 유대를 맺고 있노라고 말을 바꾼다. 그러고는 게오르크의 약혼녀를 비난하고 게오르크가 자신을 배신한 '악마 같은 인간'이라 단죄하면서 '익사형'을 선고한다. 게오르크는 아버지의 선고를 받아들여 스스로 강물에 뛰어든다. 이처럼 「선고」는 이야기의 흐름상 전후의 합리적 연관성을 파악하기 어렵다. 때문에 장면 장면을 면밀히 살펴볼 필요가 있다.

우선 뻬쩨르부르그에 있는 친구가 게오르크에게 어떤 존재인지 생각해보자. 친구는 고향에서 하던 일이 가로막히자 여러해 전 러시아로 도망치다시피 했고, 러시아에서도 사업이 잘 풀리지 않자 외부와의 접촉을 거의 끊고 고립된 생활을 하고 있다. 게오르크는 그 친구에게 배려해주는 듯한 태도를 취하지만, 실상은 친구의 귀향을 막고 러시아에서 고립무원의 상태로 파멸하도록 방치하려는 의도를 드러낸다. 예컨대 이년 전 어머니가 돌아가신 후 게오르크가 주도한 사업이 크게 번창했는데, 친구에게 이런 사실을 알리지 않은 것은 그에 대한 배려처럼 보인다. 그러나 평소 친구에게 보내는 편지에서 '대수롭지 않은 소식'만 알리는 맥락에서 보면 자신의 사업에 관한 중요한 정보는 숨기고 있다는 뜻이다. 또한 워낙 사회성이 없어서 평생 독신으로 살 각오까지 하는 친구에게 원래는 약혼 소식을 알리지 않으려 했고, 결혼식에 초대를 할 생각도 없었다. 결혼식에 오면 게오르크를 부러워하고 더욱 기가 죽어서 러시아로 돌아갈 테니, 그런 식으로 마음의 상처를 주지 않겠다는 것이다. 이에 대해 약혼녀는 친구를 결혼식에 초대할 수 없다면 아예 약혼도 하지 말았어야 한다고 모욕감을 피력하고, 이 일을 계기로 게오르크는 편지에서 가장 좋은 소식이라며 "유복한 집안의 처녀인 프리다 브란덴펠트 양"(81면)과 약혼했다고 은근히 자랑한다. 전체적으로 게오르크가 친구를 대하는 태도는 이처럼 짐짓 배려하는 체하면서 실은 잠재적 경쟁자를 따돌리는 느낌을 준다.

한편 게오르크가 친구에게 약혼 소식을 전하는 편지를 보내겠다고 굳이 아버지에게 알리는 이유는 무엇일까? 이 문제는 게오르크가 아버지를 대하는 태도와 아버지의 반응을 통해 추정해볼 수 있다. 우선 아버지가 러시아에 그런 친구가 있냐고 되묻는 것은 친구의 존재를 부정하는 것이라기보다는 진심으로 우애를 나누는 친구인지를 따지는 것이다. 그래서 아버지는 게오르크가 친구에게 '거짓말 편지 나부랭이'를 보냈다고 폭로한다. 그전에 아버지는 게오르크에게 모든 진실을 털어놓으라고 요구하고, 아들이 가게 일을 자신에게 숨긴다고 공박한다. 그러자 게오르크는 화제를 돌려서 아버지가 너무 허약해 보이니 의사를 불러 의사의 처방에 따르자고 한다. 처음에는 아버지가 '거인'처럼 느껴졌지만 이젠 '병약한 노인네'로 취급하는 것인데, 아버지를 제압하기 위한 행동임을 알 수 있다. 그리고 그는 ─ 오전 시간에(!) ─ 침대에 누워계시라고 하면서 겉옷을 벗긴 후 아버지를 팔에 안고 침대로 옮긴다. 이 과정에서 아버지는 게오르크의 가슴에 매달려 있는 시곗줄을 잡고 장난을 치는데, 그러자 게오르크는 섬뜩한 느낌이 든다. 어린아이처럼 안고 가던 아버지가 시곗줄을 잡고 있으니 목이 조일지 모른다는 위협을 느낀 것이다.

아버지를 침대에 눕히고 이불을 덮어주자 아버지는 "내가 잘 덮였느냐?"(87면)라고 두번이나 묻고, 게오르크는 잘 덮였으니 안심하라고 대답한다. 그러자 아버지는 "아니야!"(87면)라고 부정하면서 이불을 젖히고 침대에서 똑바로 일어선다.[9] 그리고 부자간의 힘겨루기는 완전히 반전된다. 아버지는 아들이 자기를 침대에 눕히고 이불을 덮어주는 행위를 자신을 '매장'하려는 공격으로 받아들이고 반격을 시작하는 것이다. 아버지는 "난 아직 덮이지 않았어"(88면)라고 건재를 과시한다. 그리고 뜻밖에도 러시아에 있는 게오르크의 친구가 "내 마음속 아들일 수도 있어"(88면)라고 말한다. 아버지의 이런 발언은 게오르크가 어째서 러시아에 있는 친구를 그토록 따돌리려 했는지 설명해준다. 즉 친구는 아버지의 사업을 승계할 수도 있는 막강한 경쟁자였던 것이다. 심지어 아버지는 자신이 러시아에 있는 친구의 현지 대리인이라고까지 말한다. 이 말을 액면 그대로 믿으면 게오르크가 낙오자로 알고 있던 친구가 사실상 사장이고 아버지는 그 대리인이라는 것이다. 또한 아버지는 어머니 사후 이년 동안 사업이 번창한 것도 그전에 자신이 준비한 일들이 성사된 것이지 아들의 업적이 아니라고 폭로한다.

게오르크에 대한 반격의 정점은 아버지가 약혼녀에 대해 말하는 장면이다. 아버지는 게오르크가 약혼한 것은 "그 더러운 년이 이렇게 치마를 들췄기 때문이지"(88~89면)라며 비난한다. 게오르크가 약혼을 한 것은 오로지 육체적 욕망을 해소하기 위함이며 아직 결혼할 만큼 성숙하지 못했다는 뜻이다. 아버지의 공격은 물론 게오르크가 결혼을 통해 명실상부한 가장이 되어 집안의 주인 자리에 오르고 사업을 완전히 장악하는 것을 저지하기 위함이다. 게오르크가 마음속으로 "아버지가 쓰러져서 박살이 나면!"(90면)이라고 살의를 느끼는 것은 아버지가 친구를 사업 계승자로 앞세워서

---

9 「변신」에서 허약한 노인네로 알았던 아버지가 '꼿꼿이 서 있는' 당당한 자세에 그레고르가 놀라는 장면과 흡사하다.

라도 자신을 제거하려 한다는 것을 직감하기 때문이다. 실제로 아버지는 게오르크에게 악마 같은 인간이라며 익사형을 선고하고, 게오르크는 아무런 저항 없이 그 선고를 스스로 집행해 강물에 몸을 던진다.

이 작품은 카프카 문학의 영원한 주제인 부자간 갈등을 다루고 있다. 카프카는 러시아에 있는 친구가 실존 인물이라기보다는 아버지와 아들의 관계를 보여주는 기능적 역할을 한다고 했다. 그렇게 보면 친구는 게오르크의 또다른 자아가 투영된 가상의 존재라 할 수 있다. 게오르크는 사업의 공동 운영자인 아버지를 하루 빨리 '매장'시키고 사업을 독점하려는 권력욕을 가진 인물이다. 반면 게오르크의 어린 시절 친구는 게오르크가 순진무구한 아이였을 때의 모습을 간직하고 있는 또다른 자아이다. 그래서 아버지는 배반하지 않고 순종하는 그에게 사업을 물려주려 한다. 그런데 그런 '아이'가 과연 약육강식의 세계에서 승자가 되어 성공적인 사업가가 될 수 있을까? 친구에 대한 아버지의 마지막 언급은 이 의문과 연결된다. "네 친구는 러시아에서 파멸하고 있지. 걔는 이미 삼년 전에 포기해야 할 정도로 얼굴이 누렇게 병색이었어."(91면) 결국 아버지에게 러시아에 있는 친구는 마음속의 아들처럼 느껴져도 사업의 계승자는 될 수 없고, 사업수완을 갖춘 피붙이 아들은 권력투쟁에서 결코 공존할 수 없는 경쟁자인 것이다. 이 딜레마는 부자간의 관계보다는 권력 일반의 속성에 더 들어맞는다. 무한경쟁 사회에서 권력과 사랑은 양립할 수 없기 때문이다.

게오르크가 보이지 않는 힘[10]에 의해 방 밖으로 '내몰리는 느낌'

---

10 게오르크를 방 밖으로 몰아내는 '보이지 않는 힘'은 「변신」에서 지배인을 몰아내는 '보이지 않는 힘'을 떠올리게 한다. 그레고르를 벌레로 변신시킨 자본주

으로 뛰쳐나갈 때 등 뒤에서 아버지도 침대에서 쿵 하는 소리를 내며 쓰러진다. 게오르크는 문자 그대로 아버지를 '매장'하려 했으므로 선고를 순순히 받아들인다. 그런데 아버지를 제거하려는 아들의 권력욕은 다름 아닌 아버지에게서 배운 것이다. 따라서 엄밀히 말하면 아버지가 아들에게 익사형을 선고할 도덕적 정당성은 없다는 것을 아버지의 죽음이 암시한다고 볼 수 있다. 나아가서 부자가 공멸하는 것은 이 무한경쟁 시스템이 과연 안정적으로 재생산될 수 있을까 하는 의문을 낳는다. 권력의 속성에 비추어보면 상대의 권리를 완전히 박탈하고 권력을 독점하려는 승자독식의 권력욕은 나를 제외한 모두를 적으로 삼는 것이므로 항상 포위공격의 위험에 노출된다. 이 작품의 부자관계에 국한해서 말하면 아버지에게 '남은 힘'이 아들을 상대하기에 충분하다 해도 아들의 지분을 인정할 때만 안정적 노년이 보장될 것이다. 따라서 아들을 제거하는 것은 결국 아버지 자신의 삶의 기반을 제거하는 자충수가 된다. 다른 한편 어린 시절 친구가 이 경쟁사회에 적응하지 못하고 러시아로 도피해서 혁명[11]의 위험에 노출돼 있는 상황은 무한경쟁 체제의 위태로운 불안정성을 부각시킨다.

게오르크는 물에 뛰어들기 직전에 "사랑하는 부모님, 저는 언제나 당신들을 사랑했습니다"(92면)라고 최후진술처럼 사랑을 고백한다. 생전에 이루지 못한 소망의 회한처럼 들리는 이 말은 부자관계나 가족관계에서 권력의 논리를 넘어서기 위한 기본조건이 사랑

가 사장이나 지배인의 명령이 아니라 '시스템'으로 작동하듯이, 게오르크를 몰아내는 '보이지 않는 힘'도 아버지의 명령에서 생기는 게 아니라 부자관계마저도 사생결단의 권력투쟁으로 내모는 권력의 '시스템'으로 작동한다.

11 친구는 불안한 정세 때문에 가게를 비우고 러시아를 떠날 수가 없다고 말하는데, 이것은 1905년 1차 러시아혁명을 암시한다.

임을 일깨워준다. 작품의 마지막 문장은 게오르크가 강물로 몸을 던지고 "그 순간 다리 위로는 그야말로 끝없는 차량행렬이 이어졌다"(92면)라고 묘사된다. 여기서 '차량행렬'(Verkehr)은 문자 그대로 교통을 가리키기도 하지만, 사회적 교류, 상호 간 의사소통, 이성과의 교제, 경제적 거래 등을 두루 총칭한다. 그리고 그 모든 교류를 작동시키는 에너지의 원천은 권력투쟁이다. 게오르크는 그 투쟁의 장에서 승자가 되려는 순간 좌절하고 도태된다. 차량행렬 속에서는 그가 "물에 떨어지는 소리를 가볍게 묻어줄 버스가 지나가는"(92면) 모습이 보인다. 이것은 게오르크의 좌절과 파멸이 무한경쟁 체제에서는 흔적도 없이 익명으로 처리될 것임을 암시한다. '끝없는 차량행렬'은 그런 자멸과 공멸이 흔적도 남기지 않고 무한 악순환으로 반복될 거라는 암울한 여운을 남긴다.

「유형지에서」

제목이 말하는 '유형지'는 어디쯤일까? 작품에서 열대지방과 찻집이 언급되고 장교와 여행자가 프랑스어로 말하므로, 동남아시아에 위치한 프랑스령 식민지에 딸린 외딴섬의 유형지로 짐작된다. 일찍부터 식민지를 개척한 영국과 프랑스 등의 나라는 식민지에 있는 섬을 유형지로 만들어서 대개는 중죄인들을 그곳에 가두고 강제노동을 시켰다. 경우에 따라서는 식민지 현지인들도 유형지에 감금되어 강제노동에 동원됐고, 몇몇 유형지는 2차대전 종전 직후까지도 존속했다.

작품은 유형지의 판사이자 사형집행인인 장교가 유럽에서 연구차 방문한 여행자에게 형을 집행하는 '독특한 기계장치'를 설명하는 것으로 시작된다. 이 기계는 침대와 써레 그리고 제도기라 불리는 세 부분으로 이루어져 있다. 맨 아래 침대에는 옷을 다 벗긴 맨몸의 죄인이 눕혀지고, 써레에는 수많은 바늘이 부착돼 있어서 죄에 상응하는 판결 내용이 죄인의 맨몸에 바늘로 새겨진다. 제도기는 판결 내용이 써레의 동작으로 구현되도록 하는 연결 장치의 역할을 한다. 판결문에 해당하는 도안은 이 유형지의 전임 사령관이 이미 작성해놓았고, 장교는 그때그때 사건에 해당하는 판결문 도안을 꺼내어 제도기에 입력해 작동시킨다. 그런데 이 독특한 기계장치는 처음 여섯시간 동안 판결문을 죄수의 몸에 새기며, 그다음부터는 죄수의 몸을 바늘로 찔러서 열두시간이 되면 죄수는 온몸에 피를 흘리며 죽고 구덩이에 버려진다. 장교의 설명에 따르면 여섯시간이 지나면 아무리 멍청한 사람도 자신의 죄를 깨닫고, 마지막에는 표정이 신성하게 변화돼서 구원의 죽음을 맞는다.

이어서 장교는 사병 한명이 항명죄와 상관모욕죄로 중대장에 의해 기소돼 선고를 받았고, 이제 곧 형을 집행할 예정이라고 말한다. 사병은 불침번을 설 때 매시간마다 중대장의 방문 앞에서 경례 구호를 외치게 되어 있었는데, 잠을 자느라 그 의무를 이행하지 못했다. 그래서 중대장이 채찍으로 사병의 얼굴을 후려치자 사병은 중대장에게 "채찍을 버려. 그렇지 않으면 잡아먹겠어"(101면)라고 했다는 것이다. 이런 연유로 사병은 "상관을 공경하라!"(99면)는 판결을 받았고, 앞서 언급한 열두시간의 형이 집행될 예정이다. 여기서 보듯 이 유형지의 형벌체계는 죄의 경중을 불문하고 예외 없이 사형으로 처리된다. 뿐만 아니라 기소된 자를 심문하지도 않고, 변호할 기회도 주지 않으며, 판결 내용을 죄인에게 알려주지도 않는다. 장교가 "죄는 언제나 의문의 여지가 없다"(101면)라고 확신하기 때문이다.

그런데 유형지의 신임 사령관은 전임 사령관이 도입한 이 형벌체계를 폐지하려 한다. 죽은 전임 사령관의 대리인이자 이 기계의 특별한 신봉자인 장교는 어떻게든 형벌체계를 유지하려 하며, 법학자로 짐작되는 여행자가 장교에게 유리한 방향으로 신임 사령관을 설득해주기를 바라고 있다. 죄인에게 형을 집행하는 사건의 전개가 장교의 설명과는 사뭇 다르게 반전되는 것은 이런 상황과 관련이 있어 보인다. 장교는 죄인을 침대에 묶고 기계를 작동시키지만, 여행자가 장교의 입장을 지지하기를 거절하자 죄인을 기계에서 풀어준다. 그러고는 자기 자신에게 '공정하라'라는 판결을 내리고 스스로 옷을 벗고 기계의 침대에 드러눕고서 기계를 작동시킨다. 그런데 기계의 제도기가 해체되면서 써레의 바늘들은 장교의 몸에 글자를 새기지 않고 몸을 마구 찔러서 금세 죽음에 이르게 한다.

여기서 기계가 오작동을 하고 해체되는 이유는 대체 무엇일까? 장교의 말처럼 기계가 노후해서 고장이 났을 수 있다. 혹은 전임 사령관 시절에는 이 기계로 처형하는 의식(儀式)이 죄에 대한 깨달음과 신성한 구원을 가능하게 했다면, 이젠 그런 기능을 수행하지 못하기 때문에 단순히 살인기계가 됐음을 보여주는 것이라 할 수도 있다. 다른 한편 '공정하라'라는 판결은 장교가 이전에 행한 모든 사형집행이 정의롭지 못했다는 뜻이므로 장교가 말한 깨달음과 구원은 모두 거짓으로 판명된 셈이다. 그렇다면 장교가 말한 기계의 신성한 기능 역시 거짓이고, 전임 사령관 시절에도 이 기계는 단지 처형기계였을 뿐이다. 나아가서 기계의 고장이 하필 기계의 신봉자이자 운전자인 장교를 손쓸 틈도 없이 죽인 것은 첨단 살인 기계가 인간의 통제를 벗어난 상황을 떠올리게 한다.

장교가 자신에게 '공정하라'라는 판결을 내리고 죽음의 길을 택한 이유도 다양한 각도에서 짚어볼 수 있다. 이미 언급한 대로 장교가 죄인을 풀어주고 자신을 기계의 제물로 바치는 직접적인 계기는 여행자가 자신의 편을 들어주기를 거절했기 때문이다. 전임 사령관 재직 당시 도입한 형벌체계의 신봉자인 장교는 신임 사령관 체제에서 그 누구의 지지도 받지 못하는 고립무원의 상태이다. 전임 사령관 시절 이 사형집행은 수많은 사람이 참여한 성대한 의식이었으므로 그는 사령관의 비호하에 막강한 권세를 누렸을 것이다. 그러나 지금은 장교 혼자 형을 집행하고 있다. 이 사형집행 의식이 얼마나 볼품없고 장교의 권위가 얼마나 추락했는가를 보여주는 짧은 에피소드가 있다. 장교가 옷을 다 벗고 알몸이 되기 전까지 그의 조수사병과 풀려난 죄인은 서로 손수건을 뺏고 빼앗기는 장난을 치느라 장교의 행동을 "거들떠보지도 않았다".(125면) 이런 사병과 죄인의 장난은 장교가 엄숙하게 옷을 벗고 기계에 오르려는 행위를 한낱 우스갯거리로 만들었다. 때문에 한때의 막강한 권력이 흔적도 없이 사라지면서 생긴 절망적 좌절감이 자살을 택하게 했다고 볼 수도 있다.

그럼에도 전임 사령관 체제와 기계의 신봉자라는 관점에서 보면 스스로에게 전임 사령관이 고안한 판결을 내리고 이 기계의 방식대로 형을 집행함으로써 마지막까지 옛 체제를 옹호하며 순교했다는 해석도 가능하다. 그러나 하필 '공정하라'라는 판결을 내림으로써 옛 체제의 불공정을 폭로한 셈이기 때문에 순교의 의미는 퇴색한다. 죽은 장교의 얼굴에 깨달음 같은 것을 느낄 만한 아무런 변화가 없다는 사실도 그의 믿음이 헛된 것이었음을 보여준다.

장교가 결국 옛 체제와 형벌체계 그리고 기계의 기능이 거짓임을 인식하고 자신에게 진심으로 '공정하라'라는 판결을 내렸을 수도 있다. 그렇다면 기계의 오작동과 운전자 살해는 그의 인식이 옳다고 입증해주는 결말이라 할 수 있다. 하지만 마지막까지 여행자에게 지지 요청을 하다가 뜻대로 되지 않자 자신에게 유죄판결을 내리기 때문에 인식에 의한 결단이라기보다는 궁지에 내몰린 행동이라는 인상이 짙다.

장교의 가장 본질적인 모습은 죄의 경중을 가리지 않고 모든 죄인을 고문해서 죽이는 형벌체계를 철저히 신봉한다는 것이다. 잔혹하고 광적인 폭력 숭배다. 이 광적인 증상이 전임 사령관 체제에서는 죄인을 무조건 죽이는 데서 쾌감을 느끼는 사디즘으로 분출됐고, 신임 사령관 체제에서 그 분출구가 막히자 거꾸로 자기학대에서 쾌감을 느끼는 마조히즘으로 선회한 것이라 볼 수도 있다. 프로이트가 설명하듯 사디즘과 마조히즘은 이렇게 순차적으로 나타나기도 하지만 '사도마조히즘'이라는 합성어처럼 동시에 나타나기도 한다. 특히 사도마조히즘에서는 타자에게 고통을 가하면서 동시에 고통스러워하는 대상과의 동일시를 통해 마조히즘 상태로 그 고통을 즐긴다. 그런데 타자에게 폭력을 가하던 대상이 이젠 자기 자신이므로 장교의 한쪽 자아는 자신을 고문하면서 쾌감을 느끼고 다른 자아는 고문을 당하면서 쾌감을 느끼는 기괴한 형국이 된다.

이 이야기를 역사적 맥락으로 확장해서 보면 또다른 해석이 가능하다. 전임 사령관이 고안한 형벌체계는 공정한 재판 절차 자체가 생략된 전근대적 사법체계와 통치체제를 가리키는 반면, 그것을 폐지하려는 신임 사령관 체제는 부조리한 폭력을 용인하지 않으려는 합리적 근대성의 세계로 보인다. 그러나 처음에 시동만 걸면 열두시간 동안 자동으로 작동하던 살인기계는 카프카 당시에도 이 작품의 상상으로나 가능했던 최첨단 기계이다. 이유를 묻지도 따지지도 않는 야만적 형벌체계와 첨단기술이 결합해서 무자비한 폭력을 가하고 인명을 살상할 수 있는 극단적 예외상황은 바로 20세기의 전쟁을 비유하는 것으로 보인다. 이 작품이 1차대전이 터진 직후에 쓰였다는 사실도 그런 해석을 뒷받침한다.

죄인인 사병은 장교와 여행자가 프랑스어로 말하는 것을 알아듣지 못하므로 식민지 현지인으로 짐작된다. 죄인이 강아지처럼 온순해 보이고 잘못에 비해 가혹한 처벌에 순응하는 태도는 식민지배에 길들여진 모습처럼 보인다. 그가 밤중에 매시간 중대장의 방문 앞에서 경례구호를 외치는 의무를 소홀히 했다고 채찍으로 얼굴을 맞는 것은 식민지배의 규율이 일상적 폭력을 수반한다는 것을 암시한다. 죄인이 중대장에게 채찍을 버리지 않으면 '잡아먹겠어'—독일어로 사람이 음식을 먹는다는 의미의 'essen'이 아니라 짐승이 먹이를 먹는다는 뜻의 'fressen'을 쓰고 있다—라고 대든 것은 식인종을 떠올리게 하면서 식민지 원주민의 미개함을 짐짓 강조하는 표현처럼 읽힌다. 하지만 사병의 반응 자체는 그의 의도와 상관없이 우스꽝스러운 효과를 낸다. 밤중에 자고 있을 중대장의 방문 앞에서 경례구호를 외치는 것이 도대체 무슨 우스꽝스러운 짓거리인가 하는 반어적 효과를 낳는 것이다. 한편 죄의 경중을 가리지 않고 무조건 사형시키는 형벌체계는 식민지배의 폭력적 잔혹성을 말해준다. 즉 전임 사령관 시절에는 그런 처벌이 통했으나 신임 사령관은 그 형벌체계를 폐지하려고 하면서 구식민지 시대가 종언을 고했음을 시사한다.

종신형 유형지에서 강제노동을 시키고 고문을 가하는 폭력은 식민지배 체제뿐 아니라 20세기 전체주의 국가에서도 흔한 일이었다. 모든 주민이 참여하는 성대한 의식으로 사형집행을 했다는 것은 특정세력에 대한 응징을 국민 총동원의 선동장과 교육장으로 삼았다는 뜻이다. 그런 폭력체제에서 이 작품에 나오는 여행자처럼 남의 나라 일에 관여하면 문제가 생기니 최대한 중립을 지키려는 사람은 흔히 체제의 조력자가 된다.

카프카의 삶과 글쓰기에서 유대인의 운명이 중요한 작용을 했다는 사실을 고려하면 이 작품의 유형지는 훗날 나치의 강제수용소를 떠올리게 한다. 또한 당시 동유럽 유대인 사이에 경건주의 유대교 신앙으로 퍼지던 하시디즘(Hasidism)에서 삶 자체를 심판의 과정으로 본 것도 생각해볼 수 있다. 그런 맥락으로 볼 때 현세에서 고난과 심판의 과정을 거쳐 마침내 죄를 깨닫고 구원에 이르는 과정으로 이 작품을 해석하기도 한다. 그러나 카프카의 문학은 구원의 출구가 막혀 있다는 실존적 고뇌와 불안의 산물이다. 믿음이 문학을 초월했다면 신이 떠난 시대에 그의 문학은 지금까지 살아남지 못했을 것이다.

「시골 의사」

이 작품은 1인칭 화자인 주인공 의사가 무척 당황하는 상황에서 시작된다. 눈보라가 치는 한밤중에 10마일이나 떨어진 곳에서 어떤 중환자가 비상호출을 했고, 그래서 왕진을 가야 하는데 마차를 끌 말이 없었기 때문이다. 그런데 몇년째 사용하지 않은 돼지우리의 문짝을 무심코 걷어차자 뜻밖에도 씩씩한 말 두마리와 마부까지 나온다. 마부는 "헤이, 형제! 헤이, 누이!"(133면)라고 소리치면서 말들을 형제자매처럼 다룬다. 그리고 느닷없이 하녀를 끌어안고 마구 입을 맞춰 그녀의 얼굴에 붉은 이빨자국을 만든다. 의사는 마부를 위협하지만 마부는 끄떡도 않고, 의사가 함께 마차를 타고 가자고 해도 하녀와 있겠다고 버틴다. 그사이 하녀는 방문을 걸어 잠그고 방 안에 숨어 있다. 의사는 하녀를 걱정해서 왕진을 포기하겠다고 하지만, 마부가 갑자기 마차를 출발시킨다. 마차가 출발하는 순간 하녀의 방문이 부서지는 소리가 들린다. 의사는 대문을 나서자마자 순식간에 환자의 마당에 도착한다. 소년인 환자는 처음에는 죽게 내버려달라고 애원하지만 의사는 아픈 데가 없다고 진단한다. 하지만 의사는 이내 소년의 엉덩이 부위에 손바닥 크기의 장밋빛 상처가 노천광산처럼 파헤쳐져 있는 것을 발견한다. 소년은 이번에는 자기를 구해달라고 애원하지만, 의사는 도와줄 수 없다고 말한다. 그러자 마을사람들이 의사의 옷을 벗기고 소년의 침대에 함께 눕힌다. 소년은 의사를 신뢰할 수 없다고 반발하고, 의사는 소년의 상처가 도끼로 내리쳐서 생긴 대수롭지 않은 거라고 말한다. 결국 소년을 구하지 못한 의사는 이제 자신을 구원할 차례라고 생각하면서 다시 말을 타고 도망친다. 그러나 올 때와 달리 마차는 느리게 가고 의사는 집으로 돌아가지 못할 거라고 예감하면서 혹한의 설원을 떠돌아다닌다.

이해할 수 없는 꿈을 서술한 것 같은 이 이야기는 작품의 첫문장처럼 줄곧 독자를 당황시킨다. 하지만 그럴수록 이야기 자체를 집중해서 읽는 것이 이해의 실마리를 풀기 위해 중요한 방편이 된다. 먼저 마부는 어떤 존재일까? 주인이 보는 앞에서 거리낌 없이 하녀를 덮치고 또 씩씩한 말을 형제자매라고 부르는 것을 보면, 그는 동물적인 성적 충동의 화신이라 할 수 있다. 몇년째 방치된 돼지우리에서 말과 마부가 나온 것을 가리켜 하녀는 "사람들은 자기 집에 무엇이 있는지도 모른다니까요"(133면)라고 말한다. 이것은 프로이트가 "자아는 내 집의 주인이 아니다"라고 한 말과 유사하다. 즉 우리의 의식적 자아는 대개 억눌린 무의식적 충동도 나의 또다른 자아라는 것을 인지하지 못하며, 더 나아가 무의식적 충동이 때로는 의식적 자아를 압도할 수도 있다는 뜻이다. 작품에서 마부는 그런 의미에서 의사의 억눌린 성적 충동을 보여주는 '또다른 자아'(alter ego)라 할 수 있다. 마부가 하녀를 덮치자 의사는 몇년째 주의를 기울이지도 않던 하녀가 아름다운 소녀로 느껴지고 중성의 익명이던 하녀가 여성으로 지칭되며[12] '로자'라는 이름도 떠오른다. 몇년째 사용하지 않은 돼지우리는 평소에 의사가 성적 충동을 불결한 것으로 여기고 억눌러왔음을 짐작케 한다. 그런데 그 충동이 이제 고삐 풀린 망아지처럼 날뛰기 시작한 것이다. 의사는 로자를 지키겠다고 왕진을 포기하려 하지만 마부는 손뼉을 쳐서 말을 달리게 하고, 의사는 마차가 마치 "급류에 휩쓸린 나무처럼 갑자기 확 끌려"(134면)가는 것처럼 느낀다. 성적 충동이 의식적 의지로도 제어되지 않는 것이다.

다른 한편으로 보면 로자가 겁탈당할 위기에도 의사는 자신의 본분에 충실하기 위해 중환자를 돌보러 왕진을 가야만 한다. 그래서 그에게 로자는 의사의 의무를 다하기 위해 희생시켜야 하는 '대가'로 여겨진다. 그렇게 보면 이 장면은 성적 욕구의 충족과 의사

---

12 하녀(Dienstmädchen)는 처음에는 독일어의 문법적인 성인 중성(es)으로 지칭되다가 마부가 하녀를 건드린 후부터 그녀(sie)로 바뀐다.

의 의무 이행이 분리되는 딜레마 상황, 즉 주체의 분열을 나타낸다. 의사로서 의무를 다하고 명망을 유지하는 것은 아름다운 소녀 로자를 포기하는 대가를 치러야만 가능한 것이다. 또다른 문제는 그래도 마음속으로 단념할 수 없는 로자에 대한 성적 환상이 다른 방식으로 승화되지 못하고 줄곧 마부의 폭력성 내지 공격성으로만 남아 있다는 것이다. 이것은 그가 로자를 떠남과 동시에 대면하게 되는 중환자 소년을 끝내 치유할 수 없는 결정적 걸림돌이 된다.

마차가 대문을 나서자마자 환자의 집 마당에 당도하는 특이한 공간 이동은 내 집 안에 있던 마부를 잊고 있다가 갑자기 발견한 상황과 유사하다. 환자 소년도 낯선 타자가 아니라 의사의 심리가 투영된 가상적 존재일 개연성이 크다는 뜻이다. 소년이 처음에 자기를 죽게 내버려달라고 하는 말은 그 자체로는 이해되지 않는다. 하지만 의사가 로자를 걱정하는 대목과 연결해서 보면 소년의 자포자기는 로자가 마부에게 공격을 당해서 차라리 죽고 싶은 심정일 거라는 추측을 가능케 한다. 그럼에도 의사가 처음에는 소년을 건강하다고 진단한 것은 무엇 때문일까? 곧이어 의사는 자신이 마을에 고용된 의사로서 너무 과중한 진료업무에 시달린다고 하소연하면서, 다시 로자를 걱정한다. 이렇게 선후관계를 비교해보면, 처음에 의사가 소년을 진료할 때는 평소처럼 정상적인 진료의 관점에서 소년을 진단했고, 그래서 소년이 로자와 유사한 고통을 앓는 것을 보지 못한다. 이어서 의사가 처방전을 쓰는 것은 쉽지만 사람들과 소통하는 것은 어려운 일이라고 생각하는 것도 같은 맥락에서 이해된다. 처방전을 쓰는 의례적인 의사의 일과 소년 그리고 로자와 소통해서 이들을 구하는 일은 다른 차원이다. 그래서 로자를 걱정하다보니 의사는 죽게 내버려달라는 소년의 말을 이해하고,

소년이 정말 아프다는 것을 깨닫게 된다.

한편 소년의 엉덩이 부위의 상처에 대한 묘사는 여성의 성기를 떠올리게 한다. 그 상처의 장밋빛(rosa) 색깔은 하녀 로자(Rosa)와 대소문자만 다를 뿐 철자가 똑같다. 따라서 소년의 상처는 로자가 마부의 공격을 받아 생긴 상처를 떠올리게 한다. 로자는 처음 마부가 덮쳤을 때 이미 "자신의 운명을 바꿀 수 없다"(134면)는 것을 직감하며 방 안으로 달아났다. 그리고 의사가 집을 떠나는 순간 마부는 로자의 방문을 부수고 들어갔다. 따라서 소년의 상처를 보고 의사가 "불쌍한 소년, 너를 도와줄 수가 없다"(이하 138면)라고 하는 것은 마부의 폭력에 희생된 로자를 떠올리기 때문으로 볼 수 있다. 다른 한편 의사는 소년의 상처를 '꽃'이라 일컬으며, 소년에게 "이 꽃 때문에 너는 파멸을 맞고 있다"(138면)라고 말한다. 성적 욕구의 대상이 아름다운 꽃에 비유되는 것은 자연스럽다. 그런데 소년의 상처에 대한 묘사는 역겨움을 유발한다. 상처 속에 새끼 손가락 크기의 벌레들이 우글거리기 때문이다. 흔히 남성의 정자를 가리키는 것으로 해석되는 이 벌레들 때문에 소년은 질색을 하고 의사에게 "나를 구해주실 거죠?"(138면)라고 호소한다. 여기까지 보면 소년은 단순히 동물적인 성적 욕구의 해소를 넘어서 '꽃'처럼 아름다운 — 순수한 미적 쾌감과 같은 차원의 — 에로스의 경험을 선망하고 있음을 알 수 있다. 소년도 나중에 자신의 상처를 '아름다운 상처'라고 하는 것은 그 때문이다. 이렇게 보면 의사가 소년에게 이 '꽃' 때문에 파멸할 거라고 하는 것은 소년의 소망이 결코 이루어질 수 없고, 의사도 고칠 수 없는 병이라는 것을 실토한 셈이다. 그래서 구해달라는 소년의 호소에 의사는 사람들이 "의사에게 불가능한 것을 요구한다"라고 생각한다. 사람들은 신앙을 잃었고,

그래서 이제는 영혼을 구제하는 일을 사제가 아닌 의사에게 기대한다는 것이다. 마을사람들이 의사의 옷을 벗기고 환자가 누워 있는 침대에 함께 눕히는 이상한 의식(儀式)은 그런 미신적 믿음을 보여준다. 이 장면은 예컨대 다른 사람과 심신이 통하는 신통한 능력을 가진 무당을 심신의 중병을 앓는 환자의 몸에 접신시켜 치유하려는 발상을 떠올리게 한다. 그런데 정작 의사 자신이 미쳐 날뛰는 마부를 제어하지 못해 '아름다운 소녀'를 희생시키고 집에서 도망쳐온 상태이므로 의사에게 그런 치유능력이 있을 리 만무하다. 그래서 소년은 의사를 신뢰하지 않는다고 반발한 것이다. 또한 소년이 의사의 눈을 후벼 파주고 싶다고 말하는 것은 —— 자신의 운명을 몰랐던 오이디푸스가 자기 눈을 찌르듯 —— '자기 집에 무엇이 있는지도 모르고' 살다가 불쑥 나타난 마부에 의해 집 밖으로 내쫓긴 의사의 캄캄한 앞날을 예언하는 것으로 보인다.

그런데 의사는 소년의 상처가 도끼로 내려쳐서 생긴 것이라고 설명하며 따지는 소년을 설득하고 조용히 침묵시킨다. '도끼' 이야기로 소년의 소망을 잠재우고 기를 죽인 것이다. 이 대목은 여성과 남성에게 적용할 때 상이한 함의를 갖는다. 여성의 성기를 상징하는 상처가 도끼로 내려쳐서 생긴 것이라는 말은 여성의 성적 특성을 태생적인 약점으로 규정하려는 입장에서 보면 힘과 권력의 상징인 '남근이 제거된' 생래적 결핍 상태를 가리키는 것이라 할 수 있다. 그렇게 보면 로자가 자신의 운명을 바꿀 수 없다고 예감하는 것은 그런 식으로 여성의 성이 남성적 지배욕과 공격성의 정복대상으로 전락한 운명을 암시한다. 카프카의 문학에서 모든 개인적 체험이 사회구조적 문제와 연결돼 있듯 이 대목에서도 로자의 운명은 이 가장 불행한 시대에 여성에게 흔히 강요되는 보편적 운명일 것이다. 작품에 나오는 의사의 경우로 말하면, 의사가 만약 집으로 돌아간다면 그는 로자를 폭행하는 마부가 될 수밖에 없는 것이다. 그래서 의사는 그의 또다른 자아가 장악한 집으로 돌아가지 못한다. 로자를 갈망하는 자아와 의사의 의무를 다하는 자아는 영원히 분리되어야 한다. 이것 또한 '불행한 시대'의 비극이다.

다른 한편 도끼 이야기가 소년의 성적 욕구 자체를 잠재운 것은 거세 공포를 유발했기 때문일 수도 있다. 소년의 순진한 환상과 달리 성적 욕구는 마부의 경우처럼 지배욕 내지 권력욕과 결부된다. 평소에 억눌려 있던 마부가 주인을 내쫓고 주인의 집을 차지한 것이다. 「선고」에서 아들이 사업을 주도하고 아버지를 어두운 뒷방으로 밀어낸 뒤 결혼을 해서 가장의 자리를 차지하려는 것도 성과 권력의 연동관계를 단적으로 보여준다. 그런 관점에서 보면 소년의 상처가 상기시키는 거세 공포는 어디까지나 가장의 권한인 성적 권리를 감히 소년이 넘보는 것 자체가 범해선 안될 금기임을 말해준다.

결국 의사는 치유하지 못한 소년 환자의 집에서 도망쳐나와 눈이 덮인 혹한의 벌판을 떠돌게 된다. 이미 언급한 이유로 집에는 돌아가지 못하므로 이 정처 없는 방황은 끝없이 계속될 것이다. 이 장면은 중세 유대교 설화에서 세상 어디에도 정착하지 못하고 영원히 떠돌아야 하는 유대인 방랑자 아하스버(Ahasver)를 떠올리게 한다. 그런데 카프카는 밀레나에게 보내는 편지에서 성적 욕망이 바로 그 영원한 방랑자 유대인과 비슷하다고 언급한 적이 있다.

성적인 욕망은 영원히 방랑하는 유대인과 비슷한 부분이 있어요. 무의미하게 더러운 이 세상을 의미 없이 이동하고 의미 없이 떠돌아다니거든요.

그 유대인은 작품 속의 소년처럼 성적 욕망이 꽃처럼 아름답게 충족되기를 바라지만 아름다운 소녀도 그 무엇의 대가로 바쳐야 하는 지상의 더러운 삶에서 그런 소망은 결코 이루어지지 않는다. 그런 줄 알면서도 꽃처럼 아름다운 결합의 소망을 버리지 못해 끝없이 방랑을 거듭하는 것이다. 카프카가 말하는 "무의미한 방랑"은 방랑 자체가 무의미하다는 뜻이 아니라, 의미를 찾아 방랑하지만 결코 궁극의 의미에는 도달하지 못한다는 뜻이다. 여기서 '의미'(Sinn)의 어원적 의미가 살아난다. 고대 독일어에서 'Sinn'의 동사형 'sinnen'은 '이동하다' '여행하다'라는 뜻이었다. 즉 '의미'는 미리 주어진 게 아니라 뭔가를 찾아서 떠나는 과정에서 탐색되는 것이라는 뜻이다.[13] 작품 첫머리에서 의사가 왕진을 위해 집을 나서는 것도 바로 그런 뜻에서 의미를 찾아가는 떠남이다. 그러나 의사는 자신이 찾던 의미를 끝내 발견하지 못한 채 눈 덮인 벌판에서 영원한 방랑자 유대인처럼 떠돌아야 한다. 그가 찾는 의미는 로자와 소년과 자신을 구원해줄 그 무엇이므로 지상의 삶에서는 결코 도달할 수 없을 것이다. 작품 마지막 문장에서 의사가 "속았어! 속았어!"(141면)라고 한탄하는 것은 지금까지 ─마부와 의사로 분리된─ 잘못 살아온 삶에 대한 뒤늦은 각성과 회한의 탄식이지만, 다른 한편으로 결국 의미를 못 찾을 줄 알면서 또 속는 셈치고 다시 의미를 찾아가는 '방랑'을 멈추지 못하는 불가항력의 운명에 대한 고백이다.

----

13 동양에서 진리 탐구를 도(道)라 일컫는 것과 비슷한 발상이다.

그리고 그것은 작가 카프카의 운명이기도 하다. 하얀 설원에서 끝없이 뭔가를 찾아 방랑하는 운명은 그 어떤 작품의 의미에도 안주하지 못하고 백지 위에 처음부터 다시 글쓰기를 해야 하는 작가의 운명인 것이다. 그런 관점에서 작품을 다시 보면, 결혼생활과 창작활동을 병행할 수 없다고 생각한 카프카는 의사처럼 성적 욕구를 억압하지만, 소년처럼 아름다운 꽃의 에로틱에 대한 선망 자체는 단념하지 못하는 갈등을 아물지 않는 상처로 안고 살았던 셈이다. 마부가 형제자매처럼 느끼는 말들은 애초에 성적 욕구의 상징이다. 그런데 마부가 말을 움직여 의사가 집을 떠나므로 그후 의사가 말이 끄는 마차를 타고 이동하는 여행과 방랑은 ─ 즉 의미를 찾아가는 글쓰기는 ─ 그 근원을 따지면 성적 충동의 에너지에서 발원하는 것이다. 의사가 하얀 설원에서 "저세상의 말들이 끄는 이 세상의 마차를 타고 떠돈다"(140면)는 것은 그런 맥락에서 보면 카프카가 쉽게 제어되지 않는 상태로 억눌려 있는 성적 충동을 '의미'를 찾아가는 글쓰기의 동력으로 승화하려 했다고 추정할 수 있다.

이 작품을 쓴 1917년 7월 카프카는 이미 한번 약혼했다 파혼한 펠리체 바우어와 두번째 약혼을 했고, 8월에 첫 각혈을 했으며, 9월에 폐결핵 진단을 받고, 12월에 펠리체와 파혼했다. 9월의 일기에는 폐결핵이 그냥 폐에 생긴 병이 아니라 "삶의 상처의 비유"이고 펠리체는 그 "상처의 염증"이라고 쓴 대목이 있다. 같은 여성과 두번 약혼하고 파혼한 것은 결혼하고 가정을 꾸리는 시민적 삶이 작가의 길과 양립할 수 없다는 고통스러운 인식의 결과일 것이다. 폐결핵이 그를 결국 죽음에 이르게 한 병이라는 사실을 상기하면, 펠리체와의 관계로 그의 삶에 패인 상처는 평생 아물지 않았던 셈이다.

「학술원에 보내는 보고서」

이 작품은 1917년 유대 신학자 마르틴 부버(Martin Buber)가 주필로 있던 『유대인』이라는 잡지에 발표되었다. 발표지면의 특성상, 그리고 원숭이가 인간사회에 적응하는 이야기 소재의 특성상, 이 작품은 발표 직후부터 카프카의 가까운 지인과 연구자 들 사이에 유대인이 서구사회에 동화되는 과정에서 겪는 간난신고의 비유담으로 해석됐다. 아프리카 원시림에서 잡혀와 우리 안에 갇혔다가 결국 곡예단의 배우가 되기까지 원숭이 '빨간 페터'가 겪는 혹독한 적응과정은 서구 역사에서 유대인이 박해의 수난사를 거쳐 겨우 게토에 갇히는 형태로 시민권을 인정받은 역사적 운명을 상기시킨다. 카프카의 집안을 살펴봐도 그의 아버지 역시 보헤미아의 시골에 살다가 14세에 프라하로 상경해 자수성가한 사람으로, 유대인의 성공적 동화 과정을 보여준다. 이런 부친은 카프카에게 입신양명을 기대했으나, 그런 요구를 외면하고 작가의 길을 택한 카프카에게 유대인의 동화 문제는 작가적 정체성과도 직결되는 절실한 사안이었던 것이다.

카프카의 모든 작품이 그렇듯 이 작품에도 자전적 요소가 강하게 투영돼 있지만 차원을 달리하여 보편적인 인간실존의 문제로 해석될 소지 또한 풍부하다. 작품의 화자로 등장하는 원숭이 빨간 페터의 화두는 그가 어떻게 해서 우리 안에 갇힌 원숭이 신세에서 동료 원숭이를 조련하는 ── 인간에 버금가는 ── 지위로까지 진화할 수 있었는가 하는 문제이다. 그의 표현을 빌리면 우리에서 벗어나 '출구'를 찾는 문제이고, 인간의 추상적인 언어로 말하면 '자유'

의 문제이다. 그런데 빨간 페터는 자유라는 말은 기만적이라는 이유에서 한사코 출구라는 말만 고집한다. 그의 이런 태도가 곧 작품 이해의 열쇠가 된다. 빨간 페터가 찾은 출구는 과연 자유에 값하는 것인가? 그가 인간사회에 적응하는 과정에서 겪는 고통과 보람은 과연 어떤 의미를 지니는가? 작품을 읽으면서 이런 의문을 생각해볼 필요가 있다.

빨간 페터의 인간사회 적응과정은 사회적 동물인 인간이 한 사회에 편입되는 과정을 그대로 보여준다. 악수와 음주 등 인간사회의 교제에 필요한 규범과 관습을 익히고, 드디어는 인간의 언어로 말하게 되는데, 이 언어 습득은 빨간 페터가 자의식을 가진 사회구성원이 됐다는 것을 뜻한다. 그런데 적응과정에서 겪은 신체적 고통을 회상하는 방식이 흥미롭다. 가령 적응훈련의 첫번째 선생님을 칭찬하면서, 제대로 못하면 담뱃불로 몸을 지졌다가 다시 커다랗고 자비로운 손으로 불을 꺼줬다고 고맙게 여기는 것이다. 이것은 사회규범에 적응하지 못하는 자에 대한 처벌에 반항할 때는 고립과 도태를 감수해야 하므로 그런 처벌까지 달게 받아들이는 것이 사회적 약자가 취할 수 있는 최선의 생존전략임을 보여준다. 그 다음 단계의 본격적인 조련과정에서 빨간 페터는 자기 몸에 채찍질을 하고 제 살을 후벼 파면서 원숭이 시절의 기억을 지우려고 안간힘을 쏟는다. 이젠 외적 강제나 처벌이 없어도 알아서 기는 경지로 '진화'한 것이다. 이 자학적 단련 과정 역시 사회적 강제에 적응하려는 더 고도화된 생존전략에 해당한다. 자유로웠던 원시 상태를 의식적으로 망각하려는 몸부림이며, 그렇게 해서 자유를 망각해야 좀더 편한 마음으로 부자유의 상태를 감내할 수 있는 것이다. 그런데 이 과정에서 겪는 신체적 고통은 역설적이게도 의식적으로

지우려는 기억을 상기시키는 직접적인 계기가 된다. 배에서 우리 안에 갇혀 있을 때 인간들의 파렴치한 짓으로 생긴 빨간 흉터가 그것이다. 카프카는 일기에 "그 무엇으로도 훼손되지 않는 불가항력의 유일한 진실은 육체적 고통이다"라는 말을 남긴 적이 있다. 추상적인 사변으로 아무리 거창한 자유를 설파해도 이 원숭이한테 '빨간 페터'라는 이름을 안겨준 육체적 화인(火印)만큼 자유의 결핍을 생생하게 증거하는 진실에는 미치지 못한다. 물론 스스로 인간이 되었다고 자부하는 빨간 페터 자신도 지금은 그 흉터를 무슨 훈장처럼 여기는 한에는 몸에 각인된 진실을 배반하고 있는 것이다. 한때의 생생한 진실이 진실 아닌 것의 도구가 되기도 하는 것이 이처럼 세상에 다반사이다.

니체의 『차라투스트라는 이렇게 말했다』에서 차라투스트라는 "인간에게 원숭이는 어떤 존재인가?"라는 물음을 던지고서 "인간을 한없이 조롱하는, 또는 괴로운 수치심을 떠올리게 하는 존재"라고 답한다. 그리고 이는 카프카의 원숭이 '빨간 페터'에도 적용된다. 빨간 페터는 인간이 진화와 문명에 힘입어 극복했다고 생각하는 '괴로운 수치심'을 수시로 상기시킨다. 인간의 곡예를 보고 오히려 원숭이들이 천장이 무너지게 폭소를 터뜨리는 상상은 원숭이의 구경거리로 전락한 인간의 모습을 떠올리게 한다. 침팬지 새끼의 발바닥이나 아킬레스의 발바닥이나 간지럼을 타기는 마찬가지인 것이다. 나중에는 다섯개의 방에 원숭이들을 집어넣고 동시에 조련을 하는 빨간 페터는 자신의 육체에 가해진 폭력을 통해 습득한 기술, 즉 고문기술을 인간 조련사들보다 더 능숙하게 휘두른다. 하나를 배우면 열을 실행할 줄 아는 학습능력은 만물의 영장인 인간만의 능력이므로 조련사 빨간 페터는 사실상 인간의 본래 모습이다. 그래서 빨간 페터를 조련하려다가 오히려 원숭이의 흉내도 못 따라가는 조련사들이 정신병원에 가야 하는 웃지 못할 촌극까지 벌어진다. 빨간 페터는 드디어 슈퍼맨까지 된 것이다. 인간의 제어를 벗어난 문명의 진보가 종국에는 인간 스스로의 족쇄가 되는 형국이기도 하다. 작품 말미에서 빨간 페터는 "지구상에서 전례가 없는 각고의 노력 끝에 유럽인의 평균 수준의 교양"(154면)을 갖췄다고 술회한다. 인류가 노력 끝에 도달한 문명과 교양의 이면에 인간이 된 체하는 원숭이의 모습이 남아 있지는 않은지 되새겨보라는 소리다.

이 작품은 제목 그대로 '학술원에 보내는 보고서'의 형식을 취한다. 그렇기 때문에 문체가 건조하고, 보고자인 빨간 페터의 어조는 시종일관 진지하다. 그러나 인간으로 진화했다고 자처하는 태도에서 독자의 웃음을 유발하는 희극성이 연출되며, 진지한 어조는 희극성을 배가하는 구실을 한다. 이런 특성으로 이 작품은 카프카 생시부터 곧잘 낭송공연이나 팬터마임 무대에 올라서 각광을 받았다. 카프카의 절친한 친구이자 유고의 편집자이기도 한 막스 브로트의 아내 엘자 브로트가 맨 처음 이 작품을 유대인 모임에서 낭송해 인기를 끌었는데, 그녀는 카프카에게 보낸 편지에서 낭송을 하는 동안 자기가 정말 원숭이가 된 것처럼 진땀이 나고 몸에서 원숭이 냄새까지 났노라고 작품에 매료된 심경을 피력한 바 있다. 독일에서는 1963년 유명한 연극배우 클라우스 카머(K. Kammer)가 이 작품의 장기공연을 시작한 이래 지금까지 수많은 배우의 단골 레퍼토리로 자리잡았다. 한국에서는 작고한 추송웅 배우가 1977년 '빨간 피터의 고백'이라는 제목의 모노드라마로 각색해 큰 반향을 얻은 바 있다.

「단식 광대」

이 작품은 1922년 5월 23일 탈고한 것으로 알려져 있다. 그로부터 이년 후 카프카는 결핵으로 세상을 떠나므로 생의 마지막 시기에 쓴 작품 중 하나다. 작품은 세부분으로 이뤄져 있다. 첫부분은 단식 광대의 인기가 절정에 이르던 시절을 회고하는 이야기다. 당시에는 많은 이들이 하루에 한번씩 단식 광대를 구경하러 올 정도로 단식쇼는 큰 인기를 누렸다. 단식 광대는 사십일 동안 단식을 하고, 그러면 매니저는 단식의 성공을 자축하는 행사를 열고 단식 광대에게 음식을 먹인다. 두번째 부분에서는 단식 광대에 대한 관심이 거의 사라지고, 단식 광대가 서커스단에 고용돼 동물 우리 옆에 있는 작은 우리를 배정받는 신세로 몰락한다. 서커스 관객들은 대부분 동물 우리로 몰려갈 뿐 이제 단식 광대에겐 관심이 없다. 세번째 부분에서는 그래도 단식을 중단하지 않고 짚 더미 속에 파묻혀 사실상 잊힌 단식 광대가 죽기 직전 감독에게 뜻밖의 고백을 한다. 사실은 '입에 맞는 음식'을 발견하지 못해 어쩔 수 없이 단식을 해야 했다는 것이다. 작품 마지막에서 서커스단은 단식 광대가 있던 우리에 젊은 표범을 한마리 집어넣고, 관객들은 생기 넘치는 표범을 구경하기 위해 우리 주위로 몰려든다.

카프카의 작품에서 '단식'이 중요한 모티브로 등장하는 장면이 또 있는데 바로 「변신」의 주인공 그레고르 잠자가 굶어 죽는 대목이다. 그레고르는 여동생의 바이올린 연주를 듣고 음악이라는 '미지의 음식'에 마음이 이끌려, 그런 심경이 자신이 벌레가 아니고 영혼을 가진 인간이라는 징표라고 생각한다. 그는 하숙인들이 먹는 고기 같은 단순 생존을 위한 음식을 거부하고 자신의 영혼에 호소하는 미지의 음식을 갈망하면서 굶어 죽는다. 여기서 단식은 단지 생존을 위한 삶에 매몰되지 않고, 문학적 글쓰기에서 삶의 희망과 의미를 찾던 카프카의 작가적 운명과 직결돼 있다. 「단식 광대」에서도 주인공이 공연 때마다 사십일씩이나 굶는 것은 그의 입에 맞는 음식, 즉 예술에 대한 갈망과 관련이 있어 보인다. 다만 「변신」이 주인공의 집에서 식구들과의 관계 속에 벌어지는 일이라면, 「단식 광대」는 관객 앞에서 벌어지는 일이라는 차이가 있다. 물론 두 주인공 모두 마지막에는 사람들의 무관심 속에서 외롭게 굶어 죽는 공통점도 발견할 수 있다.

카프카의 작품에서 이처럼 중요한 모티브로 등장하는 '음식'을 먹는 문제는 아버지와의 갈등이 시작되는 어린 시절의 원체험과 연결돼 있다. 1919년 집필한 「아버지에게 드리는 편지」에서 카프카는 어린 시절 아버지와 함께 있는 시간은 주로 식사시간이었고, 아버지가 아들에게 행한 교육은 대부분 식사예법에 관한 것이었다고 회고한다.[14] 왕성한 식욕을 자랑했던 아버지는 식탁에 오른 음식은 남기지 말아야 하고, 음식 투정을 하지 말아야 하며, 식사 중에는 얘기를 하지 말아야 하고, 따라서 신속히 식사해야 한다는 등의 식사규칙을 자녀들에게 부단히 주입했다. 그러나 카프카는 아버지의 요구에 응하지 못해 식사시간에 늘 침울했다. 아버지가 강인한 체력을 길러주기 위해 그런 규칙을 강요한 것이 카프카의 식욕을 떨어뜨리는 역효과를 가져온 것이라 짐작할 수 있다. 이런 식사규칙은 곧 씩씩하게 생존투쟁에 나서야 한다는 요구와 직결돼 있다

---

14 프란츠 카프카 『아버지에게 드리는 편지』, 이재황 옮김, 문학과지성사 1999, 37면 이하 참조.

는 것도 쉽게 짐작되는데, 그렇게 보면 카프카에게 음식을 먹는 것과 거부하는 것이 건강하고 활기찬 시민적 삶과 작가적 삶의 기로에서 양자택일의 갈등으로 다가왔다고 할 수 있다.

식사에 대한 즐거움을 느끼지 못하던 카프카는 글쓰기에 집중하기 위해 평범한 삶의 즐거움도 온전히 누리지 못했다. 1911년 1월 2일 일기에서 카프카는 글쓰기에 전념하기 위해 "섹스, 먹고 마시기, 음악에 대한 철학적 사색의 기쁨과 관련이 있는 모든 능력은 비워두었다"라고 하면서 "이 모든 방향으로는 아예 굶었다"라고 적고 있다. 즉 카프카에게 먹고 마시는 즐거움을 끊는다는 것은 삶의 모든 에너지를 오로지 글쓰기에 투여하기 위한 처절한 싸움이었던 것이다. 그것은 마치 누에가 몸을 바쳐 고치를 만들고, 고치의 완성과 동시에 삶을 마감하는 것과 같은 형국이다. 한마디로 카프카에게 글쓰기는 생의 마지막 기운이 소진하고 죽음에 이를 때까지 삶을 바치는 것을 뜻한다. 때문에 「단식 광대」의 주인공이 아무도 자신의 단식을 알아주지 않아도 짚 더미 속에 묻혀서 마지막 순간까지 단식을 포기하지 않고 굶어 죽는 데서 우리는 카프카의 작가적 운명을 떠올리게 된다.

그런데 단식 광대는 전성기에는 엄청난 인기를 누렸고, 수많은 관객을 위해 단독 '쇼'를 했으며, 유사 이래 최고의 단식 광대가 되겠다는 야심도 품었다. 대중적 인기와 명성을 추구하는 이런 모습은 글쓰기를 위해 삶의 모든 즐거움을 포기한 카프카의 삶과 모순되지 않는가? 이 문제는 「단식 광대」를 집필하던 무렵 카프카에게 닥쳤던 심각한 위기와 맞물려 생각해볼 수 있다. 1917년 발병한 결핵이 심해져 자주 요양원으로 가야 했고, 심한 신경쇠약증까지 겹쳤던 카프카의 이 무렵 일기나 편지에는 죽음의 공포가 언급된다.

죽음을 예감하는 상황에서 「단식 광대」를 탈고한 후 두달이 지난 7월 초에 막스 브로트에게 보낸 편지에서 카프카는 작가로 살아온 삶을 결산하는 듯한 발언을 한다. 그는 글쓰기란 악마를 위한 봉사의 달콤한 대가이고, 여기서 말하는 악마란 작가적 명성을 바라는 허영심과 쾌락욕구라고 말한다.[15] 잘 알려져 있다시피 카프카는 생전에 장편소설은 한편도 발표하지 못했고, 그의 문학은 소수의 작가와 비평가 들 사이에서만 가치를 인정받았다. 그래서 카프카는 죽음을 예감하면서 자신도 어쩔 수 없이 작가로서 유명해지길 바라는 악마적 허영심을 떨치지 못했음을 고백하는 것으로 보인다. 「단식 광대」의 주인공이 남들이 먹고 즐기는 음식을 거부하면서도 그런 자신의 모습을 대중의 구경거리로 만들고 대중의 인정을 바라는 것은 카프카가 고백한 허영심이라 이해할 수 있을 것이다.

다른 한편으로 단식 광대는 대중적 인기가 절정일 때도 자신의 진면목은 인정받지 못하는데, 그런 점에서 대중적 인기는 단지 허상일 뿐임을 알 수 있다. 가령 그가 단식 중에 음식을 먹지 않는지 감시하는 도축업자들은 밤중에 일부러 멀리 떨어진 구석에서 카드놀이를 하며 단식 광대에게 음식을 허용하겠다는 의도를 노골적으로 드러낸다. 감시인들도 그의 단식을 믿지 않는 것이다. 단식 광대는 도축업자 감시인들처럼 단식 자체를 믿지 않는 관객들에게 그저 낯설고 신기한 구경거리일 뿐이다.

매니저가 단식기한을 사십일로 정해놓은 것은 예수가 광야에서 악마의 유혹을 이기며 사십일간 단식한 것에 대한 패러디라 할 수 있다. 그런데 매니저는 광고효과가 먹히고 관객의 호응이 유지되

---

15 1922년 7월 5일 막스 브로트에게 보낸 편지 참조.

는 기한이 사십일이어서 단식기한을 그렇게 정한다고 이유를 댄다. 성경의 맥락과 매니저의 말을 연결해서 보면 매니저가 말하는 광고효과는 집단적 오락이 과거의 종교적 믿음을 대체하는 자본주의 문화산업의 축소판임을 암시한다. 매니저의 태도에서 또 하나 눈에 띄는 것은 사십일의 단식을 마친 후 단식 광대에겐 "생각만 해도 구역질이 나는 음식"(160면)을 "거의 실신 상태로 반쯤 잠든"(162면) 단식 광대에게 억지로 먹인다는 것이다. 매니저는 단식 광대의 몸을 '상품'으로 유지하기 위해 억지로 음식을 먹이고, 그런 의미에서 단식 광대는 몸의 상품적 가치가 소멸할 때까지 자신의 의지에 반해서 사육되는 '순교자'이다. 때문에 그가 다른 동물 우리로 가는 길목에 우리를 배정받은 것은 우연이 아니다. 나아가 그가 죽은 후 그가 있던 우리에 생기 넘치는 표범을 집어넣는 것은 관객의 오락을 위한 상품적 가치는 단식과 상반되는 내용으로도 채워질 수 있음을 보여준다. 일찍이 맑스가 말한 대로 상품의 마력은 사용가치를 교환가치로 대체하는 데서 나온다는 것을 이 대목에서 확인할 수 있는 것이다. 다른 한편 표범에게서 발산되는 생기는 단식 광대의 금욕적 이상이나 관객의 오락 차원에서는 결코 도달할 수 없는 자연의 생기를 일깨우는 측면도 있다. 표범의 자유는 "이빨 어딘가에 숨어 있는 듯했다"(169면)는 말은 표범에겐 생명의 운동 자체가 자유이며, 그것은 그런 표범을 구경거리로 삼아야 직성이 풀리는 인간의 의식이 파악할 수 없는 어떤 것이기 때문이다.

단식 광대는 죽기 직전에 감독에게 입에 맞는 음식이 없어서 어쩔 수 없이 단식을 했노라고 고백하지만, 아무도 구경하지 않는 단식을 계속해온 그를 미치광이 취급하는 감독이 고백을 믿었을 리 없다. 단식 광대는 정말 입에 맞는 음식이 없어서 세상 사람들을 살아 움직이게 하고 기존 질서를 유지하게 하는 음식을 거부했다. 그러나 아무도 그가 단식하는 이유를 이해하지 못하고 단식 자체를 믿지도 않는다. 결국 단식 광대는 처음부터 끝까지 철저한 몰이해 속에서 고립돼 스스로 굶어 죽는다. 그런 점에서 이 작품은 다시 작가 카프카의 마지막을 떠올리게 한다. 1924년 4월 카프카는 요양원에 들어가 6월 3일 세상을 떠난다. 요양원에서 카프카는 1922년 잡지에 처음 발표한 이 작품을 표제작으로 삼아 단편집 발간을 준비했는데, 1924년 5월 죽기 한달 전에 거의 말도 못하고 음식도 제대로 넘기지 못하는 상태에서 「단식 광대」의 교정지를 손봤다. 때문에 이 작품에는 카프카의 마지막 손길이 묻어 있다. 당시 요양원에 함께 있던 친구 로베르트 클롭슈토크는 작품 교정을 마친 카프카의 모습을 이렇게 적고 있다.

이 무렵 카프카의 신체적 상태와 문자 그대로 아무것도 먹지 못하고 굶어야만 했던 그 모든 상황은 정말 섬뜩했다. 그에게 이 교정 작업은 영혼의 엄청난 긴장이었을 뿐 아니라 일종의 충격적인 정신적 재회였음이 틀림없다. 교정을 마치자 그는 오래도록 눈물을 흘렸다. 카프카가 그런 식으로 격하게 감정표현을 하는 것을 나는 그때 처음 보았다.[16]

---

16 하르트무트 뮐러 『카프카 문학사전』, 권세훈 외 옮김, 학문사 1999, 158면에서 재인용.

「법 앞에서」

흔히 '문지기 전설'이라고도 불리는 이 작품은 장편소설 「소송」에서 마지막 장(章) 바로 앞에 나오는 대성당 장면에 삽입돼 있다. 「소송」의 교도소 소속 신부는 소설의 주인공 요제프 K가 법원에 대해 착각하고 있다고 지적하면서 '법에 관한 입문'에 적혀 있다는 이 이야기를 들려준다. 「소송」의 맥락 안에서 보면 「법 앞에서」는 요제프 K가 법에 관해 무엇을 착각하고 있는가를 깨우쳐주기 위한 이야기인 셈이다. 「소송」에서 요제프 K는 영문도 모르고 소송을 당하고 있다. 따라서 「법 앞에서」는 그가 왜 소송을 당하고 있는지 의문을 풀기 위한 실마리를 제공할 것으로 기대된다. 하지만 요제프 K와 독자의 기대는 좌절된다. 요제프 K는 「법 앞에서」라는 텍스트를 제대로 해석해서 자신의 문제에 적용해야 하는데, 텍스트에 대한 이해 자체가 난관에 가로막히기 때문이다. 이해를 가로막는 주된 요인은 이야기의 전개 자체가 앞뒤로 어긋나거나 모순되는 역설적 구조로 되어 있기 때문이다.

이야기에서 '시골에서 온 사람'은 '법의 문'을 지키는 문지기에게 안으로 들어가게 해달라고 간청하지만, 문지기는 나중에는 들어갈 수 있지만 지금은 안된다고 말한다. 시골사람은 문지기의 허락을 마냥 기다리며 평생을 허비하고, 문지기는 시골사람이 죽기 직전에야 법으로 들어가는 문은 오로지 당신을 위한 것이라고 말해준다. 법의 문은 오로지 이 시골사람만 입장하도록 정해져 있으나 '지금'은 들어갈 수 없는 것이다. 이것이 이야기 전체를 관통하는 역설이다. 여기에 더하여 법에 대한 공간적 설명도 이 역설을 더 풀기 힘든 수수께끼로 만든다. 문지기의 설명에 따르면 자신이 지키는 문을 통과해도 안쪽 홀에 두번째 문이 있고 그 문을 지키는 문지기는 자기보다 힘이 세다. 게다가 세번째 문지기만 해도 너무 무서워서 감히 쳐다볼 엄두도 못 낸다고 한다. 시간적으로 '지금'은 입장할 수 없으니 계속 다음으로 미뤄야 하고, 공간적으로도 안으로 들어갈수록 점점 더 뚫기 힘든 장벽이 있다. '지금'은 입장할 수 없다는 말 자체도 역설적이다. 시골사람이 법의 문으로 들어가는 순간은 그 행동의 시점을 기준으로 보면 항상 현재인 '지금'이다. 다시 말해 '지금'은 다가올 미래의 모든 시간을 포괄한다. 따라서 '지금' 들어갈 수 없다면 원칙적으로 어떤 시점에도 들어갈 수 없다.

그렇다면 법의 문으로 들어갈 수 있는 '지금'이 언제인지 판단할 수 있는 기준은 과연 무엇인가? 텍스트 자체로 보면 일단 문지기의 허락이 관건이다. 그런데 문지기 자신도 안으로 들어갈수록 점점 막강한 힘의 통제를 받는다고 한다. 따라서 입장 허락은 가장 바깥의 말단 문지기인 그의 재량권은 아닐 것이다. 문지기 역시 더 깊은 내부에서 뭔가 결정을 내려주기를 마냥 기다리는 수밖에 없다. 그런 점에서 문지기도 시골사람과 비슷한 처지에 있는 셈이다. 문지기의 허락 말고도 시골사람이 '지금'이 들어갈 때라고 스스로 판단할 수도 있다. 삶의 경험이 축적되고 성찰이 깊어져서 자각에 도달할 수도 있는 것이다. 그런데 시골사람은 오로지 문지기의 허락을 기다리며 평생을 보낸다. 나중에는 문지기에게 뇌물을 바치고, 문지기의 옷에 있는 벼룩에게 도움을 청하기까지 한다. 그리고 그렇게 인생을 허비하고는 한평생 자기 말고는 아무도 법의 문으로 들어가려고 찾아온 사람이 없다는 사실에 의아해한다. 그런 의문이 생기는 것도 어쩌면 문지기의 말처럼 법의 문이 자신만을 위한 것임을 어렴풋이나마 깨닫기 시작한 징표일까? 그래서 법의 문에서 광채가 흘러나오는 것을 마지막 순간에 보는 것일까? 텍스트는 이런 의문에 명확한 답을 주지 않는다.

「소송」에서는 이 이야기가 끝난 후 성직자와 요제프 K가 길게 토론을 벌인다.[17] 요제프 K는 문지기가 시골사람을 속인 거라고 단언하고, 성직자는 남의 말을 덮어놓고 믿지 말라고 한다. 성직자의 말은 문지기가 시골사람을 속였다는 주장도 하나의 해석일 뿐 얼마든지 다른 해석도 가능하다는 뜻이다. 이어서 성직자는 '지금'은 들어갈 수 없다는 말과 법의 문이 그 시골사람만을 위한 것이라는 말 사이에는 아무런 모순이 없다고 지적한다. 게다가 어떤 일에 대한 올바른 이해와 잘못된 이해가 반드시 배타적인 관계에 있지도 않다고 말한다. 성직자는 이런 생각을 문지기가 오히려 약자이고 기만당한 사람이라고 해석함으로써 입증하려 한다. 문지기는 스스로도 파악하지 못하는 더 깊은 내부의 통제를 받고 있고, 법의 문 앞에 붙박이로 얽매인 처지이며, 시골사람이 평생을 기다리고 있으니 그의 입장을 막기 위해 평생 그 자리에 붙어 있어야 하는 종속된 위치에 있다는 것이다. 문지기 역시 더 깊은 내부의 명령을 기다려야 하는 처지이므로 어떤 의미에서는 그 시골사람과 운명을 공유한다. 이렇게 보면 성직자의 해석도 요제프 K의 해석 못지않게 설득력이 있다. 결국 여기서 중요한 것은 누가 누구를 속였는가 하는 문제가 아니라 상충하는 해석이 나란히 공존할 수 있다는 부분이다. 따라서 법에 대한 해석은 텍스트(법조문) 의미의 객관적 타당성과 진위를 판별하는 문제가 아니라 필연적으로 제한적 타당

---

17 프란츠 카프카 『소송』, 이재황 옮김, 을유문화사 2008, 291면 이하 참조.

성만 갖는 해석의 끝없는 반복이 된다. 다시 말해 법은 '해석'을 통해서만 실질적으로 구현된다. 법의 문이 모든 사람을 향해 열려 있으면서도 시골사람만을 위한 것이라는 주장도 이렇게 보면 모순이 아니다. 예컨대 법조문 자체는 누구에게나 적용될 수 있는 보편타당한 내용을 담고 있다 하더라도 구체적 사례 속에서 어떤 효력을 갖는지는 원칙적으로 사안마다 판단해야 하는 것이다. 이렇게 보면 「법 앞에서」라는 텍스트는 법이 실제로 구현되는 원리를 이야기하는 것으로 보인다. 법은 법조문이라는 텍스트로 전승된 법에 대한 부단히 새로운 해석이며, 그런 해석의 방식으로만 구현된다. 따라서 법에 대한 해석은 원칙적으로 종결될 수 없고, 특정 시점에 유효한 해석은 언젠가는 다시 부정될 수밖에 없다.

「법 앞에서」가 말하는 '법'은 물론 실정법만 뜻하지는 않는다. 법을 작동시키는 것은 권력이므로 이 이야기는 권력구조에 대한 비유로도 읽을 수 있다. 말단 문지기의 배후에 끝없이 위계서열로 구조된 체계는 현대의 국가권력과 권력구조에 적용될 수도 있을 것이다.

이 이야기가 '착각'에 관해 다루고 있다는 점에 주목하면 끝없이 계속되는 문에 관한 문지기의 얘기도 어쩌면 착각일 수 있다. 사실 문지기는 세번째 문 안쪽에 무엇이 있는지 알 수 없는 처지다. 그가 권력을 행사하는 방식은 "지금은 안돼"(170면)라고 금지하는 말뿐이다. 그런데 그 말은 시골사람의 평생을 좌우할 정도로 막강하다. 이것은 권력이 위계질서나 물리적 힘으로만 작동하는 게 아니라 금지와 배제의 담론으로도 작동한다는 것을 암시한다.

한편 이야기를 성직자가 들려준다는 맥락에서 보면 법은 종교적 진리나 복음으로 이해할 수도 있다. 특히 유대교의 시각에서 하느님의 말씀과 율법, 그리고 그 계시와 율법을 기록한 『모세5경』을 아우르는 '토라'(Tora)를 어떻게 이해할 것인지에 대한 관점으로 볼 수도 있다. 카프카의 작품세계에 친숙했던 유대 신학자 숄렘(G. Scholem)은 토라를 계시나 율법으로 보지 않고 성경이나 탈무드로 전승된 텍스트에 대한 해석으로, 즉 하느님 말씀의 의미를 탐색하는 과정으로 이해한다. 이런 입장은 앞서 말한 법 해석의 원리와 상통한다. 종교적 진리도 초월적 계시에 의해서가 아니라 텍스트에 대한 이해를 통해 구현된다고 보기 때문이다. 그래서 이 작품을 '전설'(legend) 장르로 분류하는 것도 전승 텍스트에 대한 해석의 입장과 합치된다. 전설은 문자 그대로 전승되는 이야기라는 뜻이기 때문이다. 전승 텍스트에 대한 이해의 문제를 더 일반화하면 이 작품은 문학작품에 대한 이해와 해석의 문제를 다뤘다고 볼 수도 있다. 문학작품의 의미에 대한 해석도 어느 순간에 종결될 수 없는 부단한 탐색의 과정이기 때문이다. 카프카의 거의 모든 작품이 매우 다양한 문학연구 방법론으로 해석되지만, 특히 이 짧은 작품을 푸코의 역사적 담론분석, 라깡의 정신분석, 해석학, 기호학을 비롯해 페미니즘에 이르기까지 다양한 방법론의 모델로 분석한 책도 있다.[18] 카프카 문학의 핵심적 특징인 역설이 압축적으로 집약된 텍스트라는 점에서 「법 앞에서」는 카프카 문학 전반의 이해를 위한 핵심 텍스트로 꼽히기도 한다.

---

18 클라우스 미하엘 보그달 『새로운 문학이론의 흐름』, 문학이론연구회 역, 문학과지성사 1994.

「꿈」

이 작품은 1914년 8월부터 1916년 6월 사이에 집필한 것으로 추정된다. 주인공 요제프 K는 장편소설 「소송」의 주인공 이름이기도 하다. 그러나 「꿈」은 「소송」에 삽입되지 않고 1917년 별도로 발표됐다. 실제로 주인공의 이름 말고는 이 작품의 배경과 맥락에 관한 단서는 따로 없기 때문에 독립된 작품으로 이해할 수 있다.

이 작품은 시작부터 꿈의 장면으로 읽힌다. K는 원래 산책을 하려고 했으나 두걸음도 떼기 전 뜻밖에 공동묘지에 도착했고, 멀리서부터 눈에 띈 갓 쌓아올린 무덤에 마음이 잔뜩 끌린다. 그러고는 K가 제어할 수 없는 상황으로 빠져든다. 길이 질주하면서 그를 무덤으로 데려가고, 무덤에 닿자마자 무릎을 꿇고 넘어지며, 작품의 마지막까지 그 자세가 계속된다. 이처럼 주인공이 제어할 수 없는 돌발상황에 처하는 것도 카프카 소설의 전형적 특징이다.

무덤에서는 세 남자가 K를 기다리고 있다. 처음 두 남자는 비석을 땅에 박는 역할만 하고 그후로는 언급되지 않는다. K가 단번에 예술가라는 것을 알아본 세번째 남자는 범상치 않다. 그는 흔한 보통연필로 비석에 "여기에 잠들다"(174면)라고 완벽하게 아름다운 금빛 글자를 깊이 새겨넣는다. 그러고서 예술가는 K를 쳐다보고 난처해하며 작업을 잇지 못한다. K는 예술가의 딱한 처지가 슬퍼져서 울기 시작한다. K가 울음을 그치자 그제야 예술가는 마지못해 글자를 새겨넣는데 'J'라는 글자였다. 글자가 거의 완성되자 예술가는 격분해서 무덤을 발로 차고 무덤을 살짝 덮은 흙을 파헤친다. K는 심연의 구덩이 속으로 끌려 내려가며, 위에서는 "멋지게 장식된 그의 이름이 비석 위를 질주"(175면)한다. K는 이 광경에 황홀해서 잠에서 깨어난다.

그러니까 이 무덤은 K 자신의 것이고, 그의 이름이 새겨진 예술 작품이 완성됨과 동시에 그는 죽음을 맞는다. 이것을 염두에 두고 K가 예술가의 작업을 관찰하는 장면을 다시 보자. 우선 K가 예술 가가 비석에 새기는 글자를 줄곧 '예술작품'으로 간주하는 것이 눈에 띈다. 보통연필로 글자를 '쓰는' 게 아니고 '그리고' '새겨넣는' 것도 주목할 만하다. 게다가 흔한 보통연필로 완벽하게 아름다운 금빛 글자를 새겨넣는다. 이 예술가는 미다스의 손 같은 마법의 장인적 솜씨를 지닌 것처럼 묘사된다. 예술가가 '여기에 잠들다'라는 글자를 새긴 후 K를 보고 난처해하는 이유는 K의 무덤에 묘비명을 새겼는데 정작 무덤 속에 있어야 할 K가 살아 있기 때문이다. 공동 묘지 예배당의 종이 울리는 것은 묘비명을 새기는 작업이 이미 끝나고 장례식이 진행될 시간임을 알려주는 것이다. 'J'라는 글자가 아름답지 않은 이유도 살아 있는 K가 예술가의 작업을 방해하기 때문이다. 결국 예술가가 무덤의 흙을 파헤치고 K가 무덤 속으로 들어감으로써 '멋지게 장식된' 작품이 완성된다. 다시 말해 K는 자신의 삶을 바쳐 완벽하게 아름다운 예술작품을 완성한다. K가 무덤 속으로 떨어지면서도 황홀해하는 것은 멋진 예술작품의 완성이 그의 필생의 꿈이라는 것을 말해준다. 다시 앞으로 돌아가면, 무덤에 강한 유혹을 느끼고, 그를 무덤으로 데려가는 길이 '질주'하고, 마지막에 완성된 글자가 비석 위에서 '질주'하는 것은 그의 삶의 모든 에너지가 이 예술작품의 완성에 투여됐음을 보여준다.

그런데 묘비명, 즉 예술작품의 완성과 동시에 예술가는 사라진 다. 예술가도 이 작품의 완성에 삶을 바친 것이다. 완성된 이름 '요제프 K'는 곧 그 예술가의 삶과 영혼이 투여된 걸작임을 알 수 있다. 인생은 짧고 예술은 영원하다. 이것이 '꿈'에 대한 이야기라는 것을 유념하면 꿈속에서 만난 예술가는 K의 또다른 자아, 즉 예술가적 자아로 이해할 수 있다.

「자칼과 아랍인」

이 작품은 1917년 1월에 집필됐고, 같은 해 10월 신학자 마르틴 부버가 발간한 월간지 『유대인』에 「학술원에 보내는 보고서」와 함께 게재됐다. 부버는 두 작품에 텍스트의 특성을 명시하는 '비유'라는 부제를 붙이자고 제안했으나, 카프카는 두 작품이 본래 비유에 대한 것이 아니라고 해명하면서 부버의 제안을 수용하지 않았다.

작품의 배경은 아랍 지역의 사막이다. 1인칭 화자 '나'로 등장하는 여행자는 사막의 오아시스에서 야영을 하는데 한 무리의 자칼이 다가온다. 그중 나이가 가장 많은 자칼은 아득한 조상 때부터 이 여행자를 자칼 무리의 소원을 들어줄 구원자로 기다렸다고 말한다. 자칼은 특히 이 여행자가 '북쪽'(유럽)에서 왔기에 그의 '이성'에 큰 기대를 걸고 있다고 한다. 자칼의 주장에 따르면 자칼 무리는 아랍인이 사는 사막으로 추방된 상태이고, 동물을 잡아먹는 불결한 아랍인들을 혐오하고 증오한다. 이런 이유에서 자칼은 여행자에게 가위로 아랍인들의 목을 베어달라고 요구하지만, 여행자는 처음부터 자신과 무관한 일에 개입하는 것을 거부한다. 그런데 자칼이 가져온 가위는 심하게 녹슨 바느질용 가위여서 살해도구가 될 수 없다. 게다가 이빨만 사용할 줄 아는 자칼은 가위를 사용할 줄도 모른다. 바로 이 대목에서 자칼의 주장이나 요구가 허황된 것이 아닌가 하는 의구심이 생긴다. 실제로 다음 장면에 아랍인이 나타나면서 이야기는 반전된다. 아랍인의 주장에 따르면 자칼은 모든 유럽인 여행자에게 지금과 똑같은 허황된 요구를 하는 연극을 반복해왔다. 그리고 아랍인들은 이처럼 어리석은 자칼을 '개'처럼 좋아한다고 말한다. 자칼은 아랍인을 적이라 간주했지만 아랍인은 자신들과 자칼의 관계를 주인과 개로 생각하는 것이다. 이어서 아랍인은 죽은 낙타를 끌고 오게 해서 자칼 무리에게 먹이로 내주고, 자칼 무리는 정신없이 달려들어 낙타를 먹어치우는데 그 주위에는 피가 흥건히 고인다. 여기서 고기의 피를 혐오한다던 자칼의 주장은 허구임이 드러나며, 정작 더럽고 피에 굶주린 것은 자칼임이 밝혀진다. 또한 아랍인이 던져주는 먹이에 도취돼 정신을 차리지 못하는 모습을 보이므로 아랍인의 말대로 자칼 무리가 아랍인에게 '개'처럼 의존하고 있다는 것도 사실로 확인된다.

이 작품은 흔히 유대인의 고난을 암시하는 작품으로 해석된다. 자칼 무리가 오래전 조상 때부터 구원자를 기다려왔다는 것은 유대인의 구세주 신앙과 연결되고, 실제로 구원자가 아닌 여행자가 구원자로 오인되는 것은 거짓 선지자의 모습으로 해석되기도 한다. 아랍인들 사이의 사막 한가운데로 추방된 것, 고기의 피를 금기로 삼는 정결의식 등도 유대인의 운명과 풍습을 그대로 보여준다. 그런데 하필이면 흉물스러운 자칼을 유대인에 비유했을까 하는 의문이 남는다. 이와 관련해 카프카 이전의 문학에서 간혹 유대인에 대한 혐오를 유대인과 자칼을 동일시하는 방식으로 표현한 선례를 단서로 생각해볼 수 있다. 다른 한편 세상 어디에도 정착하지 못하고 끝없이 방랑하면서 억압받고 천대당해서 자칼처럼 흉물스럽게 보이는 것이라 해석할 수도 있다. 그렇지만 자칼 무리가 아랍인을 적대시하면서도 결국 아랍인이 주는 먹이에 정신없이 달려들어 피에 굶주린 모습을 보이는 것은 분명히 부정적 묘사이다. 따라서 이 작품에 대한 해석을 오로지 유대인의 운명과 연결해서 풀어가려는 시도는 한계가 있다. 마르틴 부버가 '비유'라는 부제를 제안한 것은 유대 신학자로서 이 작품을 유대인의 운명에 대한 비유로 해석했기 때문이다. 그렇지만 카프카가 '비유'라는 부제를 완곡하게 거절한 것은 그런 한가지 관점에서만 이 작품을 해석하는 것은 적절치 않다고 봤기 때문일 것이다.

살다보면 내가 미워하는 사람에게서 발견되는 혐오스러운 모습이 정작 내가 보지 못하는 나의 모습일 수도 있다. 또한 좋든 싫든 적대세력에 의존해서 나의 삶이 지탱되는 것도 인간사회에서 드물지 않게 접하는 삶의 실상이다. 그런 삶의 아이러니를 우리는 이 작품에서 생각해볼 수 있다.

「신임 변호사」

이 작품에서 '새로운 변호사'라고 언급되는 부케팔루스는 원래 알렉산더 대왕이 아끼던 군마(軍馬)의 이름이다. 여기서 부케팔루스라는 이름은 알렉산더 대왕의 시대와 현재를 비교하기 위한 인공적 기호로도 볼 수 있다. 이야기의 화자는 신임 변호사가 원래 알렉산더 대왕의 군마였다고 말한다. 그러니까 말이 환생해서 사람이 됐다는 것이다. 그런데 화자는 법원의 하급직원이 신임 변호사의 걷는 모습을 보고 놀랐다는 목격담을 주장의 증거랍시고 제시할 뿐이며, 따라서 믿거나 말거나 하는 주장이라는 것을 스스로 실토하는 셈이 된다.

둘째 단락을 보면 두 시대의 차이가 선명히 대비된다. 오늘날은 위대한 알렉산더 대왕 같은 세계사적 영웅이 사라진 시대이므로 군마 부케팔루스의 용맹도 쓸모가 없다. 그렇지만 사람을 죽이는 기술은 여전히 계승되고 있다. 그런데 마케도니아가 비좁다고 아버지 필립을 저주한다는 문장은 양쪽 시대가 동시에 연결되는 것이라 중의적이다. 알렉산더의 부왕 필립은 소년왕자 알렉산더가 사나운 말 부케팔로스를 길들이는 것을 보고 마케도니아는 비좁으니 더 큰 나라의 제왕이 되라고 영웅적 기상을 고취했다. 다른 한편 이 문장에서 "저주한다"(183면)라는 동사는 현재형으로 쓰여 있으므로 지금의 상황도 가리킨다. 이 작품이 1차대전 전란 중에 쓰였다는 정황을 감안하면 유럽 강대국들의 호전적 팽창주의를 암시하는 것으로 볼 수도 있다. 바로 다음 문장과 연결해서 보면 '필립'은 사람들을 인도로 이끌 지도력과 예지력을 상실한 정치적 지도자를 빗댄 것이라고 볼 수 있다. 여기서 인도는 실제 지명이 아니라 낭만주의 이래 유럽인이 유럽의 경계 너머에 있다고 믿었던 원대한 이상과 목표, 희망과 구원의 나라를 가리킨다. 그러므로 그런 이상향인 '인도'로 통하는 문은 위대한 알렉산더가 이끌던 당시에도 이미 도달할 수 없었다. 그럼에도 알렉산더 대왕의 '칼'은 적어도 인도의 문으로 가는 방향을 가리킬 수는 있었다. 서술은 생략되어 있지만 사람들은 당연히 그런 대왕의 위대한 지도력을 믿고 따랐을 것이다. 그러나 오늘날 인도로 통하는 문이 "더 멀고 더 높은 곳으로 옮겨졌다"(183면)는 말은 현대의 상황에서 당시 같은 원대한 이상을 추구하기란 더욱 힘들고 요원해졌다는 뜻이다. 아무도 그 방향을 가리킬 줄 모르고, 여전히 많은 사람이 칼을 가지고 있어도 오로지 마구 휘두르는 무기로만 쓰기 때문이다. 그러므로 그 '칼'을 따르려는 사람은 갈피를 잡지 못하고 혼란에 빠진다. 이것은 곧 현대인의 방향 상실, 맹목적인 집단적 폭력과 전쟁, 삶의 좌표를 상실한 방황을 떠올리게 한다.

마지막 단락에서 부케팔루스는 세상의 혼돈과 전쟁의 아비규환에 거리를 두고 법전 연구에 몰입한다. 여기서 법전도 중의적이다. 먼저 문자 그대로 법조인이 판단의 근거로 삼는 법을 가리킬 수 있다. 이것을 둘째 단락에서 진단한 현대인의 방향 상실과 관련지어 보면 법은 삶의 궁극적 목표와 인간존재의 근본에 대한 탐구의 길을 가리킨다고 볼 수도 있다. 또한 탈무드로 전해지는 알렉산더 대왕 이야기에서 인도로 통하는 문은 '천국의 문'을 뜻한다는 맥락에서 볼 때 구원의 희망과 동경을 가리킨다는 해석도 가능하다. 그런가 하면 「신임 변호사」가 1920년에 출간된 단편집 『시골 의사』의 첫머리에 수록됐다는 사실을 고려할 때 『시골 의사』에 수록된 작품들의 주제를 암시하는 화두의 성격도 지녔다고도 볼 수 있다. 참고로 단편집 『시골 의사』에는 표제작 「시골 의사」를 비롯해 「낡은 문서」「법 앞에서」「자칼과 아랍인」「황제의 칙명」「가장의 근심」「형제 살인」「꿈」「학술원에 보내는 보고서」 등이 수록되었다.

「싸구려 관람석에서」

1917년 초에 집필한 이 작품에서는 서커스의 곡마 공연 장면이 묘사된다. 글은 두단락으로 나뉘는데, 첫단락에서는 폐결핵에 걸린 쇠약한 여성 곡마사가 채찍을 휘두르는 무자비한 단장에 의해 고통스럽게 기계적인 곡마곡예를 하는 것으로 묘사된다. 반면 둘째 단락에서는 아름다운 여성이 단장의 극진한 배려 속에 화려한 공연을 마치고 관중의 열광적 환호를 받는 것으로 그려진다.

이처럼 앞에서는 여성 곡예사가 희생자로 묘사되고 뒤에서는 당당한 여주인공으로 묘사된다. 하지만 이런 내용상의 대비 외에 서술방식에서도 매우 독특한 대비를 보인다. 첫단락은 하이픈(―)이 삽입되기 전까지 "만약 ……한다면"(184면)이라는 가정법의 종속절이 두번 반복되고, 하이픈 다음에는 이 고통스러운 곡예를 싸구려 관람석에서 지켜보던 청년이 더이상 참지 못하고 공연장으로 들어가서 "멈춰요!"(184면)라고 소리칠지도 모른다고 역시 가상의 상황이 묘사된다. 그런데 둘째 단락 첫문장은 앞서 서술한 가상의 상황이 실제로는 일어나지 않았다고 부정한다. 그러고는 앞 단락과 대비되는 화려한 공연 장면들이 모자이크처럼 계속 덧붙여진다. 둘째 단락에서도 하이픈이 삽입되고, 그다음에 역시 청년의 반응이 묘사되는데, 청년이 왜 눈물을 흘리는지 얼른 납득이 되지 않는다. 그가 얼굴을 난간에 대고 있는 것은 분명 괴로워하는 모습이다. 그다음은 "괴로운 꿈에 빠져들 듯이 마지막 행진에 빠져들면서, 자신도 모르게 울고 있다"(185면)라고 묘사된다. 이것은 관중이 열광적으로 환호하는 마지막 행진에 빠져들면서 곡예에 매료돼 감동의 눈물을 흘리는 것은 아니다. 오히려 첫째 단락에서 관찰한 고통스러운 기억이 남아서 고통과 연민과 절망의 눈물을 흘린다고 보는 편이 자연스러울 것이다. 그렇지만 '자기도 모르게'(즉 무의식적으로) 운다고 했으므로 고통스러운 기억이 마지막 행진의 매혹에 덮였을 수도 있다. 또다시 읽으면, 마지막 행진에 '빠져들면서'라고 진행형으로 서술했기 때문에 여기서 의식과 무의식의 경계는 유동적이고 모호하다. 고통스러운 기억과 화려한 곡예에 매혹된 이중감정이 겹쳤을 수도 있다.

첫째 단락은 가상의 상황으로 서술하고, 둘째 단락은 직설법 현재형으로, 즉 기정사실로 서술한 까닭은 무엇일까? 서커스 단장의 가혹한 닦달과 곡마사의 고통스러운 기계적 곡예는 사실이 아니고, 화려한 곡예와 관중의 열광적 환호만이 엄연한 사실이라고 말하려는 것일까? 상식적으로 그것은 아닐 것이다. 그렇다면 관중이 열광적 분위기에 들떠서 사실처럼 받아들이는 것은 피상적인 껍데기일 뿐이고, 그 껍데기에 가려서 보이지 않는 모습이 진짜라고 말하려는 것일까? 이런 해석은 일리가 있다. 곡마사를 착취하는 서커스 단장은 화려한 외관만 보여주고 이면의 가혹한 훈련과정은 은폐하기 때문이다. 하지만 그것도 일면적 해석임을 반증하는 두가지 요소를 텍스트 자체가 보여준다.

먼저 제목이 '서커스장에서'가 아니라 '싸구려 관람석에서'라는 사실에 유의할 필요가 있다. 싸구려 관람석은 관중석의 맨 꼭대기에 있고 공연무대에서 가장 멀리 떨어져 있다. 따라서 그 위치에서는 동일한 공연 장면을 이 텍스트에서 묘사하듯 극단적으로 상반되게 관찰할 수 없다. 즉 이 극단적 대비는 관찰자의 주관이 강하게 개입돼 상반되는 관점으로 각각을 과장되게 인지하고 있다는 뜻이다. 첫단락에서 곡마사가 말을 타고 빙빙 도는 회전동작은 몇달 동안 중단 없이 계속될 것 같은 인상을 준다. 남자가 "모든 등급의 좌석을 관통하는 긴 계단"(184면)을 뛰어내려온다는 묘사는 각 등급의 좌석마다 높이가 다르므로 동일한 공연 장면을 제각기 다른 위치, 즉 다른 관점에서 관찰하게 된다는 것을 암시한다.

첫단락은 가정법의 묘사이고 둘째 단락은 사실적인 묘사라는 것도 꼭 그렇지는 않다. 첫째 단락에서 관중의 박수갈채를 "증기망치"(184면)라고 묘사하는 구절에서는 직설법 현재형 동사를 쓰고있으므로 사실적 묘사이다. 보는 위치에 따라 시각적 관찰은 아주다르게 나타날 수 있지만 관중의 박수갈채 소리는 동일한 실내공간 안에서는 거의 똑같이 들릴 것이다. 따라서 첫째 단락의 분위기를 압도하는 것은 곡마사와 단장 모두를 꼭두각시처럼 기계적으로움직이게 하는 증기망치의 위력이다. 둘째 단락은 사실적인 묘사처럼 보이지만, 사실적인 외관을 허물어뜨리는 균열들이 있다. 서커스 단장이 "짐승처럼 네 발로 땅에 엎드려"(185면) 여성 곡마사에게 경의를 표한다는 것도 비사실적이고 과장된 묘사이다. 허공에채찍을 휘두를까 말까 망설인다는 묘사도 관찰자의 주관적 감정이투사된 것이지 단장의 마음속을 드러낸 것이라 보긴 어렵다. 각 장면이 짧게 묘사되고 새로운 장면으로 계속 모자이크된 것도 둘째단락 전체가 매우 주관적인 구성물임을 보여준다. 첫째 단락은 계속 쉼표로 연결돼 있어서 숨 가쁘게 연결되는 반복동작을 보여준다. 둘째 단락은 (번역에서는 마침표로 대체했지만) 계속 세미콜론(;)으로 연결되어 각 장면이 단속적으로 교체되는 과정을 보여준다. 양쪽 모두 중간의 어느 한구절이라도 삭제하면 문장의 흐름 전체가무너지게 돼 있다. 양쪽 단락이 동일한 구조적 원리로 구성돼 있는것이다.

　텍스트의 이러한 특징에 비추어볼 때 첫째 단락과 둘째 단락은진상과 허상의 배타적 관계에 있다기보다는 동일한 공연 과정을상반된 시각에서 조명한 것이라 할 수 있다. 매우 독특한 스타일을 구사하는 이 작품은 그런 점에서 주관적 시각에 의존하는 인지과정의 문제를 텍스트로 실험한 것이라 할 수 있다. 여기서 소재로 채택된 곡마곡예의 양면성은 고된 노동이나 단련 과정을 거쳐 화려한 외관의 결과물을 산출하는 다른 모든 일에 적용될 수 있을 것이다. 카프카의 글쓰기도 그런 경우에 해당한다. 이 작품을 쓰던 무렵 카프카는 처음으로 부모님의 집에서 떨어진 독립된 집필실을 마련하고 창작에 몰입했는데, 네댓편을 동시에 작업하는 방식을 취했다. 카프카는 그런 작업방식을 "마치 서커스 단장이 조련을 하기 전에 여러마리의 말을 앞에 세워놓듯이"라고 썼다. 글쓰기를 말을 조련하는 것에 비유한 것은 말의 생기발랄한 에너지를 길들이는 것과 꿈틀대는 영감과 착상을 글로 다듬는 과정의 유사성을 의식했기 때문일 것이다. 여전히 노동자 산재보험공사에 다니며 불면과 두통에도 자신을 채찍질하며 글쓰기에 집중하려 한 그의 생각이 엿보이는 대목이다.

「형제 살해」

1917년 초에 집필된 이 작품은 소재와 서술방식이 매우 독특하다. '형제 살해'라는 제목과 "살인은 다음과 같은 방식으로 일어났다는 것이 밝혀졌다"(186면)라는 첫문장을 읽으면 형제 살해 사건을 범죄조서처럼 사실적으로 서술하는 이야기가 이어질 것으로 기대하게 된다. 실제로 첫단락의 간결한 묘사는 누가, 언제, 어디서, 누구를 죽였는지 사건개요를 간추린 것처럼 읽힌다. 둘째 단락도 얼핏 보면 범인 슈마르가 칼을 갈고 범행을 준비하는 모습을 자세히 묘사한 것처럼 읽힌다. 마지막으로 셋째 단락은 이 범행현장을 줄곧 지켜본 증인이 있음을 밝히고 있다. 그리고 희생자 베제의 부인이 평소보다 귀가시간이 늦은 남편을 기다리는 장면이 묘사된다.

이어서 베제의 사무실 문에 달린 종이 울리면서 베제가 등장하고 범행 장면이 그려지는데, 여기서부터 문장의 시제가 현재형으로 바뀌면서 사건현장을 생생히 전달하는 효과를 내는 것처럼 보인다. 그러나 종소리가 "온 도시 위로, 하늘까지 높이 울린다"(187면)라는 과장된 묘사는 현재형 서술의 신빙성에 의문을 품게 한다. 그런 의문을 갖고 텍스트를 읽을 때 끝까지 풀리지 않는 결정적 부분은 범행동기가 전혀 밝혀지지 않고 사소한 단서조차 없다는 것이다. 그래서 '형제 살해'라는 제목은 텍스트 안에서 언급되지 않은 심각한 형제간 갈등이 있지 않을까 하는 추측을 불러일으킨다. 그러나 범인 슈마르와 희생자 베제가 과연 형제 사이인지도 확인할 수 없다. 성을 밝히지 않고 다른 이름만 언급한 것이라면 형제일 수 있지만, 어떻든 이름이 다르므로 형제가 아니라고 볼 수도 있다. 참고로 '슈마르'와 '베제'는 성씨로도 쓰인다.

여기서 두 사람이 형제인가 여부와 무관하게 중요한 것은 어째서 '형제 살해'라는 제목을 붙였을까 하는 문제이다. 이 제목은 작품 발표 당시부터 『구약성경』에 나오는 카인과 아벨 이야기와 관련된 것으로 지목되어왔다. 알다시피 카인은 하느님이 동생 아벨을 더 좋아하자 질투심에 눈이 멀어 아벨을 죽였고, 그래서 인류 최초의 살인자가 되었다. 그런데 카인의 질투심에는 하느님의 사랑을 받고 싶어 하는 마음도 깔려 있다. 즉 카인의 살인동기는 성(聖)과 속(俗)이 하나로 연결되어 있는 것이다. 하느님이 카인에게 고향을 떠나 타향을 떠돌며 살라고 벌을 내린 것도 이런 연유로 속죄의 기회를 준 것인 듯하다.

카프카의 작품에 '형제 살해'라는 제목이 붙은 것은 작품 속의 살인이 카인을 흉내 낸 일종의 모방범죄가 아닐까 하는 추측을 불러일으킨다. 그러나 슈마르의 살인에는 범행동기가 없어 보인다. 슈마르는 어쩌면 그 어떤 범행동기도 없는 살인 그 자체, 살인을 위한 살인을 목표로 범행을 저지른 것은 아닐까? 작품에는 이런 의구심을 뒷받침할 만한 몇가지 단서가 있다. 베제를 죽인 후 슈마르는 자신의 살인행위에 도취해서 격정적인 독백을 부르짖는데, 거기에는 "모든 꽃다운 꿈이 무르익은 것은 아니야"(188면)라는 구절이 나온다. 이 구절은 괴테의 청년기 시 「프로메테우스」에 나오는 한구절을 약간 변형해 차용한 것이다. 괴테의 시에서 프로메테우스는 인간에게 불을 훔쳐서 준 죄로 영겁의 벌을 받는 존재가 아니라, 신화에서 그를 벌한 신들을 오히려 불쌍히 여기고 주신 제우스에 당당히 맞서 자유를 선언하며, 심지어 자신의 형상에 따라 인간을 창조하는 조물주의 권능을 과시한다. 이것은 종래의 프로메테우스 신화를 뒤집어서 신들의 간섭에서 벗어나 스스로의 주인이 되려는 인간의 절대적 자유를 갈구하는 모습이다. 그런 의미에서 괴테의 「프로메테우스」는 모든 구속으로부터의 해방과 자유를 갈망하는 질풍노도(Sturm und Drang) 문학의 대표작으로 꼽힌다. 살인자 슈마르가 격정적인 어조로 부르짖는 것도 질풍노도 문학의 격정적 톤을 흉내 낸 것이라 할 수 있다. 앞부분에서 슈마르가 칼을 달빛에 비춰보는 장면도 프로메테우스가 불을 훔치는 신화적 모티브와 연결된다. 그리고 슈마르가 몸의 열기를 주체하지 못해 얼굴과 양손을 돌바닥에 갖다 대는 장면도 자신의 살인행위에 뭔가 제의적 의미를 부여하려는 의도로 읽힌다. 살인자 슈마르가 자신의 살인행위에 신들에 항거하는 프로메테우스적 자유의 의미를 부여한다는 것은 그 어떤 범행동기도 없는 살인행위에도 전혀 죄책감을 느끼지 않으며, 자신의 살인을 절대적 자유의지의 표현으로 간주하고 있음을 시사한다. 죄책감이란 죄를 단죄하는 존재(신)에 대한 두려움과 외경심 또는 양심의 가책을 전제로 하지만 슈마르의 맹목적 살인은 그런 외경심과 양심의 가책도 완전히 무화할 만큼 살인 자체가 목적이기 때문이다. 그래서 슈마르의 독백 첫마디가 "살인의 축복!"(188면)인 것은 결코 우연이 아니다. 여기서 축복은 그 단어의 의미상 종교적 차원에서 '신의 축복'이라고 해야 어울리는데 신의 자리에 '살인'을 치환함으로써 슈마르는 자신의 살인이 그 어떤 구속에도 얽매이지 않는 절대적 자유의 실행임을 강변하는 것이다. 이것은 마치 도스또옙스끼의 소설 『악령』에 등장하는 무신론자 끼릴로프가 인간의 자유의지를 증명하기 위해 권총자살을 하는 대목을 떠올리게 한다. 카프카 이후의 문학에서는 알베르 까뮈의 『이방인』에서 주인공 뫼르소가 아무런 이유 없이 아랍인을 살해하는 것도 슈마르가 범하는 이유 없는 살인과 닮아 있다.

카프카는 물론 이런 묻지마 살인이 매우 부조리하다는 것을 보여준다. 슈마르의 절규는 질풍노도 문학의 격정적 어조를 흉내 내지만, 그의 어조는 질풍노도 문학의 숭고미와는 거리가 멀고 피비린내에 도취한 살인자의 광기에 휩싸여 있다. 냉혹한 살인자 슈마르도 결국 '마지막 구역질'을 삼켜야 하는 것이다.

살인현장을 처음부터 끝까지 지켜본 증인의 이름이 하필 '팔라스'(Pallas)라는 것도 아이러니다. 팔라스는 그리스 신화에서 지혜의 여신이자 수호신인 아테네의 별명이다. 호메로스가 묘사하는 아테네 여신은 인간들 사이에 곧잘 나타나서 간절한 민원을 해결해주는 친절한 여신이다. 예컨대 『오디세이아』에서 오디세우스는 귀향을 앞두고 아내 페넬로페를 에워싼 구혼자들 몰래 다가가기 위해 아테네 여신에게 자신의 모습을 누구도 알아볼 수 없게 변장시켜 달라고 도움을 청한다. 그러자 아테네 여신은 아내도 알아볼 수 없게 감쪽같이 거지 노인네로 변장시켜준다. 그런 아테네 여신이 「형제 살해」에서는 퇴직자로 등장해 살인현장을 수수방관 구경만 하고 있다. 심지어 살인현장도 신들의 구경거리가 되는 느낌을 준다. 하늘에서는 베제에게 금방 닥칠 위험을 알려줄 "어떤 신호도 보내지 않는다". 그리고 "모든 것이 무의미하고 이해하기 어려운 제자리를 지키고 있다".(188면) 신은 더이상 인간의 운명에 관심이 없고 모든 것이 무의미 속에 굳어 있는 이 황량한 세상에서는 베제라는 인물처럼 매일 정해진 길을 가는 '이성적인' 선택도 하필 자신을 죽이는 '칼을 향해' 가는 부조리한 일이 벌어진다. 이런 점에서 「형제 살해」는 2차대전 이후 실존주의 문학에서 중요한 모티브로 등장하는 부조리의 극치를 예견한다.

이 작품에서는 카프카 당대의 흑백 무성영화를 보는 듯한 장면 또한 두드러진다. 예컨대 슈마르가 칼을 달빛에 살펴보는 장면은 달밤의 으스스한 분위기와 칼날의 반사광이 대기를 살기로 가득 채우는 느낌을 준다. 그리고 퇴직자 팔라스가 고개를 설레설레 흔들면서 슈마르를 내려다보는 장면은 슈마르가 살인을 저지를 거라고 직감하지만 막을 도리가 없다고 체념하는 방관자적 태도를 간명하게 보여준다. 마지막 장면에서 베제 부인을 따라 사건현장에 몰려온 군중이 남편의 시신 위에 쓰러진 부인의 모피코트를 벗기는 것도 오로지 선정적 스캔들과 엽기적 스펙터클에만 관심이 쏠리는 군중심리를 압축해서 보여준다. 무성영화의 장면을 떠올리게 하는 이런 몸짓에 대한 묘사는 그 압축성에 힘입어 세부적인 언어적 묘사로는 구현할 수 없는 깊은 울림을 전달한다. 삼천년 동안 전승된 '팔라스'(아테네)라는 문자기호는 이제 의미를 소진하고 죽은 문자가 되었지만, 영상매체의 기호로 소생한 그 문자의 몸짓은 다시 신의 부재를 증명하는 의미를 갖는다.

「낡은 문서」

카프카는 이 작품에 원래 '중국에서 전해온 낡은 문서'라는 제목을 붙였다가 '중국에서'라는 단서를 삭제했다. 그런 연유로 이 작품을 1912년에 멸망한 청나라의 몰락을 빗댄 것으로 해석하기도 한다. 실제로 그렇게 읽을 측면이 있긴 하다. 작품에서 황제는 평소 궁궐 한가운데에 있어서 모습을 보이지 않다가 유목민이 쳐들어온 이후 잠깐 창문가에 나타나 고개를 떨군 채 바깥 동정을 살피는 무기력한 모습을 보인다. 이 모습은 청나라 말기에 궁궐 안에 유폐된 꼭두각시나 다름없던 황제를 떠올리게 한다. 한편 유목민들이 '기호언어'를 거부하는 태도는 복잡하고 어려운 한자를 이해하지 못하는 것이라 할 수 있다. 유목민의 불결함과 야만성을 부각하는 것도 예로부터 중국 문화의 우월성을 과시해온 전통 속에서 자연스럽게 이해된다.

그렇지만 이런 유추 가능성에도 이 작품을 특정한 역사적 상황에만 대입하기에는 무리가 따른다. 제목에서 '낡은' 문서라는 단서를 붙인 것은 시간적 배경을 흐리기 위함일 것이다. 황궁 바로 앞의 광장까지 쳐들어온 유목민 군대가 정작 궁성 안으로는 들어가지 않고 광장에 죽치고 있는 것도 이상하다. 유목민은 "집 안에 묵는 것을 꺼리기 때문이다"(190면)라는 설명은 유목민에 대한 고정관념을 반복하는 이상의 의미는 없다. 유목민이 타고 온 말이 황소를 살아 있는 채로 뜯어먹는 장면을 보면 유목민의 침입이 실제 사건이 아니라 주관적 상상이 아닐까 하는 의구심도 든다.

작품은 유목민이 쳐들어온 전시상황을 묘사하는 것 같지만, 정작 유목민들은 직접적 폭력을 행사하지는 않는다. 시민들은 알아서 그들을 피하고 그들에게 필요한 것을 내준다. 구두장이로 등장하는 1인칭 관찰자의 눈에 두드러지게 부각되는 것은 유목민들이 모든 면에서 이해할 수 없는 야만적인 모습을 보인다는 것이다. 그들은 우리 언어를 모르기 때문에 언어로 의사소통을 할 수 없을 뿐 아니라 몸짓으로도 소통이 불가능하다. 그들은 자기들끼리는 까마귀들처럼 의사소통을 한다. 깨끗하던 광장은 배설물이 쌓인 마구간처럼 더러워졌다. 그리고 유목민은 살아 있는 황소를 말과 함께 뜯어먹는다. 요컨대 유목민들은 "우리의 생활방식, 우리의 제도"(191면)를 전혀 이해하지 못한다.

이처럼 작품은 우리의 '조국'에 쳐들어온 유목민에 대한 적대관계를 그들의 폭력성이 아니라 낯선 야만성에서 찾고 있다. 다시 말해 관찰자가 속한 공동체는 문명사회이고 유목민들은 문명사회의 기준으로는 도저히 이해할 수 없는 ─ 문명사회의 경계선 바깥에 있는 ─ 야만성 자체로 인지된다. 역설적인 것은 우월한 문명사회가 야만적인 유목민들에게 속수무책으로 점령당해 있다는 것이다. 작품에서는 그 이유를 상상해볼 수 있는 몇가지 실마리가 보인다. 황궁 앞에는 "지나칠 정도로 깨끗이 유지되던 이 조용한 광장"(190~91면)이 있고, 지금은 그 광장이 유목민들로 인해 순식간에 배설물이 가득한 마구간처럼 더러워졌다. 그리고 "우리는 가끔 가게 밖으로 나가 가장 더러운 배설물만이라도 치워보려 하지만" 그래도 소용이 없고 "사나운 말에 깔리거나 채찍에 상처를 입는 위험에 노출되기 때문에"(191면) 아예 청소를 그만둔다. 병리학적으로 비유하자면, 유럽문명의 우월성을 자부하면서 문화적 순혈주의를 고수했기 때문에 면역기능이 완전히 사라져서 낯선 바이러스가 침투하면 순식간에 구제불능으로 감염되는 형국이라 할 수 있다.[19] 평소에 인파로 들끓어야 할 광장이 조용한 것도 공론장의 공백을 암시한다. 더구나 이 광장은 황궁과 연결돼 있어서 평소 구중궁궐에 칩거하는 황제의 무능함이 더욱 두드러져 보인다. 광장으로 통하는 모든 골목의 입구가 하룻밤 사이에 유목민들에 의해 점령당한 것도 의미심장한 공간적 상징이다. 모든 골목길이 광장으로 통한다는 것은 체계적인 근대적 중앙집권 국가를 연상케 하는데, 그 체계성은 한순간에 시스템을 마비시키는 폐쇄적 경직성으로 작용할 수 있는 것이다. 황제는 보이지 않는 곳에 칩거하는 허수아비고, 경비병들은 성문 안에서 꼼짝도 하지 않으며, 조국의 수호가 수공업자와 상인 들에게 맡겨진 이 시대착오적 혼돈이 자멸을 초래하고 있는 것이다. 즉 '우리'와 유목민들 사이에 소통이 불가능한 것에 못지않게 '우리의 조국' 전체도 내부의 원활한 순환과 소통이 이루어지지 않기에 유목민의 일사불란한 기동성에 꼼짝없이 무너지는 것이다. 화자의 말대로 "오해(즉 소통불능) 때문에 우리는 몰락한다".(193면)

이상에서 살펴본 대로 「낡은 문서」는 유럽 바깥의 타자를 무조건 야만적으로 규정하는 유럽 중심주의를 비판하는 한편 유럽사

---

19 토마스 만의 「베니스에서의 죽음」(1912)에서 '인도에서 유래한 것으로 짐작되는 콜레라'가 순식간에 베니스를 휩쓸어 주인공을 비롯한 수많은 인명을 앗아가는 사태에 비견할 수 있다.

회의 내적 위기를 진단한 작품이라 할 수 있다. 그런데 유목민들이 '까마귀처럼' 외쳐댄다는 것은 또다른 해석 가능성을 암시한다. 카프카(Kafka)의 체코어 표기법 'kavka'는 체코어로 '까마귀'라는 뜻이다. 카프카는 분명 이것을 의식하고 일부러 유목민들이 까마귀처럼 외친다고 했을 것이다. 이처럼 카프카가 자신의 문학적 언어를 서유럽인의 가치 기준으로는 이해하기 힘든 유목민과 까마귀의 언어로 표상하는 데는 그럴 만한 이유가 있다. 유대인이자 체코인인 카프카가 사용한 독일어는 표준 독일어가 아니라 이디시(Jidish)라는 동구 유대어와 독일어가 뒤섞인 언어였다. 서유럽의 표준적 가치 기준으로 보면 낯선 주변부의 방언이라 할 수 있는 것이다. 그런 이유에서 카프카의 동시대인으로 빈에서 활동한 유대계 극작가이자 비평가 칼 크라우스(Karl Kraus)는 카프카와 막스 브로트를 비롯한 프라하 작가들의 독일어 문학을 "요람 속에 있는 독일 어린아이를 훔쳐온 집시 문학"이라 비꼬았다. 유럽에서는 중세부터 기형아를 낳으면 '마귀가 바꿔친 아이'라는 미신이 전해져왔는데, 크라우스는 카프카의 유대계 독일어를 말하자면 언어적 기형아에 비유한 것이다. 카프카 역시 프라하 독일어의 그런 언어적 한계를 늘 의식했다. 그는 "내가 쓰고 있는 단어들은 거의 서로 조화를 이루지 못하고 있다. 자음들이 함석처럼 서로 맞부딪히는 소리가 나는가 하면, 모음들이 박람회에 전시된 흑인처럼 노래하는 소리가 들린다"[20]라고 말하기도 하였다. 카프카는 이런 불협화음을 극복하기 위해 일찍부터 부단히 글쓰기 연습을 했다. 다른 한편으로 카프카

---

20 1910년 12월 15일 카프카의 일기 중에서. "박람회에 전시된 흑인"은 당시 유럽에서 개최된 세계박람회에 아프리카 원주민을 구경거리로 전시한 것을 가리킨다.

는 '중산층 독일어' 즉 표준적인 독일어를 '잿더미'에 견주었다.[21] 관습화된 표준 독일어에서는 더이상 창조적 표현의 가능성을 찾을 수 없다는 것이다. 이것은 「낡은 문서」에서 유목민들이 '모든 기호 언어'를 거부하는 태도를 떠올리게 한다. 카프카는 서유럽인의 관점에서 보면 자신의 유대계 독일어가 까마귀의 울음소리처럼 들릴지라도, 상이한 전통이 뒤섞인 프라하 독일어로 글을 쓰면서 자신만의 독특한 문학적 언어를 빚어냈다. 그런 점에서 이 작품은 주변부의 소수언어를 고집했던 자긍심과 도전정신의 표현이라 할 수도 있다.

「황제의 칙명」

이 작품은 「법 앞에서」와 비슷한 구조를 지녔다. 「법 앞에서」에 등장하는 시골사람은 법의 안으로 들어가려 하지만 막강한 문지기가 지키고 있고, 문지기의 말에 따르면 안으로 들어갈수록 점점 더 힘센 문지기가 지키고 있어서 가장 깊은 내부에는 절대로 들어갈 수 없다. 그래서 시골사람은 법의 문 앞에서 한평생 기다리지만 결국 첫번째 문도 통과하지 못한 채 죽음을 맞는다. 반대로 「황제의 칙명」에서는 방향이 안에서 밖으로 역전되어 있다. 구중궁궐의 한가운데에서 황제가 궁궐 바깥에 있는 '비천한 신하'에게 칙사를 보내 칙명을 전달하려 하지만, 궁궐과 정원과 계단이 끝없이 겹겹이 에워싸고 있어서 궁궐 밖까지 도달하는 것은 불가능하다. 심

---

21 1921년 6월(날짜 미상) 막스 브로트에게 보낸 편지 참조.

지어 수천년이 지나도 황제의 칙명은 수신자인 '당신'에게 도달할 수 없다. 두 작품은 모두 도달할 수 없는 것, 파악할 수 없는 것, 그러나 무한히 동경하는 그 무엇을 이야기하는 은유적 성격을 띠고 있다.

작품 초반에서 칙사는 황제의 후광으로 거침없이 길을 헤치고 나아가는 모습을 보이지만, 작품 중반부터는 궁궐을 통과해도 다시 다음 궁궐이 나오는 통과와 장애의 순환구조가 끝없이 반복된다. '수천년'은 그러한 공간적 무한대의 시간적 변환이므로 사실상 영겁의 시간을 가리킨다. 그리고 마지막 문장에서 "그러나 저녁이 되면 당신은 창가에 앉아 그 칙명이 당도하기를 꿈꾼다"(195면)라고 끝을 맺는다. 해질 녘 창가에 앉아 몽상에 잠긴 '당신'의 입장에서 이 작품을 다시 읽으면 앞서 서술한 모든 내용은 현실이 아니라 당신이 꾸는 몽상이다. 황제의 궁성에서 "아주 멀리 떨어진 곳에 그림자처럼 숨어 있는 보잘것없는"(194면) 누군가가 '제국의 태양'처럼 존엄한 황제의 칙명이 자신에게 도달하기를 간절히 바라는 것이다. 만인으로부터 당당히 인정받고 싶은 욕구, 즉 권력욕이 이런 초현실적 환상으로 표현된 것이다. 그런 점에서 이 작품은 무엇보다 권력구조의 은유로 읽을 수 있다. 황제의 궁궐을 끝없이 겹겹이 에워싼 또다른 궁궐과 정원과 계단은 중층적 위계질서로 구조화되어 있는 관료조직을 떠올리게 한다. 역설적이게도 황제의 권력이 '제국의 태양'처럼 막강할수록 황제의 칙명이 전달되는 체계도 그만큼 복잡해지기 때문에 '비천한 신하'에게까지 전달될 가능성은 더욱 희박해진다.

한편 여기서 말하는 '칙명'(Botschaft)을 기독교적 맥락에서 살펴보면 하느님의 말씀 내지 복음과 같은 뜻이다. 그렇게 보면 이 작품은 신에 대한 믿음이 사라진 세속화된 시대에 복음이 사람들에게 전달되기가 어렵다는 것을 암시한다. 이 이야기의 기본 틀이 동유럽의 경건주의 유대교운동인 하시디즘(Hasidism)의 설화에서 차용된 것 또한 주목할 필요가 있다. 하시디즘 설화에서 '발셈'(Baal-Schem)이라는 성인은 죽은 후 신적인 존재가 되어 지상의 경건한 신도들에게 은밀한 경로로 예언을 전한다. 이 설화에서 말하는 '은밀한 경로'가 작품에서는 도저히 통과할 수 없는 겹겹의 장애로 확장돼 경건한 믿음의 전파가 현실에서 부닥치는 난관을 암시한다고도 해석할 수 있는 것이다. 이와 관련하여 작품에서 언급되는 황제가, 유대인에게 관대한 정책을 폈던 오스트리아 헝가리 제국의 황제 프란츠 요제프 1세를 가리킨다는 해석도 있다. 요제프 1세는 1916년 11월에 죽었고, 네달 후 집필된 「황제의 칙명」에서도 황제는 칙명을 전한 후 죽음을 맞는다. 작품 마지막 부분에서 "더구나 죽은 자의 칙명을 지녔다면 더더욱 (칙명의 전달은 — 인용자) 불가능하다"(195면)라고 서술되는 것은 그런 맥락에서 이제 세상을 떠난 요제프 1세가 유대인을 지켜줄 수 없다는 뜻으로 해석되기도 한다.

넓게 보면 이 작품 역시 카프카 문학의 핵심 주제 중 하나인 소통의 어려움과 단절을 이야기하고 있다. 그런 점에서 황제가 '구두'로 칙명을 칙사의 '귀에 속삭이고' 바로 죽음을 맞는 것은 매우 시사적이다. 황제의 칙명을 직접 들은 사람은 칙사 혼자뿐이므로 칙명의 내용은 다른 누구도 알 수 없다. 더구나 황제가 곧바로 서거했으니 칙사가 알고 있는 칙명의 진위 여부를 확인할 방법도 없다. 더 중요한 맥락은 황제가 '구두'로 말했고 칙사도 '구두'로 전한다는 것이다. 작품에서는 황제의 귀엣말을 직접 들은 칙사가 계속 장애물을 통과해 마라톤을 하는 것처럼 묘사된다. 그러나 그가 통과하는 시공간은 무한히 확장되므로 엄밀히 말하면 칙사는 황제의 칙명을 다음 전달자에게 전해주고 죽을 것이며, 전달 과정 역시 무한히 반복될 것이다. 이렇게 입으로 전달되는 칙명은 전달될 때마다 새롭게 채색돼 계속 변하게 마련이다. 최초의 발신자가 말한 내용이 수많은 전달 과정을 거쳐 수신자에게 원래대로 전달된다는 것은 근본적으로 불가능하기 때문이다. 이런 맥락에서 보면 전달자가 계속 통과해야 하는 장애물 내지 관문은 황제의 궁궐에서 멀어지는 환경변화에 따라 — 구두 전달이 어느 단계에서는 문서로, 또 어느 단계에 이르면 전자통신으로 바뀔 수도 있는 매체의 변화까지 포함하여 — 전달방식이나 어법의 차이를 가져올 수 있다. 또한 관문을 통과할수록 위계질서의 서열이 달라지기 때문에, 황제가 칙명을 전하는 임종 자리에서는 제국의 위대한 인물들이 배석해 칙명의 거룩한 위엄을 받들지만, 그 칙명이 아주 멀리 떨어진 저잣거리를 통과할 즈음에는 시정잡배의 조롱거리가 되지 말라는 법도 없다.

이런 복합적인 이유에서 최초 발신자의 이야기는 후대의 수신자들에게 그대로 전승되지 않고 부단히 채색되고 각색된다. 바로 그것이 입으로 전해지는 구전 설화의 특징이다. 작품의 첫문장이 "이런 이야기가 전해진다"(194면)라고 서술된 것은 이 작품이 바로 그런 설화임을 말해주며, 실제로 카프카는 이 작품에 '설화'(Sage)라고 장르를 명시했다. 카프카는 설화에 관해 이렇게 말한 적이 있다. "설화는 설명할 수 없는 것을 설명하려 한다. 설화는 하나의 근본적 진리로부터 생겨난 이야기이므로 다시 설화는 설명할 수 없는 것으로 끝나야 한다." 이 작품이 설명할 수 없는 '근본적 진리'를 설명하려는 시도라면 이 작품의 근본적 의미 역시 이것이다, 저

것이라,라고 특정할 수 없고 그저 '설명할 수 없는 것'으로 남겨둘 수밖에 없다. 작품 속의 '당신'은 언제까지고 황제의 칙명이 오기를 기다리지만, 카프카는 독자인 '당신'이 이 작품을 그런 설화로 읽어주기를 바랄 뿐이다.

「가장의 근심」

카프카의 작품을 통틀어 '오드라데크'는 흔히 가장 수수께끼 같은 형상으로 꼽힌다. '실패처럼 생긴 조형물'이라면 생명이 없는 사물일 텐데, 동시에 '너무나 민첩해서 붙잡을 수 없는' 측면에서는 살아 움직이는 생물로 보인다. 집에서는 다락방, 현관, 복도 등에 머물다가 몇달씩 안 보이기도 하며, 그러다가도 어김없이 다시 집으로 돌아온다. 사람들은 그를 어린아이처럼 다루기도 한다. 사람 또는 다른 생명체라면 언젠가는 죽을 텐데, 화자인 '나'는 내가 죽은 후에도 오드라데크가 살아 있으리라는 생각 때문에 고통스러워한다. 작품의 제목인 '가장의 근심'을 유발하는 오드라데크는 도대체 어떤 존재인가?

카프카 연구에서 오드라데크를 해석하는 몇가지 관점이 있다. 카프카의 문학작품을 가리킨다고 보는 관점에서는 실패가 직물, 즉 텍스트를 만들기 위한 도구이고, 대부분의 카프카 작품이 특정한 의미로 환원되지 않으며 작품은 작가보다 더 오래 살아남는다는 등의 특성을 근거로 제시한다. 그런가 하면 한곳에 오래 머물지 않고 끊임없이 이동하는 '주거 부정'의 특성을 들어 세상에서 영원히 방랑하는 유대인의 운명을 가리킨다고 보는 해석도 있다. 그렇지만 오드라데크를 특정한 대상과 동일시하는 관점은 이 작품에서 '가장'이 오드라데크를 이런저런 대상에 견주지만 결국 그 대상들의 속성이 서로 충돌하거나 모순되어 오드라데크의 정체를 파악하지 못하는 오류를 답습하는 것처럼 보인다.

오드라데크는 우리가 흔히 인간과 사물을 대상화시켜서 인지함으로써 결국에는 사물과 인간을 있는 그대로 보지 못하고 우리 자신의 관점에 종속시키는――그리하여 인간과 사물을 낯선 타자로 대상화하는――인식 태도 자체를 문제 삼는 것으로 보인다. '가장'이 오드라데크를 관찰하는 방식은 그러한 인식 태도의 다양한 변주를 보여준다.

가장은 먼저 어원적 설명을 시도한다. 혹자는 오드라데크가 슬라브어에서 유래했다고 보고, 또다른 혹자는 독일어에서 생겨나 슬라브어의 영향을 받았다고 본다. 그런데 두 해석은 불확실하므로 이 단어의 의미를 규명할 수 없다는 결론에 도달한다. 이런 논법에 대해 두가지 해석의 타당성과 진위 여부가 문제가 아니라 '어원적' 해석 자체가 문제가 아닐까 하는 의문을 제기해볼 수 있다. 후반부로 가면 오드라데크가 살아 움직이는 존재로 인지되는데, 살아 움직이는 모든 것은 시간 속에서 생성과 변화의 과정을 거친다. 그래서 그런 생물을 명칭의 어원으로 규정하려는 것은 살아 있는 존재를 출발점에 고정시키는 것이고, 처음부터 의미가 정해진 죽은 언어 속에 가두는 것이다.

다음으로 가장은 오드라데크를 '도구'로 파악하려 한다. 실패와 막대기와 별 모양의 조각판이 결합된 이 조형물은 "두 다리로 지탱하는 것처럼 똑바로 서 있을 수 있다".(197면) 이 조형물 전체가 의미 없는 것처럼 보이지만 직립인간의 '두 다리'를 떠올리는 것은 인간의 관점에서 보고 싶은 대로 보기 때문이다. 더 정확히 말하면 이 도구의 쓰임새가 무엇인지 궁금하기 때문이다. 그래서 사람들은 이 도구가 예전에는 어떤 목적을 가졌는데 지금은 부서진 거라고 믿고 싶어 한다. 그러나 어떤 목적으로 쓰였는지 흔적과 증거를 찾을 수 없다. 이런 논법은 앞서 어원을 확인할 수 없다는 결론과 동일한 논리를 따른다. 다시 말해 독자의 관심을 이 도구의 목적이 무엇이었을까 하는 의문으로 유도하는 함정을 파고 있다. 그래서 목적을 파악할 수 없는 것이 문제가 아니라, 이 조형물을 어떤 목적을 위한 도구로만 보려는 인식 태도가 문제라는 것을 인지해야 한다. 우리는 사물뿐 아니라 사람도 어떤 목적에 투입하기 위한 도구나 수단으로만 보는 태도에 너무나 친숙하게 길들여져 있다. 단적인 예로 요즘 경제학 용어로 흔히 쓰이는 '인적 자본'(human capital)이라는 말은 인간도 자본으로, 자본 증식을 위한 수단으로 본다.

넷째 단락을 보면 오드라데크는 같은 집 안에 사는 누군가로 보인다. 그는 집 안에서 다락방, 계단이 있는 공간, 복도, 현관에 머문다. 그가 머무는 공간은 모두 스쳐가는 공간, 통과하는 공간, 외진 공간이다. 방이나 거실이나 식당처럼 식구가 머무는 공간이 아니다. 가장은 자신에게 친숙한 일상의 공간에 거주하고, 오드라데크는 그런 가장의 공간과는 분리된 외진 곳으로 밀려나 있다. 그러니 가장이 오드라데크를 이해할 수 없는 것은 당연하다. 오드라데크는 몇달씩 보이지 않다가도 어김없이 '우리 집'으로 돌아온다. 우리 집이라면 오드라데크가 하숙인 같은 낯선 객이 아니라 한집안 식구라는 말인가? 그에게 이름을 묻고 어디에 사는지 물어보는 것을 보면 가족은 아닌 것 같다. 혹은 식구는 맞는데 가장이 이미 알고 있는 뻔한 것만 건성으로 물어본다는 해석도 가능하다. 제목이 '가장의 근심'이므로 오드라데크는 가장에게 근심을 유발하는 식구가 맞을 것이다. 어떻든 그런 뻔한 질문과 대답으로 "대화는 대개 끝난다".(197면) 가장과 오드라데크 사이에는 소통이 완전히 단절돼 있다. 오드라데크에 대한 가장의 몰이해와 소통단절은 오드라데크의 웃음소리가 '폐 없이 만들어낼 수 있는 그런 웃음'이나 '낙엽이 바스락거리는 소리'처럼 들릴 만큼 낯선 정도를 넘어서 섬뜩하게 느껴진다.

마지막 단락에서 문장의 주어가 '나'로 바뀌는 것은 오드라데크에게서 느껴지는 섬뜩함이 '나'의 불안으로 전이됨을 보여준다. 이전까지 오드라데크에게 의례적인 태도를 취할 때 주어는 막연한 일반인을 뜻하는 'man'을 썼지만 이제는 더이상 자신의 정체를 숨길 수 없을 만큼 나의 문제가 되어버린 것이다. 마지막 단락에서 중요한 것은 오드라데크가 먼 후손 세대까지 풀리지 않는 수수께끼로 계속 남는다는 것, 나는 그 수수께끼를 풀지 못한 채 죽음을 맞게 되리라는 것이다. 다시 말해 나는 일상적으로 반복되는 삶의 의미를 깨우치지 못한 채 죽음을 맞을 거라는 예감, 삶의 무의미에 대한 절망과 죽음의 불안이 나를 엄습하는 것이다.

「세이렌의 침묵」

호메로스의 세이렌과 오디세우스

세이렌은 호메로스의 서사시 『오디세이아』에서 항해하는 뱃사람들을 아름다운 노래로 유혹해 잡아먹는 요괴 자매로 등장한다.[22]

오디세우스는 세이렌의 위험에 대해 미리 키르케 여신의 경고를 받고, 키르케 여신은 오디세우스에게 그 위험에 대처하는 요령을 알려준다. 그 요령이란 밀랍으로 선원들의 귀를 막아 유혹의 노래를 듣지 못하게 하되, 오디세우스는 노래를 듣고 즐겨도 무방하며, 다만 몸을 돛대에 단단히 묶어서 세이렌의 유혹에 끌려가지 못하게 하라는 것이었다. 오디세우스는 키르케의 조언대로 돛대에 자기 몸을 묶고 세이렌의 감미로운 노래를 듣는데, 노래의 유혹에 이끌려 선원들에게 결박을 풀어달라고 명령하지만, 선원들은 미리 알려준 대로 오디세우스를 더욱 단단히 묶는다. 이렇게 해서 오디세우스 일행은 세이렌의 유혹을 이겨내고 무사히 항로를 통과한다.

잘 알려져 있듯 오디세우스는 트로이전쟁에서 승리한 후 고향으로 돌아가는 길에 거친 바다를 항해하면서 온갖 괴물을 만나 위험을 헤쳐가는 모험을 한다. 그런 맥락에서 이 장면은 흔히 거친 바다의 위험, 더 넓게는 거친 자연의 위협을 오디세우스가 지략으로 극복하는 이야기로 해석된다. 요컨대 자연에 대한 이성의 승리를 이야기한다는 것이다. 역시 비슷한 맥락에서 신화적 힘에 대한 계몽적 이성의 승리로도 해석된다.

그런데 정설처럼 굳어진 이런 해석은 이 장면에 함축된 깊은 의미를 은폐할 수 있는 일면적인 것이다. 이 장면은 오디세우스가 자신이 겪은 모험담을 직접 이야기하는 형식을 취하고 있다. 다시 말해 오디세우스는 서사시를 낭송하는 이야기꾼으로 등장하며, 자신이 그 이야기 속의 주인공이다. 세이렌이 뱃사람을 유혹해서 잡아

---

22 『오디세이아』에서 세이렌의 외모에 관한 묘사는 전혀 없는데, 후대의 미술작품은 흔히 아름다운 여성의 몸에 새의 날개와 발톱을 가진 반인반조의 모습으로 묘사하고 있다.

먹는 요괴라는 것도 문자 그대로의 축자적 해석일 뿐이다. 세이렌이 아름다운 여성의 몸에 새의 날개를 가졌다는 것은 그녀가 다른 어떤 존재의 '변신'임을 말해준다. 고대 그리스 신화나 호메로스의 서사시에서 그런 변신의 형상은 대개 다른 숨은 의미를 내포한다. 세이렌의 정체가 무엇인지 작품 자체로 접근해보자. 오디세우스 일행이 다가오자 세이렌 자매는 노래를 부른다.[23]

> 우리는 아르고스인과 트로이아인 들이 드넓은 트로이아 땅에서
> 신의 뜻에 따라 겪은 고통을 알고
> 비옥한 대지에서 일어난 모든 일을 알고 있답니다.[24]

여기서 "트로이아 땅에서 신의 듯에 따라 겪은 고통"은 트로이전쟁을 가리키며, 그것을 다 알고 노래로 부를 수 있는 존재는 다름 아닌 뮤즈 여신, 즉 문학과 음악의 여신이다. 트로이전쟁을 노래한 서사시는 『일리아스』이므로 세이렌은 『일리아스』를 노래한 뮤즈인 것이다. 그런데 그런 뮤즈의 노래가 어째서 오디세우스에게 그토록 유혹적이고 위험한가? 알다시피 『일리아스』는 아킬레우스의 분노로 시작해서 그를 주인공으로 전개된다. 트로이전쟁의 막바지에 '트로이 목마' 작전을 짠 장본인은 오디세우스이지만 『일리아스』에서 그의 역할은 미미하다. 이태수 교수의 면밀한 고증에 따르면 여기서 뮤즈는 오디세우스를 주인공으로 내세워 트로이전

---

23 세이렌 자매는 자신들의 노래를 듣는 사람은 더 유식해져서 돌아간다고 노래하는데, 그 이유가 자신들이 트로이아에서 '신들의 뜻에 따라 겪었던 모든 고통'을 알고 있으며 지상에서 일어나는 모든 일을 훤히 알기 때문이라고 한다.
24 호메로스 『오디세이아』, 184~91행 참조.

쟁 이야기를 새로 노래하려는 것이다.[25] 물론『오디세우스』에서 그 노래의 구체적 내용은 제시되지 않고 생략돼 있다. 그럼에도 오디세우스가 노래의 유혹에 못 이겨 선원들에게 결박을 풀어달라고 명령할 정도라면 뮤즈의 노래가 얼마나 그의 마음을 사로잡았을지 능히 짐작된다.

그런데 오디세우스를 주인공으로 내세운 트로이전쟁 이야기가 그에게 매혹적인 것은 당연하지만, 치명적인 위험이 되는 이유는 무엇 때문인가? 그런 유혹에 넘어가면 '요괴' 세이렌에게 잡아먹히기 때문에? 하지만 그것은 표면적인 이야기일 뿐이고, 세이렌을 뮤즈로 보는 해석과 충돌한다. 이 대목은『오디세이아』가 귀향의 서사라는 맥락에서 이해되어야 한다. 오디세우스는 트로이전쟁 때문에 오랜 세월 고향을 떠나 있었고, 아내와 아버지의 생사도 모른 채 귀향길에 올라 거친 바다와 싸우고 있다. 이런 상황에서 다시 전쟁영웅이 되려는 환상에 들뜬다면 그것은 귀향을 하찮고 무의미하게 만들며, 귀향을 위해 목숨을 걸고 싸우는 모험도 무의미하게 만들 것이다. 전쟁영웅에 대한 환상은 이런 맥락에서 오디세우스의 항해를 헛수고로 돌려놓는 치명적 위험이 되는 것이다. 나아가서 만약 세이렌이 오디세우스를 주인공으로 세운 트로이전쟁의 노래를 불러주고, 오디세우스가 그 노래의 유혹에 이끌려 간다면『오디세이아』라는 작품 자체가 더이상 진행될 수 없다. 세이렌의 노래는 오디세우스의 귀향을 좌절시키고, 귀향의 서사시『오디세이아』를 앞뒤가 맞지 않는 미완성의 졸작으로 반토막 내는 이중적 의미에서 치명적이다.

----

25 이태수「세이렌과 무사」,『서양고전학 연구』2011, vol. 43, 5~30면 참조.

한편 오디세우스가 세이렌의 노래에 몸부림치는 것은 극심한 내면적 갈등을 보여준다. 거친 바다를 헤치고 고향으로 돌아가는 것이 항해의 지상목표지만, 아직도 트로이전쟁에서 자신이 영웅이 되는 이야기에 솔깃한 것이다. 하지만 다른 대목을 보면 오디세우스는 전사한 남편 때문에 통곡하는 트로이 여인들의 이야기를 듣고서 그녀들과 똑같이 애절하게 눈물을 흘린다.[26] 승자의 자만에 빠지지 않고 패자의 고통에 깊은 연민과 죄의식을 느낄 만큼 성숙해 있는 것이다. 이처럼 오디세우스가 세이렌의 유혹을 견디고 극복하는 과정은 잔혹한 폭력과 살해를 자행했던 과거에 대한 반성적 성찰을 수반한다. 귀향 직후 아내와 부친조차 그를 알아보지 못하는 것은 그런 부단한 자기극복의 과정을 통해 오디세우스의 정체성이 완전히 변모했음을 말해주는 것이다.

지금까지 살펴본 대로 호메로스의 『오디세이아』에서 세이렌을 뮤즈로 해석하면 세이렌의 노래라는 유혹을 이겨내는 오디세우스 이야기는 예술적 체험을 통해 정신적으로 성숙해나가는 이야기로 이해될 수 있다.

카프카의 세이렌과 오디세우스

호메로스의 작품과 비교할 때 카프카의 이야기가 눈에 띄게 다른 점은 오디세우스가 자신의 귀를 밀랍으로 틀어막고, 세이렌이 '노래보다 더 무서운 무기'로 '침묵'을 택한다는 것이다. 이런 차이가 어떤 의미를 갖는지는 이야기 속에서 살펴봐야 할 것이다. 오디세우스가 밀랍으로 귀를 막고 배에 자신의 몸을 묶게 했다고 서술

---

26 『오디세이아』 521~31행 참조.

한 다음에 이어지는 이야기를 보면 오디세우스는 그런 조치가 전혀 도움이 되지 않는다는 것을 알면서도 밀랍과 사슬이라는 보잘것없는 수단을 순진하게 믿은 것으로 서술된다. 여기서 모든 여행자가 오디세우스처럼 대응할 수 있다는 얘기는 오디세우스의 이야기가 널리 유명해졌다는 뜻도 되지만, 밀랍으로 귀를 막고 몸을 돛대에 묶는 얘기가 이젠 누구나 아는 진부한 것이어서 매력을 상실했다는 뜻으로도 읽힌다. 호메로스의 오디세우스가 취한 조치는 세이렌의 매혹적 마력을 인정한 결과이므로 오디세우스의 조치가 매력을 상실했다는 것은 세이렌의 매력도 진부해졌다는 뜻이다. 이것은 더이상 신화의 신비를 믿지 않는 현대인의 태도를 보여주는 것이라고도 볼 수 있다. 삼천년 전 그리스인들에게 오디세우스의 귀향은 트로이전쟁에 참전한 수많은 그리스인 아버지와 남편과 아들의 무사귀환을 상징했다. 오디세우스의 모험담은 그리스 공동체 전체의 운명과 직결되기 때문에 막강한 신화적 흡인력을 지녔던 것이다. 그러나 범속한 일개 시민이 소설의 주인공이 되는 시대에 그런 신화가 들어설 자리는 없다. 세이렌이 더이상 노래를 부르지 않는 것은 이제 그 노래에 귀를 기울일 — 호메로스의 서사시 낭송을 경청하던 — 청중이 없기 때문이다.

둘째 단락에서는 세이렌의 노래보다 무서운 무기로 행하는 '침묵'이 언급된다. 이것은 여행자에게 세이렌을 제압해서 침묵시켰다는 착각을 불러일으키고, 착각에 근거한 오만함 때문에 파멸한다는 암시를 주는 것일 수도 있다. 세이렌의 침묵이 실제로 그런 위력을 발휘한다고 — 오디세우스가 또는 독자가 — 믿는다면 본래의 신화를 대체하는 또다른 신화가 만들어지는 셈이다. 그렇지만 텍스트는 세이렌의 침묵이 그런 위력을 발휘하지는 못한다고 서술하고 있다. 세이렌은 실제로 노래를 부르지 않았지만, 세이렌의 침묵은 오디세우스의 오만을 유도하지 못했다. 오디세우스는 세이렌의 몸짓을 얼핏 보고 노래를 부른다고 생각하고, 귀를 밀랍으로 막은 덕분에 노랫소리가 들리지 않는다고 믿었던 것이다. 그리고 세이렌에게 가장 가까이 접근했을 때는 시선을 먼 곳으로 돌려 세이렌을 아예 망각했다. 여기까지 보면 오디세우스는 자신의 감각을 완전히 통제해 세이렌의 유혹이 지각되는 것을 차단함으로써 결국 세이렌의 존재 자체를 부정하는 전략을 추구한 것으로 보인다.

그런데 작품 마지막에 '부록'이라고 덧붙여진 서술을 보면 지금까지 서술된 오디세우스의 대응이 용의주도한 연기였음이 밝혀진다. 오디세우스는 세이렌이 침묵하고 있다는 것을 알아차렸고, 그래서 앞서 이야기한 가상의 과정을 세이렌의 유혹에 대응하는 '방패'로 삼았다는 것이다. 즉 그가 치밀한 눈가림 연기로 세이렌을 따돌렸다는 말이 된다. 순진한 척을 한 것도, 세이렌이 노래를 부른다고 믿는 척한 것도 모두 그런 속임수였다. 종국에는 세이렌의 존재 자체가 망각될 정도로 완벽한 자기제어였다. 이로써 작품 첫머리에서 서술한 대로 "불충분한, 심지어 유치한 수단도 구원에 도움이 될 수 있다는 것에 대한 증명"(199면)은 성공한 것처럼 보인다.

그런데 세이렌의 매력 포인트는 과연 무엇일까? 텍스트를 있는 그대로 관찰해보면 "목덜미의 움직임, 심호흡, 눈물이 가득한 눈, 반쯤 벌린 입"(200면)이라는 묘사는 세이렌이 뭔가 애절하게 호소하는 모습을 보여준다. 단순히 유혹자의 이미지와는 다르다.

그러나 그녀들은 여느 때보다 더 아름답게 몸을 죽 펴서 돌았고, 그 무서운 머리카락을 바람에 나부꼈으며, 바위 위에서 자유롭게 발톱을 뻗었다. 그녀들은 더이상 유혹하려 하지 않았다. 그녀들이 원한 것은 오디세우스의 커다란 두 눈에 반사되는 광채를 되도록 오랫동안 붙잡고 있는 것이었다. (200~201면)

아름다운 율동의 묘사에서 세이렌은 예술가의 이미지와 연결된다. 그런데 아름다운 예술가의 모습에 '무서운 머리카락'과 '발톱'이라는 공포의 이미지가 결합된 것은 예술의 세계에 몰입해 건강한 시민적 삶에서 이탈할 위험을 암시하는 것이라 볼 수도 있다. 요컨대 예술(문학)이냐 삶이냐 하는 양자택일의 갈등이다. 오디세우스는 세이렌의 율동을 보고서도 노래를 하는 거라고 자기최면을 걸어서 예술의 유혹을 피한 셈이다. 그의 생존은 ─ 이야기의 첫줄에서 말하는 '구원'은 단순한 '생존'일 뿐이다 ─ 예술적 경험 자체를 철저히 차단한 대가로 얻어진 것이다. 그런 점에서 세이렌의 노래를 듣기 위해 귀를 열어두고 몸부림쳤던 호메로스의 오디세우스와 결정적으로 대비된다. 호메로스의 오디세우스는 예술적 체험에 자신을 온전히 내맡겼고, 이를 통해 그의 영혼은 성숙해졌다. 반면에 카프카의 오디세우스는 세이렌을 만나기 전이나 후나 아무런 변화가 없다. 내면적 갈등도 고통도 정신적 성숙도 없다. 그럼에도 '오디세우스의 커다란 두 눈에 반사되는 광채'는 어떻게 생긴 것일까? 귀를 막고 몸을 묶은 단순한 수단에 기뻐한 그런 순진함 같은 맥락의 '광채'일까? 그러나 '부록'은 그 순진함도 순진한 척하는 연기였을 뿐이라고 말한다. 그렇다면 그의 눈에 비치는 광채마저도 순진함과 기쁨을 가장한 연기일까? 그의 눈에 반사광(Abglanz)을 비치게 하는 원래의 빛, 그 밝은 빛은 어디에서 오는 것일까? '부록'에서 말하듯 이 의문은 '인간의 이성으로는 이해할 수 없는' 수수께끼처럼 보인다.

카프카는 이 이야기보다 몇년 후에 쓴 편지에서 신화에 등장하는 세이렌의 노래가 갈퀴 발톱은 있지만 자궁이 없어서 애절하게 한탄하는 거라고 언급한 바 있다.[27] 뱃사람들을 홀려서 잡아먹는 요괴라는 신화적 허물을 벗고 자궁을 가진 여성으로 거듭나길 바라는 비원(悲願)의 노래라는 것이다. 카프카의 텍스트에서 세이렌은 비록 노래를 하지 않지만 위의 인용문에서 묘사된 율동과 몸짓을 그런 여성적 갈망의 표현으로 해석할 수 있다. 그런 관점에서 보면 오디세우스는 세이렌이 '여느 때보다 더 아름답게' 율동하는 모습의 매력을 알기 때문에 짐짓 노래한다고 생각하면서 세이렌을 보지 않으려고 먼 곳으로 눈길을 돌린 것이라 할 수 있다. 세이렌의 몸에서 '무서운 머리카락'과 '발톱'이 묘사되는 것은 세이렌의 아름다운 육체가 유혹적이면서 동시에 두려움을 유발한다는 뜻이다. 험난한 항해를 거쳐 귀향해야 하는 오디세우스가 아름다운 여성의 육체에 굴복하면 귀향의 의지가 약해지거나 아예 귀향을 포기할 수도 있으므로 유혹은 당연히 그 공포를 유발한다. 작가 카프카의 여성에 대한 태도 역시 그런 이중성을 띠는데 두번 약혼했다가 파혼한 펠리체 바우어에게서 카프카는 깊은 사랑을 느끼면서도 동시에 일정한 거리를 유지하려 했기 때문이다. 결국 펠리체 바우어와 헤어진 표면적 사유는 폐결핵 때문이었지만, 결혼생활과 가장의 의무가 창작활동과 양립하기 힘들 거라는 두려움이 늘 따랐던 것도 이유가 됐을 것이다. 그런 맥락에서 텍스트의 '부록'에서 말

---

27 1921년 11월 클롭슈토크에게 보낸 편지 참조.

하는 '가상의 과정'은 펠리체와 실질적으로 결합하지 못하고 줄곧 편지만 주고받는 '가상의 만남'을 떠올리게 한다.

「인디언이 되고 싶은 소망」

이 글은 카프카가 1912년 처음으로 출간한 산문집 『관찰』에 수록된 것으로 시기상 초기에 쓴 산문에 속한다. 번역에서는 "고삐는 없었기 때문에"(이하 202면) 다음에 마침표를 찍었지만 원래 하나의 문장으로 이뤄져 있는데, 문장의 구성이 복잡하고 독특해서 이해하는 방식에 따라 다양한 해석을 낳는다.

문장의 첫머리에서 "만약 그가 인디언이라면"(202면)은 동사가 가정법으로 돼 있어서 비현실적 상상의 서술임을 분명히 하고 있다. 그런데 전율을 느끼고 박차와 고삐를 던지는 행위를 서술하는 동사의 시제는 과거형이다. 인디언이 된다는 가정과 상상 속에서 일어나는 일이라면 당연히 미래형 시제가 와야 할 텐데 과거형으로 되어 있는 것이다. 이런 특이사항을 염두에 두고 다시 문장 전체의 흐름을 보면 크게 두 갈래의 해석이 가능하다.

첫번째로, '만약 그가 인디언이라면' 뒤에 이어지는 내용은 모두 인디언이라는 가정이 실현됐을 때의 미래상황을 상상하는 것으로 이해할 수 있다. 땅의 진동이 느껴질 정도로 힘차고 빠른 속도로 말을 타다가 말을 통제하기 위한 박차와 고삐도 내던져버리고, 마침내 혼연일체가 돼서 말의 목덜미와 머리가 따로 느껴지지 않을 정도로 말과 한몸이 되는 것이다. (실제로 인디언은 말을 워낙 잘 다뤄서 박차나 고삐 없이도 말을 잘 탈 거라고 우리는 흔히 상상한다) 여기에서 중요한 것은 인디언이 되는 것이 아니라 인디언에 관한 '상상'이 펼쳐지는 것이다. 그런데 이렇게 해석하면 미래의 상상을 왜 과거형으로 서술했을까에 대한 의문이 풀리지 않는다.

이런 의문을 해소할 수 있는 하나의 해석으로, 만약 인디언이 되고 싶은 소망이 실현되더라도 소망을 품었던 과거의 기억을 여전히 간직해야 한다는 뜻에서 과거형으로 서술했다고 볼 수 있다. 일반화해서 말하면, 소망이 실현됐다고 해서 소망을 꿈꾸던 기억을 망각하면 지금의 현실에 안주하고 더이상 새로운 희망을 꿈꿀 수 없게 된다. 그러므로 뭔가를 꿈꾸고 소망한다는 것은 특정한 어느 시점에 완결될 수 있는 것이 아니다. 지상의 삶에서 구원은 끝없이 유예되고, 그렇게 함으로써 구원을 향한 동경은 살아남을 수 있다.

두번째로, 문장 전체를 크게 보면 '만약 내가 인디언이라면 ……할 때까지'라는 구조로 되어 있다. 여기서 '……할 때까지'는 인디언이 되는 가정의 결과와 실현이 아니라 문법에 맞게 과거형 서술을 실제 현실의 확인과정으로 이해하는 방식이다. 그러니까 실제로는 박차도 고삐도 말도 없는 것이다. 그럼에도 "박차를 던져버릴 때까지"라고 하는 것은 인디언이라는 상상이 허상이라는 것을 확인하는 실망감을 어떻게든 보상하려는 태도라 할 수 있다. 그런데 이렇게 현실을 확인하는 실망감은 다른 관점에서 보면 소망이 반드시 특정한 방식으로 실현돼야 한다는 강박관념에서 해방되는 과정이기도 하다. 인디언처럼 말과 한몸이 되어 질주하는 것도 대단하지만, 말도 없이, 어떤 수단에도 의지하지 않고, 내 마음과 몸이 다 열려서 하나가 되어 달리고 비상할 수 있기를 바라는 것이다. 그러니까 말과 한몸이 되는 인디언도 우리의 고정관념이며, 그런 고정관념마저도 깨부수는 다른 상상이 요구되는 것이다. 말을 떠올리는 순간 말을 통제하고 다스려야 한다는 관념이 전제된다. 그래서 말을 사라지게 함으로써 그런 전제 자체를 허물어뜨리는 발상의 전환이 필요하다. 말도 박차도 고삐도 모두 지웠기 때문에 실제로 인디언이 말을 달리는, 풀이 자라는 대평원이 아니라 '매끈하게 풀을 베어낸 황야'가 어렴풋이(겨우) 시야에 들어온다. '매끈하게 풀을 베어낸 황야'는 우리가 인디언을 말과 함께 떠올릴 때는 볼 수 없는 '미지의 땅'이다. 이 신천지에서는 우리가 익히 아는 고정관념으로 포착되지 않는 새로운 꿈과 소망이 펼쳐질 것이다. 작가의 길로 들어서려는 문턱에서 청년 카프카는 앞으로 자신이 쓰려는 이야기가 이 미지의 땅처럼 펼쳐지기를 소망하는 것 같다.

「나무들」

「나무들」은 초기 산문집 『관찰』에 수록된 짧은 산문이다. 비유적인 성격을 띤 이 작품은 카프카의 산문과 짧은 이야기에서 흔히 등장하는 역설적 순환의 구조를 보여준다. 두번째 문장은 나무가 '겉보기에' 눈에만 살짝 묻혀 있어서 가볍게 밀쳐도 쓰러질 수 있다고 서술하고 있다. 그다음에는 나무가 땅과 단단하게 결합되었다고 하고, 마지막에는 그것도 겉보기에 그럴 뿐이라고 앞의 진술을 번복하면서 두번째 문장의 진술로 회귀한다. 나무가 땅에 뿌리내리지 못하고 눈에만 묻혀 있는 것도, 또 땅과 단단히 결합된 것도 모두 겉보기에 그럴 뿐이다. 따라서 나무가 땅에 묻혀 있는 실상과 눈에만 묻힌 것처럼 보이는 가상의 경계는 사라진다. 실상과 가상 중 어느 한쪽을 나무의 진짜 모습으로 파악하려는 양자택일의 관점은 지양된다. 다시 말해 실상과 가상은 서로 배타적 대립관계에 있지 않고 그 둘이 공존하는 것이 나무의 존재방식이다. 물론 우리가 나무를 그렇게 인지하기 때문에 그렇게 존재하는 모습으로 보인다. 나무의 존재방식은 우리의 인지활동과 긴밀히 연결되어 있다.

우리는 겉으로 드러나는 가상은 사물의 껍데기일 뿐이고 속에 감춰진 실상만이 진짜라는 사고에 익숙해 있다. 하지만 대부분의 사물은 겉으로 드러나는 가상을 통해 비로소 본래 모습을 드러내며, 엄밀히 말해 둘은 구별되지 않는다. 실상과 가상을 분리하는 것은 바닷물을 그 물질적 구성요소로 환원한 것을 실상이라 여기고 바닷물의 푸른색과 시시각각 변하는 파도의 물결을 실상과 무관한 가상이라 여기는 것과 같다.

거꾸로 우리 눈에 보이는 경험적 사실만을 실상이라 여기는 사고방식도 일면적이다. 그것은 19세기 경험과학의 발전과 더불어 생겨난 실증주의적 사고이다. 눈에 보이지 않는 '진짜 세계'는 파악할 수도 없고 인식할 필요도 없다는 사고방식이다. 그러나 니체가 『우상의 황혼』에서 "어떻게 진짜 세계는 마침내 우화가 되었는가"[28]라는 제목의 경구에서 말하듯이, 진짜 세계를 폐기하면 가상의 세계도 사라진다. 우리는 가상의 세계를 통해 비가시적인 진짜 세계를 상상하기 때문이다. 그것은 카프카 문학의 핵심적 구성원리이기도 하다. 어느날 아침 갑자기 벌레로 변신한 그레고르 잠자, 아버지로부터 익사형을 선고받고 강물에 뛰어드는 게오르크 벤데만, 마차를 타고 눈 덮인 벌판을 마냥 헤매는 시골 의사, 법의 문 앞

---

28 프리드리히 니체 『우상의 황혼』, 박찬국 옮김, 아카넷 2015, 50면 이하 참조.

에서 평생 기다리는 시골사람 — 이들은 모두 눈에 보이는 저마다의 움직임을 통해 눈에 보이지 않는 세계를 가리키는 것이다.

「나무들」의 첫문장에서 주어가 '우리'라고 호명되므로 뒤에 서술된 역설적 진술은 우리의 삶이 나무의 모습과 같다는 비유로 읽힌다. 우리의 삶도 대지에 단단히 뿌리내린 듯하다가 어느 순간에는 송두리째 뿌리 뽑힌 것처럼 의지할 데 없이 막막하다. 그리고 자신의 진짜 모습과 가상을 곧잘 혼동하며, 실상이 무엇인지 모른 채 평생을 헤매다가 저세상으로 간다.

「작은 우화」

1920년 말에 집필한 이 우화는 카프카 생시에는 발표되지 않았고 1931년 막스 브로트가 펴낸 유고 단편집 『만리장성 축조 때』에 처음 수록되었다. 카프카의 원고에는 원래 제목이 없었는데 '작은 우화'라는 제목은 막스 브로트가 붙인 것이다. 작품 내용으로 보면 '생쥐와 고양이'라는 제목을 붙일 법도 하지만, 독자에게 너무 강한 선입견을 심어줄 우려 때문에 그 제목은 피한 것으로 보인다. 고양이가 작품의 맨 끝에 등장하는 이유도 마지막 부분에서 이야기의 반전을 노렸기 때문일 것이다. 그렇지만 마지막 부분도 뜻밖의 반전이라 보기는 어렵다. 생쥐가 정신없이 한 방향으로만 달려서 결국 막다른 골목 끝에 다다랐다면, 그곳에서 포식자 고양이가 나타날 거라는 것쯤은 충분히 예상할 수 있기 때문이다.

생쥐는 처음에는 세상이 너무 넓어 불안해서 계속 달리다가 담벼락이 보이자 안도한다. 하지만 갈수록 길이 좁아져서 결국 마지막 방의 구석에 놓인 덫에 걸려들고 만다. 마치 환한 대낮에 악몽을 꾸는 듯한 이 초현실적 공간은 예컨대 초현실주의 회화의 선구자 키리코(Chirico)의 유명한 그림 「거리의 멜랑꼴리와 신비」(1914)를 떠올리게 한다. 이 작품은 그림 왼쪽의 환한 길이 소녀가 달려가는 방향으로 갈수록 점점 좁아지고, 소녀가 달려가는 방향 앞에 정체를 알 수 없는 섬뜩한 그림자가 비쳐서 소녀가 달려오기를 기다리며 노리는 듯한 느낌을 준다. 키리코의 그림에서 개별적 형상은 원근법에 따라 사실적으로 묘사되어 있지만 전체적인 분위기는 낯선 초현실적 환상의 느낌을 주는 것도 카프카의 작품세계와 유사하다.

카프카는 이 우화의 초고를 약간 수정했는데, 원래 초고에는 "마지막 방"이 "나에게 지정된 방"이라고 묘사되어 있다. 이 생쥐처럼 전후좌우 살피지 않고 무조건 한 방향으로만 달려갈 때는 결국 벗어날 수 없는 함정에 빠질 수밖에 없다는 숙명론적 결말을 부각시킨 것이다. 그런데 마지막에 나타난 고양이는 생쥐에게 "너는 달리는 방향만 바꾸면 되는데"(204면)라고 뒤늦게 살아날 방도를 알려주고는 생쥐를 잡아먹는다. 마치 「법 앞에서」 마지막에 가서야 문지기가 시골사람에게 법으로 들어가는 문은 오직 그 시골사람만을 위한 것이라고 깨우쳐주는 것과 흡사하다.

이 우화에서 생쥐는 알 수 없는 불안에 쫓기다가 결국 좌절하고 파멸하는 인간의 운명을 가리킨다. 그리고 이것은 카프카 문학에 등장하는 대부분의 주인공이 겪는 운명이기도 하다. 작품에 나오는 고양이에 대해서는 다양한 해석이 가능하다. 인간을 파멸에 이르게 하는 피할 수 없는 운명, 세상의 악, 죽음, 자본주의의 착취구조, 권력의 폭력성, 어떤 희망도 잡아먹는 절대적 허무 등을 떠올릴 수 있다. 다른 한편으로 달리는 방향을 바꿀 생각도 해보지 않고 무조건 앞으로만 달려간 생쥐의 맹목성도 문제가 있으며, 그런 관점에서 보면 이 우화 역시 카프카 문학의 일관된 주제인 죄와 책임의 문제를 주제화하고 있다.

「출발」

1922년 2월에 집필한 것으로 추정되며, 카프카 사후에 발표되었다. 작품에서 화자인 '나'와 하인 사이에는 소통의 단절이 있다. 하인은 말을 내오라는 나의 명령을 이해하지 못한다. 하인이 나의 명령을 이해하지 못한다는 말은 다양한 의미로 해석될 여지가 있다. 우선 문자 그대로 주인의 말을 알아듣지 못했다는 뜻일 수 있다. 또는 주인의 명령을 거부했다는 뜻일 수도 있다. 나중에 나와 하인 사이에 오가는 대화를 종합해보면, 하인은 주인이 어떤 동기로 어떤 목적지를 향해 여행을 떠나는지 미심쩍어서 주인의 생각을 도무지 이해할 수 없고, 그래서 걱정이 되어 일부러 명령을 못 알아들은 체하는 상황인 것으로 보인다. 주인도 하인에게 굳이 여행의 동기와 목적지를 알아듣게 이해시키려는 의지가 없는 듯하다. 그렇지 않다면 하인에게 다시 알아듣게 설명을 해야 자연스러울 것이다. 주인은 트럼펫 소리를 듣는데 하인은 듣지 못하는 것도 둘 사이에 교감이 전혀 없다는 뜻이다. 주인은 반드시 여행을 떠나야 한다는 마음이 너무 절박해서 출발신호를 알리는 트럼펫 소리가—실제로 또는 마음속으로—들리지만, 반면 하인은 주인의 출발을 저지해야 한다는 생각 때문에 역시 트럼펫 소리를 못 들은 체하는 상황일 수 있다. 실제로 하인은 문간에서 주인을 멈춰 세우고 여행의 목적지를 묻는데, 주인은 처음에는 모른다고 대답하다가 단지 "여기에서 떠나는"(205면) 것이 여행의 목적이라고 하인이 알아들을 수 없는 대답을 세번이나 강조해서 말한다. 예비식량도 챙기지 않았다고 걱정하는 하인에게 주인은 예비식량은 아무런 도움이 되지 않으며, 여행 도중에 먹을 것을 구하지 못하면 굶어 죽을 수밖에 없다고 대답할 뿐이다. 역시 하인이 알아들을 수 없는 대답이다. 게다가 그런 여행이 "다행히 정말 엄청난 여행"(205~206면)이라는 마지막 말은 더더욱 이해하기 어렵다.

여기서 하인은 목적지도 불투명하고 굶어 죽을지도 모르는 나의 여행을 막으려 하며, 주인이 그런 위험한 여행을 단념하고 현재 상태를 유지하기 바란다. 이 내용을 작가와 연결시켜보면 카프카가 명령을 내릴 수 있는 사람 또한 아무도 없다. 그가 명령을 내릴 수 있으면서 동시에 명령을 거역할 수 있는 유일한 인물은 카프카 자신일 것이다. 그렇게 보면 하인은 카프카의 또다른 자아라고 생각해볼 수 있다. 한편 말을 타고 떠난다는 것은 어떤 의미일까? 카프카의 작품에서 말타기는 흔히 글쓰기의 비유로 등장한다. 「인디언이 되고 싶은 소망」에서 말과 혼연일체가 되려는 소망, 또는 말이라는 수단도 버리고 자유롭게 비상하려는 갈망은 몸과 마음이 다 열린 상태에서 심신이 하나가 되는 혼신의 글쓰기에 대한 비유, 그 어떤 의식적 통제와 도구적 수단에도 얽매이지 않는 자유로운 글쓰기에 대한 비유로 읽힌다. 「시골 의사」에서도 시골 의사가 귀가하지 못하고 혹한의 설원을 말을 타고 떠도는 것은 성적 충동으로 집약되는 삶의 에너지를 글쓰기로 승화시키는 과정으로 읽을 수 있다.

「출발」역시 화자가 말을 타고 여행을 떠나려는 상황이 글쓰기와 관련 있어 보인다. 출발점에서 미리 목적지를 알고 있는 여행과 글쓰기는 이미 정해진 결론을 향해 가는 진부한 일일 것이다. 여행 도중 전에는 몰랐던 새로운 길과 풍경을 발견하고 예기치 못한 목적지에 도달하는 것이야말로 여행과 글쓰기의 진정한 매력이다. 아니, 「시골 의사」의 주인공처럼 끝없이 방황하는 과정, 그리고 「출발」의 화자가 말하듯 어쩌면 굶어 죽을 수도 있는 여행과 글쓰기야말로 진정한 모험일 수 있다. 출발점에서 미리 준비한 '예비식량'은 글쓰기의 맥락에서 보면 넓은 의미에서 작가의 사전지식과 선(先)이해를 가리키는 말일 것이다. 그런 기성의 지식에만 의존하지 않고 글쓰기의 과정에서 새로운 의미를 탐색하고 발견할 때 문학작품은 생명을 얻는다. 더구나 카프카에게는 삶의 좌절을 견딜 수 있는 유일한 희망이자 구원이 글쓰기이므로 이 글쓰기 여행은 삶을 바쳐서라도 떠나야 하는 여정이다. 그러니 '다행히 정말 엄청난 여행'이 아니겠는가.

그런데 이 글을 쓴 시점은 1922년 2월 무렵이고 카프카는 이미 작가로서의 독자적인 입지를 확고히 다진 상태다. 따라서 이 시점에 새삼스레 글쓰기의 출발점을 되새기는 것이 이상해 보일 수도 있다. 당시 카프카는 마흔살이라는 아직 젊은 나이이기도 했다. 하지만 1917년 폐결핵 진단을 받고 건강이 악화되면서 그는 자신의 삶을 돌아봤던 것 같다. 「출발」을 쓰던 무렵의 일기에서 카프카는 자신의 삶이 지금까지 "멈춰선 행진" 즉 제자리걸음이라고 하면서 다음과 같이 쓰고 있다.

더이상 새로운 시도를 위한 자리는 없다. 아무런 자리도 없다는 것은 나이 듦, 신경쇠약을 의미하며, 아무런 시도도 하지 않는 것은 종말을 뜻한다. 내가 한번이라도 평소와 달리 내 삶의 반경을 한치라도 더 넓힌 적이 있던가. 가령 법 공부 또는 약혼으로 모든 것이 그만큼 더 좋아지는 대신 더 고약해졌다.[29]

이 인용문 바로 앞에서 카프카는 삶의 반경을 조금이라도 넓혀보려 한 시도의 사례로 피아노와 바이올린 연주, 언어·문학·반시온주의·시온주의·히브리어에 관한 공부, 정원 가꾸기, 목공일, 결혼 결심, 내 집 마련 등을 열거한다. 이는 마치 마흔의 나이까지 살아오면서 시도한 모든 것을 결산하는 느낌이다. 그러나 이제는 더이상 새로운 시도를 할 여력이 없고, 그래서 더이상 삶을 일구려는 아무런 시도도 할 수 없는 상태가 '종말'임을 예감한다. 대학에서 법률 공부를 하여 노동자 산재보험공사라는 직장을 얻어 호구지책을 마련했지만, 글쓰기에 전념하는 데는 장애물이 되었을 뿐이다. 1914년에서 1917년 사이에 펠리체 바우어와 두번이나 약혼과 파혼을 거듭한 것도 심경에 영향을 미쳤을 것이다. '종말'을 예감하는 카프카에게 어떻게든 삶의 반경을 조금이라도 넓히려 했던 모든 시도는 번번이 좌절로 그치게 되었던 것 같다. 「시골 의사」의 주인공이 "저세상의 말들이 끄는 이 세상의 마차를 타고"(140면) 끝없이 떠돌듯 「출발」의 화자와 카프카도 목적지도 없이 오로지 '여기서 떠나는 것'이 목표인 불가능한 새 출발을 꿈꾸고 있는 것으로 보인다.

29 1922년 1월 23일 카프카의 일기 중에서.

「포기해」

1922년 1월에 집필한 이 짧은 작품은 카프카 문학의 특징을 압축해서 보여준다. 언뜻 보면 이 글은 서술하는 사실 말고는 다른 어떤 의미도 함축하지 않은 듯한 인상을 준다. '나'라는 1인칭 시점도 내가 겪은 일을 사실대로 전달하기에 적합한 형식으로 보인다. 세가지 단순한 사실을 별다른 수식어 없이 나열한 첫문장은 단순한 사실의 간결한 묘사로 이어질 거라는 예상을 심어준다.

그러나 둘째 문장으로 넘어가면 예상은 빗나간다. 우선 문장의 길이와 호흡이 완전히 바뀐다. 하나의 문장으로 연결하기에는 너무 긴 내용을 쉼표로 계속 연결해 문장의 호흡이 가빠진다. 이것은 화자가 불안하고 초조해져 길을 서두르느라 숨을 헐떡이는 모습에 상응한다. 쉼표로 구별되는 각각의 하위문장의 묘사 자체는 여전히 사실적인 것 같지만, 화자에게 충격을 주는 그 무엇이 배후에 작용하고 있을 거라는 예감이 꿈틀대기 시작한다. 탑의 시계가 가리키는 실제 시각이 "생각한 것보다"(이하 207면) 훨씬 더 늦었다고 서술되므로 내 시계가 느리다는 것을 이미 알고 있었다는 뜻이다. 그런데 예상을 뛰어넘는 시간차를 확인하고 충격을 받을 정도라면 화자는 지금 매우 심각한 상황에 처해 있다. 정해진 시각에 기차를 타지 못하면 뭔가 위험이 닥칠 것처럼 불길하다. 아니, 충격을 받았으니 벌써 모종의 위험이 엄습한 상황인 것처럼 보인다. 이 충격으로 화자는 기차역으로 가는 길에 자신감이 없어진다. 원래 아는 길인데 충격 때문에 혼란스러워서 길이 헷갈린다는 뜻인지, 아니면 길을 안다고 착각한 것인지는 구별되지 않는다. 바로 다음에 아직

이 도시를 잘 알지 못한다고 생각하는 것도 그런 혼란이 증폭되는 양상이다. 화자는 낯선 도시에서 길을 잃었다. 여기서 만약 예정된 기차를 못 탈 경우 닥칠 위험이 낯선 도시에서 연유하는지, 아니면 기차로 가야 할 목적지에 도달하지 못해서 발생하는지 궁금증이 생긴다.

그런데 다행히 가까이에 경찰관이 보인다. '다행히'라는 표현은 위기에서 벗어날 수 있다는 안도감을 느끼게 한다. 경찰관을 일반적으로 쓰는 'Polizeimann'이라 하지 않고 '보호하고 지켜주는 사람'의 뜻을 가진 'Schutzmann'이라 쓴 것도 화자의 기대감이 실린 표현이다. 경찰관이 가까이에 있으므로 접근하기도 쉽다. 다른 한편 가까이 있다는 것은 결과적으로 초조하게 서두를 필요가 없었다는 뜻이다. 여기서도 충격과 조급함 때문에 (길이 헷갈리는 것과 마찬가지로) 가까이에 있는 경찰관을 제때 보지 못한 게 아닐까 하는 의문이 생긴다. 어떻든 경찰관의 미소는 안도감을 확인시켜주는 것 같지만 바로 이어지는 질문은 안도감을 다시 무너뜨린다. 길을 묻는데 대뜸 "나한테서 길을 알아내겠다는 거요?"라고 반문하는 것 자체가 당혹스럽다. 처음 보는 여행자에게 존댓말을 쓰지 않고 반말 비슷한 어투로 말하는 것도 상대방을 깔보는 태도다. '나한테서'를 문장 맨앞에 내세워 강조한 것은 여러 의미로 해석할 수 있다. 상대방을 얕잡아 보는 어투와 관련지으면 '감히 나한테'라는 뉘앙스로 읽을 수 있다. 또는 당신이 찾는 길은 나도 모른다, 번지수가 틀렸다는 뜻일 수도 있다. 독일어 문장에서 존댓말을 쓰지 않는 것은 격의 없는 친근감의 표현일 수도 있다고 보면, 경찰관이 자신도 길을 모른다고 겸손하게 물러서는 말일 수도 있으며, 그러면 미소를 짓는 것과 자연스럽게 연결된다.

길을 묻는 '나'가 경찰관의 반문을 어떤 의미로 받아들였는지는 분명치 않다. 다만 '나 스스로'는 길을 찾을 수 없으니 묻는 거라고 무지를 토로할 뿐이다. 경찰관 역시 반말로 "포기해, 포기하라고"라고 답한다. 포기하라는 말을 두번 한 것은 강조의 표현이다. 그런데 무엇을 포기하라는 말인가? '나한테서'를 강조했으니 나한테 묻는 것은 포기하란 뜻일까? 그럼 다른 사람에게 물으면 알 수 있는 것인가? 그럼 누구에게 물어봐야 하는가? 길을 물었으니 길 찾기를 포기하란 뜻일까? 정거장에 가는 것 자체를 포기하란 뜻인가? 아니면 이미 예정된 기차는 놓쳤으니 그 기차는 포기하란 뜻인가? 기차를 타고 떠나려는 시도 자체를 포기하라는 뜻인가? 이 낯선 도시를 벗어나려는 시도를 포기하란 뜻인가? 혹은 내가 모르는 것을 더 우월한 위치에 있는 자에게 물어서 알아내려는 의존적 태도를 버리라는 뜻인가? 만약 그렇다면 경찰관을 탓하기 전에 나의 비주체적이고 권위에 의존하는 태도부터 반성해야 할 것이다. 이처럼 카프카의 작품은 흔히 상반되는 해석의 가능성을 향해 열려 있다. 뿐만 아니라 상반되는 해석은 배타적이지 않고 똑같이 타당성을 주장할 수 있다. '나'의 권위 의존적 태도와 경찰의 권위주의적 태도가 만나 부정적 상승작용을 일으킨다고 볼 수도 있는 것이다. 아마 그것이 삶의 실상에 더 부합할 것이다.

그러나 텍스트 자체는 '나'가 경찰관의 말을 어떻게 받아들이는지 드러내지 않는다. '나'는 경찰관의 말에 아무런 반응을 보이지 않으며, 경찰관은 등을 돌려 웃으므로 '나'는 그 웃음이 어떤 의미인지 표정을 확인할 수도 없다. 두 사람 사이의 대화는 소통이 단절된 채 완전히 끝난 것이다. 화자가 포기하라는 말을 어떻게 이해했는지 도저히 알 수 없다. 정말 길 찾기를 포기하고 체념했는지,

320

출발 자체를 포기했는지 알 길이 없다. 만약 앞에서 열거한 의문 중에 마지막 의문의 뜻으로 이해한다면 내가 모르는 것을 조급하게 남에게 묻는 의존적 태도를 버리고 이제부터 스스로 길을 찾고 차분히 생각하는 새로운 삶을 시작했을 수도 있다. 절망의 끝이 새로운 시작의 희망으로 반전될 수도 있는 것이다. 그러나 과연 어느 쪽인지 '나'도 모르고 '나'의 입장에 몰입한 독자도 알 수 없다. 카프카의 작품에서 독자는 작중 인물이 아는 것 이상을 알기 힘들며, 화자는 그 이상의 정보를 주지 않는다.

이처럼 결말이 미궁에 빠지는데 사실은 이야기의 시작에서도 비슷한 의구심을 발견할 수 있다. '나'는 왜 낯선 도시를 떠나려는가? 이유와 동기가 어디서도 언급되지 않는다. '나'의 행위를 이해하기 위한 기본적인 전제조건 자체가 생략된 것이다. 어쩌면 '나'도 도시를 급히 떠나야 하는 이유를 모를 수 있다. 이처럼 이유를 알 수 없이 갑자기 위기상황에 내던져지는 것도 카프카 작품의 중요한 특징이다. 「변신」의 주인공이 어느날 아침 꿈에서 깨어나보니 벌레로 변해 있는 상황에서 이야기가 시작되는 것처럼 말이다.

한편 「포기해」는 짧은 비유적 사례를 통해 다른 것을 이야기하려는 '우화'(Parabel)로 분류된다. 우화의 어원적 의미는 뭔가 딱 꼬집어 말할 수 없는 것을 비근한 예를 들어 얘기한다는 뜻이다. 전통적인 우화는 대개 메시지가 분명하지만 카프카의 우화는 명확한 의미로 환원되지 않는다. 그래서 작품을 읽으면 의문이 꼬리를 문다. 다시 말해 카프카의 우화는 어떤 복합적 사태를 가리키며, 특히 합리성의 척도로 설명하기 힘든 딜레마 내지 역설적 상황을 가리키는 경우가 많다. 이 작품에서 '나'는 인적도 없는 이른 새벽에 기차역으로 가야 하는데, 역으로 가는 길을 잃고 헤맨다. 경찰관은 시민에게 봉사하는 것이 본연의 임무지만 길을 묻는 여행자에게 '포기하라'는 말만 할 뿐이다.

독자의 입장에서는 이런 딜레마 내지 역설이 어떤 의미를 가질수 있는지 사고실험을 하듯 계속 생각해봐야 한다. '나'로 하여금길을 잃게 만든 충격이 '나'의 시계와 탑시계의 시간차에서 비롯되었으므로 이 시간차가 어떤 의미를 함축하는지, 그리고 시간차와길을 찾는다는 것은 어떤 상관성이 있는지 다시 생각해보자. 체코의 프라하처럼 유럽의 유서 깊은 도시에서 시계탑은 보통 시청광장에 세워져 있다. 사람들의 교류가 가장 활발한 공적 장소에 자리잡고 있는 것이다. 시청은 도시의 행정이 집중된 기관으로, 높이 솟은 시계탑은 행정기구의 권위 내지 권력을 상징한다. 따라서 '나'의 시계가 시계탑의 시각과 어긋나 있는 데서 충격을 받는다는 것은 나의 삶이 그런 공적 요구에 부응하지 못하는 데서 비롯된 불안감이라 할 수 있다. 어쩌면 공적 요구와 질서에 순응하려고 애쓰지만 뜻대로 되지 않아서 불안이 가중되는 상황일 수도 있다. 시간차를 확인한 충격 때문에 길이 헷갈리기 시작하는 것은 그 때문이다. 나의 시계를 탑의 시계와 비교하지 않고 거꾸로 탑의 시계를 나의시계와 비교하는 순서도 탑의 시계를 우선시한다는 뜻이다. 그렇다면 공적 시간과 질서에 무조건 순응하려 할수록 '나'는 본래 가야 할 길에서 점점 멀어지지 않을까? 이렇게 생각하면 경찰관에게도움을 청한 것도 잘못이다. 경찰은 공공질서의 수호자로서 시계탑의 시간을 철저히 대변하기 때문이다. '나'는 자신을 소외시키고억압하는 권력구조의 말단 집행자에게 도움을 요청한 것이 된다.

'나'의 시간과 시계탑의 시간이 화합할 수 없는 배타적 관계에있다면 '나'가 추구하는 길과 경찰관이 아는 길도 당연히 다를 것이다. 시계탑의 시간에 순응할수록 '나'의 길이 헷갈린다면 '나'는 시계탑의 시간이 지시하는 (따라서 경찰관이 알려줄 수 있는) 길로부터 벗어나 나만의 길을 찾아야 할 것이다. 그것은 다른 누가 가르쳐줄 수 있는 길이 아니고 텅 빈 광장에 홀로 있는 단독자인 '나'에게 알 수 없는 미래로 열린 길이므로 독자에게도 알려줄 수 없는 미지의 길이다. 그런 점에서 '나'가 마주하는 미지의 길은 독자가 이 텍스트를 해석할 때 마주치는 미지의 길이기도 하다.

카프카는 친구인 작가 프란츠 베르펠(Franz Werfel)의 희곡을 읽고 대체 무엇을 말하려는지 이해할 수 없다는 당혹감을 느끼고 그에게 편지를 쓰기 위해 메모를 남겼는데, 그 메모가 끝난 다음에 '하나의 논평'이라는 제목으로 이 텍스트를 썼다('포기해'라는 제목은 친구 막스 브로트가 나중에 새로 붙인 것이다). 그래서 이 텍스트는 카프카가 베르펠의 희곡을 읽고 작품 이해의 갈피를 잡지 못해 느낀 당혹감을 낯선 도시에서 길을 잃은 것에 비유한 것이라 해석할 수 있다. 그러니까 카프카는 개인적인 독서체험의 당혹감을 여행자가 낯선 도시에서 길을 잃는 이야기로 바꾸어 썼고, 이 이야기는 텍스트 자체가 표면적으로 서술하는 사건 이외에 다양한 의미를 함축하고 있는 것이다. 앞서 시도한 해석 외에 다음과 같은 해석 가능성들을 염두에 두고 이 작품을 음미해보기 바란다.

- 길을 잃은 여행자와 경찰관의 관계는 넓은 의미에서 사회적 약자와 강자의 관계로 일반화할 수 있다.
- 여행자와 경찰관의 관계는 카프카가 겪은 부자 갈등에서 소심하고 위축된 자신과 권위적이고 가부장적인 아버지의 관계를 떠올리게 한다.

- 카프카는 일기에서 시계의 시각과 나의 시각이 다르고, 나의 시간은 종잡을 수 없이 사납게 요동친다고 언급한 적이 있다. 그리고 '나의 시간'이 종잡을 수 없는 가장 뚜렷한 가시적 이유는 '자기관찰' 때문이라고 한다. 내가 관찰하는 나의 심적 상태는 계속 불안하게 요동치기 때문에 종잡을 수 없다는 것이다. 이런 관점에서 보면 이 이야기는 자아정체성의 불안과 위기를 가리키는 것으로도 읽을 수 있다.

- 앞서 말한 '자기관찰'은 일회적인 것이 아니라 겹겹이 포개진다. 다시 말해 처음 관찰된 나를 다시 관찰하고, 그렇게 두겹으로 관찰된 나를 또다시 관찰하고…… 이런 과정은 이론적으로 무한히 반복될 수 있다. 나는 어느 단계에 관찰된 내가 나의 실제 모습인지 알 수 없다(텍스트에 적용하면 어느 길이 나의 길인지 알 수 없다). 이것은 카프카의 대부분의 작품이 의미 확정을 거부하고 부단히 의미를 유보하는 구조적 특징과 유사해 보인다.

- 심리적 해석 중에는 카프카가 겪은 폐쇄공포증을 이야기하는 것이라는 해석이 있다. 불안감 때문에 밀폐된 좁은 공간에서 무조건 벗어나려는 강박증을 이야기한다는 것이다. 그런데 역자가 앞서 해석한 대로 시계탑이 시청광장에 있다면 '나'는 아무도 없는 넓은 광장에 ─ 또는 그 광장을 통과하는 대로변에 ─ 서 있다. 그렇다면 폐쇄공포증이라는 해석은 설득력이 없어 보이며, 오히려 '광장공포증'이라 해야 할 것이다. 그렇지만 이 도시가 갑자기 낯설게 느껴져서 도망치고 싶은 상황이라면 폐쇄공포증으로 설명이 가능하다.

- 또다른 심리적 해석으로 현대의 도시인에게 흔한 신경쇠약증을 세번의 충격으로 표현한 것이라는 해석이 있다. 시계탑 시

각을 보고 충격을 받고, 그로 인해 길을 잃어 충격을 받고, 경찰관이 포기하라고 해서 충격을 받았다는 것이다.

■ 프란츠 베르펠에게 쓰려던 편지 메모 중에는 유대인이 느끼는 희열과 고통은 중세의 저명한 랍비의 탈무드 해석과 직결된다는 언급이 나온다. 탈무드를 구원의 약속으로 해석할 때는 희열을 느끼고, 반대로 고난의 운명을 감수해야 한다는 측면으로 해석하면 고통을 느낀다는 뜻일 것이다. 그런 관점에서 이 텍스트가 유대인의 운명을 암시한다는 해석도 가능할 것이다.

「비유에 대하여」

「포기해」와 같은 해에 집필한 작품으로 추정된다. '비유에 대하여'라는 제목 역시 나중에 막스 브로트가 붙인 것이다. 「포기해」에서 여행자는 낯선 도시에서 길을 잃고 경찰관에게 길을 묻지만 원하는 답을 얻지 못하고 포기하라는 말만 듣는다. 유사하게 「비유에 대하여」에서도 많은 사람이 현자의 말인 '비유'를 이해하려 하지만 그들이 이해할 수 있는 답을 듣지 못한다. 두 텍스트 모두 이해 불가능성과 소통의 단절을 문제 삼고 있는 것이다. 「포기해」의 이야기 장르는 '우화'이고 「비유에 대하여」는 제목에 명시된 대로 비유에 관해 이야기하는 '비유'이다. 우화가 경험적으로 이해하기 힘든 특별한 사건이나 뜻밖의 사건을 다룬다면, 비유는 대개 경험상 이해할 수 있는 비근한 사례를 다룬다. '비유'(Gleichnis)라는 말 자체가 '닮음, 유사함, 같음'을 내포하기 때문에 비유 이야기는 대개

'……와 같다'라는 비근한 사례를 예시하는 방식을 취하는 것이다. 그래서 「비유에 대하여」는 제목 그대로 비유를 어떻게 이해할 것인가 하는 문제에 초점을 맞추고 있다.

「비유에 대하여」는 두부분으로 구성되어 있다. 전반부는 일상을 살아가는 대다수의 입장에서 현자의 말인 비유를 이해하지 못하는 이유를 서술한다. 단락이 바뀌면서 시작되는 후반부 첫문장에서는 비유를 옹호하는 사람이 비유를 이해하지 못하는 사람들에게 "비유를 따르기만 하면 스스로가 비유가 될 것이고, 그렇게 되면 일상의 노고에서 벗어나게 될 것이다"(208~209면)라고 말한다. 이어서 이 말에 대해 대다수의 입장을 대변하는 사람과 비유를 옹호하는 사람 사이에 토론 내지 내기가 벌어진다.

전반부에서 다수의 사람이 비유를 이해하지 못하는 이유는 한편으로 그들의 이해방식에 기인하고, 다른 한편으로는 비유 자체의 특성에 기인한다. 대다수 사람들은 현자의 말인 비유가 일상생활에서는 '쓸모가 없다'고 불평한다. 그런데 이들이 가진 것은 일상생활뿐이다. 예컨대 현자가 "저 건너로 가라"(이하 208면)고 말할 때 일상생활에서는 '길거리 건너편' 같은 공간적 이동을 뜻하지만, 그런 공간적 이동 자체는 아무런 가치도 없고 도움이 되지 못한다. 따라서 '저 건너로 가라'는 비유는 설화적(비현실적) 차원을 가리키며, 보통사람이 이해할 수 없는 말이다. 문제는 현자도 이 비유를 더 자세히 규정할 수는 없다는 것이다. 따라서 모든 비유는 결국 "파악할 수 없는 것은 파악할 수 없다"는 것을 말할 뿐이다. 이 말은 공허한 동어반복의 말장난 같지만 비유에 관한 기본적인 개념정의에 해당한다. 파악할 수 없는 것 자체를 언어로 표현할 수 없기 때문에 그것을 떠올리게 할 수 있는 닮은꼴 표현, 즉 비유적 표현을 구사하는 것이다. 그런데 다수의 사람들은 그 닮음의 등가성을 현실적인 쓸모와 소유와 가치와 도움의 관점에서만 찾기 때문에 결코 비유를 이해할 수 없다. 언어의 차원에서 말하면 비유적 언어는 그런 도구적 쓰임새나 이해득실과 결부된 일상적 언어와는 다른 차원에 속한다. 그렇다고 비유적 언어가 일상적 언어와 단절된 것은 아니며, 오히려 대개는 일상적 언어를 사용한다. '저 건너로 가라'는 말은 지극히 일상적인 표현이다. 여기서 '저 건너로 가라'는 말은 비유의 한 사례가 아니라 일상적 언어의 도구적 쓰임새를 '초극하라'는 요구로 이해할 수 있다.

다른 한편으로 비유는 비유적 언어가 직접 표현하는 것과는 다른 어떤 사태와 의미를 가리킨다. 이 경우에도 '저 건너로 가라'는 말은 비유의 직접적 표현을 '초극하라'는 뜻으로 이해할 수 있다. 그렇다면 비유적 표현 자체와 그것이 가리키는 심층적 의미의 관계는 어떻게 이해해야 할까? 이 문제가 이 작품에서 다루는 핵심 주제이다. 여기서 비유를 '현자의 말'과 동일시한 것은 카프카가 비유의 특정한 용법을 염두에 두고 그 용법에 비판적 거리를 두기 위해 아이러니를 구사한 것으로 보인다. 비유가 곧 '현자의 말'이라면 누구나 비유에서 삶의 지혜와 지침을 찾으려 할 것이고 어떻게든 나의 삶에 도움이 되는 의미를 찾으려 할 것이다. 그런 비유로 가장 대표적인 것은 종교의 경전이다. 성경은 인간이 직접 들을 수 없는—불완전한 인간의 언어로 직접 표현할 수 없는—하느님 말씀을 선지자들과 예수의 행적을 중심으로 '비유'로 이야기한 것이다. 예컨대 성경에서 "요단강 건너"라고 할 때는 젖과 꿀이 흐르는 축복의 땅 또는 천국을 금방 떠올릴 수 있다. 텍스트 후반부 첫머리에서 "비유를 따르기만 하면 당신들 스스로가 비유가 될 것이고, 그렇게 되면 일상의 노고에서 벗어나게 될 것이다"(208~209면)라는 말도 그런 신앙적 맥락의 비유로 읽힐 수 있다. 비유를 '따르다'라는 말은 성경의 말씀을 따르고 — 즉 이해하고 깨우쳐서 삶에서 실천하고 — 나 자신이 비유와 믿음으로 거듭나면 힘든 일상도 거뜬히 감당하고 극복할 수 있다는 뜻으로 이해할 수 있는 것이다.

그런데 이 비유가 그런 복음의 메시지라면 대다수의 사람들이 이해하지 못할 까닭이 없다. 다수가 경건한 신앙심을 잃고 너무 세속적인 이해관계에 매몰되어 그럴 수도 있을 것이다. 그렇지만 카프카가 새삼스레 경건한 믿음이 사라진 세속화를 개탄한다고 보는 것은 진부한 해석이다. 이 텍스트는 '비유에 관한' 비유이므로 과연 문학작품에서 그런 비유가 얼마나 의미가 있을지에 대한 문제제기라고 보는 편이 타당할 것이다. 만약 카프카가 표현하려는 문학적 비유를 성경의 비유처럼 특정한 메시지로 옮길 수 있다면 그것은 더이상 비유가 아니다. 그 경우 비유적 언어 역시 특정한 메시지의 전달을 위한 도구로서 일회적 효용을 다하기 때문이다. 카프카가 추구하는 비유는 부단히 의미를 생성하는 창조성으로 충만한 언어를 활성화시키는 것이다. 바로 그런 맥락에서 '저 건너로 가라'는 말은 일회적 의미 생성을 초극하라는 뜻이 된다.

지금까지 살펴본 대로 '저 건너로 가라'는 말은 일상적 경험의 언어를 사용하되 그것의 도구적 용법을 넘어서고, 비유의 직접적 표현 자체를 넘어서며, 비유를 특정한 메시지의 도구로 사용하는 이해방식을 넘어서야 한다는 비유의 기본특성을 말하고 있다. 이 점을 염두에 두고 「비유에 대하여」의 후반부에서 비유를 옹호하는 사람(편의상 '옹호자'라고 함)과 대다수 보통사람을 대변하는 사람(편의상 '대변자'라고 함) 사이의 토론을 살펴보자. 먼저 '대변자'가 '옹호자'의 말을 가리켜 그것도 비유라고 하는 것은 여전히 현실적 이해 득실의 관점에서 옹호자의 말을 듣기 때문이다. 그의 입장에서는 이 말도 '저 건너로 가라'는 말과 마찬가지로 아무런 '쓸모'가 없다. 그가 철저히 현실적 이해득실의 관점에서 비유에 접근하고 있다는 것은 "내기하건대"(209면)라는 말에서 분명히 드러난다. 어떻든 옹호자는 자신의 말이 하나의 비유라는 것을 형식적으로 알아본 대변자의 말이 틀린 말은 아니라는 뜻으로 상대방이 내기에서 이겼다고 인정해준다. 그러자 대변자는 "유감스럽게도 단지 비유 속에서만 이겼소"(209면)라고 아쉬움을 표현한다. 이 말에 대해 비유를 이해 못하는 속물적 현실주의자가 비유 속에서 이겼다고 주장하는 것은 논리적 모순이고 대변자가 비유와 현실을 혼동하는 사고의 혼란을 보여준다고 해석하는 견해도 있다. 그렇지만 대변자는 철저히 현실의 관점에 서 있고 비유를 현실적 관점에서 파악할 수 없는 설화적(비현실적) 차원으로 보기 때문에 그런 해석은 설득력이 떨어진다. 대변자의 말은 자기가 제안한 내기에서 옹호자의 말이 비유임을 알아봤다고 해서 현실적 이득이 생기지는 않으니 결국 '내기에서 이겼다'는 말도 공허한 말장난에 불과하다는 뜻으로 이해하는 편이 더 적절하다. 즉 비유에 관한 대화의 맥락에서만 이겼다는 것이다. 또다른 해석 가능성은 「비유에 대하여」라는 텍스트의 안과 밖을 비유와 현실로 파악하는 것이다. 다시 말해 대변자는 「비유에 대하여」라는 비유적 이야기 속에 등장인물로 나오지만, 그 등장인물을 관찰하는 관점은 텍스트 바깥의 현실에 발을 딛고 있다는 것이다. 그렇게 보면 대변자는 비유를 다루는 이 비유 텍스트 안에서만 이겼을 뿐이라는 뜻으로 이해된다. 이런 해석은 다음에 이어지는 옹호자의 최종판정과 부합된다. 옹호자는 대변자가 이 텍스트 안에서도 시종일관 현실의 관점에서 승자가 되려고 한다는 것을 꿰뚫어 보았고, 반면에 이 비유 텍스트 안에서는 '저 건너로 가라'는 비유의 기본규칙을 하나도 통과하지 못한 패자라는 것을 말하고 있는 것이다. 비유를 ── 넓은 의미에서 문학을 ── 이해하기 위한 기본전제는 비유로 표현되는 언어의 유희에 참여하고 그 유희의 규칙과 리듬에 '따르는' 것이다. 그러다가 어느 순간 나의 삶이 그 유희의 이야기와 닮은 것처럼 느껴지고 내가 그 이야기의 등장인물과 겹쳐 보이기도 하는 심미적 체험에서 비로소 문학의 감동과 힘이 샘솟는다. 옹호자가 비유를 따르라고 말한 뜻은 그렇게 이해된다.

이처럼 카프카는 짧은 산문에서든 긴 분량의 소설에서든 비유적 표현과 이야기를 즐겨 구사한다. 누구나 겪는 일상적 현실에서 그 일상과 우리 자신을 움직이는 보이지 않는 힘들을 포착하려 했기 때문이다. 그런데 '저 건너로 가라'는 말처럼 일상적 언어와 경험을 사용하면서 그것을 초극하는 보이지 않는 삶의 진풍경을 묘사하는 것은 무척 어려운 일이다. 실제로 카프카는 느낌과 표현 사이의 불일치가 자신의 글쓰기에서 부닥치는 가장 어려운 문제라고 토로했다. 하지만 느낌과 표현 사이의 불일치를 극복하는 것을 글쓰기의 과제로 삼았기 때문에, 우리가 일상의 표층에서 경험하지 못하는 깊은 지맥을 탐사해서 드러낸 카프카의 문학은 독보적 독창성을 얻게 되었다. 이제 비유에 관한 카프카의 생각을 염두에 두고 카프카가 일기에서 은유에 관해 언급하는 다음 구절을 음미해 보자.

은유는 글쓰기에서 나를 절망하게 만드는 많은 것들 중 하나이다. 글쓰기의 비자립성, 난로를 피우는 하녀, 난롯가에서 몸을 데우는 고양이, 그리고 자신의 몸을 덥히고 있는 불쌍한 노인들, 이 모든 것에 얽매여 있는 종속감. 이 모든 것은 독립적이고 그 자체의 법칙을 따르지만, 오직 글쓰기만이 무기력하고 자기 안에서 살아가지 못한다. 그래서 재미있기도 하고 절망스럽기도 하다.[30]

---

[30] 1922년 12월 6일 카프카의 일기 중에서.

카프카를 읽다

마르셀 라이히-라니츠키*

편영수 옮김

과거에 여러 도시가 호메로스를 두고 논란을 벌였듯, 현재는 여러 민족이 프란츠 카프카를 두고 논란을 벌이고 있다. 체코인, 독일인, 오스트리아인, 그리고 특히 유대인과 이스라엘 사람들이 그러

---

* 유대계 부모를 둔 마르셀 라이히-라니츠키(Marcel Reich-Ranicki)는 1920년 폴란드에서 출생해 그곳에서 어린 시절을 보냈다. 이후 가족과 함께 베를린으로 이주하면서 그곳에서 학교를 다니고 아비투어를 마쳤다. 그러나 아비투어를 마친 직후 나치에 의해 폴란드로 강제 추방당했으며 바르샤바 게토에서 살다가 극적으로 탈출했다. 전쟁이 끝나자 어렵게 독일로 다시 이주한 그는 문학비평가로 자리를 굳히면서 유년시절의 꿈을 이뤘다. 1960년부터 1973년까지 주간 신문 『디 차이트』의 고정 비평가로 일했고, 1973년부터 1988년까지는 일간신문 『프랑크푸르트 알게마이네 차이퉁』의 '문학 및 문화계 편집부'를 맡았다. 이 직책이 독일문학계에서 갖는 권력 내지 권위는 막강한 것이다. 독일인들은 그를 '문학의 제왕'으로 칭하고 있다.

하다. 그들은 수십년 전부터 프라하 출신의 유대 상인의 아들인 그에 대한 권리를 주장해오고 있다.

하지만 카프카가 1924년 빈 근교 요양원에서 사망했을 때는 그의 작품을 아는 사람이 극소수에 지나지 않았다. 카프카를 "알려지지 않은 독일 산문의 왕"이라 명명한 헤르만 헤세의 열광적인 지지 역시 주목받지 못했다. 그가 독일어로 작품을 쓴 가장 위대한 작가 중 한 사람이 될 것이라는 사실을 20세기를 살던 대부분은 예상하지 못했다.

1920년 무렵의 대중은 카프카의 진가를 알아보지 못했지만, 그 사이에 그의 전집이 출판됐고 아직까지도 출판되고 있다. 그리고 현재는 사람들이 세계적인 '카프카 산업'을 이야기하기에 이르렀다. 여기서 사람들이 가끔 느낄 수 있는 불쾌감은 유사한 세계적 규모의 산업인 토마스 만 혹은 베르톨트 브레히트라는 상징에 내포된 산업이 촉발한 불쾌감보다 더 노골적이다. 이렇게 된 데는 한 가지 단순한 이유가 있다. 즉 독일문학의 이 두 20세기 천재들의 작품에 대한 해석은 적어도 한계 안에서 통제될 수 있지만, 카프카의 비유들을 해석하려는 노력은 한계 안에서 통제될 수 없기 때문이다. 카프카의 비유들을 해석하려는 노력은 독자 수만큼의 해석을 발견하게 될 것이다. 그리고 이런 사실은 평론가들 사이에서 카프카가 어떻게 그렇게 남아 있게 됐는지를 설명해준다.

카프카는 자신의 비유설화들을 설명하기를 거부하는 한편, 개인적인 고백들을 잘 준비하고 있었다. 그는 그 고백들을 가끔 자신의 대화 상대자들이나 편지의 수신인들이 알아주기를 직설적으로 강요했다.

그는 자신의 정신적 상태에 대한 이야기를 하고 싶은 욕구를 억제하지 않았고 억제할 수도 없었다. 조금 과장해서 말하면 그의 편지와 일기에서는 이와 다른 것은 이야기될 수 없었다. 그는 되풀이해서 자신의 고통과 곤경, 질병, 질병의 추정 원인과 다양한 결과에 대해서, 삶의 불안에 대해서 의견을 말했다. 그중 '불안'이라는 단어는 카프카 문학의 중심 개념이자 열쇠라 할 수 있다.

최근에 이러한 산문의 특성을 나타내는 데 적합할지도 모르는 짧은 한문장을, 카프카의 장편소설이나 단편작품 중 한편에서, 편지들 중 한통에서 혹은 그의 일기에서 찾아달라는 요청을 받았다. 이 요청은 처음에는 특별히 어려운 과제가 아닌 것처럼 보였다. 하지만 나의 생각은 틀린 것이었다. 카프카 작품에는 그의 문학의 모토가 되는 간결한 진술이 수없이 많다는 사실을 깨달았기 때문이다. 가령 1922년 7월 5일자 카프카의 편지에는 "난 살 수 있을지도 모르지만 살지 않을 것이다"라고 적혀 있다. 1920년에는 카프카가 여자친구인 밀레나 예젠스카에게 이런 말을 전한다. "난 오직 고문당하는 일과 고문하는 일에 정신이 팔렸습니다."

하이네는 E. T. A. 호프만의 작품을 "20권으로 된 무시무시한 불안의 절규"라고 불렀는데, 이것은 카프카에게도 해당한다. 카프카는 이런 사실을 조금도 숨기지 않았고, 밀레나에게 이와 관련된 말을 하는 것을 의무라고 생각했다. "게다가 사실 내 본질은 불안입니다."

아도르노는 카프카의 이렇게 제멋대로인 것처럼 보이는 글에 대해 다음과 같이 썼다. "모든 문장은 말한다. '나를 해석해보라'라고. 하지만 어떤 문장도 내가 해석하는 것을 허용하지 않는다." 이것은 카프카의 세편의 장편소설과 모든 단편이 독자에게 해석을 강요하지만, 동시에 카프카의 작품이 독자가 해석하는 일을 완강하게 거부하는 것을 말한다.

프라하에서 카프카는 독일어를 사용하는 소수의 사람 중에서도 소수였다. 왜냐하면 유대인이었기 때문이다. 그는 독일어를 사용하는 김나지움에서 모범적이지만 고립된 학생이었고, 고독과 불안전한 느낌에 시달렸다.

카프카는 청소년 시절부터 많은 글을 썼다. 그러나 유행하는 장신구를 팔던 상인인 그의 아버지는 문학에 눈곱만큼의 관심도 없었다. 동급생들 역시 이 아웃사이더의 작업에 큰 관심이 없었다. 그들은 카프카의 재능을 믿지 않았다. 카프카의 동급생인 빌리 하스는 1950년대에 출판한 생의 비망록에서 카프카의 세계적 명성이 곧 수그러들 거라고 예견하기도 했다. 후대가 가장 독창적이고 중요한 작가로 여기는 바로 그 작가가 받았던 평가가 놀랍다.

한편 성공한 소설가였지만 2차대전 후에는 빠르게 잊힌 막스 브로트만이 친구인 카프카를 위해 전 생애를 바쳤고 카프카 문학의 진가를 알리기 위해 진력했는데, 그것은 정말 공로를 인정받을 만한 일이었다.

1901년부터 카프카는 프라하의 카를페르디난트 대학에서 법학을 공부했고 1906년 박사학위를 취득했다. 1908년부터는 프라하에 있는 노동자 산재보험공사에서 근무했다. 그러나 그런 생활 속에서도 카프카는 깊이 뿌리내린 불안, 허약, 무력함을 극복하지 못했다. 죽을 때까지 그의 삶은 자신에 대한 회의와 결코 적지 않은 자기증오로 특징된다.

그는 또한 여자가 필요했다. 한마디로 여자들의 보호와 배려가 필요했던 것이다. 그러나 동시에 여자들을 불신했다. 카프카는 자신조차 불신했기 때문이다. 수많은 사실이 그가 여성들과 성생활을 탐하기보다는 두려워했다는 것을 뒷받침해준다. 그는 여자를 소유하고 싶어 했지만 가능한 빨리 인연을 끊고 싶어 하기도 했다. 그는 여자들을 두려워했는데 그의 눈에 여자는 절대적인 힘이자 원칙, 즉 '삶'으로 상징되어 보였기 때문이다.

카프카는 베를린에서 사무직으로 일하던 펠리체 바우어와 약혼을 하기도 했지만 이내 파혼한다. 그러고는 그녀와 재차 약혼한다. 카프카는 펠리체에게 수많은 정보가 담긴 편지들을 보냈고, 그녀 없이는 살 수 없다고 생각했다. 또 그녀와 꾸준히 접촉하면서도 더이상 편지를 쓸 수 없게 될까봐 두려워했다.

카프카의 생애에서 그가 두려워하지 않고 사랑할 수 있는 유일한 여자가 있었을지도 모른다. 바로 여동생 오틀라이다. 카프카가 펠리체를 멀리 있는 애인으로 원했다면, 일상의 애인으로는 오틀라가 필요했다.

한 여자는 그의 손에 닿지 않았지만, 다른 여자는 여동생이라는 유리한 조건이 있었다. 이 관계가 주는 한계를 두 여자가 의식했던 것은 분명하다. 카프카가 근친상간의 사고를 낯설게 생각하지 않았던 것도 중요한 단서가 된다. 그의 오틀라에 대한 사랑은 정신적인 근친상간으로도 추측해볼 수 있다.

카프카는 일기에서 자신의 문학을 "꿈같은 내면의 삶"의 묘사라고 지칭한다. 1921년 막스 브로트에게 보낸 편지에서는 유대 청년의 유대적 기질에 대해, 그리고 이 세대의 섬뜩한 내적 상황에 대해 말한다. 섬뜩한 내적 상황에 대한 절망은, 곧 이 세대에 대한 직감이었다. 그리고 여기에는 1차대전이 일어나기 전 적지 않은 유대 작가가 시민사회에서 지성인들의 고독과 소외를 인지하고 날카롭게 표현할 수 있게 만든 것이 무엇인지에 대해 기술돼 있다.

브로트가 카프카의 장편소설과 단편작품에 '유대인'이라는 단어가 등장하지는 않지만, 유대인들의 고난이 꾸준히 다뤄지고 있다고 지적한 것은 옳은 것으로 보인다. 실제로 카프카는 자신의 정체성과 유대적 기질 사이에서 인과관계를 발견했다.

「아버지에게 드리는 편지」는 이러한 위기를 분명하게 보여준다. '이 세대의 섬뜩한 내적 상황'에 시달리면서 카프카가 제시한 것은 명백하다. 바로 비유대사회에서 유대인들이 겪는 상황과 갈등 그리고 콤플렉스 등이다.

1916년의 한 그림엽서에서 카프카는 차분하게 자신의 실존에 대한 근본적인 문제를 제기한다. 그는 자신이 어떤 사람인지에 대해 자문했다. 왜냐하면 『신비평』의 비평가들이 카프카의 산문을 "근원의 독일적 요소"라고 명명하고, 브로트는 카프카의 단편들을 "우리 시대의 가장 유대적인 증서들 중 하나"에 포함시켰기 때문이다. 카프카는 이 두 의견에 동의하지 않았다. 그는 "내가 두 마리 말의 등에 탄 곡마사인가?"라고 묻고는 다시 대답한다. "유감스럽게도 나는 곡마사가 아니라, 바닥에 누워 있다." 이런 상황은 하이네에게도 적용될 수 있을 것 같다.

실제로 카프카가 하이네와 많은 공통점을 갖고 있다는 것은 쉽게 알아차릴 수 있다. 하이네는 자신의 지역에서 공공연하게 불이익을 당하는 유대인의 운명을 노래하거나 적어도 그 운명에서 영감을 받았다. 그는 불이익을 당하고, 경멸을 당하며, 사회적 역할에 시달리고, 사랑을 갈망하지만 갈망과 희망으로 만족해야 했던 모든 사람의 시적 화자이자 옹호자가 되었다.

카프카가 사망하고 수십년이 지난 후 사회에서 지성인들의 역할이 변화하고 나서야 사람들은 비로소 카프카가 작품을 통해 하이네처럼 시대를 앞서 갔다는 사실을 인식할 수 있었다. 왜냐하면 특수한 상황에서 이야기된 것들이 이후의 다른 상황에서도 계속 드러났기 때문이다. 즉 추방당한 사람과 피고인 들의 운명적 이야기들이 '고향을 잃은 상황'과 '소외'에 대한 고전적인 비유설화로 입증됐던 것이다.

이해할 수 없는 잔혹한 세계에서 행동의 자유가 허용되지 않는 개인은 죄에 시달린다. 하지만 그 죄의 원인은 인식할 수 없다. 카프카가 묘사한 유대인의 비극은 이후 독자들에 의해서 인간 실존의 극단적인 예로 이해될 수 있었다.

프란츠 카프카는 친구 막스 브로트에게 자신의 모든 서류와 원고를 불태워달라고 했다. 하지만 브로트는 그것들을 없애지 않고 구해냄으로써 독자들이 그의 작품과 세계를 접할 수 있게 되었다.*

* 이 글은 마르셀 라이히-라니츠키가 편집한 『나의 카프카』(*Mein Kafka*, Hoffmann und Campe Verlag, 2010)라는 카프카 단편모음집의 서문을 옮긴 것이다.

작가연보

1883년   7월 3일 프라하에서 상인 헤르만 카프카와 율리에 카프카(결
        혼 전 성은 뢰비) 사이의 장남으로 출생. 이후 남동생 둘은 영
        아 때 사망하고, 여동생 세명이 태어남.

1889~93년   독일계 학교인 플라이슈마르크트 초등학교에 다님.

1893~1901년   구도시의 킨스키궁(宮)에 위치한 독일계 김나지움에 다님.
        김나지움에 들어간 지 얼마 지나지 않아 글을 쓰기 시작함.
        1901년 7월 김나지움 졸업자격시험을 치름.

1901~1906년   프라하의 독일계 대학인 카를페르디난트 대학에서 수학. 처음
        에는 화학, 독일문학, 예술사 강의를 듣다가 최종적으로 법학
        을 공부하기로 결심함.

1902년	10월 막스 브로트와 처음 만남.
1904년	단편 「어느 투쟁의 기록」(Beschreibung eines Kampfes) 집필 시작.
1906년	6월 법학박사 학위 취득 국가시험을 치르고, 알프레트 베버 교수로부터 법학박사 학위를 받음. 「어느 투쟁의 기록」 초판 완성.
1906~1907년	프라하 지방법원과 형사법원에서 법무실습을 함.
1907년	미완성 단편 「시골에서의 결혼 준비」(Hochzeitsvorbereitungen auf dem Lande) 집필.
1907년	프라하에 있는 이딸리아계 보험회사에 입사해 1908년 7월까지 근무.
1908년	3월 작품을 처음 발표. 격월간지 『히페리온』(Hyperion)에 '관찰'(Betrachtung)이라는 제목으로 짧은 산문들이 발표됨. 7월 30일 프라하의 반(半)국영 노동자 산재보험공사에 임시관리로 입사. 오전 8시부터 오후 2시까지 근무. 이후 1913년 부서기관, 1920년 서기관, 1922년 수석서기관으로 승진.
1909년	초여름부터 일기를 쓰기 시작함. 9월에는 막스 브로트와 그의 동생 오토 브로트와 함께 북부 이딸리아로 여행을 떠남. 곧이어 프라하 일간신문 『보헤미아』(Bohemia)에 이딸리아 브레시아에서 열린 항공전시회를 관람하고 쓴 보고문을 기고. 가을에는 「어느 투쟁의 기록」 제2판을 집필하기 시작.
1910년	3월 말 비교적 짧은 산문들이 '관찰'(Betrachtung)이라는 제목으로 『보헤미아』에 실림. 10월에는 막스 브로트, 오토 브로트와 함께 빠리로 여행을 떠남.
1911년	여름에 막스 브로트와 함께 스위스, 북부 이딸리아, 빠리로 여행. 9월 말에는 취리히 근교 에얼렌바흐 자연치료 요양원에 머무름. 몇달 동안 프라하에서 순회공연 중이던 동부 유대인 극

단과 만남. 극단 배우 이착 뢰비와 우정을 나눔. 12월, 아버지가 가족 소유의 석면회사에 신경을 쓰지 않는다는 이유로 카프카를 비난함. 근무를 하지 않는 오후에 회사를 감독하겠다고 아버지와 약속.

1912년   6월 체코의 무정부주의자 프란티셰크 소우쿱의 '미국과 관료제도'라는 제목의 슬라이드 강연을 들음. 이 강연이 미완의 장편『실종자』(*Der Verschollene*) 구상에 자극을 주게 됨. 여름에 막스 브로트와 함께 라이프치히와 바이마르를 여행함. 이어서 하르츠의 슈타펠부르크 근처 융보른에 있는 자연치료 요양원을 찾아감. 8월 프라하에 있는 막스 브로트의 집에서 펠리체 바우어와 처음 만나고, 9월부터 펠리체 바우어와 편지를 주고받기 시작함. 단편소설「선고」(*Das Urteil*)와「변신」(*Die Verwandlung*) 집필. 겨울에 장편소설『실종자』를 일부 완성(막스 브로트에 의해 1927년 '아메리카'라는 제목으로 처음 출간됨). 12월 카프카의 첫번째 책이 라이프치히의 에른스트 로볼트 출판사에서 '관찰'(*Betrachtung*)이라는 제목으로 출간됨.

1913년   펠리체 바우어와 편지를 자주 주고받음. 5월 말 장편소설『실종자』의 제1장인「화부」(*Der Heizer*)가 쿠르트 볼프 출판사의 '최후의 심판' 시리즈로 발표됨. 6월 초「선고」가『아르카디아』연감에 발표됨. 9월 빈, 베니스 그리고 리바를 여행함.

1914년   6월 1일 베를린에서 펠리체 바우어와 공식적으로 약혼. 7월 12일 펠리체와 파혼. 7월 뤼베크를 거쳐 덴마크의 온천장 마리엔리스트로 휴가를 떠남. 8월 초에「소송」을 쓰기 시작함. 단편소설「유형지에서」(*In der Strafkolonie*)를 집필.

1915년   파혼 이후 펠리체 바우어와 1월에 다시 만남. 잡지『바이센 블

래터』(*Die Weißen Blätter*) 10월호에 「변신」을 실음. 카를 슈테른하임이 '존경의 표시'로 자신에게 수여된 폰타네 문학상 상금을 카프카에게 전달함.

1916년   펠리체 바우어와 다시 친밀한 관계를 맺음. 7월 그녀와 함께 마리엔바트로 휴가를 떠남. 시, 희곡, 산문, 산문소품, 비유설화, 단장(斷章) 등을 팔절판 노트에 기록하기 시작함. 10월 말 쿠르트 볼프 출판사의 '최후의 심판' 시리즈 34권에 「선고」를 발표함. 11월 뮌헨에서 「유형지에서」 낭송회를 함.

1916~17년 수많은 단편이(특히 이 작품들은 단편집 『시골 의사』(*Ein Landarzt*)에 실린다) 흐라친의 연금술사 골목에 있는 여동생 오틀라가 세를 얻어 수리한 작은 집필실에서 탄생함.

1917년   초여름에 히브리어를 배우기 시작함. 7월 프라하에 온 펠리체와 다시 약혼. 8월에 폐결핵의 징후가 나타남. 9월 4일 폐결핵 진단을 받음. 11월 오틀라가 프라하로 와서 가족들에게 비밀에 부친 카프카의 병을 아버지에게 솔직하게 털어놓음. 오틀라는 오빠의 부탁을 받고 노동자 산재보험공사를 찾아감. 소농으로 시골에서 여생을 보낼 계획을 한 카프카는 노동자 산재보험공사에 연금을 신청하지만 연금 지급을 거부당함. 12월에 펠리체 바우어와 다시 파혼. 파혼의 표면상 이유는 카프카의 질병이었음. 펠리체 바우어는 카프카와 헤어지고 2년 후 은행가와 결혼하고, 1936년 가족과 미국으로 이주함.

1917~18년 여동생 오틀라가 경영하는 보헤미아 북부 취라우의 농장에서 요양 휴가를 보냄. 수많은 잠언이 탄생함.

1919년   여름에 율리에 보리체크와 약혼. 『유형지에서』가 가을에 쿠르트 볼프 출판사에서 출간됨. 11월에 「아버지에게 드리는 편지」

(Brief an den Vater)가 탄생함.

1920년	1~2월 잠언 「그」(Er)를 집필하기 시작. 밀레나 예젠스카와 편지를 주고받게 됨. 밀레나는 카프카의 「화부」를 체코어로 번역함. 3월에 『카프카와의 대화』(Gespräche mit Kafka)의 저자 구스타프 야누흐를 알게 됨. 4월에 메란으로 요양 휴가를 떠남. 봄에 쿠르트 볼프 출판사에서 단편집 『시골 의사』가 출간됨. 7월 율리에 보리체크와 파혼함.
1920~21년	마틀리아리의 타트라고원에 치료를 목적으로 1920년 12월 중순부터 1921년 8월까지 머무름. 1921년 10월 초에 밀레나에게 자신의 일기를 모두 넘김.
1922년	1월 말에서 2월 중순 사이에 고산지대인 슈핀들러뮐레에 머무름. 미완의 장편소설 『성』(Das Schloß)을 집필하기 시작. 이 해에 「단식 광대」(Ein Hungerkünstler)가 탄생함. 7월 1일 카프카는 노동자 산재보험공사에서 면직됨. 6월 말부터 9월까지 보헤미아의 숲인 루슈니츠 근교 플라나에서 보냄.
1923년	7월 초에 발트해의 온천장 뮈리츠에서 도라 디아만트와 처음 만남. 9월에는 프라하에서 베를린으로 이사해 도라 디아만트와 함께 지냄. 「작은 여인」(Eine kleine Frau)이 탄생함.
1924년	병세가 급속도로 악화됨. 3월에 막스 브로트와 함께 프라하로 돌아옴. 「요제피네, 여가수 혹은 쥐의 족속」(Josefine, die Sängerin oder Das Volk der Mäuse)이 탄생함. 4월에는 오스트리아 남부의 오르트만에 있는 요양원 '빈 숲'에 머무름. 그후 빈 대학병원 하예크 교수 클리닉에서 며칠을 보냄. 마지막으로 빈 근교 키얼링에 소재한 호프만 박사 요양원으로 옮겨감. 단편집 『단식 광대』의 교정을 보기 시작함. 5월 12일 막스 브

로트가 카프카를 찾아옴. 6월 3일 카프카 사망. 6월 11일 프라하-스트라슈니츠의 유대인 공동묘지에 묻힘.

1931년	카프카의 아버지 사망.
1934년	카프카의 어머니 사망.
1942년	카프카의 세 여동생 아우슈비츠 강제수용소에서 사망.
1952년	도라 디아만트 런던에서 사망.
1960년	펠리체 바우어 미국에서 사망.

고전의 새로운 기준, 창비세계문학

　오늘날 우리는 인간의 존엄과 개성이 매몰되어가는 시대를 살고 있다. 물질만능과 승자독식을 강요하는 자본주의가 전지구적으로 확산되면서 현대사회는 더 황폐해지고 삶의 질은 크게 훼손되었다. 경제성장만이 최고의 선으로 인정되고 상업주의에 물든 문화소비가 삶을 지배할수록 문학은 점점 더 변방으로 밀려나고 있다. 삶의 본질을 성찰하는 문학의 자리가 위축되는 세계에서는 가진 자와 못 가진 자 할 것 없이 모두가 불행할 수밖에 없다.

　이 시대야말로 인간답게 산다는 것의 의미가 무엇인지 근본적인 화두를 다시 던지고 사유의 모험을 떠나야 할 때다. 우리는 그 여정에 반드시 필요한 벗과 스승이 다름 아닌 세계문학의 고전이라는 점을 강조한다. 고전에는 다양한 전통과 문화를 쌓아올린 공동체의 경험이 녹아들어 있고, 세계와 존재에 대한 탁월한 개인들의 치열한 탐색이 기록되어 있으며, 새로운 세상을 꿈꾸는 아름다운 도전과 눈물이 아로새겨 있기 때문이다. 이 무궁무진한 상상력의 보고이자 살아 있는 문화유산을 되새길 때만 개인의 일상에서 참다운 인간적 가치를 실현하고 근대적 삶의 의미와 한계를 성찰하는 지혜를 얻을 수 있을 것이다.

'창비세계문학'은 이러한 문제의식에서 출발한다. 세계문학의 참의미를 되새겨 '지금 여기'의 관점으로 우리의 정전을 재구성해야 할 필요성이 그 어느 때보다 절실하다. '정전'이란 본디 고정된 목록으로 존재하는 것이 아니라 그때그때 주어진 처소에서 새롭게 재구성됨으로써 생명을 이어가는 것이다. 우리는 먼저 전세계 문학들의 다양성과 차이를 존중하면서 국가와 민족, 언어의 경계를 넘어 보편적 가치에 기여할 수 있는 가능성에 주목하고자 한다. 근대를 깊이 성찰한 서양문학뿐 아니라 아시아와 라틴아메리카, 중동과 아프리카 등 비서구권 문학의 성취를 발굴하고 재평가하는 것 역시 세계문학의 지형도를 다시 그리려는 창비의 필수적인 작업이 될 것이다.

여러 전집들이 나와 있는 세계문학 시장에서 '창비세계문학'은 세계문학 독서의 새로운 기준이 되고자 한다. 참신하고 폭넓으면서도 엄정한 기획, 원작의 의도와 문체를 살려내는 적확하고 충실한 번역, 그리고 완성도 높은 책의 품질이 그 기초이다. 독서시장을 왜곡하는 값싼 유행과 상업주의에 맞서 문학정신을 굳건히 세우며, 안팎의 조언과 비판에 귀 기울이고 독자들과 꾸준히 소통하면서 진정 이 시대가 요구하는 세계문학이 무엇인지 되묻고 갱신해 나갈 것이다.

1966년 계간『창작과비평』을 창간한 이래 한국문학을 풍성하게 하고 민족문학과 세계문학 담론을 주도해온 창비가 오직 좋은 책으로 독자와 함께해왔듯, '창비세계문학' 역시 그러한 항심을 지켜나갈 것이다. '창비세계문학'이 다른 시공간에서 우리와 닮은 삶을 만나게 해주고, 가보지 못한 길을 걷게 하며, 그 길 끝에서 새로운 길을 열어주기를 소망한다. 또한 무한경쟁에 내몰린 젊은이와 청소년 들에게 삶의 소중함과 기쁨을 일깨워주기를 바란다. 목록을 쌓아갈수록 '창비세계문학'이 독자들의 사랑으로 무르익고 그 감동이 세대를 넘나들며 이어진다면 더없는 보람이겠다.

2012년 가을
창비세계문학 기획위원회
김현균 서은혜 석영중 이욱연 임홍배 정혜용 한기욱

창비세계문학 78

변신·단식 광대
프란츠 카프카 단편선

초판 1쇄 발행 / 2020년 3월 5일
초판 5쇄 발행 / 2024년 7월 24일

지은이 / 프란츠 카프카
옮긴이 / 편영수·임홍배
펴낸이 / 염종선
책임편집 / 오규원
조판 / 한향림
펴낸곳 / (주)창비
등록 / 1986년 8월 5일 제85호
주소 / 10881 경기도 파주시 회동길 184
전화 / 031-955-3333
팩시밀리 / 영업 031-955-3399 편집 031-955-3400
홈페이지 / www.changbi.com
전자우편 / lit@changbi.com

한국어판 ⓒ (주)창비 2020
ISBN 978-89-364-7791-2 03850